VERMOORDE ONSCHULD

Jo Claes

Vermoorde onschuld

Houtekiet
Antwerpen / Utrecht

Graag uw reacties op
www.jo-claes.be
www.facebook.com/misdaadauteurjoclaes

Houtekiet, Katwilgweg 2, B-2050 Antwerpen
info@houtekiet.be
www.houtekiet.be

Omslag Wil Immink Design
Omslagfoto Uschi Claes
Opmaak www.intertext.be

ISBN 978 90 8924 326 3
D 2015 4765 4
NUR 330

Eerste druk maart 2015
Tweede druk april 2015
Derde druk mei 2015
Vierde druk juni 2015

Dit is vreemd bedrog. Subtiele logen,
verwisseling des wezens en des schijns.

FREDERIK VAN EEDEN
Uit: *Het Lied van Schijn en Wezen*, III

Voor Katrien

HOOFDSTUK 1

Piazza Donati

Firenze

I

In Siena, de voorlaatste stad op hun rondreis door Toscane, was Lucie Meerten tot de conclusie gekomen dat reizen niet op de eerste plaats inhield dat je vreemde landen leerde kennen. Veel vaker – en meestal ongewild – werd het een ontdekkingstocht door het landschap van je eigen relatie.

En dat, had ze ondervonden, kon behoorlijk tegenvallen. In die mate zelfs dat de relatie de reis niet overleefde. Omdat de constante nabijheid van de ander in een kleine hotelkamer te opdringerig werd. Omdat zijn onafgebroken aanwezigheid, de klok rond, te veel werd. Omdat na enkele dagen bleek dat zonder afstand de aantrekkingskracht heel wat minder was. Kortom, omdat het pijnlijk duidelijk werd dat je toch niet zo goed bij elkaar paste als je had gedacht.

De gevolgen daarvan waren onvermijdelijk. De vroegere toegeeflijkheid veranderde in prikkelbaarheid, het geduld in ongeduld, het gekibbel in ruzie. Tot er geen weg meer terug was en de hotelkamer ondraaglijk klein aanvoelde voor twee mensen die elkaar voortdurend op de zenuwen werkten.

Dat was, in een notendop, het parcours dat zij en Wouter hadden afgelegd tijdens hun eerste reis samen. Een veertiendaagse trip langs enkele Toscaanse kunststeden: Lucca, Pisa, San Gimignano, Siena... en tot slot: Firenze, de stad van Michelangelo, het hoogtepunt van wat een onvergetelijke reis zou worden. Tenminste, volgens Mieke. Die had zo lang aangedrongen om mee te gaan dat Lucie tenslotte was gezwicht.

'Zou het niet fantastisch zijn,' had Mieke op een dag gezegd, 'om met z'n vieren op reis te gaan? Wouter en Ruben zijn van kindsbeen af vrienden en wij willen al zo lang samen naar Toscane.'

Het voorstel kwam niet uit de lucht vallen. Al van toen ze kunstgeschiedenis studeerden, wilden ze een rondreis door Italië maken, maar het geld was in die tijd nooit voorhanden geweest. En later, toen ze alle twee een baan hadden, was Mieke gaan samenwonen met Ruben en zat een reis met z'n tweetjes er niet meer in. Tot nu. Met twee koppels kon het plots wel. En betaalbaar was het ook. Mieke had in Leuven een touroperator gevonden die een busreis aanbood met een ervaren gids en een programma dat op maat was gesneden. Wat lette hen dus?

Lucie had niet onmiddellijk toegehapt. Normaliter zou ze er nooit voor kiezen om per bus, samen met vijftig onbekenden, twee weken lang door Italië te toeren, maar afgezien daarvan was er nog iets wat haar deed aarzelen. Zij en Wouter hadden nog maar vijf maanden een relatie en in die omstandigheden was het misschien beter om eerst met z'n tweetjes op reis te gaan.

Haar bezwaar werd door Mieke vakkundig gecounterd. Het ene sloot het andere niet uit, had ze vol overtuiging gezegd. We gaan samen, maar toch apart. We houden de nodige afstand als daar behoefte aan is en we doen dingen samen als we daar zin in hebben. Het beste van twee werelden met andere woorden.

Uiteindelijk had Lucie het voorstel met Wouter besproken en die bleek geen bezwaar te hebben. Integendeel zelfs. Gezellig, vond hij, zo met twee koppels. Ruben was zijn beste vriend en de formule had haar voordelen. Als de dames wilden gaan shoppen, moesten de heren niet mee en konden die intussen iets anders doen.

En dus had Lucie zich over haar bedenkingen heen gezet. Ze kochten de tickets en bestudeerden de steden die ze zouden aandoen. De busrit naar Italië was een kwelling, maar eenmaal ter plaatse zou alles veel beter gaan.

Het tegendeel was waar. De gids bleek onervaren, de hotels vielen tegen, het programma was te zwaar. Vooral Wouter stoorde zich aan alles en nog wat. Lucca was te druk, Pisa te warm, San Gimignano te toeristisch. Hij klaagde over de kamers, de medereizigers, de maaltijden, de bedden...

Lucie wist na een paar dagen niet meer hoe ze het had. Wouter leek een metamorfose ondergaan te hebben of anders kwam zijn ware aard nu pas boven. En die stond haar helemaal niet aan. Haar vriend bleek een onmogelijke reisgezel te zijn en een zeurpiet bovendien. Er kwam ruzie van. Eerst nog in de hoop op beterschap, later tegen beter weten in. En gevrijd werd er allang niet meer. Sterker nog, terwijl ze voorheen elke avond de twee bedden tegen elkaar hadden geschoven, trok Lucie het hare nu zo ver mogelijk bij dat van Wouter vandaan.

Het manoeuvre was tekenend voor de kloof die tussen hen was ontstaan en had iets tot gevolg wat Lucie nooit voor mogelijk had gehouden. Het gebeurde tijdens hun laatste nacht in Siena. Ze waren die avond laat uit geweest en Wouter had te veel gedronken. Terug in de kamer werd hij plots handtastelijk. Lucie weerde hem af, maar dat had een averechts effect. Hij duwde haar met haar rug tegen de muur, perste zijn mond op de hare en grabbelde onder haar rokje.

Hoe ze weg was geraakt, wist ze achteraf niet meer, alleen dat ze de gang op was gelopen naar de kamer van Mieke en Ruben. Terwijl ze met moeite haar tranen kon bedwingen, vertelde ze wat er was gebeurd. Ruben begreep dat ze niet terug naar haar kamer kon en bood zijn bed aan. Hij zou wel bij Wouter overnachten en hem tegelijk inpeperen dat zijn gedrag ontoelaatbaar was.

De volgende ochtend putte Wouter zich uit in excuses. Het was de alcohol geweest, de spanning, haar herhaalde afwijzingen... Het zou nooit meer gebeuren, daar kon ze op rekenen. Zo was hij niet, dat wist ze toch.

Lucie zag dat hij oprecht spijt had en zich schaamde, maar met hem in een kamer slapen wilde ze niet meer. Ze vertrokken na het ontbijt naar Firenze en het eerste wat ze bij aankomst deed, was in het hotel een eenpersoonskamer vragen voor haarzelf. De dame bij de receptie verontschuldigde zich. Het hotel was helemaal volgeboekt, er was zelfs geen bezemkast meer vrij.

Lucie voelde de moed in haar schoenen zinken. Ze kon natuurlijk naar een ander hotel op zoek gaan, maar daar wilde Mieke niets van weten. Als Ruben het goedvond, deden ze de resterende tijd gewoon wat ze de voorbije nacht hadden gedaan. De meisjes sliepen in één kamer, de jongens in de andere. Ruben ging grootmoedig akkoord en Wouter, die had gewoon geen stem in het kapittel.

Voor het eerst genoot Lucie voluit van de reis. Het was alsof een zware last van haar schouders was gevallen nu er definitief een punt stond achter haar relatie met Wouter en het voorval in Siena verschoof al snel naar de achtergrond door al het prachtige dat Firenze te bieden had.

Ze bezochten het Palazzo Vecchio en de Santa Maria del

Fiore. Ze dwaalden urenlang door de Galleria degli Uffizi en vergaapten zich aan Botticelli's *Geboorte van Venus*. Ze staken de Arno over via de Ponte Vecchio en wandelden tot aan het Palazzo Pitti. Ze kuierden over de Piazza della Signoria en maakten grapjes over het beroemdste mannelijk naakt ter wereld: de replica van Michelangelo's *David* waarvan ze later het origineel gingen bekijken in de Galleria dell' Accademia.

De dagen vlogen voorbij. Terwijl Lucie zo gewoon mogelijk deed tegen Wouter, sloofde hij zich uit om zich van zijn beste kant te laten zien. Hij was hoffelijk, charmant, zeurde niet meer en hoedde zich ervoor te veel te drinken. Het was duidelijk dat hij de breuk hoopte te herstellen, maar dat was voor Lucie uitgesloten. Hoe erg hij ook zijn best deed om het weer goed te maken, wat haar betrof was er geen weg meer terug.

En zo begon hun laatste dag in Firenze en gebeurde er iets wat Lucie op dat ogenblik beschouwde als de apotheose van deze toch wel zeer bewogen reis waarop het niet aan hoogte- en dieptepunten had ontbroken. Er stond die ochtend een wandeling door de beroemde Boboli-tuin op het programma, maar de rest van de dag was iedereen vrij om te doen waar hij zin in had. Lucie en Mieke besloten om op strooptocht te gaan door de winkelstraten, terwijl Ruben en Wouter ervoor kozen om uitgebreid te gaan lunchen en daarna gezellig door de stad te flaneren. *Dolce far niente*. Je moest je op reis aanpassen aan de plaatselijke gewoontes.

Om zes uur hadden ze afgesproken in de bar van het hotel. Beladen met pakjes en opgewonden over wat ze hadden gekocht, kwamen Lucie en Mieke enkele minuten te vroeg aan. De mannen waren er nog niet; ze besloten alvast iets te drinken. De kelner had nog maar net hun martini's gebracht, toen Lucie een man in het oog kreeg die wat verderop aan een tafeltje bij het raam zat te praten met een vrouw.

Haar hart sloeg een slag over. Eerst dacht ze dat ze zich vergiste, maar nee: hij was het echt. Lukas Lebowski. Dé Lukas Lebowski van wie ze elke roman had gelezen en herlezen. Ze herkende hem onmiddellijk van de foto op de cover van zijn boeken, maar in werkelijkheid zag hij er nog een stuk knapper uit. Vooraan in de veertig, slank gebouwd, een Romeins profiel met lichtjes gebogen neus, wat grijzend haar aan de slapen en mooie, donkere ogen.

Wat, vroeg ze zich af, deed Lukas Lebowski in Firenze? In hetzelfde bedenkelijke hotel dan nog dat met weinig zin voor waarheid in hun reisbrochure was omschreven als comfortabel en ideaal gelegen. De man was een succesauteur. Als je de kranten mocht geloven, waren zijn drie laatste romans bestsellers geweest en er deden zelfs geruchten de ronde dat zijn boeken binnenkort werden verfilmd. Zo iemand kon zich toch een veel beter hotel permitteren dan dit?

Lucie stootte Mieke aan. Met een knikje in de richting van het raam vroeg ze:

'Weet je wie dat is?'

'Wie? De man of de vrouw?'

'De man.'

Er verscheen een denkrimpel tussen Miekes wenkbrauwen.

'Geen idee. Knappe vent, dat wel.'

'Het is Lukas Lebowski,' zei Lucie en ze hoorde zelf hoe opgewonden ze klonk.

'Lebowski? Is dat niet de schrijver die je zo graag leest?'

'Ik heb zijn laatste boek net uit. Het ligt boven in de kamer.'

'Is dat zijn vrouw?'

'Nee, joh. Hij is gescheiden. Al een jaar of vier.'

'Zijn vriendin dan.'

Lucie bekeek de vrouw wat beter. Ze droeg een elegant zomerpakje in zachtgroen, had halflang geblondeerd haar en zag er niet slecht uit voor haar leeftijd.

'Kan niet. Ze is te oud.'

'Hoezo? Ze lijkt ongeveer even oud als hij.'

'Lebowski heeft altijd jonge vriendinnen.'

'Hoe weet je dat?'

'Uit de boekjes,' antwoordde Lucie met een gegeneerd lachje. 'Er verschijnen geregeld artikelen over hem in vrouwenbladen. Naar het schijnt bestaat zijn lezerspubliek voor driekwart uit vrouwen. Al zijn boeken zijn ook opgedragen aan een vrouw. Altijd dezelfde. Katrien, heet ze. Lebowski heeft nooit willen vertellen wie ze is, wat natuurlijk de wildste geruchten in het leven heeft geroepen. Volgens sommigen is ze een lang verloren jeugdliefde, volgens anderen gaat dat het om een onbereikbare vrouw op wie hij al jaren in het geheim verliefd is.'

'Dat zou toepasselijk zijn,' glimlachte Mieke. 'Hier in Firenze.'

'Hoezo?'

'Denk eens na.'

Lucie fronste.

'Sorry, ik ben niet mee.'

'We hebben gisteren zijn standbeeld nog gezien,' hielp Mieke. 'Dante Alighieri. Hij was zijn leven lang ook verliefd op een onbereikbare vrouw.'

'Op Beatrice,' knikte Lucie nu ze het begreep. 'Maar bij Lebowski is het een heel ander verhaal. Een journalist is er onlangs achter gekomen wie de mysterieuze Katrien is. Het blijkt om zijn dochter te gaan. Ze is negentien en studeert rechten in Leuven. Naar het schijnt is ze haar vaders oogappel. Vandaar telkens opnieuw die opdracht.'

'Mooi toch.'

'Ik kan niet geloven dat hij hier voor ons zit,' zei Lucie met een zucht. 'In Leuven ben ik hem nooit tegengekomen.'

'Hoezo? Woont hij ook in Leuven?'

'Zijn vader was professor aan de universiteit van Krakau. Net voor de bouw van de Muur is hij naar het Westen gevlucht. Hij heeft een tijdlang in Leuven gedoceerd en is met een Vlaamse getrouwd.'

'Je lijkt echt wel alles over hem te weten.'

'Wat wil je? Ik ben een grote fan.'

'Ga dan dag zeggen.'

Lucie aarzelde.

'Zou ik?'

'Waarom niet?'

'Toch niet met die vrouw erbij.'

'Je wordt op je wenken bediend,' knikte Mieke in de richting van het raam.

Lucie zag wat ze bedoelde. De vrouw die al enkele minuten druk gesticulerend en veel te luid had zitten praten, stond ineens op, boog zich over het tafeltje heen en snauwde de man tegenover haar iets toe. Daarna draaide ze zich om en beende met driftige passen de bar uit.

'Hoho... die is boos,' zei Mieke.

Lucie bestudeerde Lebowski's reactie. Hij maakte geen aanstalten om de vrouw achterna te gaan en nam schijnbaar onbewogen een slok van zijn glas.

'Zo,' gniffelde Mieke. 'Opgeruimd staat netjes. Waar wacht je nog op?'

'Denk je dat ik niet durf?'

'Dat denk ik, ja.'

'Let dan maar eens op.'

Lucie dronk de rest van haar martini in één teug leeg, schoof haar stoel achteruit en liep met een air van naturelle zelfverzekerdheid in de richting van het tafeltje bij het raam. In werkelijkheid voelde ze zich allesbehalve op haar gemak. Haar hart klopte in haar keel en haar handpalmen waren vochtig. Maar de kans was te mooi om te laten liggen en wat was het ergste dat er kon gebeuren? Dat hij haar afwimpelde? Nou ja, dan had ze het tenminste geprobeerd. Trouwens, Lebowski's reputatie kennende, verwachtte ze niet dat hij dat zou doen. Ze had haar kortste rokje aan en haar benen, wist ze, mochten worden gezien.

'Meneer Lebowski?'

De man draaide zich in haar richting.

'Het spijt me dat ik u stoor, maar ik zag u toevallig zitten en ik wilde even komen zeggen dat ik uw boeken geweldig vind.'

Er verscheen een verrast lachje op het knappe gezicht van de schrijver.

'Dat doet me plezier, juffrouw.'

Het was de eerste keer dat Lucie zijn stem hoorde. Die klonk zacht, sonoor, aangenaam.

'Ik heb uw laatste roman net uit. Volgens mij is het de beste van allemaal.'

'Dat is heel vriendelijk van u.'

'Vooral de manier waarop u de spanning er tot op de laatste bladzijde hebt weten in te houden. Dat is werkelijk... fenomenaal.'

Lebowski reageerde op het compliment met een lichte buiging van zijn hoofd. Toen maakte hij een uitnodigend gebaar naar de stoel tegenover hem.

'Wilt u even gaan zitten?'

Lucie geloofde haar oren niet.

'Stoort het niet?'

'Integendeel. Ik wilde net een nieuw glas bestellen. Mag ik u iets aanbieden?'

'O... dank u wel.'

Lucies knieën knikten zo fel dat ze blij was te kunnen gaan zitten.

'Wat drinkt u?'

'Een rode martini, graag.'

Lebowski wenkte de kelner. Lucie zocht verwoed naar een volgende zin.

'Ik was verrast u hier te zien,' zei ze. 'Toch vreemd hoe het soms kan gaan.'

Lebowski's mooie, donkere ogen keken haar vragend aan. Lucie had het gevoel dat ze smolt.

'Ik bedoel... ik woon net als u in Leuven, maar ik heb u daar nooit gezien. En dan ontmoet ik u hier. Aan de andere kant van Europa. In hetzelfde hotel.'

Lebowski glimlachte. Hij had een prachtig gebit dat mooi afstak tegen de donkere teint van zijn gezicht.

'Dat is inderdaad heel toevallig. Hoewel... als ik mijn hoofdpersonage mag citeren: Er bestaat niet zoiets als toeval.'

Lucie wist over wie hij het had: inspecteur Rochus, de rechercheur die in al zijn misdaadromans de hoofdrol speelde.

'Ik vind Rochus een geweldige figuur,' zei ze enthousiast. 'Is het onbeleefd te vragen hoeveel er van u in hem steekt?'

Lebowski wachtte tot de kelner de drankjes had neergezet. In plaats van te antwoorden hief hij zijn glas en zei:

'Op een toevallige ontmoeting die dat misschien niet is.'

Lucie tikte haar glas tegen het zijne. Het kostte haar moeite om even aan die fascinerende blik van hem te ontsnappen en kort over zijn schouder naar Mieke te kijken. Die hield haar hand voor haar borst en stak heimelijk haar duim op. Van Wouter en Ruben was nog geen spoor.

'Om op uw vraag terug te komen, juffrouw. Ik...'

'Lucie,' onderbrak ze hem. 'Ik heet Lucie.'

'Lucie,' herhaalde hij en hij sprak de naam uit op een manier zoals ze dat nog nooit een man had horen doen: zacht, strelend bijna.

Voor hij zijn zin kon hervatten, zei ze: 'Ik trek mijn vraag van daarnet terug. Het was dom om die te stellen. Bovendien hebt u er waarschijnlijk al duizend keer op moeten antwoorden.'

'Die *u* is nergens voor nodig,' corrigeerde hij haar op zijn beurt. 'Ik heet Lukas, maar dat wist je natuurlijk al.'

Lucie knikte. Ze vreesde dat ze begon te blozen. Hier gebeurde iets wat je normalerwijze alleen in dromen meemaakte.

'Het is waar dat lezers altijd graag willen weten hoeveel er van een schrijver in het hoofdpersonage zit. Mag ik daarom voor één keer de vraag omdraaien? Wie zit er achter de lezeres tegenover mij?'

'O...' stamelde Lucie verrast. 'Ik weet niet of het zo interessant is om het over mij te hebben.'

'Natuurlijk wel,' zei Lebowski en het klonk alsof hij het nog meende ook.

Om tijd te winnen reikte Lucie naar haar glas en nam een fikse slok. Wat vertelde je over jezelf aan een schrijver die zulke meeslepende intriges bedacht dat je eigen leven er alleen maar banaal en alledaags tegen af kon steken?

'Nou goed dan...' weifelde ze en ze vertelde over haar studies kunstgeschiedenis, over haar baan in Museum M, over de rondreis die ze met enkele vrienden door Toscane maakte en die hier, in Firenze, eindigde. Alleen over Wouter repte ze met geen woord en terwijl ze dat enigszins verbaasd vaststelde, kon ze niet anders dan voor haarzelf toe te geven welke bedoeling daar achter stak: de man tegenover haar laten aanvoelen dat ze een vrije vrouw was.

Lebowski had geïnteresseerd geluisterd.

'Een kunsthistorica dus,' vatte hij samen, 'die van misdaadliteratuur houdt.'

'Niet van om het even welke misdaadliteratuur,' zei Lucie. 'Wat dat betreft ben ik best wel kieskeurig. Maar uw... jouw boeken zijn precies het soort romans dat ik graag lees.'

'Dat is een mooi compliment, Lucie. Dankjewel.' Lebowski wees naar haar lege glas. 'Drink je nog iets?'

Lucie aarzelde. Ze had in ijltempo al twee maritini's op en een derde zou ze zeker voelen, maar aan de andere kant wilde ze voor geen geld ter wereld dat het gesprek al eindigde.

'Graag, maar alleen als ik dit keer mag betalen.'

'Geen sprake van,' zei Lebowski. 'Ik heb jou uitgenodigd.'

Terwijl hij de aandacht van de kelner probeerde te trekken, zag Lucie uit haar ooghoek dat Wouter en Ruben gearriveerd waren en door Mieke op de hoogte werden gebracht van de situatie.

Zodra de kelner hun bestelling had opgenomen, vertelde Lebowski dat hij in Firenze was voor de Italiaanse vertaling van zijn laatste roman. Het contract was een paar uur geleden ondertekend, hij had dus iets te vieren.

'En hoe kan dat beter,' voegde hij eraan toe, 'dan in het gezelschap van een mooie, enthousiaste fan?'

Dit keer kreeg Lucie wel degelijk een kleur. Gelukkig kwam op dat moment de kelner met de drankjes. Ze toostten opnieuw. Op de vertaling ditmaal. Lucie vroeg of de geruchten waar waren: kwam er een tv-reeks op basis van zijn boeken?

'De besprekingen zijn nog niet helemaal rond,' antwoordde Lebowski. 'Mijn uitgeefster...' Hij onderbrak zichzelf. 'Je hebt haar misschien gezien. De dame die net bij me zat.'

'En die boos is weggelopen,' voegde Lucie eraan toe en nog terwijl ze het zei, schrok ze van haar eigen vrijpostigheid.

Lebowski leek gelukkig geen aanstoot te nemen aan haar opmerking.

'Nee toch,' grijnsde hij. 'Was het zo duidelijk dat we ruzie hadden?'

Lucie vermeed een antwoord door nog eens van haar glas te drinken. Ze voelde zich tipsy worden, misschien kwam het daardoor dat ze hem op de man af durfde te vragen waarom hij in een hotel als dit verbleef.

'Omdat mijn uitgeefster zo gierig is als de vrek van Molière,' antwoordde Lebowski op een toon die het midden hield tussen ernst en spot.

Lucie kon niet voorkomen dat ze giechelde. Ze moest beslist ophouden met drinken, maar ze had de tijd van haar leven en het gesprek verliep zo vlot dat ze het gevoel had dat ze de man tegenover haar al een hele poos kende.

Haar blik viel op de hand waarmee hij zijn glas vasthield. Die was slank, met fijn gevormde vingers. De hand van een pianist. Of een miniatuurschilder. Ze hield van mannen met mooie handen.

'Mag ik iets vragen?' begon ze. 'Zou je mijn boek willen signeren? Het ligt boven in de kamer.'

'Natuurlijk,' knikte Lebowski. 'Met alle plezier.'

'Ik kan het gaan halen,' stelde ze voor. 'Of...' Ze liet een pauze vallen '... we kunnen samen gaan.'

Haar woorden waren nog niet koud of ze hoorde een stem in haar roepen: Wat doe ik? Waar ben ik mee bezig? Maar het was te laat om haar voorstel in te trekken en ze zag aan Lebowski's blik dat de achterliggende betekenis van haar woorden hem niet was ontgaan.

Heel even leek hij in tweestrijd te verkeren, toen zei hij:

'Dan gaan we toch samen.'

Hij voegde de daad bij het woord en stond op. Ze volgde zijn voorbeeld. Terwijl ze de bar uitliepen, voelde ze de blikken van Mieke, Wouter en Ruben. Ze vermeed hun richting uit te kijken.

Toen Lebowski haar in de lift op knop 2 zag duwen, zei hij – waarschijnlijk om de stilte te breken:

'Mijn uitgeefster en ik zitten op dezelfde etage.'

'Toch niet in dezelfde kamer?' flapte Lucie eruit.

'Nee,' glimlachte hij. 'Beslist niet in dezelfde kamer.'

De lift kwam met een metalig geknars tot stilstand. Lebowski liet haar als eerste uitstappen. Bij nummer 207 hield ze halt en rommelde in haar handtas. De deuren in het hotel hadden nog ouderwetse sleutels. Haar hand, merkte ze, trilde lichtjes toen ze deur ontsloot. Ze ging de kamer in. De roman lag op het bureautje naast de kleerkast. Ze merkte dat hij in de deuropening was blijven staan.

'Kom binnen,' zei ze.

Pas toen zette hij een voet in de kamer. Zijn discretie beviel haar. Ze gaf hem het boek, deed de deur dicht en leunde er met haar rug tegen terwijl hij een balpen tevoorschijn haalde en half van haar afgewend het boek van een opdracht voorzag. Intussen sloeg haar hart als gek. Wat nu? schoot het door haar heen. Aan de ene kant voelde ze zich ongelooflijk tot deze man aangetrokken, aan de andere kant wist ze niet hoe ze zou reageren als hij aanstalten maakte om haar te versieren.

Lebowski gaf haar het boek terug. Ze las wat hij geschreven had en toen ze blij verrast naar hem opkeek, zag ze zijn vragende blik. Hij deed een stap dichterbij, nog steeds aarzelend. Bij wijze van aanmoediging sloot ze haar ogen.

Het volgende ogenblik voelde ze hoe hij haar op haar linkerwang kuste, teder, bijna kuis. Zijn mond verschoof langzaam naar haar hals. Ze rook zijn aftershave. Zijn lippen beroerden de huid onder haar oor. Ze draaide lichtjes haar hoofd tot haar mond de zijne vond.

De kus maakte haar helemaal week vanbinnen en vanaf dat moment wilde ze maar één ding: dat hij niet meer stopte, dat hij haar bleef kussen... maar eerst, hoe moeilijk ook, moest er iets worden gezegd.

'Ik heb geen condoom,' fluisterde ze.

'Dat hebben we niet nodig,' zei hij en hij leidde haar bij de hand naar het bed.

Ze wilde protesteren, maar hij verzekerde haar:

'We doen niets wat je niet wilt.'

Zijn belofte stelde haar gerust. Ze ging op de rand van het bed zitten; hij knielde voor haar neer. Zijn lippen gleden over haar bovenbenen, van haar knieën tot aan de zoom van het rokje, langzaam, fluweelzacht, terwijl zijn handen de buitenkant van haar dijen streelden, opnieuw niet hoger dan het rokje, alsof hij wachtte op een aanmoediging van haar om verder te gaan.

Ze voelde hoe ze opgewonden werd en liet zich achterover zakken, haar ogen gesloten, haar vingers grijpend in de sprei alsof ze bang was dat het bed zou veranderen in een hellend vlak en ze naar beneden zou glijden.

'Je hebt een wonderzachte huid,' hoorde ze hem zeggen en ze voelde hoe hij met een lichte druk tegen de binnenkant van haar knieën te kennen gaf dat ze haar benen moest spreiden.

Een ogenblik aarzelde ze nog, maar haar verlangen won het en ze deed wat hij wilde. Hij kuste de binnenkant van haar dijen, steeds hoger, maar zo zacht dat ze het gevoel had dat ze door een vederlicht briesje werd aangeraakt. Met één hand schoof hij haar rokje omhoog. Ze probeerde zich te herinneren welk slipje ze vanochtend had aangetrokken, maar haar geheugen leek niet meer te functioneren en de vraag verdween in het niets toen hij haar door de dunne stof heen kuste.

De aanraking deed haar steunen. Ze voelde hoe hij haar slipje een beetje opzij trok en ze begreep wat hij van plan was. Heel even flitste de gedachte door haar hoofd dat ze de hele dag had rondgelopen en bezweet was, maar het volgende moment al voelde ze hoe zijn tong haar beroerde.

Het was alsof een elektrische schok door haar lichaam ging. Er ontsnapte haar een kreetje en een warme golf van genot welde in haar op, terwijl zijn tong haar verkende tot hij gevonden had wat hij zocht en op die plek bleef rondcirkelen, precies daar waar het moest, zacht, teder en toch vol overgave.

Ze kreunde en tilde haar bekken naar hem op, alsof ze bang was het contact met zijn mond te verliezen. Het was niet de eerste keer dat ze daar werd gezoend, maar nooit eerder had een man zo goed geweten wat hij moest doen en was het gevoel zo overweldigend, zo meeslepend en opwindend dat ze hoopte dat er geen eind aan zou komen.

'O God,' steunde ze. 'O, o, o God.'

Ze kronkelde, trok haar benen op, plantte de hakken van haar schoenen op de bedrand en duwde zichzelf wat hogerop, half in de hoop om aan zijn tong te ontsnappen, maar zijn mond volgde iedere beweging van haar en hij bleef haar vinden, steeds opnieuw, tot ze het uitschreeuwde, tot ze helemaal overspoeld werd door een hete golf die haar optilde, meesleurde, dieper en dieper, onophoudelijk... tot ineens alles verdween en ze met een gil wegzonk in een gapende leegte.

Toen ze zich weer van haar omgeving bewust werd, liet ze haar voeten op de vloer zakken en steunde op haar ellebogen. Lebowski keek naar haar op en glimlachte. Zijn handen gleden over haar bovenbenen naar beneden en hij duwde zedig haar knieën tegen elkaar.

'Dat... dat was heerlijk,' wist ze met moeite uit te brengen.

Bij wijze van antwoord drukte Lebowski een kus op elk van haar knieën. Ze stak een hand naar hem uit.

'Kom bij me liggen.'

Hij kwam overeind en deed wat ze vroeg. Ze drukte zich tegen hem aan en kuste hem. Zijn mond proefde naar haar. Ze wilde hem op haar beurt strelen, zijn huid voelen, en ze begon aan de knoopjes van zijn gulp te frunniken, maar hij legde zijn hand op de hare en hield haar tegen.

Niet-begrijpend keek ze hem aan.

'Wil je niet?'

'Dadelijk,' zei hij. 'We hebben tijd genoeg. Ik stik van de dorst. Wat dacht je van een glaasje prosecco?'

Ze knikte. Ze had ook dorst. De kamer had geen airco, het was er bloedheet. Ze liet haar hoofd op het kussen zakken en sloot haar ogen. Het heerlijke gevoel ebde nog in haar na. Ze voelde het bed zachtjes deinen toen hij opstond en de minibar opentrok.

'Geen prosecco,' hoorde ze hem teleurgesteld zeggen.

'Wacht, ik bel roomservice.'

Ze kantelde op haar zij en nam de hoorn van de haak. Terwijl ze wachtte, ging hij opnieuw naast haar zitten en streelde haar bovenbeen.

'Er wordt niet opgenomen.'

'Wat had je dan verwacht in een hotel als dit?'

Ze legde de hoorn terug op de haak. Hij volgde haar beweging.

'Wat is dat?'

Ze zag dat hij naar het gipsen beeldje keek dat op het nachttafeltje stond, naast de schotel met fruit die het hotel bij wijze van welkomstgeschenk had aangeboden.

'Dat is de H. Lucia, mijn naamheilige.'

'Heb je dat hier gekocht?'

'Gisteren.' Ze glimlachte. 'Ik vond het wel leuk om hebben.'

Hij boog zich dichter bij het beeldje. Het was ongeveer twintig centimeter groot.

'Wat heeft ze in haar hand?'

'Een schotel met haar ogen. Die heeft ze zelf uitgestoken omdat ze niet wilde dat mannen haar aantrekkelijk vonden.'

'Hoe bizar.'

'Nou ja, ze was een heel vrome vrouw. Dat is ook de reden waarom ze haar gemarteld hebben. Omdat ze haar geloof niet wilde afzweren. Uiteindelijk hebben ze haar met een dolksteek in de hals vermoord.'

'Hoe weet je dat allemaal?'

'Door mijn werk. Het museum in Leuven heeft een uitgebreide collectie religieuze kunst.'

Lebowski drukte een kus op haar lippen en stond op.

'Waar ga je naartoe?'

'Een fles prosecco halen in de bar.'

Zodra hij de kamer uit was, rolde Lucie op haar buik. Ze verborg haar gezicht in haar handen en smoorde het gilletje dat in haar opwelde. Was dit echt? Ze kon nog altijd niet geloven wat ze gedaan had, maar ze had er geen moment spijt van. Het was onvoorstelbaar heerlijk geweest en ze kon nauwelijks wachten op wat er verder zou gebeuren.

2

Trui Goedseels was boos op zichzelf. Ze wist dat Lebowski een hekel had aan scènes, maar hij had haar zo kwaad gemaakt dat ze zich niet langer in had kunnen houden. Was die man dan nooit tevreden? Ze had er toch voor gezorgd dat zijn laatste roman in het Italiaans werd vertaald, dus waar had hij over te klagen? Toegegeven, het was maar een contract voor één boek en van een Engelse of Franse vertaling was nog altijd niets in huis gekomen, maar dat kon hij haar toch moeilijk aanwrijven? Had ze niet altijd hemel en aarde voor hem bewogen? Ze stak verdorie meer tijd in hem dan in om het even wie van de overige schrijvers uit haar fonds, al had ze daar natuurlijk een goede reden voor. De oplage van Lebowski's boeken lag hoger dan die van al haar andere auteurs samen, maar gaf hem dat het recht om zulke eisen te stellen? Als het contract voor een Engelse of Franse vertaling niet tegen het eind van de maand was getekend, had hij gedreigd, dan stapte hij over naar een andere uitgeverij.

Trui boog zich dichter bij de spiegel boven de wastafel en schrok van haar gezicht. Ze had een teint als een beslapen laken en haar mascara was uitgelopen. Dat kwam ervan, dacht ze bitter. Ze had niet mogen huilen, maar in de lift op weg naar haar kamer was het haar plots allemaal te veel geworden. De klootzak, verdomme! Hij moest eens weten hoe de zaken ervoor stonden. En haar dan zo'n ultimatum stellen. Het eind van de maand, dat was al over twee weken. Op zo korte termijn kreeg ze nooit gedaan wat hij wilde en dat wist hij maar al te goed. Volgens haar zat er dan ook iets heel anders achter die onmogelijke eis van hem. Hij zocht een excuus om hun samenwerking te verbreken. Hij wilde weg, zo snel als maar kon. Naar een grote Nederlandse uitgeverij waarschijnlijk die veel meer middelen had om zijn werk te promoten en over betere contacten beschikte om zijn boeken vertaald te krijgen. Daar was het hem om te doen en het pijnlijke van de zaak was dat ze hem niet eens ongelijk kon geven ook.

Nerveus rommelde ze in haar toiletzak. Ze moest dringend haar ogen bijwerken, maar het licht in de kleine badkamer was zo zwak dat ze na enkele vergeefse pogingen met haar kohlpotlood en handspiegeltje naar de slaapkamer liep. Er was nauwelijks plaats tussen het bed en het raam en ook daarover had Lebowski zijn beklag gedaan. Waarom had ze zulke goedkope kamers geboekt? Ze verdiende een fortuin aan zijn boeken en dan bracht ze hem onder in een hotel dat niet eens twee sterren waard was.

Ze zuchtte. Schrijvers hadden geen flauw idee hoe de uitgeverswereld in elkaar zat. Ze dachten dat het geld binnenstroomde als hun boeken goed liepen. Alsof het zo simpel was. Een uitgeverij werkte volgens het principe van communicerende vaten. De winst van een paar titels diende om het verlies van de andere te compenseren. Zo ging dat nu eenmaal. Het was de enige manier om boeken gepubliceerd te krijgen waarvan je op voorhand wist dat ze minder goed zouden verkopen, maar die toch waardevol genoeg waren om ze aan het publiek te presenteren.

De meeste schrijvers hadden daar echter geen oren naar. Zodra hun eigen werk goed verkocht, vergaten ze dat de uitgeverij jarenlang in hen had geïnvesteerd zonder daar een cent aan over te houden. Ook Lebowski vormde daarop geen uitzondering. Toen hij negen jaar geleden debuteerde, verkochten zijn boeken voor geen meter en had de uitgeverij er zelfs geld bij ingeschoten. Het was pas sinds een paar jaar dat de oplages peilsnel de hoogte in waren gegaan, wat ongetwijfeld te danken was aan het feit dat Lebowski het over een andere boeg had gegooid. Terwijl zijn eerste romans nog literaire whodunits waren in typisch Engelse stijl, schreef hij recentelijk alleen thrillers: wreed, bloedig en brutaal, nagelbijtend spannend. Het effect liet niet lang op zich wachten. Binnen de kortste tijd volgde de ene herdruk na de andere tot hij nu – met bijna 85.000 exemplaren per titel – één van de best verkopende misdaadauteurs was in het Nederlandse taalgebied.

Trui staarde met nietsziende ogen door het raam naar de drukte op de Piazza Donati terwijl ze terugdacht aan wat er een paar jaar geleden was gebeurd. De ommezwaai in Lebowski's werk was er gekomen nadat hij een zwaar auto-ongeluk had gehad en wekenlang voor zijn leven had moeten vechten. Toen hij uit het ziekenhuis ontslagen werd, was ineens alles anders geworden. Van de ene dag op de andere maakte hij een einde aan de verhouding die ze sinds meer dan vier jaar hadden en scheidde van zijn vrouw, iets wat hij naar eigen zeggen al veel eerder van plan was geweest, maar altijd had uitgesteld vanwege zijn dochter. Het meisje betekende alles voor hem, in die mate zelfs dat hij zijn eigen gevoelens jarenlang had weggecijferd tot zijn dochter zestien was en oud genoeg om de scheiding te kunnen plaatsen.

Trui grimaste tegen zichzelf in het handspiegeltje. Katrien *fucking* Lebowski! Ze kon niet ontkennen dat ze jarenlang jaloers op het meisje was geweest. Zonder haar, daar was ze van overtuigd, had ze in die tijd haar eigen huwelijk ook opgeblazen, maar Katrien leek bij Lebowski altijd op de eerste plaats te komen en zelfs op het hoogtepunt van hun relatie was haar meer dan eens de gedachte overvallen dat zijn dochter de enige vrouw ter wereld was van wie Lebowski echt hield.

Achteraf was ze blij dat ze niet bij Willem was weggegaan. Hoewel hij goed wist wat er aan de hand was, had hij jarenlang de verhouding getolereerd en haar zelfs getroost toen Lebowski er bruusk een eind aan maakte na dat gruwelijke autoongeval dat hem op een haar na het leven had gekost. Dat was intussen vier jaar geleden en sindsdien was de verstandhouding tussen hen van kwaad tot erger gegaan. Lebowski legde het voor haar ogen aan met een reeks jonge vrouwen die op zijn succes afkwamen als vliegen op stroop, terwijl hij op zakelijk vlak almaar ontevredener werd omdat de internationale doorbraak waarop hij hoopte, uitbleef.

En net nu ze er voor het eerst in geslaagd was om een boek vertaald te krijgen, stond de boel op ontploffen. God, wat een ellende! Als haar best verkopende auteur naar een andere uitgeverij overstapte, betekende dat het einde van De Reinaert. De economische crisis had zwaar toegeslagen in het boekenbedrijf en de teruglopende verkoopresultaten hadden vorig jaar tot het ontslag van drie medewerkers geleid. Op dit ogenblik draaide de uitgeverij op slechts vijf mensen, een absoluut minimum. In de tijd van haar grootvader had het bedrijf drie keer zoveel mensen in dienst gehad, maar met de toegenomen loonkosten en de slechte economische toestand was het voor een kleine, onafhankelijke uitgeverij bijna onmogelijk geworden om het hoofd boven water te houden. Bovendien deden de grote uitgeversconcerns er alles aan om de markt in te palmen en succesrijke auteurs bij de concurrentie weg te kapen.

Dat laatste speelde ook in Lebowski's geval, daar was ze zeker van. Een of andere uitgeverij moest hem benaderd hebben met god-weet-welke beloftes. Vanwaar anders dat plotse ultimatum? Lebowski stond al jarenlang op de verlanglijst van de concurrentie, maar nu was uitgelekt dat een belangrijk productiehuis interesse had om zijn werk tot een tv-reeks te bewerken, was hij nog meer gegeerd, zeker nu hij opnieuw op de shortlist stond van de Gouden Strop. Tot nu toe had hij al twee keer naast de felbegeerde prijs gegrepen, maar dit jaar werd hij door de pers unaniem beschouwd als de gedoodverfde winnaar. De uitreiking vond plaats op 29 mei in Amsterdam en viel ongeveer samen met het ultimatum dat Lebowski haar had gesteld. Dat dat toeval was, zoals hij had beweerd, was een lachertje, daarvoor kende ze hem te goed. Wie zulke ingenieuze plots wist te bedenken, was ook in het dagelijkse leven best in staat om via allerlei manoeuvres de zaak zo naar zijn hand te zetten dat er precies gebeurde wat hij wilde.

Trui liet zich op de rand van het bed zakken. Ze had het warm. De ventilator tegen het plafond draaide loom en veroorzaakte nauwelijks enige luchtbeweging. Opnieuw kostte het haar moeite om haar tranen te bedwingen. Het gesprek in de bar was volledig uit de hand gelopen. Als Lebowski wilde vertrekken, kon ze hem niet tegenhouden, maar aangezien het overleven van De Reinaert van zijn beslissing afhing, had ze geprobeerd om hem klem te zetten met de laatste troef die ze in handen had. Het was niet fraai wat ze had gedaan, het was zelfs pure chantage, maar dat kon haar in de gegeven omstandigheden geen moer schelen. Als hij het hard speelde, dan zij ook.

Als hij wegging, had ze gedreigd, dan zou ze ervoor zorgen dat de verfilming van zijn werk niet doorging. Het productiehuis in kwestie wilde een tiendelige reeks opzetten met inspecteur Rochus als centraal personage, maar de exploitatierechten op die figuur waren in handen van de uitgeverij. Zette zij haar handtekening niet mee onder het contract, dan kwam er van de hele opzet niets in huis.

Lebowski had haar een paar seconden verbijsterd aangekeken en hoewel ze als geen ander wist hoe belangrijk de verfilming voor hem was, had hij geen ogenblik zijn kalmte verloren. Op die typisch stoïcijnse manier van hem had hij gezegd dat ze moest doen wat ze niet laten kon, maar dat het zijn beslissing geenszins zou beïnvloeden.

Op dat moment was ze door het lint gegaan. Ze was van haar stoel opgeveerd en had hem in nauwelijks bedekte termen toegesnauwd dat ze in dat geval iets anders wereldkundig zou maken. Iets wat beslist niet goed zou vallen bij zijn vrouwelijke publiek. Iets wat zijn zorgvuldig opgebouwde imago van casanova-schrijver als een kaartenhuis in elkaar zou doen storten. Eens zien welk effect dat op zijn populariteit zou hebben, om over de verkoopresultaten nog maar te zwijgen.

Trui verborg haar gezicht in haar handen. Ze schaamde zich. Dat laatste had ze niet mogen doen. Het was gemeen geweest. Een slag onder de gordel. Woede was een slechte raadgever. Op deze manier blies ze bruggen op die nooit meer te herstellen waren. Ze moest zich gaan excuseren. Nu meteen.

Ze liep de gang op en klopte op de deur van de belendende kamer. Er kwam geen reactie. Waarschijnlijk zat hij nog in de bar. Goed, dan maar naar beneden. Het voelde aan als een gang naar Canossa, maar ze had geen andere keus. Als ze haar woorden niet herriep, zou Lebowski haar dat nooit vergeven.

Ze sloot haar kamer af en liep naar de lift. Ongeveer halverwege ging aan haar linkerkant een deur open en verscheen Lebowski in de gang. Een seconde of twee leek hij met de situatie verlegen, toen won zijn aangeboren flair het en verscheen er een neutraal lachje op zijn gezicht.

Haar blik verschoof automatisch naar het nummer op de deur. 207, stond er. Was hij van kamer veranderd? Daar had hij niets over gezegd.

Lebowski zag haar kijken, maar gaf geen uitleg en beende in de richting van de lift. Ze ging hem achterna.

'Lukas, we moeten praten.'

'Hebben we dat daarstraks niet gedaan?'

Er zat geen verwijt in de vraag, wel een flinke scheut sarcasme.

'Jawel, maar...'

De liftdeur ging open. Hij deed een stap opzij om haar te laten instappen. Op weg naar beneden zei ze:

'Het spijt me van daarnet, ik had niet...' Ze zuchtte. 'Kunnen we iets gaan drinken? In de bar misschien. Of anders buiten op het plein?'

De lift stopte. Lebowski liep rechtstreeks naar de bar. Ze dacht al dat hij op haar voorstel inging, maar toen ze hem aan de tapkast een fles prosecco en twee glazen hoorde bestellen, besefte ze dat hij van plan was om terug naar boven te gaan. Heel even begreep ze het niet. Kende hij iemand in het hotel? Wie? Een vrouw klaarblijkelijk, waarom anders die fles en twee glazen? Hoe kon dat? Ze waren nog maar sinds gisteren in

Firenze en het grootste deel van de tijd hadden ze in elkaars gezelschap doorgebracht.

Ze knikte naar de koelemmer.

'Dat is voor kamer 207, veronderstel ik?'

Hij zei niets.

'Ken ik haar?'

Het was eruit voor ze er erg in had. Ze kon haar tong wel afbijten. Zelfs na alles wat er tussen hen was gebeurd, voelde ze nog altijd een steek van jaloezie bij elke nieuwe verovering van hem.

Lebowski reageerde niet. Hij zette zijn handtekening en kamernummer op de rekening, nam de koelemmer en de twee glazen en wilde de bar uitlopen. Ze legde een hand op zijn arm.

'En wat met ons gesprek?'

'We kunnen straks praten.'

'Wanneer?' drong ze aan.

'Straks,' herhaalde hij en hij liet haar achter bij de tapkast.

Ze keek hem na hoe hij naar de lobby liep en in de lift verdween. Een ogenblik lang wist ze niet wat te doen. De bar was leeg, op een wat oudere man na die de *Gazzetta dello Sport* zat te lezen. Ze schrok op uit haar gedachten toen de barman vroeg of ze iets wilde drinken.

'*No, grazie.*'

'*Di niente, signora.*'

Ze keek op haar horloge. Bijna halfacht. Het had geen zin om hier te zitten wachten tot Lebowski zich verwaardigde terug te komen. In plaats daarvan kon ze beter een hapje gaan eten. Iets kleins. Een pizza of een pasta. Echt honger had ze niet en het vooruitzicht om in haar eentje in een restaurant te zitten, trok haar niet aan, maar wat moest ze anders met de rest van de avond? Lebowski zag ze morgenochtend wel. Hun vliegtuig ging om negen uur. Tijdens de vlucht was er tijd genoeg om de zaak uit te praten. Trouwens, als hij het met een vrouw uit het hotel had aangelegd, kreeg ze hem vandaag toch niet meer te zien. Ze begreep niet hoe hij dat op zo korte tijd had gedaan gekregen. De man trok vrouwen aan als een lamp muggen. Maar lang bleven ze nooit en waarom dat zo was, wist zij beter dan wie ook.

3

Twee dagen later en twaalfhonderd kilometer noordelijker maakte Thomas Berg, hoofdinspecteur bij de Federale Politie van Leuven, zich zo smal mogelijk onder zijn paraplu terwijl het water met bakken uit de hemel viel. Rotweer was het, al wekenlang. Het regende en waaide dag in dag uit en de temperatuur lag bijna tien graden lager dan normaal. In de meer dan vier decennia die hij nu al op deze planeet rondliep, kon Berg zich geen rampzaligere lente herinneren. Als dit de gevolgen waren van de klimaatverandering waarover zoveel te doen was, dan stonden ze er mooi voor.

Hij stak de ringweg over en slalomde tussen de plassen op het voetpad naar het politiebureau. Hij had er zwaar de pest in en dat was niet alleen een gevolg van het weer. Gisteren, tijdens één van de meest troosteloze zondagen in jaren, had hij op een gegeven ogenblik besloten dat hij dringend iets nodig had om zijn stemming op te vijzelen. Hij had van de hele dag nog geen voet buiten de deur gezet omdat de regen van geen ophouden wist en de muren begonnen stilaan op hem af te komen. Hoog tijd dus om in te grijpen. Hij moest iets hebben wat als tegengewicht kon dienen voor deze mistroostige zondag, een soort van compensatie om zijn toenemende melancholie te lijf te gaan.

En zo was hij op het onzalige idee gekomen om in de gietende regen naar de bakker om de hoek te lopen waar zijn keuze gevallen was op een kersentaart waarop hij zoveel slagroom had laten spuiten dat de twee winkelmeisjes elkaar hadden aangekeken met een blik die heen en weer schommelde tussen ongeloof en lachlust.

Terug thuis had hij een dubbele espresso gezet, zijn buit in vier grote stukken verdeeld en zich aan de keukentafel geïnstalleerd, vastbesloten om niet op te staan voor hij de hele taart naar binnen had gewerkt. Waarschijnlijk zou hij aan de schranspartij een gastritis van formaat overhouden, maar extreme toestanden eisten nu eenmaal extreme maatregelen.

Hij bracht het eerste stuk taart naar zijn mond en beet er gretig in, maar wat had moeten aanvoelen als mals en zacht, bevatte een onvoorziene weerstand waarop één van zijn kiezen knarsend afschampte. Op hetzelfde ogenblik flitste er een vlijmscherpe pijnscheut door zijn linkerkaak en voelde hij iets hards op zijn tong. Het duurde enkele tellen voor hij begreep wat er aan de hand was. Een pit, verdomme! Eén van de kersen was niet ontpit.

Hij stond op, liep naar de gootsteen en spuwde het steentje uit. Er bleef nog iets hards in zijn mond achter. Hij spuwde opnieuw. Ditmaal kletterde er iets metaalgrijs in de gootsteen. Hij nam het ding tussen duim en wijsvinger en realiseerde zich dat het de vulling van zijn tand was.

Vloekend zocht hij met zijn tong naar de aangerichte schade, maar zodra hij op dat punt was aanbeland, zinderde er een stroomstoot door zijn kaakbeen. Hij kreunde van de pijn. Ook dat nog. En natuurlijk gebeurde zoiets uitgerekend op een dag waarop zijn tandarts onbereikbaar was.

Woedend staarde hij naar de boosdoener op tafel. Het liefst van al was hij terug naar de winkel gegaan om de taart in het gezicht van de bakker te gooien, bij voorkeur met zoveel mogelijk klanten als getuige, maar hij onderdrukte de neiging en nam in plaats daarvan twee Dafalgans. De pijn zwakte na verloop van tijd gelukkig af, maar 's nachts was het gezeur opnieuw begonnen met als resultaat dat hij nauwelijks een oog had dichtgedaan en nu, met een humeur dat op de barometer nog lager scoorde dan de plaatselijke luchtdruk, op het politiebureau aankwam met slechts één enkel doel voor ogen: zo snel mogelijk een afspraak maken bij zijn tandarts.

Berg schudde het water uit zijn paraplu en nam de lift naar boven. In het kantoor op de tweede verdieping zaten Coens, Meulenaer en Wenderickx de krant te lezen. Hij werd begroet met een eenstemmig 'goedemorgen, chef'.

Berg mompelde iets terug, liep naar zijn bureau bij het raam en zag dat het vijf over negen was. De tandartsenpraktijk zou intussen wel open zijn. Hij vormde het nummer. Tot zijn ontzetting kreeg hij een bandje te horen waarop werd meegedeeld dat de tandarts met vakantie was. De praktijk ging opnieuw open op maandag 3 juni.

Met een gevoel alsof de hele wereld het op hem gemunt had, legde Berg de hoorn terug op de haak. Wat nu? Drie juni was pas over veertien dagen. Zo lang kon hij onmogelijk met een gehavende kies rondlopen. Een andere tandarts raadplegen dan maar? Het idee stak hem tegen. Een tandarts was zoiets als een huisarts. Iemand met wie je door de jaren heen een vertrouwensrelatie opbouwde. Iemand die wist dat alleen al het geluid van de boor het angstzweet bij je deed uitbreken. Iemand, met andere woorden, die je niet zomaar omruilde, tenzij de nood zo hoog was dat je geen andere keus had.

Voorzichtig tastte Berg met zijn tong naar de beschadigde kies. De reactie volgde ogenblikkelijk, maar de pijn was minder scherp dan de vorige dag, wat ongetwijfeld te danken was aan de Dafalgans die hij vanochtend had ingenomen. Zolang hij genoeg pijnstillers slikte en ervoor zorgde dat er niets kouds of warms in de buurt van de kies kwam, was het misschien mogelijk om het twee weken uit te zingen zonder voortdurend tegen de muren op te lopen van de pijn.

'Chef?'

Berg keek op. Coens hield de krant in zijn richting.

'Ik lees hier net dat een vrouw uit Leuven in Italië is vermoord.'

Nog voor Berg kon reageren, ging de deur open en kwam Zeebos binnen. Het hoofd van de technische recherche zat een verdieping hoger in het gebouw en kwam op maandagochtend gewoonlijk even dag zeggen.

'Morgen, iedereen.'

Berg beantwoordde de groet met een knikje, terwijl Zeebos deed wat hij altijd deed: hij ging op de radiator bij het raam zitten, schuin achter Bergs stoel. Het grijze ochtendlicht weerkaatste op zijn kale schedel.

'Zo'n sip gezicht, Thomas? Wat scheelt er? Een kater?'

'Kiespijn,' wees Berg naar zijn kaak.

'Ga dan naar de tandarts.'

'Die is met vakantie.'

'Wil je het telefoonnummer van de mijne?'

'Nee, dank je. Ik wacht wel tot die van mij terug is.' Berg wilde van het onderwerp af en richtte zich tot Coens. 'Waar in Italië?'

'In Firenze.'

'Hebben jullie het over de moord in dat hotel?' vroeg Zeebos. 'Lisa was er vanochtend helemaal ondersteboven van.'

Berg kon niet volgen. Waarom zou Zeebos' vrouw ondersteboven zijn van een moord die in Firenze was gepleegd?

'Over wie gaat het eigenlijk?' vroeg hij.

'Over een zekere Lucie Meerten,' antwoordde Coens. 'Zevenentwintig jaar. Single. Kunsthistorica van beroep.'

'In Museum M,' voegde Meulenaer eraan toe.

Berg keek over zijn schouder naar Zeebos.

'Kende Lisa haar?'

'Nee, maar ze kent wel Lebowski. Enfin, niet persoonlijk. Ze is één van zijn grootste fans.'

'Wacht even.' Berg had het gevoel dat hij niet meekon. 'Wie is Lebowski?'

'Ken je Lebowski niet?' deed Zeebos ongelovig. 'Lukas Lebowski? De misdaadauteur?'

'Ik lees geen misdaadliteratuur.'

'Maar hij woont in Leuven. Hoe kan je dan nooit van hem gehoord hebben? Een paar dagen geleden stond hij nog in alle kranten.'

'Waarom?'

'Omdat hij genomineerd is voor de Gouden Strop.'

'De wat?'

'De Gouden Strop,' herhaalde Zeebos. 'De prijs voor het spannendste boek van het afgelopen jaar. Wordt over anderhalve week uitgereikt. In Amsterdam. Dat je dat ook al niet weet.'

Berg voelde zich behandeld als een cultuurbarbaar.

'Als ik over misdaad wil lezen,' bromde hij, 'dan sla ik hier wel een dossier open.'

'Héhé, wat zijn we vandaag vlug op de teentjes getrapt,' repliceerde Zeebos. 'Komt dat door die kies?'

Berg negeerde de opmerking. Hij keek naar Coens.

'Wat heeft die... hoe heet hij ook weer?'

'Lebowski. Lukas Lebowski.'

'Wat heeft die Lebowski met de moord te maken?'

'Hij was op hetzelfde moment in het hotel als Lucie Meerten. In het artikel staat dat hij even de belangrijkste verdachte is geweest, maar dat ze hem hebben laten gaan bij gebrek aan bewijs.'

'Waarom werd hij verdacht?'

'Omdat een paar vrienden van het slachtoffer hem kort voor de moord de hotelbar hebben zien uitlopen in het gezelschap van het meisje. Volgens Lebowski's getuigenis is hij alleen met haar meegegaan om haar boek te signeren. Dat lag boven in haar kamer.'

'En daar is ze vermoord?'

'Ja, maar Lebowski beweert dat hij het boek in de gang gesigneerd heeft en geen voet in de kamer heeft gezet. Zijn uitgeefster bevestigt dat. Die kwam op dat moment toevallig uit de lift en heeft hem met het meisje zien praten. Daarna zijn ze samen naar de bar gegaan.'

'Hoe is de moord gebeurd?'

'Met een mes.'

'Was er iets gestolen?'

'Nee, haar geld zat nog in haar portefeuille.'

Er viel een stilte. Berg voelde zijn kies zeuren. Hij bedacht ineens dat hij het doosje Dafalgan thuis had laten liggen. Als de pijn erger werd, moest hij op zoek naar een apotheker in de buurt.

'Lees je echt nooit misdaadliteratuur?' vroeg Zeebos opnieuw.

Berg schudde zijn hoofd. Het klonk bijna alsof hij op een levensgroot tekort was betrapt.

'Is dat zo vreemd?'

'Nou ja, iedereen leest toch al eens een thriller.'

'Jij dus ook?'

'Dat gebeurt. Die van Lebowski heb ik allemaal gelezen. Onwaarschijnlijk spannend. Zeker de vier laatste.'

Berg keek de groep rond.

'Nog fans van Lebowski?'

'Mijn vrouw,' antwoordde Wenderickx. 'Ze heeft al zijn boeken.'

'Mijn vriendin ook,' zei Meulenaer. 'Maar ik heb nooit iets van hem gelezen. Geef mij maar een goede Scandinavische thriller.'

'En daarom was Lisa vanochtend ondersteboven?' plaagde Berg. 'Omdat Lebowski even verdacht werd van moord?'

'Wat wil je, Thomas? Hoe zou jij het vinden als je geliefkoosde schrijver gearresteerd werd en misschien nooit meer iets publiceerde?'

'Mijn geliefkoosde schrijver publiceert allang niet meer.'

'Waarom is dat, chef?' vroeg Meulenaer.

'Omdat hij al een eeuw dood is.'

'O... op die manier.'

'*Plein de temps perdu*,' zei Berg met een spijtige zucht, maar hij had niet de indruk dat Meulenaer hem begreep.

Langzaam plooide hij de krant dicht. Dacht na. Sloeg na een tijdje de krant weer open en herlas het artikel. Veel details stonden er niet in. Het stelde hem gerust. De politie had geen enkel aanknopingspunt. Hij ging bij het raam staan en keek naar buiten. De regen trok een gordijn over de straat.

In gedachten zag hij weer de gang van het hotel voor zich. Het vaste tapijt dat zijn voetstappen dempte. Ingelijste foto's links en rechts tegen de muren. De David van Michelangelo. Het Palazzo Vecchio. De Duomo. De Loggia dei Lanzi...

Bij kamer 207 bleef hij staan. Keek de gang af. Draaide zich om naar de lift. Niemand te zien.

Hij probeerde de klink. Voorzichtig. De deur gaf mee. Een voordeel bij zo'n oud hotel als dit. Geen automatisch slot. Hij duwde de deur verder open. Centimeter voor centimeter. Glipte naar binnen.

Ze lag op haar buik. Bewoog niet. Was ze ingedommeld? Hij deed de deur dicht. Langzaam. Zonder geluid te maken.

Met drie passen stond hij bij het voeteneind van het bed. Liet genietend zijn ogen over haar benen gaan. Het korte rokje was wat omhooggeschoven. Hij zag haar slipje. Lichtblauw. Samengevouwen tussen haar billen. Onweerstaanbaar.

Heel even bewoog ze. Zijn blik flitste naar boven. Haar gezicht zat verborgen onder een sluier haar. Hij wachtte. Zijn hart roffelde in zijn borstkas. Ze bleef in dezelfde houding liggen. Hij keek opnieuw naar haar billen. Kon zich niet langer bedwingen.

Met een sprong zat hij bovenop haar. Ze gilde verschrikt en probeerde overeind te komen, maar hij drukte haar hoofd in het kussen en smoorde de kreet. Haar ene hand tastte naar de zijne in haar nek en sloot zich om zijn pols. Ze trok uit alle macht. Het kostte weinig moeite om haar tegen het bed vastgepind te houden.

Hij negeerde het smekende gekerm dat uit het kussen opsteeg en schoof zijn andere hand onder haar slipje. Ze was nat. Open. Hij duwde zijn middelvinger bij haar naar binnen. Het gejammer werd heviger. Ze spartelde als gek en probeerde zich om te draaien, maar hij lag met zijn volle gewicht op haar en hield haar in bedwang.

Dit was het moment waar het om ging: het gevoel van absolute macht, het opleggen van zijn wil, de vernedering die hem meer dan wat ook opwond. Waarom had hij hier niet eerder aan toegegeven? Het was fantastisch.

Hij trok de rits van zijn broek naar beneden en drong bij haar naar binnen. Het ging gemakkelijk. Ritmisch bewoog hij op en neer. Sneller en sneller. In die vochtige warmte die hem bijna gek maakte.

Ze huilde nu aan één stuk door. Schudde zo fel heen en weer dat hij al zijn kracht nodig had om haar in dezelfde positie te houden. Op dat ogenblik plantte ze haar twee handen links en rechts van haar hoofd en deed een ultieme poging om zich omhoog te duwen. Vreemd. Plots moest hij aan Archimedes denken. Geef me een hefboom en ik breng de aarde in beweging.

Hij voelde dat hij uit haar gleed. Jammer. Veel te kort. Nu, ze had het zelf gewild. Hij ging op zijn knieën zitten, sloeg zijn handen om haar keel en kneep. Ze rochelde, maar gaf het nog niet op.

Doordat zijn hele gewicht niet meer op haar lichaam woog, slaagde ze erin haar heupen een kwartslag te kantelen. Hij viel bijna van haar af. Ze was taaier dan hij had gedacht. Hij zakte snel terug naar beneden en drukte haar bekken weer tegen het bed.

Door het manoeuvre verloor hij even de grip op haar nek. Het lukte haar om haar gezicht opzij te draaien en te gillen. Vliegensvlug klemde hij zijn linkerhand om haar mond en drukte met alle macht zijn rechteronderarm in haar nek.

Het geluid verstomde meteen. Het zweet brak hem uit. Had iemand haar gehoord? Waarschijnlijk niet. Oude hotels hadden dikke muren. Hij mocht niet langer treuzelen. Hij moest er een eind aan maken.

Op dat ogenblik zag hij in een flits een felgekleurd beeldje op het nachttafeltje staan met daarnaast een bord fruit. Hij reikte met zijn vrije hand naar het mes. Aarzelde niet en stak. In haar hals. Zo diep hij kon.

Op het kussen verscheen onmiddellijk een rode vlek. Groter en groter. Haar verzet brak. Het witte linnen zoog het bloed op als een spons. Er volgden nog wat stuiptrekkingen. Toen was het gedaan.

Hij trok het mes terug en veegde het af aan de sprei. Zwaar ademend gleed hij van haar af. In de badkamer waste hij het bloed van zijn hand. Maakte een washandje nat en ging ermee over haar geslacht tot hij er zeker van was dat er geen schaamhaar van hem was achtergebleven. Voor de zekerheid controleerde hij de bedsprei tussen haar benen. Hij zag niets. En klaargekomen was hij niet, daar had hij op gelet. Nu nog de deurklinken en de waskraan. Iets anders had hij niet aangeraakt. Of wel? Nee, alleen het mes.

Hij stak het wapen in zijn zak. Keek op zijn horloge. Net geen tien minuten. Prima. Langer blijven maakte het alleen maar gevaarlijker. Met zijn hand onder zijn T-shirt draaide hij de deurklink om. Wierp een laatste blik op het lichaam. Niemand zou ooit weten wat er was gebeurd. Geen mens had hem gezien. Alleen het beeld op het nachttafeltje was getuige geweest van wat hij had gedaan.

HOOFDSTUK 2

Prinsengracht

Amsterdam

1

Trui Goedseels keek voor de derde keer in vijf minuten op haar horloge. Het was twee voor negen. De trein naar Antwerpen vertrok om 09.04 uur en van Lebowski was nog altijd geen spoor. Ze voelde zich hoe langer hoe nerveuzer worden.

Naast haar op het perron checkte Sofie de berichten op haar iPhone. Ze zag er weer uit als om door een ringetje te halen met haar lange, blonde haar tot op de schouders en haar modieuze outfit in – zo schatte ze – maatje 36. Er lagen elf jaar tussen haar en Sofie en hoewel men beweerde dat de tijd onvermijdelijk zijn sporen naliet, kon ze qua figuur nog altijd met haar wedijveren.

Sofie werkte nu al zes jaar voor de uitgeverij en stond in voor de marketing en de public relations, maar eigenlijk beschouwde Trui haar als haar rechterhand en ze had dan ook geen seconde geaarzeld om haar mee te nemen naar de uitreiking van de Gouden Strop. Als Lebowski de prijs won, zou de voltallige pers zich als een meute uitgehongerde wolven op hem storten en moest er iemand beschikbaar zijn om de talloze aanvragen voor interviews in goede banen te leiden. Bovendien kon Sofie fungeren als buffer tussen haar en Lebowski. Sinds die onverkwikkelijke affaire in Firenze twee weken geleden had hij niets meer van zich laten horen. Sterker nog, ze had hem verschillende keren gebeld, maar hij had nooit opgenomen of op haar berichten gereageerd. Het was dus maar de vraag in welke stemming hij vanochtend zou zijn en in die omstandigheden was het handig om Sofie in de buurt te hebben. Met haar erbij zou Lebowski waarschijnlijk heel wat genietbaarder zijn. Hij en Sofie konden goed met elkaar opschieten, maar dat was niet verwonderlijk. Lebowski schoot van nature goed op met iedereen van het vrouwelijke geslacht die jong genoeg was en er goed uitzag.

Voor de zoveelste keer wierp Trui een blik op haar horloge. Het was stipt negen uur. Op het perron stond niemand meer. Al de reizigers zaten te wachten in de klaarstaande trein.

'Waar blijft hij, verdomme?'

'Als we deze trein missen,' probeerde Sofie haar gerust te stellen, 'is er over een halfuur nog eentje.'

'Dat weet ik, maar dan wordt het wel erg krap voor onze aansluiting naar Amsterdam.'

'Hij komt wel, wees gerust.'

Ze knikte. Natuurlijk kwam hij. Op het allerlaatste moment waarschijnlijk, zoals altijd. Soms dacht ze dat hij het met opzet deed. Om haar te jennen. Hij wist dat reizen haar zenuwachtig maakte. Ze was altijd bang te laat te komen of op het nippertje een aansluiting te missen. Belachelijk natuurlijk, maar het was sterker dan haarzelf.

'Kijk, daar is hij.'

Ze draaide zich in de aangewezen richting. Lebowski kwam op zijn dooie gemak aangestapt. In zijn ene hand hield hij een dichtgevouwen krant; met de andere trok hij een kleine rolkoffer achter zich aan.

'Goedemorgen, dames.'

'Verdomme, Lukas,' zei ze. 'Nog even en de trein was weg.'

'Hoezo?' Hij keek op zijn horloge. 'Er is nog tijd genoeg.'

Trui slikte een hatelijke opmerking in. Het was drie over negen. Die man had geen bloed in zijn aders, maar ijswater.

Ze stapte als eerste in. Er was plaats genoeg in de coupé. Sofie ging op de bank naast de hare zitten en Lebowski deed hetzelfde. Natuurlijk. Dat had ze verwacht. De trein zette zich in beweging.

Ze haalde haar laptop uit haar tas om wat te werken, maar het vrolijke gebabbel van de twee anderen leidde haar af. Hoe kon hij daar zo onbevangen zitten kletsen na wat er in Firenze was gebeurd? Toen ze omstreeks halftien van het restaurant was teruggekomen, stond het hele hotel in rep en roer. In de lobby had zich een grote groep gasten verzameld; achter het bureau van de receptie keken enkele hotelbedienden bedremmeld naar wat er zich voor hun ogen afspeelde; agenten in uniform bewaakten de hoofdingang en de liften.

Niet-begrijpend wrong ze zich door de massa. Iedereen praatte door elkaar. Her en der huilde een vrouw. Flarden Italiaans, Engels, Duits, Frans... vulden de ruimte. Links van haar hoorde ze plots twee mensen Nederlands spreken. Ze vroeg wat er gaande was. Een man van halfweg de zestig keek haar verbaasd aan alsof hij niet kon vatten dat ze dat niet wist.

'Er is iemand vermoord. Een meisje uit onze groep.'

Zijn stem klonk dik, aangedaan.

'Vermoord? Wanneer?'

'Nog maar pas. Haar vriendin heeft haar een uur geleden gevonden. In hun kamer op de tweede verdieping.'

Trui schrok. Dat was dezelfde etage waar zij en Lebowski logeerden. Ze ging op haar tenen staan om te zien of ze hem ergens in de menigte kon ontdekken, maar de mensen stonden zo dik op elkaar gepakt dat het onmogelijk was iemand in de massa te onderscheiden.

'Hoe heette het meisje?'

'Lucie. Haar familienaam ken ik niet.'

'Weten ze al wie het gedaan heeft?'

'Ze ondervragen op dit ogenblik een man. Een hotelgast naar het schijnt.'

De zestigplusser knikte in de richting van de bar. Bij de ingang stonden twee nors kijkende carabinieri.

'Wie is het?'

'Een Belg, heb ik horen zeggen. Een of andere schrijver.'

Truis mond viel bijna open. Voor haar geestesoog verscheen weer het nummer op de deur van de kamer waaruit ze Lebowski had zien komen. Dit kon toch niet waar zijn.

'Welk kamernummer had het meisje?'

'Dat weet ik niet. Alleen dat het op de tweede verdieping was.'

'Waarom verdenken ze de schrijver?'

'Lucies vrienden hebben hem met haar de bar zien uitlopen. Het was de laatste keer dat iemand haar levend heeft gezien.'

De man draaide zich naar de vrouw die naast hem stond en zachtjes huilde. Hij sloeg troostend zijn arm om haar schouders en wendde zich opnieuw tot Trui.

'Niemand van de gasten mag het hotel uit. Iedereen wordt verhoord. We staan hier waarschijnlijk nog uren.'

Op dat ogenblik verstomde het rumoer. Trui keek om haar heen om te zien wat de oorzaak was. De mensen die het dichtst bij de ingang van de bar stonden, weken uiteen. Het werd muisstil plots. Toen zag ze Lebowski. Twee agenten hielden hem links en rechts bij de arm en begeleidden hem naar de uitgang. Trui probeerde zijn blik te vangen, maar dat lukte niet. Hij keek strak voor zich uit, het hoofd opgeheven, met een grimmige uitdrukking op zijn gezicht.

Zodra hij de lobby uit was, hervatte het kabaal. Trui wist niet wat te doen. Dat Lebowski iets met de moord te maken had, was compleet ondenkbaar. Ze kende hem intussen negen jaar en een flink deel daarvan waren ze geliefden geweest. In al die tijd had ze nooit enig teken van gewelddadigheid bij hem opgemerkt. Integendeel, hij was de zachtste, meest onzelfzuchtige minnaar met wie ze ooit het bed had gedeeld. Alleen al het idee dat hij het meisje iets kon hebben aangedaan, was belachelijk.

'Ladies and gentlemen, may I please have your attention!'

Het werd onmiddellijk weer stil. Iedereen draaide zich in de richting van waaruit de stem kwam. Een man in burger, om en bij de veertig, stond in de deuropening van de bar en stelde zich in haast accentloos Engels voor als hoofdinspecteur Caprara. Hij verzocht iedereen om geduld en beloofde dat de nodige formaliteiten zo snel mogelijk afgehandeld zouden worden. Al de gasten werden verzocht om zich met hun identiteitskaart of paspoort bij één van zijn medewerkers aan te bieden. Daarna konden ze terug naar hun kamer.

'Mogen we ook de stad in?' riep iemand.

'Als u dat wenst,' zei Caprara. 'Alleen de mensen die een kamer hebben op de tweede verdieping, moeten voorlopig ter beschikking blijven.'

Er werd mompelend gereageerd.

'Wie informatie heeft over wat er gebeurd is,' voegde Caprara eraan toe. 'Of wie het slachtoffer na achttien uur nog gezien heeft, gelieve dat nu te melden.'

Hij keek afwachtend de groep rond. Niemand zei iets. Trui zag haar kans. Ze stak haar hand op.

'U, mevrouw?' Caprara gaf haar een wenk. 'Komt u maar.'

Onder algemene belangstelling wurmde Trui zich tussen de gasten door in zijn richting, terwijl ze koortsachtig nadacht over wat ze zou zeggen. Caprara ging haar voor de bar in. Er was niemand, ook de barman niet. De hoofdinspecteur maakte een uitnodigend gebaar naar een tafeltje en ging zelf ook zitten.

'Hoe is uw naam?'

'Trui Goedseels.'

'Nationaliteit?'

'Belg.'

'Kamernummer?'

'202.'

'U wilde iets vertellen?'

Trui legde haar armen op het tafeltje, boog zich een beetje naar voren en zei:

'Om te beginnen moet u weten dat ik de man ken die u gearresteerd hebt. Het is namelijk zo dat ik...'

'Voorlopig is er niemand gearresteerd,' viel Caprara haar in de rede. 'Meneer Lebowski is alleen naar het politiebureau gebracht voor verder verhoor. Maar goed, u zei dat u hem kent?'

'Ik ben zijn uitgeefster,' vervolgde ze. 'Meneer Lebowski en ik zijn in Firenze naar aanleiding van de vertaling van zijn laatste roman.'

'Dat heeft hij ons verteld, ja.'

'Erbuiten wordt gezegd...' Trui keek in de richting van de lobby '... dat hij verdacht wordt omdat een paar getuigen hem met het vermoorde meisje de bar hebben zien uitlopen. Klopt dat?'

Caprara plooide zijn lippen tot een flauw lachje.

'Vragen stellen hoort tot mijn bevoegdheid, mevrouw.'

Trui ging verzitten. Het kwam er nu op aan om voorzichtig te zijn.

'Hoe dan ook, ik heb hen alle twee in de gang zien staan.'

'Meneer Lebowski en juffrouw Meerten?'

'Ja.'

'Welke gang was dat, mevrouw?'

'Die van de tweede verdieping.'

'Hoe laat was dat?'

'Exact weet ik het niet. Halfzeven? Kwart voor zeven?'

'Gaat u voort.'

Trui wikte haar woorden. Het kon zijn dat de politie Lebowski's vingerafdrukken in de kamer van het meisje zou aantreffen, maar dat risico moest ze nemen.

'Meneer Lebowski is niet met het meisje de kamer ingegaan. Hij heeft met mij de lift naar beneden genomen.'

Caprara keek alsof hij dat al wist. Trui herademde. Zo ver zo goed.

'We zijn samen naar de bar gegaan om iets te drinken.'

De hoofdinspecteur nam haar onderzoekend op.

'Weet u dat zeker, mevrouw?'

'Natuurlijk weet ik dat zeker.'

'Volgens de barman is er iets anders gebeurd. Meneer Lebowski heeft aan de tapkast met een blonde dame staan praten... dat was u dus... en heeft toen iets besteld. Daarna is hij met zijn bestelling de bar uitgelopen.'

Trui dacht na. De barman had waarschijnlijk verteld over de koelemmer met de fles prosecco en de twee glazen, maar als ze enigszins kon inschatten wat Lebowski had verklaard, dan zou hij ongetwijfeld gezegd hebben dat zijn bestelling niet bedoeld was voor het vermoorde meisje.

'We waren van plan om de prosecco in meneer Lebowski's kamer te drinken.'

'Ach zo, en waarom wat dat?'

'Nu ja, we hadden iets te vieren en...'

'Dat bedoel ik niet, mevrouw. Waarom bent u niet in de bar gebleven?'

'Omdat...'

Trui boog haar hoofd in gespeelde gêne. Ze wachtte zo lang mogelijk met haar antwoord. Toen fluisterde ze:

'Dat euh... zeg ik liever niet.'

Caprara zuchtte ongeduldig.

'Zo werkt het niet, mevrouw. Ofwel vertelt u exact wat er gebeurd is, ofwel heeft uw getuigenis geen enkele waarde.'

Trui zette haar meest ongelukkige gezicht op.

'Blijft wat ik vertel tussen ons, hoofdinspecteur?'

'Dat kan ik u niet beloven, mevrouw. Dat moet u begrijpen.'

Ze deed alsof ze nog altijd twijfelde.

'Nou goed dan,' zei ze uiteindelijk. 'Meneer Lebowski en ik hebben een verhouding. Daarom zijn we naar zijn kamer gegaan.'

Caprara kneep zijn ogen tot spleetjes. Trui voelde haar hart bonzen. Ze hoopte maar dat van haar gezicht niet af te lezen was dat ze loog.

'U zegt dus dat u naar meneer Lebowski's kamer bent gegaan en daar de liefde hebt bedreven?'

'Dat is juist.'

'Volgens de barman heeft meneer Lebowski de bar alleen verlaten.'

'Ik ben eerst nog naar de receptie gegaan om mijn sleutel op te halen.'

Caprara keek alsof hij moeite had om haar te geloven. Toen veranderde de uitdrukking op zijn gezicht. Hij glimlachte en vroeg zo terloops mogelijk:

'En hoe smaakte de prosecco?'

Trui begreep onmiddellijk dat het een strikvraag was. Haar vingerafdrukken stonden niet op de fles of op één van de glazen, dus zei ze:

'Ik heb er niet van gedronken. Het was de bedoeling om

achteraf een glaasje...' Ze stopte en keek weg. Het liefst van al had ze gebloosd, maar dat liet zich niet afdwingen.

'Tot hoe laat bent u bij meneer Lebowski gebleven?'

Trui herinnerde zich dat de man in de lobby had gezegd dat de vriendin van het slachtoffer een uur geleden het lichaam had gevonden.

'Tot halfnegen ongeveer. Toen ben ik naar mijn eigen kamer gegaan om me om te kleden. We waren van plan iets te gaan eten in de stad.'

'Zonder van de prosecco gedronken te hebben?'

De vraag impliceerde dat ze de fles onaangeroerd gevonden hadden. Waarom dat zo was, begreep ze niet, maar het kwam er nu op aan om een min of meer geloofwaardige verklaring op te dissen.

'Tja, het werd al laat en morgen hebben we een vroege vlucht.'

'Ik begrijp iets niet, mevrouw. Waarom hebt u een eigen kamer als u en meneer Lebowski minnaars zijn?'

'Mijn secretaresse doet de boekingen, hoofdinspecteur. Ik heb liever niet dat zij iets van de verhouding afweet.'

Caprara leunde achteruit en kruiste zijn armen voor zijn borst. Hij klonk behoorlijk achterdochtig toen hij vroeg:

'Als het klopt wat u beweert, waarom heeft meneer Lebowski dan niet gezegd dat hij bij u was op het ogenblik van de moord? Hij heeft verklaard dat hij het boek van het meisje in de gang gesigneerd heeft en vervolgens met u de lift naar beneden heeft genomen. Dat hij en u kort daarna naar zijn kamer zijn gegaan, heeft hij niet verteld. Waarom niet? Het zou hem een steekhoudend alibi opgeleverd hebben.'

Die vraag had Trui verwacht en een antwoord had ze ook klaar.

'Dat komt omdat meneer Lebowski een gentleman is.'

Caprara trok zijn wenkbrauwen op.

'Ik geloof niet dat ik u begrijp.'

'Lukas zou nooit iets doen om mij in diskrediet te brengen, hoofdinspecteur. U moet namelijk weten dat ik euh... getrouwd ben.'

Als bewijs schoof ze haar hand met de trouwring over tafel. Caprara keek er kort naar. Toen schraapte hij zijn keel en stond op.

'In orde, mevrouw. Dank u voor uw getuigenis.'

Ze volgde zijn voorbeeld.

'Hoe zit het nu met meneer Lebowski? Zoals ik al zei, gaat ons vliegtuig morgen om...'

'Ik ben bang dat meneer Lebowski een latere vlucht zal moeten nemen.'

'Maar waarom? Ik heb u toch gezegd dat...'

Caprara stak zijn hand op.

'Er is in dit hotel een moord gepleegd, mevrouw. Het is mijn taak om uit te zoeken wie dat op zijn geweten heeft. Als blijkt dat meneer Lebowski onschuldig is, staat het hem vrij om naar huis te gaan. Maar voor het zover is, moeten er nog een paar dingen gecontroleerd worden.'

Trui veronderstelde dat hij het had over het vingerafdrukkenonderzoek. Ze wist dat Lebowski in de kamer was geweest en de mogelijkheid bestond dat hij daar iets aangeraakt had. Herejezus nog aan toe, waar was ze aan begonnen? Als de politie erachter kwam dat ze een vals getuigenis had afgelegd, zat ze zwaar in de problemen. Nu ja, dat waren zorgen voor morgen, het had geen zin om zich daar nu al het hoofd over te breken. Zoals haar vader met een verhaspeld Bijbelcitaat vaak zei: Morgen is morgen en elke dag heeft genoeg aan zijn eigen ellende.

Trui schrok toen er ineens uit de tegenovergestelde richting een trein voorbijgeraasd kwam. Ze keek van het raam weg. Lebowski en Sofie zaten nog altijd gezellig te praten. Zonder dat ze het kon voorkomen, verscheen er een lachje om haar mond. Het was roekeloos geweest wat ze in Firenze had gedaan, maar het had zijn doel niet gemist. Lebowski was de volgende dag in vrijheid gesteld. In de kamer van het slachtoffer was niets gevonden met zijn vingerafdrukken op en haar getuigenis sprak hem vrij voor het moment van de moord. Aan de andere kant viel zijn alibi weg zodra ze haar verklaring introk. Het enige wat ze moest doen, was zeggen dat ze zich vergist had in het uur waarop ze bij hem was weggegaan. Als ze daar halfacht van maakte in plaats van halfnegen, had Lebowski een levensgroot probleem.

Natuurlijk was ze dat niet van plan, ten eerste omdat ze ervan overtuigd was dat hij onschuldig was en ten tweede omdat het dom zou zijn om de kip met gouden eieren te slachten. Maar veel belangrijker was dat ze hem nu in haar macht had. Eén telefoontje naar het politiebureau van Firenze was genoeg om hem in moeilijkheden te brengen. Tot nu toe had het onderzoek immers niets opgeleverd. De enige andere persoon op wie Caprara zijn pijlen had gericht, was de vriend – of beter: de ex-vriend – van het slachtoffer, maar ook die bleek een alibi te hebben.

Trui werd er zich ineens van bewust dat iemand haar aanstaarde. Ze draaide haar hoofd. Het was Lebowski, zag ze. Hij zei niets, keek alleen maar. Ze knipoogde naar hem en boog zich weer over haar laptop. O ja, ze had hem in haar macht en dat besefte hij. Dat besefte hij maar al te goed.

2

De uitreiking van de Gouden Strop vond plaats in het Felix Meritisgebouw aan de Keizersgracht, een tiental minuten lopen van hun hotel. Trui had Femke, haar secretaresse, opdracht gegeven om drie kamers te reserveren bij Dikker & Thijs, een viersterrenhotel aan de Prinsengracht, ideaal gelegen maar bijzonder prijzig. De twee vorige keren hadden ze in een veel bescheidener hotel overnacht, maar na Firenze wilde ze voorkomen dat Lebowski opnieuw zou gaan zeuren over hun logies en bovendien zou het geen pas geven als hij won en de pers erachter kwam dat hij door zijn uitgever was ondergebracht in een goedkoop etablissement.

Nadat ze had uitgepakt, bleven er nog een paar uur over voor de plechtigheid begon. Sofie en Lebowski wilden iets gaan eten, maar zij had gezegd dat ze niet meeging. Hoewel de reis met de Thalys zonder problemen was verlopen, zat haar maag nog altijd in de knoop. Uit ervaring wist ze dat de zenuwachtigheid pas geleidelijk aan zou wegebben en dat het tot de volgende dag zou duren voor ze iets naar binnen kreeg. Dat was altijd zo op reis en dit keer was het niet anders. Ze had zelfs het gevoel dat de verkramptheid nog erger was dan gewoonlijk, waarschijnlijk omdat ze zich nerveus maakte over de prijsuitreiking. Als Lebowski won, zou dat de verkoop van zijn boeken een ongelooflijke boost geven en die extra inkomsten waren meer dan welkom. De uitgeverij zat al een tijdje in slechte papieren, in die mate zelfs dat ze voor het eerst in de verleiding was gekomen om in te gaan op het voorstel van Veen, Bosch & Keuning, een grote uitgeversgroep die al een paar jaar in een overname was geïnteresseerd.

Maar uiteindelijk had ze het voorstel van de hand gewezen,

enerzijds omdat ze de prijsuitreiking van vandaag wilde afwachten, anderzijds omdat Willem haar de verkoop had afgeraden. Het bod was veel te laag, had hij gezegd, en als de uitgeverij werd overgenomen, zou dat tot gevolg hebben dat ze haar baan verloor. Bovendien was het bedrijf al drie generaties in haar familie en zou ze het zich achteraf beklagen dat zij het uit handen had gegeven.

Dat laatste betwijfelde ze. Willem en zij hadden geen kinderen, dus zou de uitgeverij vroeg of laat toch verkocht moeten worden. Maar zijn andere argument sneed wel hout. Wat moest ze doen als ze aan de deur werd gezet? Ze was nog maar tweeënveertig en in deze branche een andere baan vinden was niet eenvoudig, zeker niet als bekend werd dat haar eigen bedrijf overkop was gegaan. Nee, Willem had gelijk. Verkopen was geen optie. En als Lebowski vanavond de Gouden Strop in de wacht sleepte, waren haar zorgen weer even van de baan. Hij móést winnen. Sofie had de romans van de vier andere kandidaten gelezen en volgens haar maakte Lebowski een goede kans. Ze vroeg zich af of hij de vergelijking ook had gemaakt. Waarschijnlijk niet. Toen bleek dat hij één van de vijf genomineerden was, had ze hem gevraagd of hij van plan was om het werk van zijn concurrenten te lezen. Lebowski's antwoord was typisch geweest. Met dat soort beuzelarijen, had hij gezegd, hield hij zich niet bezig.

Trui ging bij het hoekraam van de kamer staan. De ene kant keek uit over de Prinsengracht, de andere over de Leidsestraat. Beneden denderde een tram voorbij. Er liep veel volk rond, maar dat was in Amsterdam altijd zo. Bovendien was het weer een stuk beter dan in Leuven. Vanochtend had het opnieuw geregend, maar hier scheen de zon en voelde het eindelijk aan als lente.

Er ontsnapte haar een geeuw. Moe was ze. Uitgeput. Ze trok

haar schoenen uit en ging op het bed liggen. Met wat geluk doezelde ze een uurtje weg. De voorbije nacht had ze onrustig geslapen, wat meestal het geval was als ze de volgende dag op reis moest. Ze sloot haar ogen en vroeg zich af of er iets gaande was tussen Lebowski en Sofie. In de trein naar Antwerpen en later in de Thalys had hij voortdurend met haar zitten praten en aan Sofies reactie was duidelijk dat ze zich die aandacht maar al te graag liet welgevallen. Trui wist dat ze een vriend had, een zekere Maarten, en het benieuwde haar of de relatie hecht genoeg was om aan Lebowski's charmes te weerstaan. Hijzelf zou zich in elk geval door zo'n detail niet laten tegenhouden.

Omstreeks zeven uur kreeg ze een telefoontje van Sofie. Was ze klaar? Zij en Lebowski stonden op haar te wachten in de lobby. Trui werkte snel haar make-up bij en nam de lift naar beneden. Lebowski zag er voor het eerst een beetje gespannen uit. Ze staken de brug over en wandelden naar de Keizersgracht. De zon was achter de nokken van de huizen verdwenen, maar het was nog altijd aangenaam zacht. Zelfs haar jasje hoefde ze niet aan te trekken.

Voor het Felix Meritisgebouw was de rode loper uitgerold. Twee mannen in livrei controleerden de uitnodigingen, terwijl journalisten ijverig foto's maakten en een massa kijklustigen zich op de stoep verdrong om een glimp op te vangen van de prominenten: Nicci French, Karin Slaughter en een paar andere internationaal bekende misdaadauteurs die voor de gelegenheid waren uitgenodigd.

Binnen was het een drukte van belang. Sofie ging hun aankomst melden bij de receptie, zodat Trui en Lebowski een moment alleen hadden. Ze wilde hem vragen hoe hij zich voelde, maar op dat ogenblik werd hij aangeklampt door een andere schrijver. Terwijl de twee mannen wat beleefdheden uitwisselden, begaven ze zich naar de concerthal waar de plechtigheid doorging.

Voor de vijf genomineerden waren stoelen gereserveerd op de eerste rij aan de rechterkant van het middenpad. Daarachter zaten de partners van de auteurs en op de volgende rij hun uitgevers. Aangezien Lebowski geen vriendin had meegebracht, ging Trui achter hem zitten en nam Sofie plaats op de stoel die voor haar was bestemd.

Op het podium hing een scherm waarop de uitvergrote covers van de vijf geselecteerde romans één voor één werden geprojecteerd als een perpetuum mobile. Trui haalde haar programmablad tevoorschijn. De avond begon met de uitreiking van de Schaduwprijs voor het beste debuut. Daarna zou de voorzitter van de jury het woord nemen en werd de winnaar van de Gouden Strop bekendgemaakt. Na afloop van de uitreiking waren ze uitgenodigd in de foyer om samen met de winnaar een glaasje te drinken, terwijl intussen de rest van het programma in de concertzaal werd afgewerkt. Tot slot werden de vijf genomineerden in de patio verwacht om hun boek te signeren.

Trui keek naar Lebowski's achterhoofd. Ze vroeg zich af wat er op dit ogenblik in hem omging. Hij zat schijnbaar ontspannen te keuvelen met de man aan zijn linkerkant, maar dat was ongetwijfeld pose. Ze wist hoe belangrijk de prijs voor hem was. Dit was al de derde keer dat ze hier zaten en telkens had iemand anders gewonnen. Hopelijk ging het vanavond anders.

Het programma begon met een toelichting van de presentatrice die het publiek welkom heette en kort het verloop van de avond schetste, waarna de winnaar van de Schaduwprijs werd bekendgemaakt. De jonge schrijver verscheen doodgelukkig op het podium. Hij stamelde wat bedankjes, nam zijn cheque in ontvangst en poseerde ermee voor de fotografen.

Vervolgens verscheen de voorzitster van de jury. Met gespitste oren luisterde Trui naar het verslag, terwijl ze voelde hoe elke vezel in haar lichaam zich spande. Lebowski, zag ze, zat kaarsrecht op zijn stoel, zijn blik onafgebroken op de vrouw gericht. Nog enkele minuten en het verdict zou vallen. In de zaal kon je een speld horen vallen.

De voorzitster beëindigde haar toespraak met te zeggen dat de keuze dit jaar bijzonder moeilijk was geweest en dat het lange tijd tussen twee boeken had gegaan. Ze noemde geen titels, maar uit de context kon Trui opmaken dat Lebowski's roman één van de twee was. Haar hart nam een duik. O God, het moest lukken. Lebowski verdiende het. Zij verdiende het. Derde keer goede keer.

'En de winnaar van de Gouden Strop 2013 is...'

De vrouw stopte en draaide zich om naar het scherm waarop elk ogenblik de cover van de winnende roman zou verschijnen. Terwijl alle ogen in de zaal op hetzelfde punt waren gericht, klonk opzwepende muziek uit de luidsprekers. De spanning steeg ten top. Truis hart klopte in haar keel. Na enkele onnoemelijk lange seconden boog de voorzitster zich weer naar de microfoon en zei:

'Michael Hoop met zijn boek *Nacht in Londen*!!!'

Tegelijkertijd verscheen de cover reuzegroot op het scherm. De zaal barstte in applaus uit. Meer dan een dozijn fotografen kwamen toegeschoten op de man aan Lebowski's linkerkant. De winnaar stond op. Hij keek perplex, alsof hij niet kon geloven dat hij de gelukkige was.

Trui zat als versteend op haar stoel. Ze zag niets meer. Ze hoorde zelfs niets meer. Het was alsof alles om haar heen was stilgevallen en er nog slechts één enkele sensatie tot haar doordrong: ontgoocheling. Wurgende, verstikkende, ademafsnijdende ontgoocheling. Het liefst van al was ze opgestaan en er halsoverkop vandoor gegaan. Op dat ogenblik voelde ze hoe Sofie troostend een hand op haar schouder legde. Met een nukkig gebaar schudde ze de hand van zich af.

Intussen nam de winnaar op het podium zijn prijs in ontvangst, terwijl journalisten en fotografen zich om hem heen verdrongen. Heel de zaal was opgestaan en bleef enthousiast klappen. Ook Trui kwam overeind. Ze probeerde zich te vermannen, de teleurstelling van zich af te zetten. Lebowski stond nog altijd met zijn rug naar haar toe. Ze moest iets zeggen, hem troosten. Al bij al was dit voor hem een zwaardere opdoffer dan voor haar. Ze legde op haar beurt een hand op zijn schouder.

Te midden van het rumoer, het geklap, de flitslichten van de camera's, de muziek die nog altijd uit de luidsprekers dreunde... draaide hij zich om en keek haar aan. De blik in zijn ogen drukte zo'n diepe ontgoocheling uit dat Trui zeker wist dat ze dit ogenblik nooit zou vergeten, ook al werd ze honderd jaar.

3

Wat er vervolgens gebeurde, was achteraf moeilijk te reconstrueren. Trui herinnerde zich enkel dat zij en Sofie in de richting van de uitgang geschuifeld waren en dat ze Lebowski in het gedrang uit het oog hadden verloren. Ze bleven in de hal op hem staan wachten, terwijl een deel van het publiek nog altijd de zaal uitstroomde, maar in de drukte moesten ze hem over het hoofd gezien hebben, want na verloop van tijd gingen de deuren weer dicht voor de rest van het programma en was Lebowski nog altijd niet opgedoken.

'Heb jij hem gezien?' vroeg Sofie.

Trui schudde haar hoofd.

'Zou hij in de zaal gebleven zijn?'

'Natuurlijk niet. Wat moet hij daar?'

'Dan hebben we hem gemist. Willen we naar de foyer gaan?'

Trui stemde toe. Per slot van rekening werd hij daar met de andere genomineerden verwacht.

Ze sloten aan bij de staart van de mensenstroom die een tijdlang opstropte bij de deur. De foyer was overvol, lawaaierig, bloedheet. Ze begaven zich naar het afgezette gedeelte dat gereserveerd was voor de genomineerde auteurs, hun partners en uitgevers. Kelners kwamen rond met champagne. Van Lebowski was geen spoor. Ze namen elk een glas.

'Tja,' zei Sofie. 'Moeilijk om nu op iets te toosten.'

Trui deed geen moeite en nam zwijgend een slok.

'Hoi, Sofie. Dat is lang geleden.'

'Daan! Ik had je niet gezien.'

Een man van tegen de vijftig kuste Sofie op de wang. Trui herkende hem. Hij werkte voor een Nederlandse uitgeverij en was haar ooit voorgesteld op de Boekenbeurs van Antwerpen. De man gaf haar een hand.

'Sneu voor Lebowski,' zei hij. 'Ik vond het een knap boek.'

Trui mompelde een bedankje. De man keek om zich heen.

'Waar is hij?'

'Goeie vraag,' zei Sofie. 'We zijn hem in de drukte kwijtgespeeld, maar hij moet hier ergens rondhangen.'

Trui liet opnieuw haar blik door de foyer gaan. Het was er zo druk dat ze niet eens tot aan de tapkast kon kijken.

'Ik ga hem zoeken,' besliste ze.

'Wacht, ik ga mee.'

'Nee, blijf jij hier. Voor het geval hij toch nog opduikt.'

Ze verliet het afgezette gedeelte en mengde zich in de massa. De gesprekken om haar heen gingen allemaal over hetzelfde: de beslissing van de jury. Ze hoorde af en toe Lebowski's naam vallen.

Met veel moeite raakte ze bij de tapkast en vandaar bij de uitgang. Lebowski was nergens te bespeuren. Waar zat hij? Buiten misschien?

Ze verliet het gebouw. Op de stoep stond een groep mensen een sigaret te roken. Lebowski was er niet bij. Een collega-uitgever begroette haar. Ze vroeg of hij Lebowski had gezien. De man schudde van nee.

Wat nu? Hem bellen kon niet, Lebowski had geen mobiel. Uit principe. Op technologisch vlak liep hij sowieso jaren achter. Zijn computer gebruikte hij bijna uitsluitend voor e-mails en zijn romans schreef hij nog altijd met de hand. Heel omslachtig en echt niet meer bij de tijd, maar hem van gedachte doen veranderen lukte niet, dat had ze vaak genoeg geprobeerd. Ze zuchtte. Lebowski had een patent op dat soort eigenaardigheden. Hij kroop ook nooit zelf achter het stuur van een auto, al was dat nog enigszins begrijpelijk na dat afschuwelijke ongeluk van vier jaar geleden. Als hij ergens een lezing of signeersessie had, moest Femke hem telkens voeren. En zijn manuscripten werden ook door haar uitgetikt, hoofdstuk per hoofdstuk, naarmate het boek vorderde. Eigenlijk werkte Femke bijna halftime voor hem. Trui had het allang opgegeven om zich over zulke dingen druk te maken.

Ze ging opnieuw naar binnen. In de foyer was het nog altijd razend druk. Sofie stond op haar te wachten.

'En?'

'Niets.'

'Buiten ook niet?'

'Ben ik geweest.'

Trui keek om zich heen. Ze wilde nog een glas, maar er was geen kelner in de buurt.

'Iemand van de organisatie is net naar hem komen vragen,' zei Sofie. 'Hij had al in de patio moeten zijn om zijn boek te signeren.'

Trui mompelde een verwensing. Die man haalde het bloed onder haar nagels vandaan. Het was al erg genoeg dat hij niet gewonnen had. Als hij ook nog eens forfait gaf voor de signeersessie, was dat een regelrechte belediging aan het adres van de organisatoren.

'Ik denk dat ik weet waar hij uithangt,' zei ze tenslotte.

'Waar dan?'

'Waarschijnlijk zit hij in een of andere kroeg zijn verdriet te verdrinken.'

'En de signeersessie? Hij weet toch dat hij daar...'

'Heb je het ooit meegemaakt dat Lebowski zich zoiets aantrekt?'

Sofie beet op haar lip en zei niets meer. Trui keek op haar horloge. Het was kwart over tien. Tijd om er een punt achter te zetten.

'Ik ga terug naar het hotel,' zei ze.

'Nu al? Wil je dat ik meega?'

'Nee, blijf nog wat. Wie weet daagt hij straks op.'

Buiten was het intussen volledig donker geworden. Ze liep de Keizersgracht af. Het was flink afgekoeld. Ze rilde en trok haar jasje aan. De avond was een complete mislukking geworden. Ze voelde zich terneergeslagen en opstandig tegelijk. De laatste jaren liep ook alles fout tussen haar en Lebowski. Eerst maakte hij een eind aan hun relatie, daarna dreigde hij over te stappen naar een andere uitgeverij en nu greep hij naast de Gouden Strop. Voor de derde keer nota bene! Hoe het nu verder moest met de uitgeverij, was haar een raadsel.

Ze stak de Prinsengracht over. Haar voeten deden pijn. De schoenen waren nieuw, nog niet ingelopen. Sofie vroeg zich waarschijnlijk af waarom ze zo vroeg was weggegaan, maar dat was haar probleem.

Ze rilde opnieuw. Zelfs met het jasje aan had ze het koud. Het eerste wat ze in het hotel deed, was een warme douche nemen en een fles champagne bestellen. Ze keek op haar horloge. Nog geen halfelf. Prima. Tijd zat. Haar mond voelde kurkdroog aan. Ondanks de tegenslag van vanavond had ze een goede reden voor champagne, een heel goede zelfs, maar dat hoefde niemand te weten.

Ze nam de lift naar de eerste verdieping, schopte haar pumps uit en belde roomservice. De bestelling kwam eraan, werd haar verzekerd.

Ze zette de deur op een kier en ging naar de badkamer. Terwijl ze de douche al liet lopen, trok ze haar kleren uit en boog zich naar de spiegel. Had de ontgoocheling sporen op haar gezicht nagelaten? Ze vond van niet. Des te beter. Ze mocht zich niet laten gaan. Zeker vanavond niet.

Op dat moment hoorde ze iets in de kamer. De champagne waarschijnlijk. Ze trok de badjas van het hotel aan.

'Ik kom!' riep ze. 'Zet maar op het tafeltje.'

Er volgde geen antwoord. Ofwel had ze dat gemist door het gedruis van de douche. Op blote voeten liep ze de badkamer uit. Er was niemand. En het salontafeltje bij het hoekraam was leeg. Hoe kon dat? Ze had toch duidelijk iets...

Op dat ogenblik vloog iemand haar met zoveel geweld in de rug aan dat ze voorover op het bed neersmakte. Ze gilde van schrik en pijn, maar haar kreet werd gesmoord doordat de indringer met zijn volle gewicht op haar neerplofte en haar mond dichtklemde. Ze kreunde onder de schok en probeerde de hand af te schudden, maar dat lukte niet.

In paniek zoog ze de lucht door haar neus, balde haar vuisten, spartelde om los te komen... Tevergeefs. De man was te sterk. De angst scheurde door haar hersenen. Wat gebeurde er? Werd ze overvallen? Als hij haar maar niets deed. Haar portefeuille zat in haar handtas. Hij mocht hebben wat hij wilde, zolang hij haar maar niets...

Ze hoorde plots hoe er op de deur werd geklopt. De hotelbediende! schoot het door haar heen. Ze moest hem waarschuwen. Laten weten wat er gebeurde. Misschien had hij een loper bij zich.

Ze wilde roepen, maar de hand van de overvaller sloot zich nog vaster om haar mond. Opnieuw werd er geklopt. Harder dit keer. Ze spande zich tot het uiterste in om geluid te maken, kromde haar rug, schudde haar hoofd. Het hielp niet.

Toen hoorde ze hoe de voetstappen in de gang zich verwijderden. De tranen rolden over haar wangen. Nee! schreeuwde alles in haar. Ik ben hier! Help mij!

Maar natuurlijk hoorde de man haar niet en het sprankeltje hoop dat er even was geweest, verdween even snel als het gekomen was. Bijna tegelijkertijd voelde ze hoe een hand ruw onder haar badjas schoof en in een misselijkmakend moment begreep ze dat dit niets met een overval te maken had.

4

Op zaterdagochtend, omstreeks halftien, was Berg net klaar met het verzorgen van zijn orchideeën toen zijn mobiel rinkelde. Hij liep de zeshoekige, glazen uitbouw van de keuken uit en ging op zoek naar het toestel. Het geluid kwam uit de woonkamer. Hij repte zich ernaartoe. De telefoon lag op de salontafel.

'Hallo, Thomas Berg.'

‘Goedemorgen, hoofdinspecteur. Met Hove.’

Berg was even te verrast om de groet te beantwoorden. De onderzoeksrechter belde nooit tijdens het weekend.

‘Ik hoop dat ik u niet wakker heb gemaakt.’

‘Neenee, geen probleem.’

Berg liep tot bij het raam. Hij was al uren geleden opgestaan omdat zijn kies opnieuw was beginnen te zeuren, iets wat de afgelopen weken elke nacht was gebeurd. Nog twee dagen en zijn tandarts kwam terug uit vakantie. Hij had bijna – als een gevangene – streepjes getrokken op de muur boven zijn bed.

‘Wat kan ik voor u doen?’

‘Het gaat om het volgende...’

Hove aarzelde. Ook dat was niets voor hem.

‘Ik veronderstel dat u de krant niet gelezen hebt?’

‘Nee,’ antwoordde Berg, hoewel de vraag hypothetisch was. De onderzoeksrechter wist dat hij nooit een krant opensloeg.

‘Dat dacht ik al.’ Er weerklonk een zucht. ‘Er is donderdagavond een moord gepleegd. In Amsterdam. Het betreft een vrouw uit Leuven. Een zekere Trui Goedseels. Zegt die naam u iets?’

‘Nee, geen idee wie dat is.’

‘Ze heeft een uitgeverij op de Sint-Antoniusberg.’

Hove wachtte alsof hij Berg de kans wilde geven om zich de plaats voor de geest te halen. Welke bedoeling hij daarmee had, was onduidelijk. Berg begreep trouwens niets van het telefoontje. Wat had hij te maken met een moord in Nederland?

‘Mevrouw Goedseels,’ hervatte Hove, ‘was in Amsterdam voor de uitreiking van de Gouden Strop. Ik neem aan dat u weet wat dat is?’

‘Natuurlijk,’ antwoordde Berg en hij betrapte zichzelf erop dat hij meer vanzelfsprekendheid in het woord legde dan nodig.

'Wel nu, na de plechtigheid is zij in haar eentje terug naar haar hotel gegaan. Ze heeft een fles champagne besteld, maar toen de hotelbediende die kwam brengen, werd er niet op zijn kloppen gereageerd. De man is dan maar onverrichter zake teruggekeerd, heeft een tijdje gewacht en is opnieuw naar boven gegaan. Dit keer stond de kamerdeur op een kier en zag hij mevrouw Goedseels liggen. Op het bed. Met haar gezicht naar beneden. Dood.'

Berg vroeg zich af hoe Hove van al die dingen op de hoogte kon zijn. Zulke details stonden normaal toch niet in de krant?

'Bij de autopsie is vastgesteld dat zij gewurgd is. Het was geen roofmoord. Geld en betaalkaarten zaten nog in haar handtas.'

'Is er iemand gearresteerd?'

'Nee, de politie heeft zelfs geen verdachte. Mevrouw Goedseels was op de uitreiking samen met haar assistente Sofie Vleminckx en een schrijver uit haar fonds: een zekere Lukas Lebowski. Beiden hebben verklaard dat...'

'Een momentje,' onderbrak Berg de onderzoeksrechter. De naam deed hem denken aan wat zijn mannen verteld hadden over de moord op een andere vrouw uit Leuven. 'Herinnert u zich die toeriste die in Firenze is gedood? Lucie Meerten, heette ze.'

Hove leek een moment in de war.

'Euh... ja, wat heeft dat hiermee te maken?'

'Lukas Lebowski was ook bij die zaak betrokken. Hij werd zelfs even van de moord verdacht.'

'Er was toch geen bewijs tegen hem?' wierp Hove op. 'Hij had zelfs een alibi, meen ik me te herinneren.'

'Dat klopt, maar...'

'Laat me mijn verhaal afmaken, hoofdinspecteur. Lebowski heeft niets met de moord in Amsterdam te maken. Hij was op de plechtigheid toen Trui Goedseels werd gedood.'

'Is dat zeker?'

'Dat heeft juffrouw Vleminckx verklaard. Zij en meneer Lebowski zijn omstreeks halftwaalf samen naar het hotel teruggekeerd.'

'Was het lijk toen al ontdekt?'

'Ja, het was ongeveer kwart voor elf toen de hotelbediende voor de tweede keer naar de kamer van mevrouw Goedseels is gegaan.'

'In dat geval...'

Berg dacht plots aan iets.

'Tussen haakjes, heeft Lebowski de prijs gewonnen?'

'Nee,' antwoordde Hove. 'Waarom vraagt u dat?'

'Omdat ik niet begrijp waarom mevrouw Goedseels een fles champagne naar haar kamer heeft laten brengen als er niets te vieren viel.'

'Tja, dat is inderdaad...'

'Om hoeveel glazen heeft zij gevraagd?'

'Hoe zegt u? Euh... wacht even.'

Berg hoorde de onderzoeksrechter een blad omslaan. Had hij een dossier van de zaak? Hoe kon dat?

'Ja, hier heb ik het. Op het dienblad met de champagne stond één glas.'

'En de fles? Was dat een grote of...'

'Godallemachtig, Berg!' schoot de onderzoeksrechter uit. 'Wat heeft dat nu voor belang? Kunnen we bij de zaak blijven, alstublieft?'

Berg tuitte zijn lippen. Zo kende hij Hove weer.

'En wat is de zaak als ik vragen mag?'

'Is dat niet duidelijk? Er is een vrouw uit Leuven vermoord.'

'In Amsterdam, ja. Wat hebben wij daarmee te maken?'

'Ach, dat bedoelt u. Het is zo dat... Trui Goedseels is... of was, moet ik zeggen. Zij en mijn vrouw waren...'

Opnieuw een pauze. Berg vroeg zich af wat er aan de hand was. Waarom wrong de man zich in zoveel bochten?

'Trui Goedseels was de beste vriendin van mijn vrouw,' zei Hove, dit keer in één vloeiende zin. 'Ik zou daarom graag willen dat u de zaak opvolgt.'

'Opvolgt? Wat bedoelt u?'

In plaats van te antwoorden zei Hove:

'Ik heb er met Denissen over gepraat. Hij vindt het goed dat u naar Amsterdam gaat. Tenminste, als u daartoe bereid bent.'

Dat laatste klonk bijna als een smeekbede. Het verwonderde Berg dat de directeur zijn fiat had gegeven. Vorig jaar, bij het onderzoek naar de dood van professor Mamidakis op Kreta, had Denissen halsstarrig geweigerd om te betalen voor de vertaling van het Griekse dossier en Hove was hem daarin bijgetreden. Het argument was toen dat men in Leuven niets te maken had met een verdacht overlijden in het buitenland. Wat was er nu anders? Het feit dat het slachtoffer de vriendin was van de vrouw van de onderzoeksrechter? Blijkbaar lagen er niet altijd dezelfde gewichten op de schaal van Vrouwe Justitia.

'Ik besef dat ik u iets vraag wat niet...' Hove kuchte. 'Mijn vrouw is er het hart van in, Berg. U zou haar... en mij... een groot plezier doen. Het is niet zo dat ik geen vertrouwen heb in de Nederlandse politie, maar... Nu ja, u begrijpt wel wat ik bedoel.'

Berg kende Hove goed genoeg om te weten hoeveel moeite het moest kosten om dit te vragen. De onderzoeksrechter was een streng en rechtlijnig man, iemand die geen gunsten uitdeelde en er ook nooit zelf vroeg. Behalve nu. En dat ondanks de zaak Mamidakis. Maar waarschijnlijk had zijn vrouw hem flink onder druk gezet. En wat deed een mens dan? Hij zette voor een keer zijn principes opzij en koos voor de minst slechte van twee kwaden. Geen groter goed dan huiselijke vrede, nietwaar. Berg kon zich de situatie levendig voorstellen. Hij zei:

'Ik heb in Nederland geen recht van optreden.'

'Dat weet ik. Het is ook niet de bedoeling dat u zich in het onderzoek mengt. Ik heb er met mijn Nederlandse collega over gepraat en de zaak uitgelegd. U zou alleen een waarnemende functie hebben. Op die manier worden we toch een beetje bij het onderzoek betrokken. De Nederlandse recherche zit met de handen in het haar. Ze hebben totaal geen idee wie de dader is.'

'De moord is ook nog maar pas gebeurd.'

'Dat klopt, maar er is nog iets wat ik u moet vertellen. Iets wat... de zaak er nog pijnlijker op maakt. Trui Goedseels is verkracht voor ze werd vermoord.'

Berg kneep zijn ogen dicht.

'Weet uw vrouw dat?'

'Het stond in de krant,' zei Hove enkel.

Hij klonk zo hulpeloos dat Berg plots medelijden met hem kreeg. Hij besloot de man een eindje tegemoet te komen.

'Wat stelt u voor dat ik doe?'

'Dat u maandagochtend naar Amsterdam rijdt. Ik heb ervoor gezorgd dat u inzage krijgt in het dossier. Misschien kunt u ook een kijkje nemen op de plaats delict. Eventueel met enkele mensen praten. Sofie Vleminckx is nog ter plaatse. Willem Terbanck ook. Dat is de echtgenoot van Trui Goedseels. U ziet zelf maar wat u kunt doen. Wie weet ontdekt u iets wat de Nederlandse politie over het hoofd heeft gezien. Het zou niet de eerste keer zijn dat een buitenstaander een nieuwe kijk op een zaak kan geven.'

'Is Lebowski ook nog in Amsterdam?'

'Ik dacht van wel. Hoewel... dat weet ik niet zeker.'

'Als ik ga, wil ik iemand mee hebben.'

'Ik dacht wel dat u dat zou vragen. Denissen zei dat u kon kiezen wie.'

'Zeebos,' besliste Berg.

'U doet het dus?'

Hove klonk alsof hem een pak van het hart viel.

'Dat stel ik op prijs, Berg. Bedankt. Ook uit naam van mijn vrouw. U belt mij zodra u nieuws hebt?'

'Doe ik.'

'Prima, tot dan.'

De verbinding werd verbroken. Berg staarde nadenkend door het raam. Het regende pijpenstelen. Hij legde zijn mobiel terug op de salontafel. Ineens viel hem te binnen dat maandag de dag was waar hij al twee weken lang naar uitkeek. De dag waarop zijn tandarts eindelijk uit vakantie was en iets aan die ellendige kies kon doen.

Hij mompelde een verwensing. Hoves voorstel leek hem plots compleet ridicuul. Wat verwachtte de man eigenlijk dat hij in Amsterdam deed? Een beetje privéspeuren? Zijn Nederlandse collega's voor de voeten lopen? Hij zag het omgekeerde van de situatie al voor zich. Als hier een rechercheur uit Amsterdam zich met een moordzaak kwam moeien, zou hij de man met de nek aankijken. En hetzelfde – daar kon je gif op innemen – zou hem ginds te beurt vallen.

5

Het was jaren geleden dat Berg nog in Amsterdam was geweest, maar zodra Zeebos het centrum inreed, was hij dadelijk opnieuw door de stad gecharmeerd. De grachten met de woonboten, de imponerende koopmanshuizen, de schilderachtige bruggetjes, de straatartiesten her en der, de ontelbare fietsers... Amsterdam had iets, een gezelligheid die Brussel miste, een aparte sfeer die je nergens anders aantrof. Bovendien scheen de zon en alleen dat al maakte dat Bergs humeur er een stuk beter op werd na de urenlange rit en de eindeloze files.

Berg had de vorige dag Zeebos gebeld en uitgelegd wat de onderzoeksrechter hem had gevraagd. Hij stelde voor om een hotelkamer te reserveren voor één nacht, niet omdat hij verwachtte dat het dossier bestuderen zoveel tijd in beslag zou nemen, maar omdat ze op die manier het nuttige met het aangename konden verenigen. Nu ze toch in Amsterdam waren, zou het jammer zijn om daar niet van te profiteren. Het Rijksmuseum was na jaren van restauratiewerkzaamheden opnieuw open en een avondje stappen in Amsterdam was ook niet te versmaden.

Vooral naar dat laatste had Zeebos wel oren. Berg probeerde twee kamers te reserveren bij Dikker & Thijs, zodat hij zich een beeld kon vormen van de plaats delict, maar het hotel was volgeboekt. Zijn keuze was dan maar op het American Hotel gevallen dat op nauwelijks tien minuten loopafstand lag.

Nadat ze hadden ingecheckt, belde Berg het nummer dat de onderzoeksrechter hem had bezorgd en kreeg hij de rechercheur aan de lijn die met de zaak was belast. De man heette Dijkstra en was in tegenstelling tot wat Berg had gevreesd één en al bereidwilligheid om hen te helpen. Hij stond op het punt te gaan lunchen, zei hij met een uitgesproken Amsterdamse tongval, maar als het zijn Belgische collega's schikte, dan spraken ze af op het terrasje van het restaurant. Konden ze gelijk een hapje eten en elkaar leren kennen. Het dossier bracht hij mee.

Het kostte weinig moeite om de plaats te vinden en ook

Dijkstra was gemakkelijk herkenbaar aan de beschrijving die hij van zichzelf had gegeven: één meter negentig, vooraan in de vijftig, tien kilo overgewicht, peenhaar, donkerblauw pak.

De mannen schudden handen. Het dossier, zag Berg, lag klaar op tafel. Dijkstra vroeg of ze iets wilden eten. Hij kon de pasta's aanraden, daar was de plaats voor bekend. Zeebos sloeg meteen de menukaart open; Berg hield het op een espresso.

Nadat ze hadden besteld, vatte Dijkstra samen wat hij tot nu toe had ontdekt. Zijn verslag kwam grotendeels overeen met wat Hove had verteld: de hotelbediende was twee keer naar de kamer van mevrouw Goedseels gegaan. De tweede keer stond de deur op een kier en had hij de vrouw op bed zien liggen. Hij had haar pols gevoeld en meteen de politie gebeld.

'Ik had die avond dienst,' zei Dijkstra. 'Dus heb ik zelf de eerste observaties gedaan. Het slachtoffer lag op haar buik en had alleen een badjas van het hotel aan. Klaarblijkelijk was ze van plan een douche te nemen, want de kraan in de badkamer stond open. Ik veronderstel dat iemand heeft aangeklopt en dat ze nietsvermoedend de deur heeft geopend omdat ze dacht dat het roomservice was.'

'Dat wil dus zeggen,' concludeerde Berg, 'dat de moordenaar in de kamer was toen de hotelbediende zich de eerste keer meldde.'

'Daar kunnen we wel van uitgaan, ja.'

'Maar hij heeft niets verdachts gehoord?'

'Nee.'

De kelner kwam met hun bestelling. Zeebos plooide zijn servet open en viel op de schotel aan alsof hij dagenlang niet had gegeten.

‘Het moet snel gegaan zijn,’ zei Dijkstra. ‘Langer dan tien à twaalf minuten is de dader niet binnen geweest.’

‘Kan dat?’ vroeg Zeebos met volle mond. ‘Twaalf minuten is wel erg weinig om iemand te verkrachten en te wurgen.’

‘Hoeveel tijd is daar volgens jou dan voor nodig?’ riposteerde Dijkstra met typisch Amsterdams flegma.

‘Ik meen begrepen te hebben,’ zei Berg, ‘dat juffrouw Vleminckx en meneer Lebowski om halftwaalf in het hotel gearriveerd zijn.’

‘Dat klopt.’

‘Hoe reageerden ze op het nieuws?’

‘Juffrouw Vleminckx was compleet over haar toeren. Meneer Lebowski reageerde eerder... hoe zal ik het zeggen... onderkoeld.’

‘Onderkoeld?’

‘Nou, ik vond dat hij niet erg onder de indruk was. Een kouwe gozer als je het mij vraagt. Ofwel deed ie maar alsof.’

‘Waren ze alleen of was er nog iemand bij hen?’

‘Nee, ze waren alleen.’

Berg reikte naar zijn espresso. Net voor hij een slok wilde nemen, zag hij iets in de koffie drijven. Hij nam zijn lepeltje en viste het ding eruit. Het was een bloemblaadje van de sierkers op het terras. Het deed hem onmiddellijk weer denken aan de kersentaart en aan zijn kies die zich stilaan opnieuw liet voelen nu de pijnstillers van vanochtend waren uitgewerkt.

‘Hoeveel gasten waren er in het hotel op het ogenblik van de moord?’

‘Ik heb een paar agenten overal laten aankloppen,’ antwoordde Dijkstra. ‘Op vier na waren alle kamers leeg. Het was een mooie avond, de meeste mensen waren nog op stap. We hebben alleen twee Engelse stellen aangetroffen, een Duits zakenman en een Fins echtpaar. Gemiddelde leeftijd: tussen vijftig en vijfenzestig. Niemand heeft die avond iets verdachts gezien of gehoord. Ik denk trouwens niet dat we de dader tussen de hotelgasten moeten zoeken.'

'Waarom niet?'

'Veel te gevaarlijk, toch? Wie pleegt er nou een moord in het hotel waar hij zelf logeert? Op die manier behoor je meteen tot de eerste kring van verdachten. Nee, hun hebben er niks mee te maken, daar durf ik een ton op in te zetten.'

Hun? dacht Berg, maar hij hield zijn mond.

'Wat is er volgens jou dan wel gebeurd?' vroeg Zeebos.

'Ik denk eerder dat de dader mevrouw Goedseels toevallig op straat heeft zien lopen. Het was al donker op dat ogenblik, de vrouw was alleen, zag er goed uit. Een gemakkelijke prooi om het zo maar eens te zeggen. Waarschijnlijk is hij haar tot aan het hotel gevolgd en is hij naar binnen geglipt toen de nachtportier de champagne ging halen.'

'Dat zou van mevrouw Goedseels een toevallig slachtoffer maken.'

'Yep,' knikte Dijkstra. 'Iemand die op het verkeerde ogenblik op de verkeerde plaats was. Zwaar klote, maar zulke dingen gebeuren.'

'Het kan ook anders gegaan zijn,' merkte Berg op. 'Misschien was de dader op de prijsuitreiking en is zijn oog daar op haar gevallen.'

'Kan natuurlijk ook,' bromde Dijkstra. 'Maar dat helpt ons geen ene reet verder. Er waren een paar honderd mensen. Dat heb ik nagetrokken.'

Zeebos wees met zijn vork naar het dossier.

'Zit het rapport van de technische recherche daarin?'

'Ja, maar je zal er niet veel aan hebben. De vingerafdrukken die we in de kamer gevonden hebben, stammen waarschijnlijk van vroegere gasten. Ze zitten in elk geval niet in de computer.'

'En DNA-materiaal?'

'Niets.'

'Mevrouw Goedseels is toch verkracht?' zei Berg.

'Volgens het autopsierapport vertoonde haar geslacht kneuzingen die in die richting wijzen, maar sperma is er niet in aangetroffen. Ofwel is de dader niet klaargekomen, ofwel heeft hij een condoom gebruikt.'

Berg zei niets, al kon hij zich moeilijk voorstellen hoe de man erin geslaagd was een condoom om te doen terwijl hij zijn handen vol had met het in bedwang houden van een spartelende vrouw. Tenzij hij haar eerst bewusteloos had geslagen natuurlijk.

'Zijn er nog andere verwondingen op het lichaam aangetroffen?'

'Naast die aan de keel en de geslachtsorganen, bedoel je? Nee.'

'Sporen van een glijmiddel?'

'Ook niet.'

'Hoe kan de dader dan een condoom gebruikt hebben?'

'Dat heb ik de patholoog ook gevraagd. Hij zei dat het wel vaker gebeurt dat er geen restanten van het glijmiddel teruggevonden worden.'

'Als er geen DNA is aangetroffen,' zei Zeebos, 'dan zaten er ook geen huidpartikels onder de nagels?'

'Dat klopt. Het lijkt erop dat de dader het slachtoffer meteen met haar gezicht naar beneden op het bed heeft gedrukt. In die positie kan je de dader onmogelijk krabben of op een ander manier verwonden.'

'Om terug te komen op juffrouw Vleminckx en meneer Lebowski,' zei Berg. 'Denk je dat zij de waarheid spreken?'

'Ik heb geen reden om daaraan te twijfelen,' schokschouderde Dijkstra. 'Ze hebben alle twee precies hetzelfde verklaard.

Na de bekendmaking van de winnaar hebben ze de zaal verlaten en zijn ze naar de foyer gegaan waar de receptie plaatsvond. Juffrouw Vleminckx is het grootste deel van de tijd bij mevrouw Goedseels gebleven, terwijl meneer Lebowski eerst met een paar collega-schrijvers heeft gepraat. Hij heeft zich pas bij juffrouw Vleminckx gevoegd toen mevrouw Goedseels al weg was. Ze zijn nog een tijdje gebleven en toen samen naar het hotel gegaan.'

'Heb je de namen van die collega-schrijvers?'

Dijkstra's vork bleef halverwege zijn mond hangen.

'Euh... nee. Waarom?'

In plaats van te antwoorden vroeg Berg:

'Hoe lang doe je erover om van het Felix Meritisgebouw tot aan Dikker & Thijs te wandelen?'

'Tien minuten, misschien iets minder.'

'Zeven à acht dus als je rent.'

'Nou...' Dijkstra leunde achteruit en sloeg met een hand op zijn buik. 'Als je in vorm bent misschien.'

'Waar denk je aan, Thomas?' vroeg Zeebos.

'Als Trui Goedseels er tien minuten over gedaan heeft om naar het hotel te lopen en je telt daar evenveel minuten bij voor wat er in de kamer is gebeurd plus de zeven à acht minuten die nodig zijn om terug naar de Keizersgracht te hollen, dan kom ik op minder dan een halfuur uit. Als er meer tijd zit tussen het ogenblik waarop Trui Goedseels de foyer heeft verlaten en het ogenblik waarop Lebowski zich bij juffrouw Vleminckx heeft gevoegd, dan kan hij in theorie de moord gepleegd hebben.'

Dijkstra keek geschrokken.

'Mijn schuld,' bromde hij. 'Ik had hem moeten vragen met wie hij op de receptie heeft staan ouwehoeren.'

'Dat kan altijd nog.'

‘Welk motief zou Lebowski hebben om zijn uitgeefster te vermoorden?’ vroeg Zeebos op een toon alsof hij geen geloof hechtte aan die mogelijkheid.

‘Een seksueel motief,’ antwoordde Berg.

‘Omdat Trui Goedseels verkracht is?’ Zeebos maaide met zijn vork door de lucht. ‘Een reden te meer om Lebowski als verdachte uit te sluiten. De man kan zoveel vrouwen krijgen als hij wil.’

‘Misschien die ene net niet.’

‘Ach, kom nou!’ Zeebos legde zijn bestek neer en veegde zijn mond af. ‘Denk eens na. Zo’n moord gebeurt niet in een opwelling. Als Lebowski zijn uitgeefster om het leven wilde brengen, dan heeft hij op voorhand moeten uitrekenen hoeveel tijd hij daarvoor had. Zoiets vraagt planning, akkoord?’

‘Akkoord,’ knikte Berg.

‘Wel, dan klopt er iets niet. Hoe kon Lebowski op voorhand weten dat hij de prijs niét zou krijgen? Want als hij gewonnen had, dan was hij daar onmogelijk weggeraakt. Hij zou overrompeld zijn door journalisten en fotografen.’

‘Daar heeft ie een punt,’ bromde Dijkstra.

‘Ik zal je trouwens nog iets vertellen,’ voegde Zeebos eraan toe. ‘Lebowski werd volgens de kranten unaniem beschouwd als de te kloppen man. Iedereen dacht dat hij dit keer zou winnen, hijzelf inbegrepen waarschijnlijk. In die omstandigheden plan je geen moord voor de avond van de prijsuitreiking.’

Berg moest toegeven dat Zeebos gelijk had. Aan de andere kant zat dat artikel over Firenze hem nog altijd dwars. Kon het om een samenloop van omstandigheden gaan? Twee vrouwen uit Leuven die vermoord werden in hun hotelkamer. De ene een fan van Lebowski, de andere zijn uitgeefster. En telkens was de schrijver in de buurt. Dat was toch te gek voor...

Er schoot hem ineens nog iets te binnen. Was Lucie Meerten ook verkracht? Daarover had niets in het artikel gestaan. Hij moest zo snel mogelijk contact opnemen met de politie van Firenze.

'Is Lebowski nog in Amsterdam?' vroeg hij.

'Nee,' antwoordde Dijkstra. 'Hij heeft gevraagd of hij naar huis mocht gaan.'

'En jullie hebben hem laten gaan?'

'Waarom niet? De man had een alibi. Afijn, dat dachten we toch.'

'Is juffrouw Vleminckx er nog?'

'Ja, ze wou de echtgenoot van het slachtoffer niet alleen laten. Die vent is helemaal over de rooie en er moeten een heleboel dingen geregeld worden.'

'Logeert ze nog in Dikker & Thijs?'

'Nee. Na wat er gebeurd is, wou ze per se naar een ander hotel. Het is niet ver. Als je wilt, loop ik straks even mee.'

'Goed, dan beginnen we bij haar.'

'Vergeet je niet iets, Thomas?' kwam Zeebos tussenbeide. 'We zijn hier als waarnemers. Met het onderzoek zelf mogen we ons niet bemoeien.'

Berg keek naar Dijkstra. De Nederlander stak zijn handen op.

'Wat mij betreft: geen probleem. Alle hulp is welkom.'

'Prima,' zei Berg. 'Maar kunnen we eerst naar een apotheker?'

'Waarom?'

'Ik heb een tand stukgebeten en mijn pijnstillers liggen nog in het hotel.'

'Stukgebeten?'

'Op een kersenpit.'

'Het is weer eens wat anders,' knipoogde Zeebos naar Dijkstra. 'Meestal bijt hij zijn tanden stuk op het onderzoek.'

Berg trok een zuur gezicht.
'Grappig, Jan.'
'Kon ik echt niet laten,' grinnikte Zeebos.

Met het korte, witte jasje viel ze gemakkelijk op tussen de andere voetgangers. Hij volgde haar met de ogen terwijl ze de Prinsengracht overstak. Ze zette er flink de pas in. Haar handen hield ze om haar armen geslagen alsof ze het koud had. Misschien was dat ook zo. Het was flink afgekoeld.

Hij deed geen moeite om zich te verbergen. Het was nog altijd druk op straat. Geen mens lette op hem. Ook zij niet. Ze zag er mooi uit. Een vrouw van de wereld. Gedistingeerd en elegant. Een beetje hooghartig, dat wel. Met zo'n hautaine air van zelfverzekerdheid alsof niets of niemand haar kon raken. Hij grijnsde. Grappig eigenlijk. Een mens wist nooit wat hem boven het hoofd hing.

Hij keek toe hoe ze het hotel binnenging. Door de glazen deur zag hij haar met de nachtportier praten. De man reikte haar iets aan. De sleutelkaart waarschijnlijk. Toen verdween ze uit het zicht.

Hij hield zijn blik op de gevel van het hotel gericht. Na nauwelijks een paar minuten ging het licht aan in de hoekkamer op de eerste verdieping. Hij veranderde de plastic zak van hand. Voorzichtig. De inhoud was breekbaar. Tien minuten, nam hij zich voor. Dan zou hij de receptie bellen. De man met een smoesje weglokken. Zich uitgeven voor een hotelgast die roomservice wilde. Na tien uur stonden nachtportiers er alleen voor. Dat was in bijna alle hotels zo.

Op dat ogenblik zag hij de man de telefoon opnemen. Het gesprek duurde maar kort. Vervolgens liep hij de lobby uit. Dat was een onverwachte meevaller. Hij haastte zich de straat over. Trok de voordeur open. Keek om zich heen. Niemand.

Hij liet de lift voor wat ze was en nam de trap. De gang op de eerste verdieping was leeg. Hij liep tot op het eind. Tot zijn verbazing stond de kamerdeur op een kier. Even begreep hij het niet. Of was zij het die de nachtportier had gebeld? Dat kon eventueel een probleem worden.

Hij legde zijn oor tegen de deur. Hoorde de douche lopen. Keek door de kier. De kamer was leeg. Op het bed lag het witte jasje. De badkamer bevond zich recht tegenover de kamerdeur. Een afstand van twee meter ongeveer.

Hij duwde de deur verder open en glipte het halletje in. Eén van de scharnieren knarste. Hij schrok. Dat moest ze gehoord hebben. De reactie kwam onmiddellijk. Uit de badkamer werd iets geroepen.

Voorzichtig deed hij de kamerdeur dicht. Zette de plastic zak naast zijn voeten op de vloer en drukte zich met de rug tegen de muur. De deur van de badkamer zwaaide open. Hij maakte zich zo smal mogelijk. Na enkele seconden kwam hij uit zijn schuilplaats. Ze stond midden in de kamer met de rug naar hem toe. Op blote voeten. Gekleed in een witte badjas tot aan de knieën.

Met twee passen was hij bij haar. Legde heel zijn gewicht in de aanval. De klap katapulteerde haar op het bed. Nog voor haar gil voldoende geluid had, zat hij bovenop haar en schroefde haar mond dicht. De kreet verstierf tot een nauwelijks hoorbaar gejammer. Ze begon met haar benen te trappelen. Geen probleem. Ze was niet sterk genoeg om het hem moeilijk te maken.

Op dat ogenblik werd er op de deur geklopt. Zijn hart sloeg een slag over, toen realiseerde hij zich dat het de hotelbediende was. Hij verstevigde zijn greep op haar mond. Zorgde ervoor dat ze geen kik kon geven. De seconden tikten langzaam weg. Er werd nog eens geklopt. Ging die man dan nooit weg?

Hij wachtte tot er op de gang geen geluid meer te horen was. Intussen merkte hij hoe ze moeizaam de lucht door haar neus naar binnen zoog. Hij voelde de warmte van haar adem op zijn hand. Het nat van haar tranen.

Het moment was rijp. Misschien kwam de hotelbediende terug. Veel tijd was er dus niet. Hij verschoof zijn gewicht. Zijn ene hand gleed naar beneden. Hij trok de badjas omhoog. Ze was naakt eronder. Hij stak zijn hand tussen haar billen. Ze steunde, schudde nee, perste haar benen tegen elkaar.

Haar geslacht was droog. Hij drong met geweld bij haar naar binnen. Ze kreunde. Het wond hem nog meer op. Hij ritste zijn broek open. Het ging moeilijk, maar zodra hij in haar was, stootte hij ruw op en neer. Een volle minuut of toch bijna. Langer durfde hij niet. Ze werd niet nat. De ontgoocheling sneed als een mes door hem heen.

Hij besefte dat zijn tijd op was. Dit was niet geworden wat hij zich ervan had voorgesteld. Te kort. Te overhaast. Hij moest ervoor zorgen dat hij volgende keer meer tijd had. De zaak zo organiseren dat er geen gevaar bestond dat hij werd gestoord.

Met spijt trok hij zich terug. Afronden. Er een eind aan maken. Hij drukte haar gezicht in het kussen, sloeg zijn twee handen om haar keel en kneep. Ze rochelde. Hij kneep nog harder. Ze begon te stuiptrekken. Lang duurde het niet.

In de badkamer hield hij een handdoek onder het water van de douche en wreef haar geslacht schoon. Daarna trok hij handschoenen aan en haalde het heiligenbeeld uit de plastic zak. Waar? Hij keek de kamer rond. Zijn oog viel op haar koffer naast de kleerkast. Een Samsonite. Grijsblauw.

Hij klapte het deksel open. Er zat een stoffen zakje tegen de zijkant. Hij probeerde of het beeld erin paste. Net goed. Hij deed de koffer dicht en stak de handdoek in de plastic zak. Even nog verlustigde hij zich aan de aanblik van haar naakte billen, trok toen de badjas naar beneden. Ze lag daar alsof ze sliep. Alsof er niets was gebeurd.

Hij deed de deur op een kier en speurde de gang af. Niemand. Haastig liep hij trap af. Deed hetzelfde met de deur naar de lobby. De nachtportier was er niet.

Een paar tellen later stond hij op straat. Hij grijnsde breeduit. Het was waar wat men zei. De duivel beschermde de zijnen.

HOOFDSTUK 3

Sint-Antoniusberg

Leuven

I

Het was al na negenen toen Berg op dinsdagavond thuis werd afgezet door Zeebos. De terugreis van Amsterdam was vlotter verlopen dan de heenreis, maar toch voelde hij zich hondsmoe. Hij liet zijn koffer in de hal staan, liep de woonkamer door, zo naar de keuken. Uit het wijnrek tegen de muur koos hij een fles, schonk zich een glas in en proefde. Heerlijk. De Pomerol was van 2009. Een uitstekend wijnjaar. Hij ging voor de glazen achterwand staan en tuurde naar buiten. De schemering vulde de kleine tuin. Veel te vroeg voor de tijd van het jaar, maar dat lag aan het dikke wolkendek dat over de stad hing. Nu ja, het regende tenminste niet.

Hij liep het terras op. De tuinmeubelen waren nog nat van de vorige plensbui. Hij wreef een stoel droog en ging zitten. Het was kil, maar hij had behoefte aan frisse lucht. De treurwilg op het einde van de tuin stond nog altijd niet volledig in blad. De natuur liep een paar weken achter.

Wat had de trip naar Amsterdam nu eigenlijk opgeleverd? Bitter weinig. De enige opsteker van de reis was het bezoek aan het Rijksmuseum, maar wat de moordzaak betrof, hadden ze nauwelijks vooruitgang geboekt.

Het was begonnen met Sofie Vleminckx. De vrouw had precies hetzelfde verklaard als de eerste keer, maar toen Berg haar vroeg hoeveel tijd er verlopen was tussen het ogenblik waarop Trui Goedseels de plechtigheid had verlaten en het moment waarop ze Lebowski opnieuw had gezien, was ze uiterst vaag gebleven. Twintig minuten? Een halfuur? Ze had geen idee. Op een receptie praatte je voortdurend met mensen en wie lette er dan op de tijd?

Het enige wat ze wel kon vertellen, was dat Lebowski zich niet aangeboden had voor de signeersessie in de patio. Hij had zich moeten melden om kwart voor tien, maar was nooit opgedaagd. Toen ze hem achteraf om uitleg vroeg, had hij kortweg gezegd dat hij daar niet te kijk had willen zitten als één van de verliezers.

Berg had ook met Willem Terbanck gepraat, de echtgenoot van Trui Goedseels. De man was ingenieur van beroep, werkte voor een hightech-bedrijf en was negen jaar ouder dan zijn vrouw. De avond van de moord was hij alleen thuis geweest, wat betekende dat hij geen alibi had. Aan de andere kant was zijn vrouw verkracht en dat sprak in zijn voordeel. Echtelijke moorden kwamen geregeld voor, maar gingen zelden gepaard met een verkrachting. Hoewel, onbestaande was het niet en in theorie had Terbanck tijd en gelegenheid gehad om de moord te plegen. Hij was naar eigen zeggen om vijf uur opgehouden met werken en zijn vrouw was diezelfde avond omstreeks kwart voor elf gedood. Bijna zes uur was voldoende om van Leuven naar Amsterdam te rijden, zelfs met de gebruikelijke files. Berg had na het gesprek Wenderickx gebeld en hem opdracht gegeven om na te gaan of Terbanck die dag inderdaad op zijn werk was geweest. Tegelijk – in een opwelling – had hij gevraagd om uit te zoeken waar hij was op het ogenblik van de moord in Firenze. De man had hoogstwaarschijnlijk niets met die zaak te maken, maar Bergs geest werkte nu eenmaal zo dat hij geen enkele mogelijkheid uitsloot.

De volgende ochtend hadden ze de plaats delict bezocht. De kamer bij Dikker & Thijs was nog altijd versperd met politielint en Dijkstra had ervoor gezorgd dat ze de nachtportier te spreken kregen. Berg vroeg hem of mevrouw Goedseels specifiek om één glas had gevraagd, maar dat bleek niet het geval te zijn. Over het aantal glazen had ze niets gezegd, verklaarde de man, en omdat er volgens het hotelregister maar één persoon in kamer 109 logeerde, had hij aangenomen dat één glas voldoende was.

Bij inspectie bleek de minibar een kleine fles champagne te bevatten, dus bleef de vraag waarom Trui Goedseels een grote fles had besteld, temeer omdat Lebowski naast de prijs had gegrepen en er op het eerste gezicht niets te vieren viel. De mogelijkheid bestond natuurlijk dat ze bezoek had verwacht. Dat zou alleszins de grootte van de fles verklaren én waarom ze zo vroeg van de receptie was weggegaan. Maar had ze in dat geval niet uitdrukkelijk om twee glazen gevraagd? Of had ze aangenomen dat er standaard twee glazen werden bezorgd bij een grote fles?

Hoe dan ook, als ze zo laat op de avond een bezoeker had verwacht, dan kon dat twee dingen betekenen: ofwel was er een minnaar in het spel, ofwel was haar echtgenoot haar na het werk achterna gereisd. Willem Terbanck had ontkend dat hij met zijn vrouw in Amsterdam had afgesproken, maar was dat wel de waarheid? Het bleef een feit dat Trui Goedseels voor zichzelf een tweepersoonskamer had geboekt. Waarom? Sofie Vleminckx en Lebowski hadden elk een eenpersoonskamer.

Of was de moordenaar toch een onbekende? Dijkstra had

gesuggereerd dat Trui Goedseels een toevallig slachtoffer kon zijn, willekeurig op straat of tijdens de receptie uitgekozen, maar Berg hechtte weinig geloof aan die mogelijkheid. Het gros van de moorden werd gepleegd door iemand uit de naaste omgeving van het slachtoffer en voorlopig had hij geen reden om aan te nemen dat dit geval anders was.

Hij schonk zich nog een glas in. Het eerste wat hij morgen deed, was Lebowski een bezoek brengen. Om te beginnen moest hij de namen hebben van de mensen met wie hij op de receptie had staan praten en ten tweede wilde hij uit de mond van de man zelf horen wat er nu juist in Italië was gebeurd. Coens kon intussen naar Firenze bellen en informeren of de moord op Lucie Meerten van seksuele aard was, terwijl hij Wenderickx en Meulenaer zou vragen om een profiel op te stellen van de schrijver. Het kon zijn dat Lebowski niets met de moorden te maken had, maar voorlopig had Berg geen andere verdachte, behalve misschien Willem Terbanck. Trui Goedseels en Lebowski waren vrijdag naar Firenze gevlogen en zouden zondagochtend om negen uur de terugvlucht nemen. Terbanck was de hele vrijdag op zijn werk geweest, dat had Wenderickx intussen gecheckt, maar als hij meteen na kantoor met de auto naar Italië was gereden, had hij meer dan vierentwintig uur gehad om de afstand naar Firenze af te leggen. De vraag was alleen waarom hij al die moeite zou doen om een hem onbekende toeriste te vermoorden.

Berg haalde zijn mobiel boven en selecteerde Hoves nummer. Er werd bijna onmiddellijk opgenomen.

'Hoofdinspecteur, ik had gisteren al een telefoontje verwacht.'

Berg legde uit dat hij een dag langer in Amsterdam was gebleven om zich een zo volledig mogelijk beeld van de zaak te kunnen vormen. Over zijn bezoek aan het Rijksmuseum repte hij met geen woord.

‘En? Wat kunt u mij al vertellen?’

‘Er zijn drie mogelijkheden,’ antwoordde Berg. ‘Om te beginnen kan het zijn dat mevrouw Goedseels toevallig door de moordenaar op straat is uitgekozen toen ze naar het hotel terugliep. De Nederlandse politie denkt in die richting.’

‘Waarom?’

‘Omdat alle betrokkenen een alibi hebben. Ze houden wel rekening met de mogelijkheid dat de dader aanwezig was op de receptie en dat mevrouw Goedseels hem daar is opgevallen. Naar verluidt was ze een mooie vrouw.’

‘Een heel mooie vrouw zelfs. Hecht u geloof aan die mogelijkheid?’

Berg merkte dat het begon te regenen. Met zijn glas wijn in de ene en de telefoon in zijn andere hand ging hij naar binnen.

‘Het kan op die manier gebeurd zijn, maar ik heb zo mijn twijfels.’

‘En welke zijn dat?’

‘Daar kom ik dadelijk toe. Ik geef u misschien beter eerst de twee andere theorieën.’

‘In orde.’

‘De tweede mogelijkheid is dat Lukas Lebowski de moord heeft gepleegd.’

‘Lebowski? Waarom?’

‘Daar heb ik voorlopig het raden naar.’

‘Maar volgens het politierapport was hij op de plechtigheid toen Trui werd vermoord. Dat heeft Sofie Vleminckx verklaard.’

Berg legde uit dat Lebowski niet opgedaagd was voor de signeersessie en dat er een leemte zat tussen het ogenblik waarop Trui Goedseels de foyer had verlaten en Sofie Vleminckx hem opnieuw had gezien. Als die leemte groter was dan een halfuur, had Lebowski in theorie voldoende tijd gehad om Trui Goedseels in haar hotelkamer te doden en naar de receptie terug te keren.

'Mmm...'

Dat ene geluid was genoeg om Berg te laten aanvoelen dat Hove bedenkingen had bij die theorie en het volgende ogenblik kreeg hij ook te horen waarom.

'Er is nog iets wat u moet weten, hoofdinspecteur. Trui en Lebowski hebben jarenlang een verhouding gehad.'

'Hoe weet u dat?' vroeg Berg verbaasd.

'Van mijn vrouw,' zei Hove enkel.

'Op die manier.'

'Waar het om gaat, is dat de affaire vier jaar geleden is gestopt. Op initiatief van Lebowski. Welke reden zou hij dan hebben om Trui nu te vermoorden? En zeker...' Hove stopte even '... haar te verkrachten.'

'Nogmaals, dat weet ik niet. Maar gezien de omstandigheden wil ik hem niet zonder meer als verdachte uitsluiten.'

'Wat is de derde mogelijkheid?'

'Dat er een andere man in het spel is. Iemand die mevrouw Goedseels kende. Om te beginnen heeft ze voor zichzelf een tweepersoonskamer geboekt en heeft ze na aankomst in het hotel een fles champagne besteld. Bovendien is ze erg vroeg van de receptie weggegaan. Waarom? Misschien verwachtte ze iemand.'

'Wie?'

'Opnieuw twee mogelijkheden. Ofwel had ze afgesproken met haar man en is die haar achterna gereisd toen hij van het werk...'

'Willem? Ach kom nou, hoofdinspecteur, ik merk dat u hem niet kent. Willem is absoluut niet het type dat in staat is iemand te vermoorden.'

Berg zweeg even. Toen zei hij:

'Hebt u enig idee hoe dikwijls ik dat in de loop van mijn carrière al over iemand heb horen zeggen die achteraf de moordenaar bleek te zijn?'

‘Natuurlijk, maar...’ Hove zuchtte. ‘Wat is de andere mogelijkheid?’

‘Het zou ook kunnen dat mevrouw Goedseels er een minnaar op na hield. Iemand met wie ze in Amsterdam had afgesproken, ver van huis en met weinig gevaar dat iemand haar zou betrappen.’

‘Een minnaar?’ Hove klonk weifelend. ‘Hoe komt u daarop?’

‘Waarom heeft ze anders een fles champagne besteld? Een grote dan nog, terwijl er in de minibar een flesje van 375 milliliter zat.’

‘Trui draaide haar hand niet om voor een glas meer of minder,’ zei Hove op een toon alsof hij dat met tegenzin toegaf.

‘Dat kan best zijn, maar dan blijft de vraag: waarom champagne? Die drink je meestal als er iets te vieren valt. Maar dat was niet het geval. Lebowski heeft de Gouden Strop niet gewonnen.’

‘Nee, dat is zo.’

‘Ik heb daarom een voorstel,’ begon Berg en hij wikte zijn woorden. ‘Zou u uw vrouw willen vragen of ze weet heeft van een minnaar?’

Het bleef stil aan het andere eind.

‘Goede vriendinnen vertellen elkaar dat soort dingen,’ pleitte Berg. ‘Als er dus iemand op de hoogte is van het feit of mevrouw Goedseels al dan niet een minnaar had, dan is het wel uw...’

‘Ik heb het al begrepen,’ zei Hove korzelig. Hij mompelde iets wat met veel goede wil verstaan kon worden als een toezegging en verbrak de verbinding.

Berg nam nog een slok van zijn glas. De wijn was excellent. Hij moest zo snel mogelijk zijn voorraad aanvullen. Nog even en de oogst van 2009 zou zijn uitgeput of compleet onbetaalbaar. Hij bedacht ineens dat hij Hove vergeten had te vertellen wat Zeebos gezegd had: dat Lebowski onmogelijk de moord op voorhand had kunnen plannen aangezien hij niet geweten had of hij al dan niet de Gouden Strop zou winnen. Nu ja, dat kon later nog. Eerst wilde hij weten of er een minnaar in het spel was. In dat geval had Zeebos misschien gelijk en had Lebowski niets met de moord te maken.

Een kwartier later rinkelde zijn mobiel. Het was de onderzoeksrechter. Zonder inleiding zei hij:

'Volgens mijn vrouw had Trui geen minnaar. Het is zelfs zo dat ze de breuk met Lebowski nooit helemaal heeft verwerkt. Die indruk heeft mijn vrouw althans.'

'Vreemd. Waarom dan die champagne? Wat viel er in godsnaam te vieren?'

'Iets heel anders,' zei Hove.

Berg wachtte, maar er kwam niets meer.

'Wat dan?'

'Luister, Berg, ik vertel u dit in vertrouwen. Mijn vrouw wil niet dat wat ik nu ga zeggen bekend wordt. Ze heeft Trui uitdrukkelijk beloofd om er met niemand over te praten, maar aangezien u zo bleef doordrammen over die champagne, heb ik aangedrongen en heeft ze me verteld wat er aan de hand was.'

Doordrammen? dacht Berg, maar hij zei niets.

'De avond voor ze naar Amsterdam vertrok, heeft Trui goed nieuws gekregen van haar huisarts. Ze had een week eerder een knobbeltje in haar linkerborst ontdekt en ze vreesde het ergste. Gelukkig bleek het om een goedaardig gezwel te gaan.'

'O...' zei Berg enkel.

'Dat viel er dus te vieren,' vervolgde Hove. 'Met een minnaar had de champagne niets te maken.'

2

Zoals hij zich had voorgenomen, reed Berg de volgende ochtend met Zeebos naar de woning van Lebowski. Wenderickx, met wie hij meestal een team vormde, had misnoegd gevraagd waarom hij bureaudienst kreeg, maar Berg had uitgelegd dat hij zo snel mogelijk een uitgebreid profiel van de schrijver wilde en dat Meulenaer daar best wat hulp bij kon gebruiken. Bovendien was Zeebos door de trip naar Amsterdam in het voordeel. Hij kende de situatie uit de eerste hand en had al kennisgemaakt met enkele betrokkenen.

Lebowski huurde een huis in de Riddersstraat, op een vijftigtal meter van het kruispunt met de Brusselsestraat. Het was een mooi, eind negentiende-eeuws pand met een gezandstraalde gevel in klampsteen en houten luiken aan de ramen. Berg vroeg zich af waarom een man die zoveel succes had geen eigen woning bezat, maar bij navraag op het kadaster bleek dat hij eigenaar was van een pand in de Goudbloemsstraat, in vogelvlucht geen driehonderd meter verwijderd van de plaats waar hij nu woonde. Het huis stond op naam van hem en zijn exvrouw, wat bij Berg de vraag opriep waarom het bij de scheiding niet was verkocht. Daarmee had Wenderickx meteen iets om zijn tanden in te zetten.

Zodra ze de auto geparkeerd hadden en naar de woning van Lebowski liepen, zag Berg dat Zeebos een plastic zak in de hand droeg. Hij vroeg wat erin zat. Zeebos wreef over zijn kale schedel, een gewoontegebaar dat doorgaans weinig goeds voorspelde.

'Euh... een roman.'

'Een roman?' Berg begreep het niet. 'Waarom heb je...' Op hetzelfde moment daagde het hem. 'Een roman van Lebowski?'

'Ja. Lisa wilde graag een handtekening en...'

'Godallemachtig, Jan. Leg dat boek terug in de auto.'

'Waarom? Wat is er nu op tegen dat ik...'

Berg geloofde zijn oren niet.

'We komen hier verdomme een man verhoren in verband met een moord en dan sta jij daar als een bedremmelde fan met een boek van hem in de hand. Hoe komt dat over, denk je?'

'Ik zeg wel dat het voor mijn vrouw is.'

'Dat doet er niet toe. En als Lisa per se een handtekening wil, dan gaat ze maar naar één van Lebowski's signeersessies.'

Zeebos draaide zich om en liep met duidelijke tegenzin terug naar de auto. Weer bij Berg zei hij:

'Eén ding is zeker: dit leg jij haar uit.'

'Geen probleem.'

'O... dat denk je maar...' mompelde Zeebos.

Berg sloeg geen acht meer op hem en belde aan. Lebowski was telefonisch van hun komst op de hoogte gebracht, maar toch duurde het een tijdje voor de deur geopend werd. Berg stelde zichzelf en Zeebos voor.

'Komt u binnen, heren. Ik verwachtte u al.'

De schrijver deed een stap opzij om hen door te laten. Het eerste wat Berg in de hal opviel, waren twee rijen zwarte lijstjes die links en rechts op ooghoogte tegen de muur hingen. Achter glas en gevat in een bordeauxkleurige passe-partout zat telkens een handgeschreven bladzijde, soms met een doorlopende tekst, soms met een gedicht.

Berg boog zich dichter naar het eerste lijstje. Op ouderwets lijntjespapier stond in verbleekte inkt: *Reus, de wenkbrauwen gefronst, staakte schielijk het dansen. Maar 't duurde slechts een ogenblik: hij slaakte, dof, een vloek...'*

'Zegt u dat iets, hoofdinspecteur?' vroeg Lebowski.

Berg had een vaag gevoel van herkenning, maar hij wist niet waar hij de tekst ooit gelezen had. Hij schudde zijn hoofd.

'Het is de eerste pagina van *Het recht van de sterkste*. De roman van...'

'Cyriel Buysse.'

Lebowski keek verrast. Berg zei:

'Politiemensen lezen ook, meneer Lebowski. Of dacht u van niet?'

'Ik zou niet durven, hoofdinspecteur.'

Berg bekeek het volgende lijstje.

'Dat is een fragment uit *De Loteling* van Conscience,' zei Lebowski. 'En de bladzijde ernaast komt uit een roman van Ernest Claes: *Daar is een mens verdronken*.'

Berg vroeg zich af wat zulke unieke, handgeschreven stukken kostten. Een klein fortuin ongetwijfeld.

'Een mooie verzameling, meneer Lebowski.'

'Dank u.' De schrijver leek blij met het compliment. 'Zullen we naar mijn werkkamer gaan? 's Ochtends zit ik daar het liefst.'

'Zoals u verkiest.'

Lebowski ging hen voor naar de achterkant van het huis. Berg begreep meteen wat de man had bedoeld. De ochtendzon, die voor één keer van de partij was, viel door een glazen terrasdeur naar binnen en vulde de ruimte met een aangenaam, zacht licht. Drie van de vier muren waren bekleed met boekenrekken; op een Perzisch tapijt stonden vier oude chesterfields rond een salontafel. Wat verderop prijkte een lange kloostertafel met op de hoek een borstbeeld in terracotta. Het gezicht was zo typisch dat Berg het zonder moeite herkende: Stijn Streuvels, een ander icoon uit de vaderlandse literatuur. Midden op het tafelblad lag een schrijfblok met een vulpen.

'Gaat u zitten, alstublieft. Kan ik u iets aanbieden? Koffie misschien?'

Berg, die op dat vlak bijzonder kieskeurig was, bedankte meestal in dit soort situaties, maar vandaag maakte hij een uitzondering. Hij wilde weleens weten welke koffie een man als Lebowski dronk.

'Een momentje, ik ben dadelijk terug.'

Berg keek over zijn schouder naar de ruggen van de boeken. Hij had een hoop misdaadliteratuur verwacht, maar hij trof vooral non-fictie aan over geschiedenis, kunst, filosofie...

'Dit had Lisa moeten zien,' hoorde hij Zeebos plots verzuchten.

Berg glimlachte.

'Ik zie nergens een pc of laptop.'

'Waarschijnlijk staat die ergens anders. Van Lebowski is bekend dat hij zijn romans met de hand schrijft.'

'Met de hand? Waarom?'

'Geen idee.'

Zeebos boog zich naar de openstaande deur om te zien of Lebowski al in aantocht was.

'Ik zou verdomd graag dat schrijfblok eens openslaan.'

'Waag het niet,' bromde Berg.

Een paar minuten later kwam Lebowski terug met een dienblad dat hij op de salontafel zette. Terwijl hij de koffie uitschonk, sloeg Berg hem gade. De schrijver was ongeveer van zijn leeftijd en had een opvallend zelfverzekerde manier van doen, maar dan zonder enig spoor van verwaandheid of arrogantie. Zodra hij klaar was, maakte hij een uitnodigend gebaar:

'Heren, bedien u.'

Berg nam zijn kopje. De koffie was lekker, bijzonder lekker zelfs. Dat sprak alvast in Lebowski's voordeel. Op Bergs waardeschaal hadden mensen die zorg besteedden aan hun koffie een streepje voor.

'U weet waarom we hier zijn, meneer Lebowski?'

'Ja en nee.' De schrijver leunde achteruit en sloeg zijn ene been over het andere. 'Volgens wat ik aan de telefoon begrepen heb, wilt u mij enkele vragen stellen in verband met de dood van Trui Goedseels, maar ik weet niet goed wat ik u daarover nog meer kan vertellen dan wat ik in Amsterdam tegen de politie heb gezegd. Ik veronderstel dat u mijn verklaring gelezen hebt?'

'Zeker, meneer Lebowski. Maar er ontbrak iets aan, nietwaar?'

'Wat bedoelt u?'

'U hebt verzwegen dat u een relatie hebt gehad met het slachtoffer.'

Als Lebowski al verbaasd was, dan liet hij dat niet merken. In plaats daarvan zei hij:

'Die relatie is jaren geleden gestopt, hoofdinspecteur. Ik vond het niet relevant om dat oude verhaal nog eens op te rakelen.'

'Is het niet aan ons om daarover te oordelen?'

Lebowski keek kort naar de glazen terrasdeur die uitgaf op een kleine, ommuurde tuin. Toen zei hij:

'U hebt gelijk. Vraagt u maar wat u wilt weten.'

'U heeft de relatie beëindigd. Waarom?'

Dit keer liet Lebowski zijn verbazing wel blijken.

'U bent bijzonder goed op de hoogte, hoofdinspecteur. Mag ik vragen hoe u dat weet?'

Berg liet zich niet afleiden.

'Ik had graag een antwoord, meneer Lebowski.'

'Er waren verschillende redenen. Om te beginnen waren we op dat ogenblik alle twee nog getrouwd. In mijn geval had dat niet veel belang, mijn huwelijk was allang voorbij, maar Trui was op een gegeven ogenblik van plan om het hare te verbreken en dat wilde ik niet.'

'Waarom niet?'

'Ten eerste omdat ik me niet opnieuw wilde binden, zeker niet aan een vrouw die ook mijn zakelijke belangen behartigt. Ten tweede omdat...' Lebowski liet zich een langgerekte zucht ontsnappen. 'Ik heb in die periode een zwaar auto-ongeval gehad waarbij ik op het nippertje aan de dood ben ontsnapt. Zo'n gebeurtenis zet je aan het denken, hoofdinspecteur. Toen ik in het ziekenhuis lag, heb ik me dan ook voorgenomen om bepaalde dingen in mijn leven te... veranderen. Ik ben van mijn vrouw gescheiden, ben alleen gaan wonen en heb een punt achter mijn verhouding met Trui gezet.'

'Definitief?'

De schrijver aarzelde. Toen wiegde hij met zijn hand.

'Hoe moet ik dat gebaar interpreteren, meneer Lebowski?'

'We gingen soms nog met elkaar naar bed. Niet vaak, heel af en toe.'

Berg maakte bij zichzelf de bedenking dat het verhaal dan toch niet zo oud was als Lebowski het had voorgesteld en irrelevant was het evenmin.

'Had mevrouw Goedseels daarom voor zichzelf een tweepersoonskamer geboekt in Amsterdam?'

'Daar heeft ze tegen mij niets over gezegd.'

'Was meneer Terbanck ervan op de hoogte dat uw relatie met zijn vrouw... hoe zal ik het noemen... nog altijd smeulde?'

'Smeulde?' Lebowski glimlachte. 'Een interessante woordkeuze, hoofdinspecteur. Maar als metafoor niet helemaal op zijn plaats. Smeulen houdt een zekere constante in: het vuur van een relatie dat zachtjes blijft nagloeien. Dat was niet het geval. Zoals ik al zei: het gebeurde niet vaak dat we nog seks hadden.'

'Daarmee hebt u niet op mijn vraag geantwoord.'

'Ik weet niet of Willem op de hoogte was. Daar spraken Trui

en ik nooit over. Maar het kan natuurlijk. Discretie was niet meteen Truis sterkste punt.'

Berg vroeg zich af waarom Lebowski dat zei. In elk geval kon het kloppen, aangezien ze Hoves vrouw over de affaire had verteld.

'Laten we het over de avond van de moord hebben. Naar het schijnt hebt u zich niet aangeboden op de signeersessie in het Felix Meritisgebouw en volgens de getuigenis van Sofie Vleminckx bent u zelfs een tijdlang spoorloos geweest.'

'Spoorloos? Ik was op de receptie. De hele tijd.'

'U hebt staan praten met collega-schrijvers, hebt u verklaard. Met wie?'

'Vooral met Michael Hoop, de winnaar. Hij zat naast me in de zaal. Ik heb hem die avond pas leren kennen. Een interessante man. Vraagt u het hem maar. We hebben een heel leuke babbel gehad.'

'Met wie hebt u nog gepraat?'

'Pfff... De meeste mensen ken ik niet eens bij naam. Zo vaak vertoon ik me niet in het literaire wereldje.'

Het antwoord bevredigde Berg niet. Hij wilde dieper op de zaak ingaan, maar de schrijver was hem voor:

'Waarom al die vragen, hoofdinspecteur? Ik krijg bijna de indruk dat u mij van de moord op Trui verdenkt.'

'Misschien doe ik dat ook wel, meneer Lebowski.'

Berg zag uit zijn ooghoek Zeebos schrikken, maar hij hield zijn blik strak op de schrijver gericht. Die leek helemaal niet verontrust door de opmerking.

'Welke reden zou ik hebben om Trui te vermoorden?'

'Dat weet ik niet.'

'Ik heb er ook geen.' Lebowski nam een slok van zijn koffie. 'En bovendien was ik op de receptie tijdens het moment van de moord.'

Berg was niet van plan om in zijn kaarten te laten kijken en te vertellen over de mogelijkheid die hij in Amsterdam had bedacht: dat Lebowski lang genoeg afwezig was geweest om naar het hotel te lopen, de moord te plegen en terug te komen voor hij door iemand werd gemist.

Hij probeerde de man tegenover hem in te schatten. De schrijver zat er ontspannen bij en maakte niet de indruk dat de loop van het gesprek hem verontrustte. De bovenste knoopjes van zijn hemd stonden open en Berg zag dat hij een medaillon om de hals droeg. Het kleine, ronde sieraad hing aan een gouden kettinkje en stak fel af tegen de gebruinde huid van zijn borst, maar de afstand was te groot om te kunnen zien wat er op het medaillon stond afgebeeld.

Berg begreep plots waarom iemand als Lebowski zo'n aantrekkingskracht uitoefende op zijn lezerspubliek. Hij was in de fleur van zijn leven, succesrijk en knap, zelfbewust en intelligent, met een alerte en toch minzame oogopslag. Als ik een vrouw was, dacht Berg, zou ik ook moeite hebben om zo'n man te weerstaan.

'Probeert u zich in mijn plaats te stellen, meneer Lebowski. Op veertien dagen tijd worden twee vrouwen uit Leuven om het leven gebracht. Telkens in een hotelkamer in het buitenland. Ogenschijnlijk hebben die twee moorden niets met elkaar te maken, behalve dat zij één ding gemeenschappelijk hebben: u.'

'Ik vermoedde al dat u over Firenze zou beginnen,' zei Lebowski zonder dat er een spoor van verwijt doorklonk in zijn stem. 'Ik vind het verschrikkelijk wat er met Lucie Meerten is gebeurd. Ze kwam op mij over als een spontane, jonge vrouw. Daarom heb ik haar ook uitgenodigd om samen een glas te drinken. Maar met haar dood heb ik niets te maken. Dat heeft de Italiaanse politie eenduidig vastgesteld. Of dacht u dat ze me anders hadden laten gaan?'

'Ze hebben u laten gaan omdat er geen bewijs tegen u was,' zei Berg droog. 'Maar nu is er opnieuw een vrouw vermoord die u kende. Het moet u toch niet verbazen dat ik me daar vragen bij stel.'

Lebowski knikte.

'Dat begrijp ik, maar aan de andere kant... niemand moordt zonder reden, hoofdinspecteur. Dat weet u als rechercheur en ik als misdaadschrijver. Welk motief zou ik hebben om Lucie Meerten te doden? Ik had haar nog maar pas ontmoet.'

Berg zweeg. Lebowski pakte hem op het zwakke punt in de hele zaak: het motief. In het geval van Trui Goedseels kon daar nog twijfel over bestaan – dat moest verder onderzoek uitwijzen – maar wat Lucie Meerten betrof, leek het gebrek aan een motief een onweerlegbaar feit. Tenzij Lebowski loog en haar al langer kende. Per slot van rekening woonden ze alle twee in dezelfde stad. Het was dus niet ondenkbaar dat Lucie Meerten hem eerder had ontmoet. Was zij niet een fan van hem? En fans waren er vaak op gebrand om met hun idool kennis te maken. Misschien had ze hem vroeger al eens om een handtekening gevraagd. Op een lezing bijvoorbeeld. Of tijdens een boekenbeurs. Het probleem was hoe ze daar achter konden komen. Hoewel... als Lucie Meerten nog andere gesigneerde romans van Lebowski in haar bezit had, dan waren die twee wel degelijk eerder met elkaar in contact gekomen.

Berg bezon zich over zijn volgende vraag, maar er schoot hem niet meteen eentje te binnen. Om tijd te winnen boog hij zich naar zijn kopje en dronk het leeg. Lebowski, bedacht hij ineens, had zichzelf daarnet met hem vergeleken. U als rechercheur en ik als misdaadschrijver, had hij gezegd. Waarom had hij dat gedaan? Om te laten aanvoelen dat hij wist waarover hij het had? Het speelde ongetwijfeld in zijn voordeel dat hij dagelijks bezig was met het verzinnen van misdaadverhalen. Vandaar natuurlijk zijn opmerking over het motief. Het was waarschijnlijk één van de eerste dingen die een schrijver moest bedenken als hij een intrige in elkaar stak.

De gedachte maakte Berg onrustig. Als Lebowski inderdaad iets met de moorden te maken had, dan zou het niet gemakkelijk worden om dat te bewijzen. Elke misdaadauteur die zijn stiel kende, bekommerde zich niet alleen om een aannemelijk motief, hij zorgde er ook voor dat de rechercheur in het verhaal keer op keer op het verkeerde been werd gezet. En in dit geval was hij dat: de politieman van dienst die een moord – of zelfs twee – moest oplossen en geconfronteerd werd met iemand die er zijn beroep van had gemaakt om mensen in zijn positie op een dwaalspoor te brengen. Dat maakte van Lebowski een niet te onderschatten tegenstander. Als hij dat tenminste was. Berg hoopte van niet. De man maakte een sympathieke indruk en niets in zijn houding wees erop dat hij in staat was om zulke brutale moorden te plegen.

'Had u nog een vraag, hoofdinspecteur?'

Berg schrok op uit zijn gedachten. Lebowski's donkere ogen keken hem afwachtend aan. Hij draaide zich naar Zeebos, maar die schudde van nee.

'Voorlopig was dat alles, meneer Lebowski. Bedankt voor uw tijd en...' Berg wees naar de salontafel '... de lekkere koffie.'

'Het doet me plezier dat hij u gesmaakt heeft.'

De schrijver ging hen voor naar de gang en gaf hun bij de deur een hand. Van zo dichtbij kon Berg zien wat de afbeelding op het medaillon voorstelde: een mannenhoofd in profiel, maar met een dubbel gezicht. Het ene was naar rechts gekeerd, het andere naar links. Berg herkende de figuur. Het was Janus, de Romeinse god van begin en einde naar wie de maand januari was genoemd. De twee gezichten symboliseerden dat hij zowel in het verleden als in de toekomst kon kijken.

Ze liepen naar buiten. De lucht was intussen betrokken. Het zag ernaar uit dat het weer ging regenen. Berg zuchtte. De zon had welgeteld één uur geschenen. Hij zei:

'Ik heb je geen enkele vraag horen stellen, Jan. Waarom?'

Zeebos stak een sigaret op.

'Omdat we hier onze tijd verdoen.'

'Lebowski heeft dus niks met de moorden te maken?'

'Dat denk ik, ja.'

'Je maakt het hem wel gemakkelijk.'

'Ik hoef het hem niet gemakkelijk te maken,' antwoordde Zeebos. 'Het ís gemakkelijk. Hij heeft geen motief, zeker niet voor de moord in Firenze zoals hij jou daarnet fijntjes onder de neus heeft gewreven.'

Berg liep nadenkend naar de auto. Met de klink in de hand, vroeg hij:

'Heb je gezien wat Lebowski om de hals droeg? Een medaillon van Janus, de Romeinse god met twee gezichten.'

'En wat zou dat?'

Berg schokschouderde.

'Misschien heeft hij ook twee gezichten.'

Zeebos schudde glimlachend zijn hoofd.

'Dat is nu typisch iets voor jou, Thomas. Om zo'n opmerking te maken.'

'Wat? Kan toch?'

Zeebos stapte in. Berg volgde zijn voorbeeld. Hij zei:

'Ik zou graag een paar romans van Lebowski lenen.'

'Ik dacht dat je geen misdaadliteratuur las.'

'Dat klopt, maar het is nooit te laat om je horizon te verbreden.'

Zeebos reikte naar de achterbank en duwde hem de plastic zak in de hand.

'Je kan alvast hiermee beginnen.'

Berg haalde het boek tevoorschijn.

'*Het gewicht van de haat*,' las hij. 'Vreemde titel.'

'Naar het bureau?' vroeg Zeebos terwijl hij de motor startte.

'Nee, zet me maar af in de Dagobertstraat.'

'De Dagobertstraat? Waarom?'

Berg wees naar zijn wang.

'Tandarts.'

'Leuk.'

'Geloof het of niet: ik kijk al twee weken uit naar die afspraak.'

3

Na de lunchpauze riep Berg een vergadering bijeen om de nieuwe informatie uit te wisselen. Zijn linkerkaak was nog stijf van de verdoving, maar zijn kies was tenminste hersteld. Met het gevoel alsof hij articuleerde als een dronkaard, vertelde hij over het gesprek met Lebowski en vroeg daarna wat zijn mannen hadden ontdekt.

Coens nam als eerste het woord. Hij had naar de politie van Firenze getelefoneerd en vernomen dat er in het obductieverslag geen melding werd gemaakt van kneuzingen aan het geslachtsorgaan van het slachtoffer. De vrouw had niet lang voorheen wel gemeenschap gehad, maar geweld was daar niet aan te pas gekomen. In haar kamer waren ook nergens vingerafdrukken van Lebowski aangetroffen, behalve op de roman die ze door hem had laten signeren. Het moordwapen had de politie niet gevonden. Waarschijnlijk had de dader het fruitmes gebruikt dat in de kamer lag. Volgens het autopsierapport kwam de steekwond in de hals overeen met hetzelfde soort mes uit de keuken van het hotel. Wat Trui Goedseels betrof: die had verklaard dat ze op het ogenblik van de moord in Lebowski's kamer was omdat ze met hem een verhouding had. Ze was tot ongeveer halfnegen gebleven en was daarna naar haar eigen kamer gegaan om zich om te kleden voor het diner.

'Heeft ze dat zo gezegd?' vroeg Berg. 'Dat ze een verhouding had met Lebowski?'

Coens wierp een blik op zijn notities.

'Dat is wat Caprara mij verteld heeft.'

'Vreemd. Lebowski heeft ons verzekerd dat die relatie allang voorbij was.'

'Hij heeft gezegd dat ze af en toe nog met elkaar naar bed gingen,' nuanceerde Zeebos.

'Héél af en toe. Dat waren zijn woorden. Maar uitgerekend op het ogenblik van de moord gebeurt het. Handig, toch?'

Zeebos reageerde niet.

'Ik vind het maar een bizar verhaal,' zei Berg. 'Ofwel heb je een relatie met iemand ofwel niet. Maar hier is de verhouding al jaren geleden gestopt, terwijl ze intussen nog altijd seks hebben. Hoe moet ik me die situatie voorstellen?'

'Jij bent hopeloos ouderwets, Thomas. Dat is het probleem.'

'Heet dat tegenwoordig zo?' morde Berg.

'Er zijn heus wel meer mensen in dat geval.'

'Wel, aangenomen dat dat zo is, dan moet je me eens uitleggen waarom Trui Goedseels en Lebowski elk een eigen kamer hadden. Waar was dat voor nodig?'

'Misschien om de schijn op te houden?' suggereerde Meulenaer.

'In Firenze? Op meer dan duizend kilometer van huis? Kom nou.'

'Wat wil je eigenlijk zeggen, Thomas?' vroeg Zeebos.

'Dat er iets niet pluis is. Hoves vrouw heeft verklaard dat er helemaal niets meer was tussen Trui Goedseels en Lebowski. Sterker nog: volgens haar leed haar vriendin nog altijd onder de breuk.'

'Misschien vergist ze zich. Of heeft Trui Goedseels haar niet alles verteld.'

'Ik heb eerder de indruk dat die twee heel openhartig waren tegen elkaar,' zei Berg zonder in te gaan op de reden die hij daarvoor had. 'Zou het kunnen dat Trui Goedseels gelogen heeft? Dat ze helemaal niet bij Lebowski was op het ogenblik van de moord, maar dat ze hem een alibi wilde verschaffen?'

Niemand zei iets. Berg richtte zich tot Zeebos:

'Daarstraks vroeg Lebowski ons welk motief hij kon hebben om zijn uitgeefster te vermoorden. Wel, daar is het dan. Als Trui Goedseels haar verklaring zou intrekken, werd hij opnieuw verdachter nummer één.'

'Daarmee heeft hij nog altijd geen motief voor de moord op Lucie Meerten,' wierp Zeebos op.

'Daar hebben we het straks over. Wenderickx en Meulenaer, wat hebben jullie ontdekt?'

'Ik heb wat rondgebeld,' zei Wenderickx. 'Lebowski's ex-vrouw woont gratis in het huis in de Goudbloemsstraat. Ze krijgt ook maandelijks een riante alimentatie, veel meer dan haar wettelijk toekomt. Waarom Lebowski zo genereus is, ben ik niet te weten gekomen.'

'Hij betaalt in z'n eentje ook de studio van zijn dochter,' voegde Meulenaer eraan toe. 'Huurprijs: 700 euro per maand.'

'Waar ligt die studio?'

'Aan de Tervuursevest.'

'Waarom woont ze niet bij haar moeder of vader?'

'Waarschijnlijk omdat een meisje van die leeftijd liever wat privacy heeft.'

'Volgens de buren,' zei Wenderickx, 'heeft Lebowski een

heel goede band met zijn dochter. Ze heet Katrien en studeert rechten. Al zijn romans zijn aan haar opgedragen.'

'Is dat zo?'

Berg stond op en haalde het boek van Zeebos uit de plastic zak. En ja, het stond er: *Voor Katrien*.

'Lebowski is van opleiding filosoof,' vervolgde Meulenaer. 'Hij is enig kind. Zijn beide ouders zijn overleden. Voor hij begon te schrijven, werkte hij als ambtenaar bij het ministerie van Cultuur. Ver onder zijn niveau. Ik weet niet waarom hij die baan had, misschien omdat hij met zijn diploma niets beters vond. In januari 2009 heeft hij een zwaar auto-ongeluk gehad op de Mechelsesteenweg. Een verpleegster die van de nachtdienst terugkwam, was achter het stuur in slaap gevallen en heeft hem frontaal aangereden. De vrouw was op slag dood, Lebowski heeft maanden in het ziekenhuis gelegen.'

'Dat heeft hij ons verteld, ja.'

'Sindsdien weigert hij zelf te rijden.' Meulenaer glimlachte fijntjes. 'Dat heeft hij met jou gemeen, chef.'

Berg zei niets. Hij wist dat zijn mannen zich al jarenlang afvroegen waarom hij nooit achter het stuur van een auto kroop.

'Wat nog?'

'Niet veel, behalve wat over hem geschreven wordt in de roddelpers. Naar het schijnt heeft hij veel losse relaties. Altijd met mooie, jonge vrouwen.'

'Is hij ooit door één van hen aangeklaagd?' vroeg Berg. 'Wegens gewelddadigheid of iets in die aard?'

'Niet voor zover ik heb kunnen nagaan,' antwoordde Meulenaer. 'Hij heeft een blanco strafregister.'

Berg keek de kring rond.

'Nog iets?'

Er kwam geen antwoord.

‘Goed, dit is de situatie: er zijn twee vrouwen vermoord, telkens in het buitenland. Op de keper beschouwd zijn die zaken niet ons probleem, behalve dat de twee slachtoffers uit Leuven afkomstig zijn en dat een andere Leuvenaar, Lukas Lebowski, beide vrouwen kende. Ik heb daarstraks Hove gebeld. Officieel kan hier geen onderzoek opgestart worden, maar hij liet tussen de regels duidelijk verstaan dat hij het op prijs zou stellen als we wat dieper op de zaak ingaan, al was het maar om uit te sluiten dat iemand van hier iets met de moorden te maken heeft.’

‘Sinds wanneer sta jij te trappelen om Hove een plezier te doen?’ vroeg Zeebos.

‘Sinds ik geleerd heb om verder te kijken dan mijn neus lang is.’

‘Heuh...?’ deed Zeebos.

‘Ik heb in de toekomst liever te maken met een dankbare onderzoeksrechter dan met eentje die we teleurgesteld hebben. Jij niet?’

‘Als je het zo bekijkt.’

‘We doen het als volgt,’ zei Berg. ‘Op het eerste gezicht hebben beide moorden niets met elkaar te maken, maar honderd procent zeker is dat niet. Het is wel zo dat het ene slachtoffer verkracht is en het andere niet. Dat lijkt erop te wijzen dat we met verschillende daders te maken hebben, al kan het ook een afleidingsmanoeuvre zijn dat bedoeld is om ons die conclusie te doen trekken.’

‘Er is nog een verschil,’ merkte Coens op. ‘De modus operandi. De eerste moord is gepleegd met een mes, de tweede door wurging. Is dat niet vreemd als het om dezelfde dader gaat?’

‘Jawel, maar helemaal uitzonderlijk is het niet. Hoe dan ook, als de tweede moord door dezelfde dader is gepleegd, moeten we eerst uitzoeken wat er juist in Firenze is gebeurd.’

‘Hoe doen we dat, chef?’ vroeg Meulenaer.

‘Om te beginnen gaan jij en Coens met de vrienden van Lucie Meerten praten. Eens zien wat die te vertellen hebben over de uren voorafgaande aan de moord. Zeebos en ik brengen intussen een bezoek aan de ouders.’

‘En ik, chef?’ vroeg Wenderickx.

‘Jij zoekt het telefoonnummer op van Michael Hoop. Vraag of hij zich herinnert hoelang het gesprek met Lebowski heeft geduurd en omstreeks welke tijd het heeft plaatsgevonden.’

‘Dat is nauwelijks een kwartier werk.’

‘Ik wil ook meer informatie over de uitgeverij van Trui Goedseels. Omzet. Financiële toestand. Personeelsleden... Dat soort dingen. Probeer uit te zoeken wat er nu met het bedrijf gebeurt. Wordt het verkocht? Waren er eerder al kapers op de kust? Had iemand er belang bij dat Trui Goedseels van het toneel verdween? Zo ja, wie?’

Wenderickx trok een misnoegd gezicht.

‘Het is altijd de jongste die het saaiste werk krijgt.’

‘Vind je?’ kwam Zeebos tussenbeide. ‘Wacht maar tot je Sofie Vleminckx ziet. Dan verander je wel van gedacht.’

‘Zo mooi, hé?’ vroeg Coens gretig.

‘Reken maar.’

‘Ik ben een gelukkig getrouwd man,’ protesteerde Wenderickx.

‘Ik ook,’ zei Zeebos. ‘Wat heeft dat ermee te maken?’

4

De ouders van Lucie Meerten woonden in Heverlee, in een sociale wijk die bestond uit nauwelijks van elkaar te onderscheiden twee-onder-een-kapwoningen met een garage en een voortuintje van enkele vierkante meters. De vader werkte bij de spoorwegen, maar zat al jaren in de ziektewet vanwege een slecht afgelopen herniaoperatie. De moeder had een parttimebaan in een crèche en verdiende op zaterdagavond bij als ouvreuse in de stadsschouwburg.

Het waren eenvoudige mensen, beiden vooraan in de vijftig, en nog steeds zwaar aangeslagen door wat er een paar weken eerder met hun dochter in Firenze was gebeurd. Lucie was de jongste van twee kinderen. Haar oudere zus was een jaar eerder getrouwd en woonde in Gent.

Berg en Zeebos werden ontvangen in de woonkamer die gedomineerd werd door een reuzengroot aquarium met exotische vissen. De rest van het interieur bestond uit eikenhouten meubelen die al dertig jaar uit de mode waren.

Bij hun binnenkomen verontschuldigde meneer Meerten zich dat hij niet opstond. Hij had vandaag weer erg veel pijn aan zijn rug en het was beter dat hij zich zo weinig mogelijk inspande.

Met een geruststellend gebaar beduidde Berg hem te blijven zitten. Hij hoorde hoe mevrouw Meerten vroeg of ze koffie wilden. Om de een of andere reden kon hij er zich niet toe brengen het aanbod af te slaan.

Zodra de koffie geserveerd was, stak Berg van wal. Hij legde uit dat hun bezoek te maken had met het feit dat de Italiaanse recherche de Federale Politie van Leuven om medewerking had verzocht omdat het onderzoek naar de moord muurvast zat. Wat hij zei, strookte niet helemaal met de waarheid, maar hij zag aan de reactie van de ouders dat zijn verklaring hen geruststelde. Tot nu toe hadden ze weinig of geen nieuws uit Italië gekregen en ze vreesden al dat de moord op hun dochter nooit zou worden opgelost.

'Lucie was met drie vrienden op reis, nietwaar?'

Mevrouw Meerten knikte.

'Het idee kwam van Mieke, haar beste vriendin. Omdat die per se haar vriendje wilde meenemen, heeft Lucie ook Wouter meegevraagd. Ze kende hem nog niet lang, vier of vijf maanden zal het geweest zijn. Ik denk dat Lucie liever eerst met hem alleen op reis was gegaan, maar Mieke bleef aandringen en ja... zo is het dan gebeurd.'

'Woonde Lucie bij haar vriend?'

'Nee.' De moeder keek een beetje genegeerd. 'Ze bleef af en toe wel bij hem overnachten. Dat euh... gaat tegenwoordig zo, hoofdinspecteur.'

Meneer Meerten maakte een verveeld gebaar.

'In hemelsnaam, Griet. Lucie was zevenentwintig. Op die leeftijd waren wij allang getrouwd.'

'Volgens onze gegevens had uw dochter haar domicilie nog altijd hier.'

'Dat is juist, meneer,' antwoordde de moeder. 'Het is verschrikkelijk duur om in Leuven iets te huren. Waarom zoveel geld uitgeven aan een piepklein appartementje als je hier een mooie kamer hebt en er gezorgd wordt voor je was en je strijk?'

'Hoe was de relatie tussen uw dochter en Wouter...' Berg viel stil. De familienaam van de jongeman was hem ontsnapt.

'Grootjans,' souffleerde Zeebos.

'Wouter Grootjans, ja.'

De twee ouders keken elkaar aan.

'Goed, denk ik,' zei de vader tenslotte. 'Maar weet u: veel kregen we daar niet over te horen. Op dat vlak was Lucie niet erg mededeelzaam.'

'Ik veronderstel dat u hem ontmoet hebt?'

'Ja, hij is hier een paar keer komen eten.'

'Welke indruk maakte hij op u?'

Opnieuw gingen de twee ouders met een blik bij elkaar te rade. Dit keer was het de moeder die antwoordde:

'Hij leek ons wel een fijne jongen. Beleefd. Welopgevoed ook. Hij bood altijd aan om de afwas te doen.'

'Hij heeft ook een goede baan,' vulde de vader aan. 'Op de luchthaven van Zaventem. Lucie zei dat hij meer verdiende dan zij.'

'Uw dochter werkte in Museum M. Waren er collega's van haar mee op reis?'

'Dat weet ik niet,' antwoordde de vader. 'Daar heeft Lucie niets over gezegd.'

'Andere mensen die ze kende?'

'Ik dacht van niet.'

'Eventueel een ex-vriend?'

'Nee, dat zeker niet.'

'Hebt u iets van haar gehoord toen ze in Italië was?'

'Alleen dat ze goed was aangekomen,' zei mevrouw Meerten. 'Dat was de afspraak. Van zo ver telefoneren is erg duur. En geen nieuws is goed nieuws.'

Op hetzelfde ogenblik realiseerde de vrouw zich wat ze had gezegd. Haar gezicht betrok, ze barstte in huilen uit en liep de kamer uit.

Berg boog zijn hoofd. Hij had met deze mensen te doen. Op een moment als dit was hij blij dat hij zelf geen kinderen had. Het moest onnoemelijk veel pijn doen om als ouders zoiets mee te maken.

De kamer vulde zich een tijdlang met een ongemakkelijke stilte. Berg reikte naar zijn kopje op de salontafel. De koffie was lauw geworden. Ook meneer Meerten, zag hij, had moeite om zijn tranen te bedwingen. Om hem af te leiden vroeg hij of Lucies bagage al was terugbezorgd.

'Een paar dagen geleden,' knikte de man.

'Kunnen we die zien?'

'Ik weet niet waar...'

Hij zweeg toen zijn vrouw de woonkamer weer binnenkwam. Haar ogen waren rood van het huilen. Ze hield een tissue in de hand geklemd en deed haar best om haar emoties onder controle te houden.

'Griet, de heren van de politie willen de bagage van Lucie zien.'

'Ik heb de koffer uitgepakt en de kleren gewassen,' antwoordde de vrouw met een onzekere stem. 'De rest ligt boven in haar kamer.'

'Kunnen we die zien, mevrouw?'

'Natuurlijk, komt u maar mee.'

Berg en Zeebos volgden de vrouw de trap op. De kamer had een schuin aflopend plafond en was netjes opgeruimd: een eenpersoonsbed met daarop enkele kussens, een IKEA-kleerkast, een boekenrek met vooral kunstboeken en misdaadliteratuur, een bureau met laptop. Daarnaast lag een boek dat Bergs aandacht trok. *Het gewicht van de haat*, luidde de titel.

'Is dat de roman die Lucie mee op reis had?'

'Ja,' zei de vrouw. 'En dat beeldje zat ook in haar koffer.'

Berg ging dichterbij. Het was een felgekleurd, gipsen figuurtje van ongeveer twintig centimeter dat een vrouw voorstelde met in de ene hand een palmtak en in de andere een schotel. Daarop lag iets wat eruitzag als een paar ogen. Om het hoofd zat een nimbus in goudkleurig metaal, wat erop wees dat het om een heilige ging.

'Heeft ze dat beeld ginds gekocht?'

'Ik veronderstel het,' antwoordde de vrouw. 'Het zat tussen de kleren in haar koffer.'

'Weet u wie het voorstelt?'

'Nee, meneer.'

Op dat ogenblik duwde Zeebos hem de roman onder de neus. In zwarte balpen stond op de titelpagina geschreven:

Voor Lucie. Ter herinnering aan onze ontmoeting in Firenze die beslist geen toeval was. Lukas Lebowski. 18 mei 2013.

Berg en Zeebos keken elkaar aan. Geen toeval? Was het dan toch waar? Kende Lebowski het meisje eerder al?

5

Toen Berg die avond het politiebureau verliet, leek het alsof het water met emmers uit de hemel gegoten werd. Gebukt onder zijn paraplu deed hij boodschappen onderweg en haastte zich daarna in de stromende regen naar huis. Sinds hij van Brussel naar Leuven was overgeplaatst, huurde hij een flat op de benedenverdieping van een zeventiende-eeuws pand dat aan de Dijle lag, op een steenworp afstand van de Sint-Pieterskerk. Het huis had een overdekte passage die het gebouw in twee delen verdeelde.

Mopperend op de regen schudde Berg zijn paraplu uit. Aan de tuinkant van de passage zag hij Wilfried, zijn huisbaas, het binnengestroomde water met een vloertrekker te lijf gaan. Hij wilde doorlopen, maar dat was buiten de waard gerekend.

'Nogal een weertje, hé.'

Berg bleef staan met de sleutel in het slot. Wilfried bewoonde de bovenste verdieping van het pand. Hij was al jaren weduwnaar en Berg wist dat hij meestal om een praatje verlegen zat.

'Er komt geen eind aan die ellende,' mompelde hij instemmend.

'Het water van de Dijle staat driekwart meter hoger dan normaal,' zei Wilfried. 'Als het zo voortgaat, loopt de boel nog onder.'

Berg knikte maar wat. Tegenwoordig had iedereen nog slechts één gespreksonderwerp: het weer. In zijn ogen maakte dat de zaak er alleen maar erger op.

'Ik ga naar binnen, Wilfried. Mijn schoenen zijn doorweekt.'

'Doe dat, jongen. Van natte voeten word je ziek.'

Berg trok jas, schoenen en sokken uit, liep op blote voeten naar de keuken en schonk zich een glas port in. Zijn maag grolde. Het was bijna zeven uur en hij had van de hele dag nog niets gegeten. Hij trok in de slaapkamer andere sokken en schoenen aan, pakte de boodschappen uit en zette een cd van Donizetti op: *Lucia di Lammermoor*. Koken deed hij bij voorkeur met operamuziek op de achtergrond.

Hij sneed de schapenfilet die hij onderweg had gekocht in kleine reepjes, bakte ze lichtjes aan en bereidde een tomatensaus met veel look en basilicum. Terwijl de pasta op het vuur stond, liep hij naar het metalen wijnrek tegen de muur. Wat? Zijn oog viel op een Brunello di Montalcino van 2008. Het was de laatste fles van een kistje dat hij enkele jaren geleden in een verkwistende bui had gekocht. Even twijfelde hij. Voor een doordeweekse dag was de wijn misschien wat duur, maar aan de andere kant vroeg dit koude, natte weer om een probaat tegenmiddel: wat Toscaanse warmte, geconcentreerd in driekwart liter dieprode lekkernij.

Hij ontkurkte de fles en rook. Heerlijk. Terwijl Lucia di Lammermoor verontwaardigd het huwelijk afwees dat haar broer voor haar had gearrangeerd, dekte hij de tafel en goot de pasta af.

Na het eten zette hij een espresso en installeerde zich met de roman van Lebowski in de woonkamer. Het was zo kil in huis dat hij er even over dacht om de open haard aan te steken, maar hij zag op tegen de moeite. *Het gewicht van de haat*. Hij las de korte inhoud op het achterplat en sloeg het boek open.

Het verhaal begon ermee dat een jonge bibliothecaresse een paar keer na elkaar een enveloppe in haar brievenbus aantrof met daarin een bundeltje losgescheurde bladzijden uit een thriller. De stukken tekst beschreven telkens een gruwelijke moord op een alleenstaande vrouw. De bibliothecaresse had geen idee wie haar de bladzijden toestuurde. Eerst dacht ze dat het om een flauwe grap ging van één van haar vriendinnen, maar toen die allemaal bij hoog en laag ontkenden dat ze iets met de zaak te maken hadden, werd ze bang, zeker toen ze op een dag ontdekte dat de stukken tekst uit boeken gescheurd waren die uit de bibliotheek kwamen waar ze werkte.

Berg klapte de roman na het eerste hoofdstuk dicht. Eén ding was zeker: Lebowski kon schrijven. Hij had een vlotte, toegankelijke stijl en de plot was best intrigerend. Maar het boek telde meer dan 400 bladzijden en Berg had op dit ogenblik andere dingen aan zijn hoofd. Hij liep naar de keuken en schonk zich nog een glas Brunello in.

Zeebos had hem verteld dat Lebowski's laatste romans veel gruwelijker waren dan de eerste, alsof de schrijver met opzet de sensationele toer was opgegaan omdat zulke boeken nu eenmaal beter verkochten. Bovendien waren het altijd vrouwen die in de recente romans werden vermoord. Berg vroeg zich af of daar een reden voor was. Gezien zijn vele relaties kon het moeilijk dat de schrijver een aversie had van het vrouwelijk geslacht. Waarom werden er dan geen mannen meer vermoord? Had een criticus zich die vraag ooit gesteld? Of was het gewoon toeval? Er moesten toch recensies bestaan die dat onderwerp behandeld hadden. Misschien kon Wenderickx dat morgen uitzoeken.

Berg glimlachte bij de herinnering aan de ontgoocheling van zijn jongste collega toen hij gerapporteerd had wat hij tot dusver had ontdekt over de uitgeverij van Trui Goedseels. Het bedrijf zat onmiskenbaar in financiële problemen en kon alleen het hoofd boven water houden dankzij het succes van Lebowski. Wenderickx was in de loop van de dag naar de Sint-Antoniusberg gereden, maar toen hij verslag deed van zijn bezoek, zat er een vreemde ondertoon in zijn stem. Sofie Vleminckx, had hij te horen gekregen, zou pas die avond uit Amsterdam terugkomen en Wenderickx had moeilijk kunnen verbergen hoe teleurgesteld hij daarover was. Gelukkig getrouwd of niet, het was duidelijk dat Zeebos' woorden hem nieuwsgierig hadden gemaakt.

Coens en Meulenaer van hun kant hadden vooralsnog alleen Mieke Teugels te pakken gekregen. Ze had verteld hoe Lucie en zij Lebowski in de bar van het hotel hadden zien zitten met zijn uitgeefster. Zodra de vrouw de bar had verlaten, was Lucie met de schrijver een praatje gaan maken. Intussen waren ook de twee mannen gearriveerd. Na een klein halfuur waren Lucie en Lebowski samen weggegaan. Lucies vriend was opgestaan en had gezien hoe ze in de lobby de lift naar boven namen. Hij had zich daar zo over opgewonden dat ze hem mee naar buiten hadden genomen om af te koelen, maar al na een paar minuten had hij hen op het terrasje laten zitten en was boos weggelopen.

'De andere man,' had Coens eraan toegevoegd, 'is hem onmiddellijk achterna gegaan. Toen ze na een uur nog niet terug waren, heeft Mieke Teugels op haar beurt naar hen lopen zoeken, maar zonder resultaat. Ze is dan maar in haar eentje terug naar het hotel gewandeld en heeft Lucie daar gevonden.'

Berg nam nog een slok van de Brunello. Meulenaer en Coens waren ook te weten gekomen dat het een paar dagen eerder was uitgeraakt tussen Lucie en haar vriend, maar dat Wouter Grootjans gehoopt had de breuk te herstellen. Dat verklaarde waarschijnlijk zijn heftige reactie toen hij Lucie en Lebowski samen de lift naar boven zag nemen. Op dat ogenblik moest hij beseft hebben dat hij haar definitief kwijt was.

Berg wist dat jaloezie een factor was die vaak aanleiding gaf tot moord. Sterker nog: het was het oudste motief ter wereld, daarvan getuigde het verhaal van Kaïn en Abel. Het probleem was dat de vriend van Mieke Teugels, Ruben Demeester, verklaard had dat hij op het ogenblik van de moord in het gezelschap was van Wouter Grootjans. Wat de twee mannen de hele tijd hadden gedaan, wist de vrouw niet te vertellen, maar daar zouden ze wel achterkomen als Coens en Meulenaer hen de volgende dag gingen opzoeken.

Berg had geïnformeerd of zijn mannen gevraagd hadden wat juffrouw Teugels dacht dat er was gebeurd. Waarom was Lucie met Lebowski mee naar boven gegaan? Was dat heus alleen om haar roman te laten signeren of had ze andere bedoelingen gehad? Daarop had Coens gezegd dat hij die vraag twee keer had gesteld, maar dat hij telkens een ontwijkend antwoord had gekregen. Lucie Meerten was volgens haar vriendin op de schrijver verkikkerd, maar aan de andere kant lag het niet in haar aard om op stel en sprong met een vreemde man naar bed te gaan.

Het antwoord maakte hen dus niet veel wijzer, maar veel belangrijker was wat Mieke Teugels verteld had over het ogenblik waarop zij en Lucie voor het eerst Lebowski in het hotel hadden zien zitten. Hij en zijn uitgeefster hadden ruzie, daar viel niet naast te kijken. De vrouw was zelfs zo boos geworden dat ze was weggelopen en Lebowski alleen in de bar had achtergelaten.

Berg liet de wijn zachtjes in zijn glas walsen. Wat Lucies vriendin had gezegd, wierp een heel ander licht op de zaak. Trui Goedseels had tegen de politie verklaard dat ze met Lebowski in bed lag op het ogenblik van de moord, maar hoe aannemelijk was dat als ze een paar uur eerder ruzie hadden gemaakt? Nee, er klopte iets niet. Berg raakte er almaar meer van overtuigd dat Trui Goedseels gelogen had en de reden daarvoor was niet moeilijk te achterhalen. Het voortbestaan van haar uitgeverij hing af van Lebowski's verkoopresultaten. Als ze de belangrijkste schrijver uit haar fonds verloor, verloor ze ook haar bedrijf. Reden genoeg om een valse verklaring af te leggen.

Het kon dus zijn dat Lebowski geen alibi had voor de moord op Lucie Meerten, maar aan de andere kant bevestigde de verklaring van Mieke Teugels wat de schrijver hun in zijn werkkamer had verteld. Afgaande op de opdracht in Lucies boek hadden Berg en Zeebos aangenomen dat Lebowski tegen hen had gelogen en dat hij het meisje al eerder kende, maar dat bleek niet het geval te zijn. Lucie Meerten had in Firenze tegen haar vriendin gezegd dat ze Lebowski nooit had ontmoet en bij inspectie van de andere romans in haar kamer was gebleken dat geen enkel exemplaar was gesigneerd.

In dat opzicht bleef Berg met een levensgroot probleem zitten: waarom iemand om het leven brengen die je nog maar pas had leren kennen? Het was dezelfde vraag die Lebowski hem voor de voeten had geworpen en of Berg het nu graag toegaf of niet, hij moest erkennen dat het argument hout sneed. De man had simpelweg geen motief, toch niet voor de eerste moord, maar dat betekende nog niet dat hij er geen had voor de tweede, vooral omdat intussen duidelijk was dat zijn alibi voor die avond met haken en ogen aan elkaar hing. Wenderickx had daarstraks Michael Hoop aan de lijn gekregen en hoewel de man bevestigd had dat hij met Lebowski had gepraat, meende hij zich te herinneren dat dat pas later op de avond was gebeurd. Het eerste uur na de bekendmaking was hij aangeklampt door verschillende journalisten, dus moest het gesprek later hebben plaatsgevonden, maar hoe laat juist wist hij niet.

De verklaring van de schrijver was jammer genoeg te vaag om er definitieve conclusies uit te trekken, al leek ze wel Bergs theorie te bevestigen dat Lebowski voldoende lang door niemand op de receptie was opgemerkt om genoeg tijd te hebben gehad voor de moord op Trui Goedseels.

Berg zuchtte. Het onderzoek schoot geen meter op. Van welke kant hij de zaak ook bekeek, het resultaat was altijd hetzelfde: hij bleef rondjes draaien, bijna zoals een automobilist die op een rotonde niet wist welke afslag hij moest nemen en daarom keer op keer de cirkel vol maakte.

6

Toen Sofie Vleminckx op woensdagavond met de trein in Leuven arriveerde, begon het al te schemeren. Ze haastte zich in de gietende regen naar de taxistandplaats tegenover het station en liet zich naar de Sint-Antoniusberg voeren. Op dit uur van de dag zou er wel niemand meer in de uitgeverij zijn, maar ze was zo opgewonden over wat Willem haar in Amsterdam had voorgesteld, dat ze meteen haar nieuwe domein wilde gaan verkennen, ook al voelde de situatie een beetje onwennig aan omdat het leek alsof ze voordeel trok uit Truis dood. Nu, dat was onzin natuurlijk. Ze had geen schuld aan wat er in Amsterdam was gebeurd en Willem zat zo in de rats dat ze onmiddellijk toegezegd had toen hij haar vroeg om de leiding van de uitgeverij op haar te nemen tot hij beslist had wat er met het bedrijf moest gebeuren.

Aan de andere kant kon ze moeilijk ontkennen dat het voorstel onvoorziene perspectieven bood. Sinds ze in deze branche was beginnen te werken, droomde ze ervan om zelf uitgeefster te worden en Truis overlijden gaf haar geheel onverwachts een kans waar ze anders nog jaren op had moeten wachten. De Reinaert was weliswaar een kleine firma, maar haar nieuwe functie kon een niet onbelangrijke rol spelen bij toekomstige sollicitaties.

Ze betaalde de taxichauffeur en stapte uit. Het herenhuis waarin de uitgeverij was gevestigd, was in duister gehuld en deed vreemd aan, zo stil en verlaten, maar zodra ze de lichten aanknipte, verdween het onwennige gevoel. Ze liet haar bagage in de hal staan en liep rechtstreeks door naar het kantoor van Trui dat zich op de benedenverdieping bevond, helemaal achteraan, de mooiste en grootste ruimte van allemaal. Ze keek er al naar uit om hier haar intrek te nemen.

Met enige spanning zette ze de computer aan. Ze wist dat de uitgeverij in financiële moeilijkheden zat, maar veel details had Trui daar nooit over losgelaten en het benieuwde haar hoe de zaak ervoor stond. In elk geval zou ze Willem bewijzen dat ze zijn vertrouwen waard was. Problemen waren er om opgelost te worden en met de nodige inzet en vindingrijkheid zou ze het tij wel keren.

Een uur later bleef er van haar enthousiasme niets meer over. Sterker nog: na het doornemen van de boekhouding had ze het gevoel dat ze beland was in een rampenfilm over een snel zinkend cruiseschip midden op de oceaan. De kapitein was door een hoge golf overboord geslagen en als tweede in rang had zij de verantwoordelijkheid om erop toe te zien dat passagiers en bemanningsleden zich met de reddingsboten in veiligheid konden brengen. Zodra dat was gebeurd, zat haar taak erop en restte haar alleen nog de eer om – zoals dat volgens een ongeschreven wet in de zeevaart diende te gebeuren – met het schip mee ten onder te gaan.

Het huilen stond haar plots nader dan het lachen. Dat de

situatie zo rampzalig was, had ze geen ogenblik vermoed. Dit was onmogelijk nog recht te trekken. Hoe had Trui het ooit zover kunnen laten komen? De boekhouding las bijna als een kroniek van een aangekondigde dood.

En dan te bedenken dat ze blij was geweest met Willems voorstel. Wat een grap! Hij had haar het moederschap aangeboden over een doodgeboren kind. De uitgeverij stond er financieel zo slecht voor dat het nog slechts een kwestie van tijd was voor de boeken gesloten moesten worden en het gevolg daarvan liet zich raden. Niet Trui Goedseels zou in de uitgeverswereld geassocieerd worden met het faillissement, maar Sofie Vleminckx. Zij zou verantwoordelijk zijn voor de teloorgang van één van de laatste onafhankelijke uitgeverijen in het land. Hoe kon ze met dat stigma ooit nog ergens anders aan de bak?

Maar zover zou ze het niet laten komen. Geen sprake van. Ze diende haar ontslag in. Morgen al. Alleen... hoe moest het dan verder? Ze had nog maar pas een zware lening afgesloten voor de aankoop van haar huis en zonder loon of werkloosheidsuitkering kon ze onmogelijk de maandelijkse aflossingen betalen. Trouwens, hoe zou haar houding in de uitgeverswereld overkomen? Dat ze als een rat het zinkende schip verliet? Natuurlijk zouden ze dat denken en ze hadden nog gelijk ook. Hoe was ze in hemelsnaam ooit in deze situatie verzeild geraakt? En waarom had ze dit niet zien aankomen? Het was Truis schuld! Als zij open kaart had gespeeld, was ze tenminste voorbereid geweest op wat haar nu te wachten stond.

Een sigaret. Ze moest een sigaret hebben. Van Trui mocht er binnenshuis niet gerookt worden, maar dat zou haar een zorg zijn. Zij was de baas nu. Hoewel... de baas over wat? Ze scharrelde in haar handtas en haalde een pakje Marlborro tevoorschijn. Een asbak was natuurlijk nergens te bespeuren.

Ze stond op en haalde een schoteltje uit de keuken. De regen geselde het glas van de achterdeur. Buiten zag ze vaagweg de contouren van de oude berk in de kleine, verwaarloosde tuin. Het was intussen volledig donker geworden.

Op dat ogenblik hoorde ze iets. Een geluid dat van ergens aan de voorkant van het huis leek te komen. Hoe kon dat? Daarstraks was er niemand in het gebouw geweest, daar was ze zeker van.

Ze liep het kantoor uit.

'Hallo? Is daar iemand?'

Er kwam geen reactie. Ze had nochtans duidelijk iets gehoord. Had ze de deur laten openstaan? Was er iemand het huis binnengedrongen?

Ze kreeg het ineens benauwd, maar vermande zich en liep de gang af. Haar bagage stond nog altijd onaangeroerd in de hal. Ze morrelde aan de klink. De deur zat vast. Vreemd. Waarschijnlijk had ze zich vergist.

Ze ging terug naar het kantoor en stak een sigaret op. Op het scherm van de computer stond het scenario uitgeschreven van de rampenfilm die zich daarstraks voor haar geestesoog had afgespeeld. Wat moest ze nu doen? Het eerste wat haar te binnen schoot, was Maarten bellen. Ze keek op haar horloge. Kwart over tien. Maarten werkte als accountant in een grote Opelgarage op de Brusselsesteenweg en kon de omvang van het probleem waarschijnlijk beter inschatten dan zij.

Ze had haar mobiel al in de hand toen ze zich bedacht. Willem zou het niet op prijs stellen dat ze een wildvreemde bij de zaak betrok en bovendien zat het haar niet lekker om als een paniekerig kind Maarten te hulp te roepen zodra het een beetje tegenzat. Vrijdagavond hadden ze afgesproken. Niet in een restaurant, dat wilde hij niet. Hij zou koken, had hij beloofd, zodat ze ongestoord konden praten. Met enige aarzeling had ze toegestemd. Hun relatie zat al maandenlang in het slop en ze vroeg zich af of het nog zin had om ermee voort te gaan, zeker na wat er in Amsterdam was gebeurd.

Ze schrok toen ze opnieuw iets hoorde. Dit keer leek het geluid van de eerste verdieping te komen. Was er dan toch iemand in huis? Maar als één van haar collega's teruggekomen was, dan zou die toch iets zijn komen zeggen? Ze drukte haar sigaret uit, stond op en liep tot bij de trap.

'Femke? Ivo?'

Er kwam geen antwoord. Ze draaide zich om naar de voordeur. Die was nog altijd dicht. Ze keek de trappenhal omhoog. Op de eerste verdieping brandde nergens licht. Moest ze nu naar boven om te zien of alles in orde was? Daar had ze absoluut geen zin in. Ze liep een paar treden op en spitste haar oren. Niets.

'Hallo!?'

De stilte die volgde, was ronduit akelig. Met een klein hartje ging ze tot halverwege de trap en riep nog eens. Weer kwam er geen reactie. Haar handpalm op de leuning, merkte ze, was vochtig. Ze voelde zich belachelijk ineens. Natuurlijk was er niemand. Ze beeldde zich maar wat in. Of anders was het de regen die ze tegen de ramen had horen slaan.

Ze ging op haar stappen terug en overlegde wat te doen. Nu naar huis gaan was de beste garantie om nog urenlang tegen de muren op te lopen van ellende. Wat dan? Ze moest met iemand praten, anders deed ze de hele nacht geen oog dicht. Hoe laat was het intussen? Halfelf voorbij. Het kon haar niet schelen. Ze belde Willem. Hij was nog in Amsterdam omdat hij pas wilde terugkomen wanneer het lichaam van Trui werd vrijgegeven. Vanochtend hadden ze bericht gekregen dat dat eindelijk ging gebeuren. Daarop had zij alvast de trein naar huis genomen. Willem kwam morgen terug. Met de auto. Hopelijk sliep hij nog niet. Hij had een lange rit voor de boeg.

Ze selecteerde het nummer. Al na drie belsignalen werd er opgenomen. Ze herademde.

'Willem, Sofie hier.'

'Sofie?' klonk het verbaasd. 'Is alles in orde?'

'Ja... Nee... Ik bel van de uitgeverij. Ik heb net de boekhouding nagekeken.'

'Nu? Op dit...'

Ze liet hem niet uitspreken en gooide er alles uit: de teruggvallende verkoop van de afgelopen jaren, de schuld bij de bank, de achterstallige rekeningen bij de drukker, de ronduit slechte vooruitzichten voor het komende kwartaal, de...

'Sofie...'

Ze ratelde voort: dat ze dit niet aankon, dat er in haar ogen geen oplossing was, dat hij haar nooit met dit probleem had mogen opzadelen, dat Trui haar verteld had dat Lebowski van plan was om van uitgeverij te veranderen en dat er dan helemaal geen hoop meer was om...

'Sofie!'

Dit keer zweeg ze.

'Ik weet dat de zaken er niet goed voor staan,' zei Willem. 'En je hebt gelijk: ik had je beter op voorhand gezegd hoe de vork in de steel zat. Maar met Truis dood was ik echt niet in staat om...'

Hij stopte. Ze zei niets, wachtte.

'Luister, het is niet zo rampzalig als op het eerste gezicht lijkt.'

'Dat is het wel.'

'Nee, ik denk dat er een oplossing is.'

'Welke?'

'Het is een beetje moeilijk om dat over de telefoon uit te leggen. Kunnen we elkaar morgen zien? Ik vertrek hier om negen uur. Kom naar mij thuis.'

Ze aarzelde. Wat moest ze doen? Had ze dan een keus? Het kon in elk geval geen kwaad om te horen wat hij te zeggen had.

'Goed, ik zal er zijn. Om twee uur?'

'Prima. En ga nu naar huis. Probeer wat te slapen. Morgen praten we verder.'

'Oké, Willem. Tot dan.'

Ze verbrak de verbinding. Een oplossing? Was dat echt zo of had hij dat alleen maar gezegd om haar te kalmeren?

Ze zette de computer uit en belde een taxi. Het licht in de gang brandde nog. Bij haar bagage bleef ze staan en luisterde. Er was niets meer te horen.

Ze glimlachte wrang. Ze had zich vandaag wel meer ingebeeld dan alleen het geluid. Veel meer.

7

Op donderdagochtend verdeelde Berg de taken als volgt: Coens en Meulenaer zouden Ruben Demeester en Wouter Grootjans interviewen, terwijl hij en Zeebos een bezoek brachten aan de uitgeverij. Nu Sofie Vleminckx terug was uit Amsterdam, wilde Berg haar nog wat bijkomende vragen stellen over de relatie tussen Lebowski en Trui Goedseels en over het lot van de uitgeverij.

'Hoezo?' protesteerde Wenderickx. 'Dat was mijn taak.'

'Jij hebt je kans gehad,' plaagde Zeebos.

'Wat doe ik dan intussen?'

'Ik wil dat je je verder bezighoudt met Lebowski,' antwoordde Berg. 'Verzamel al de recensies en interviews die je in de schrijvende pers of op internet vindt.'

Wenderickx mompelde iets voor zich uit en Berg meende

dat hij het woord 'bezigheidstherapie' had gehoord. Hij wilde uitvaren, maar hield zich in.

'Luister, Wenderickx. Op dit ogenblik is Lebowski onze enige verdachte. Het probleem is dat we nog altijd zo goed als niets over hem weten. Ik heb me gisteravond iets afgevraagd. Aan de ene kant heeft Lebowski de reputatie een rokkenjager te zijn, aan de andere kant zijn de slachtoffers in zijn laatste romans altijd vrouwen.'

'En wat zou dat?' vroeg Zeebos.

Zonder op hem te letten, ging Berg voort:

'Waar komt die discrepantie vandaan? Zou het kunnen dat hij in werkelijkheid een verdoken vrouwenhater is? Misschien heeft hij zich jarenlang tevredengesteld met vrouwen op papier te vermoorden en is dat niet meer voldoende.'

'Meen je dat nu?' sneerde Zeebos.

'Weet ik veel!' riep Berg molenwiekend. 'Ik tast ook maar in het duister. Maar er zijn ongetwijfeld een heleboel mensen die Lebowski al jarenlang op de voet volgen en veel meer over hem weten dan wij: journalisten, recensenten, redacteurs van kranten en tijdschriften...'

'Misschien moet ik ook een paar van zijn ex-vriendinnen interviewen,' stelde Wenderickx voor.

'Mij goed. Het kan me niet schelen hoe je het aanpakt. Als ik maar meer informatie over hem krijg.'

'Komt in orde, chef.'

Wenderickx leek het nut van zijn opdracht nu in te zien, maar zijn collega's hadden nog vragen.

'Als Lebowski geen motief heeft voor de eerste moord,' begon Coens, 'waarom dan Lucies vrienden interviewen? Kunnen we ons niet beter concentreren op Amsterdam?'

Berg twijfelde. De kwestie van het motief zat hem ook dwars en het liefst van al had hij de zaak in Firenze gelaten voor wat ze was, maar dat was een gemakkelijkheidsoplossing die hij niet met zijn geweten in overeenstemming kon brengen, zeker niet na zijn ontmoeting met de ouders van het meisje. Dat laatste was natuurlijk geen argument om tijd en energie te blijven steken in een schijnbaar hopeloze zaak en hij begreep dat hij zijn mannen op een andere manier moest overtuigen.

'Kijk,' zei hij. 'Ik geef toe dat alles erop wijst dat Lebowski geen reden had om Lucie Meerten te vermoorden, maar aan de andere kant heb ik geleerd dat in de ogen van derden een motief zelden in verhouding staat tot een misdrijf. Voor een buitenstaander lijkt de aanleiding om iemand te doden vaak futiel, zelfs triviaal. Uit het standpunt van de dader kan dat heel anders zijn.'

Coens krabde in zijn haar.

'Ik... euh... weet niet of ik wel begrijp wat je bedoelt, chef.'

'Dan zeg ik het anders: het feit dat Lebowski in onze ogen geen reden had om Lucie te vermoorden, wil nog niet zeggen dat die reden er niet wás.'

'Voor hem?'

'Inderdaad. Het is gewoon een kwestie van perspectief. Als je eenmaal je eigen gezichtspunt hebt opgegeven, krijg je vaak een heel andere kijk op iets. Het komt er dus op aan om te proberen door Lebowski's ogen te kijken, maar om dat te kunnen, moeten we meer over hem zien te weten komen.'

Coens en Meulenaer knikten.

'Dat wil niet zeggen,' vervolgde Berg, 'dat ik ervan overtuigd ben dat Lebowski schuldig is. Maar ik ben er ook niet van overtuigd dat hij niét schuldig is en zolang dat het geval is, voel ik mij tegenover de slachtoffers en hun nabestaanden verplicht om verder te blijven zoeken.'

'Oké, chef.'

'Goed, dan beginnen we eraan.'

Berg en Zeebos namen de lift naar de ondergrondse garage. Op weg naar de Sint-Antoniusberg zei Zeebos:

'Ik wil nog even terugkomen op wat je daarnet hebt gezegd. Het kan zijn dat ik een beetje voorbarig ben geweest wat Lebowski betreft. Je hebt gelijk: we moeten proberen om door zijn ogen te kijken en in dat opzicht is er misschien een mogelijkheid waar we tot nu toe niet aan gedacht hebben.'

'Welke?'

In plaats van te antwoorden vroeg Zeebos:

'Ben je al aan de roman begonnen?'

'Ik heb alleen het eerste hoofdstuk gelezen,' antwoordde Berg. 'Eigenlijk weet ik niet wat ik me daarbij had voorgesteld. Het is niet via zijn romans dat we iets over Lebowski te weten zullen komen.'

'Dat weet ik nog zo niet,' zei Zeebos. 'Heb je al kennisgemaakt met zijn hoofdpersonage? Inspecteur Rochus?'

'Nee.'

'Lebowski vertelt zijn verhalen altijd vanuit Rochus' standpunt.'

'Ja, en?'

'De manier waarop Rochus naar de wereld kijkt, is bepaald door de visie van de man die hem heeft bedacht. Lebowski beschrijft in zijn romans hoe Rochus denkt en voelt. Daarmee geeft hij indirect een blik in zijn eigen gedachtewereld.'

'Nu maak je een fout waar de leraar Nederlands ons op school al voor waarschuwde,' zei Berg. 'Een schrijver en een hoofdpersonage zijn twee aparte dingen. De ene is een mens van vlees en bloed, de andere is fictief. Je kan die twee niet met elkaar gelijkstellen.'

'Dat kan best zijn,' antwoordde Zeebos. 'Maar volgens mij kan geen enkele schrijver voorkomen dat er iets van hem in zijn hoofdpersonage sluipt, zelfs al doet hij nog zo zijn best om dat te vermijden.'

'Misschien.'

'Lees nog even voort, dan kunnen we over Rochus van gedachten wisselen. Wie weet levert het iets op.'

Berg zei niets meer. Hij zag niet veel heil in Zeebos' voorstel, maar hij hield zijn mening voor zich.

De Sint-Antoniusberg liep van de Naamsestraat steil naar beneden en gaf uit op het Pater Damiaanplein dat zijn naam dankte aan het feit dat het stoffelijk overschot van de beroemde missionaris begraven lag in de crypte van de Sint-Antoniuskerk op het eind van de straat. Berg had nooit de moeite genomen om het graf te bezoeken. Als kind al had hij het een vreemd gebruik gevonden: die gewoonte in de katholieke kerk om relikwieën van heiligen te vereren in de hoop op een wonderlijke genezing of een ander mirakel. Kwam zoiets in andere godsdiensten ook voor? Bij zijn weten niet. De traditie was trouwens op sterven na dood. Voor de generatie van zijn grootouders was heiligenverering nog een vast onderdeel van het geloof, maar tegenwoordig bleef er van die volksdevotie niet veel meer over. Alles had zijn tijd en wat ooit in onbruik was geraakt, kwam zelden terug.

Het pand waarin de uitgeverij was gevestigd, zag eruit als een gewoon huis, behalve dat de twee ramen ingericht waren als kleine etalages waarin recent verschenen boeken stonden uitgestald. Naast de deur hing een koperen bord met UITGEVERIJ DE REINAERT.

Berg belde aan. De jonge vrouw die opendeed, kon niet ouder zijn dan vijf- of zesentwintig. Ze was tenger gebouwd, had een muizengezichtje en een bedeesde manier van doen. Afgaande op Wenderickx' beschrijving was dit Femke Dries, het manusje-van-alles dat de helft van de tijd voor Lebowski werkte als zijn secretaresse en privéchauffeur. Berg toonde haar zijn legitimatiebewijs en vroeg of ze Sofie Vleminckx konden spreken.

Het meisje knikte enkel en ging hen voor naar het kantoor aan de achterkant van het huis. Ze klopte op de openstaande deur.

'Sofie, de politie is er voor jou.'

'Weer?' klonk het geïrriteerd.

Berg ging het kantoor in. Hij zag Sofie Vleminckx schrikken. Blijkbaar was ze zich er niet van bewust geweest dat hij vlak om de hoek stond.

'O... hoofdinspecteur. Excuseer. Ik ben pas sinds gisteravond terug en ik weet niet wat eerst te doen.'

'Dan zullen we het kort houden, mevrouw.'

'Gaat u zitten, alstublieft.'

Er stonden twee stoelen voor het bureau. Op die aan zijn kant zag Berg een u-vormig soort kussen liggen. Hij nam het op. Er zat een harde, beweeglijke vulling in die hij niet kon thuisbrengen.

'Ach, geeft u dat maar aan mij.'

Sofie Vleminckx reikte over het bureau heen. Er zat een duidelijk hoorbare trilling in haar stem toen ze zei:

'Het is Truis schouderkussen. Dit was haar kantoor. Ik heb hier mijn intrek genomen omdat... nou ja...'

'Schouderkussen?' vroeg Berg.

'Kent u dat niet? Trui had geregeld last van haar nek. Er zitten kersenpitten in. Als je het kussen opwarmt en op je schouders legt, verzacht dat de pijn.'

Berg ging zitten. Hij moest weer aan de kersenpit denken die zijn kies had gemold.

'Wat kan ik voor u doen, hoofdinspecteur?'

'We hebben nog een paar vragen, mevrouw. Hopelijk kunt u die voor ons beantwoorden.'

'Ik zal mijn best doen.'

'Om te beginnen dit: waarom had mevrouw Goedseels een tweepersoonskamer bij Dikker & Thijs?'

Sofie Vleminckx keek hem een ogenblik perplex aan.

'Dat weet ik niet. Daar heeft ze niets over gezegd. Wacht even, Femke heeft de boeking gedaan.'

Ze nam de telefoon van de haak, duwde op een toets en wachtte.

'Femke, weet jij waarom Trui een tweepersoonskamer had in Amsterdam?'

Terwijl ze luisterde naar wat er aan de andere kant werd gezegd, zag Berg hoe ze met een balpen droedelde op een blocnote. Het viel hem op dat ze geen trouwring droeg.

'Goed, dankjewel.'

Ze legde de hoorn terug op de haak.

'Femke moest drie eenpersoonskamers reserveren, maar er waren er maar twee meer vrij. Vandaar.'

Berg wisselde een blik met Zeebos. Zo simpel was het dus. En daar hadden ze dagenlang over zitten dubben. Wat een verkwisting van tijd en energie. Politiewerk kon soms verschrikkelijk frustrerend zijn.

'Ik veronderstel,' hernam Berg, 'dat u weet dat mevrouw Goedseels en meneer Lebowski een relatie hebben gehad?'

'Euh... ja.'

'Stond daar definitief een punt achter?'

'Bij mijn weten wel.'

'En toch heeft mevrouw Goedseels in Italië verklaard dat zij en meneer Lebowski aan het vrijen waren op het ogenblik dat Lucie Meerten werd vermoord.'

'In Italië? U bedoelt Firenze?'

Berg maakte een ongeduldig gebaar. De tegenvraag was compleet overbodig. De vrouw wist maar al te goed waar hij het over had.

'Wat heeft Firenze te maken met wat er in Amsterdam is gebeurd?'

'U antwoordt niet op mijn vraag, mevrouw.'

Sofie Vleminckx haalde haar schouders op.

'Misschien is de relatie in Italië opnieuw opgeflakkerd? Maar dat moet u aan meneer Lebowski vragen, niet aan mij.'

Berg had de indruk dat de vrouw maar wat zei om zich eruit te praten. Ze ontweek in elk geval opnieuw de vraag.

'Denkt u dat meneer Terbanck daar weet van had?'

'Van wat?'

Berg liet met een zucht zijn schouders zakken.

'Van wat u net zei: dat de relatie in Firenze opnieuw kan zijn opgeflakkerd.'

'Maar dat heb ik helemaal niet beweerd. U moet mij geen woorden in de mond leggen die ik niet...'

'Heeft hij zich daar iets over laten ontvallen?' brak Berg haar af. 'U bent in Amsterdam toch enkele dagen bij hem gebleven.'

'Nee, daar heeft hij niets over gezegd. Helemaal niets.'

'Iets anders, mevrouw, wat gebeurt er nu met de uitgeverij?'

'Willem... meneer Terbanck heeft mij gevraagd om voorlopig de leiding op mij te nemen.'

'Klopt het dat de uitgeverij er niet goed voorstaat?'

'Dat geldt voor het hele boekenbedrijf, hoofdinspecteur. De crisis heeft zwaar toegeslagen, maar we hopen dat intussen het ergste voorbij is.'

'Heeft meneer Terbanck plannen om het bedrijf te verkopen?'

'Die vraag moet u aan hem stellen.'

Berg was die ontwijkende antwoorden van haar zo stilaan beu.

'Ik kan me voorstellen dat er andere uitgeverijen zijn die interesse hebben. Zeker met een succesauteur als Lebowski in het fonds.'

'Nogmaals, ik...'

Berg stak zijn hand op.

'Al goed, mevrouw. We zullen de vraag aan meneer Terbanck stellen.'

Op dat ogenblik mengde Zeebos zich in het gesprek:

'Wat is er van de geruchten waar dat Lebowski's werk verfilmd wordt?'

Berg begreep niet wat die vraag ter zake deed, maar hij zei niets.

'Het is te vroeg om daar al iets over te zeggen,' antwoordde Sofie Vleminckx. 'De besprekingen met het productiehuis zijn nog niet afgerond.'

'Zo'n verfilming zou toch de redding van de uitgeverij kunnen betekenen?'

'Nu gaat u ervan uit dat de uitgeverij gered moet worden.'

'En nu ontwijkt u weer de vraag,' kaatste Zeebos terug.

Sofie Vleminckx kreeg een kleur.

'Het zou alleszins de verkoop van meneer Lebowski's boeken ten goede komen.'

'En dus ook de uitgeverij?'

'Natuurlijk. Dat spreekt voor zich.'

Berg nam het initiatief weer over. Hij haalde het lijstje boven dat Wenderickx hem had bezorgd.

'Er werken nog drie andere mensen hier, is het niet?' Hij las de namen van het papiertje: 'Femke Dries, David Rutten en Ivo Vangeel.'

'Dat klopt.'

'Zouden we hen kunnen spreken alstublieft?'

'David is er niet. En Femke...' Sofie Vleminckx wierp een blik op haar horloge. 'Ze had om elf uur een afspraak met meneer Lebowski. Ik vrees dat ze al vertrokken is.'

'Dan zullen we ons voorlopig tevreden moeten stellen met meneer Vangeel.'

'Ik weet niet waar hij is. Een momentje, alstublieft.'

Zodra ze alleen waren, vroeg Berg:

'Wat denk je?'

'Ik begrijp niet waarom ze zo vijandig doet,' antwoordde Zeebos.

'Ik ook niet. Ze reageert helemaal anders dan in Amsterdam. Waarom?'

'Misschien omdat ze onder druk staat. Ik kan me voorstellen dat het geen pretje is om van de ene dag op de andere de verantwoordelijkheid over een uitgeverij in de schoenen geschoven te krijgen.'

Berg overwoog de mogelijkheid. Toen herinnerde hij zich iets anders.

'Waarom begon je over de verfilming van Lebowski's boeken?'

'O dat...' zei Zeebos. 'Dat moest ik van Lisa vragen.'

Berg voelde hoe de verontwaardiging hem de adem benam.

'Dat meen je niet, hoop ik!?'

Zeebos grinnikte.

'Maak je niet druk, Thomas. Het was maar een grapje.'

De opgehoopte lucht ontsnapte aan Bergs mond. Zeebos zei:

'Ik dacht aan het volgende: nu Trui Goedseels overleden is, komt de uitgeverij in het bezit van haar man. Een bedrijf op de rand van het failliet is iets heel anders dan een uitgeverij die het opnieuw voor de wind kan gaan dankzij de verfilming van Lebowski's boeken.'

'Bedoel je dat Terbanck een motief had om...'

'Niet dan? Vergeet niet dat hij geen alibi heeft.'

Berg moest toegeven dat hij die mogelijkheid over het hoofd had gezien. Als het waar was wat hij zelf gesuggereerd had – dat Terbanck vermoedde dat zijn vrouw hem opnieuw met

Lebowski bedroog – dan had hij een dubbele reden om haar te vermoorden: geld én het oudste motief ter wereld: jaloezie. Bovendien was het niet ondenkbaar dat hij ook iets te maken had met de dood van Lucie Meerten. Tot nu toe hadden ze nog geen tijd gehad om na te trekken of hij een alibi had voor de moord in Firenze. Misschien was hij op vrijdagavond halsoverkop naar Italië gereden omdat hij achterdochtig was geworden en wilde controleren of zijn vrouw en Lebowski een kamer deelden. Maar waarom dan een toevallige toeriste uit Leuven vermoorden? Dat hield geen steek.

8

Femke Dries slaagde erin om haar Fiat Punto kwijt te raken in de buurt van Lebowski's huis en betaalde via haar mobiel een uur parkeergeld. Meer was niet nodig, dat wist ze uit ondervinding.

Op het voetpad hadden kinderen een hinkelbaan getekend, maar de krijtlijnen waren door de regen grotendeels uitgewist. Femke glimlachte. Ze had niet gedacht dat kinderen tegenwoordig dat spelletje nog speelden. Het was jaren geleden dat ze een hinkelbaan op de stoep had gezien.

Ze belde aan. Lebowski liet niet lang op zich wachten.

'Dag Femke, kom binnen.'

Ze volgde hem naar de achterkant van het huis en keek in het voorbijgaan naar de lijstjes tegen de muren van de gang die ze bij zichzelf altijd *The Hall of Fame* noemde.

'Ga zitten,' zei Lebowski. 'Wil je iets drinken? Koffie? Thee?'

'Nee, dank je.'

'Heb je het hoofdstuk bij?'

Ze gaf hem de map en nam plaats in één van de chesterfields. Lebowski ging aan de kloostertafel zitten en begon te lezen. Meestal had hij daar ongeveer een halfuur voor nodig en gedurende die tijd leek het alsof hij zich niet meer van haar aanwezigheid was bewust. Ze sloeg hem gade terwijl hij geconcentreerd over de tekst gebogen zat. Nog niet zo lang geleden was dit haar favoriete moment van de week geweest: moederziel alleen met hem in zijn werkkamer, dromend over hoe het zou zijn als hij zich straks naar haar omdraaide, zijn mooie donkere ogen op haar gericht, dankbaar voor het werk dat ze had geleverd en misschien... misschien...

Maar wat haar fantasie haar voorspiegelde, was nooit gebeurd. Lebowski behandelde haar altijd uitermate beleefd en liet nooit na haar te bedanken, maar verder dan dat ging het niet. Soms bracht hij enkele veranderingen in de tekst aan; soms besliste hij om een passage te schrappen of een alinea in te korten. Dan kreeg ze het hoofdstuk terug en maakten ze een nieuwe afspraak die zich op precies dezelfde manier zou afspelen.

Na een tijd had ze beseft dat wat ze hoopte nooit zou gebeuren. Lebowski was niet in haar geïnteresseerd, toch niet op die manier. Ze had niet de allure, de schoonheid, de présence van de vrouwen met wie hij geregeld op foto's in tijdschriften te zien was. Het had haar de nodige moeite gekost om de ontgoocheling te verwerken en op een gegeven ogenblik had ze zelfs op het punt gestaan om Trui te vragen iemand anders aan te stellen voor de taak, maar dat gesprek had nooit plaatsgevonden en dus bleef ze Lebowski's hoofdstukken op de tekstverwerker intikken en voerde ze hem één of twee keer per week naar een lezing of signeersessie, met in een achterkamertje van haar hoofd nog altijd de hoop dat hij haar op een dag zou zien... echt zien. Dat er in zijn ogen een andere uitdrukking zou verschijnen wanneer hij haar tussen het publiek in de zaal opmerkte, of haar over de rij aanschuivende fans zag staan wachten tot hij klaar was met signeren.

En zo gebeurde het op een dag dat haar wens in vervulling ging, zij het op een compleet andere manier. De man die haar aansprak, was ongeveer tien jaar ouder. Ze had hem al vaker opgemerkt tijdens Lebowski's lezingen en toen ze daar een opmerking over maakte, bekende hij onmiddellijk dat hij een grote fan was en geen kans voorbij liet gaan om naar Lebowski te komen luisteren. Daarbij was het hem opgevallen, zei hij, dat ze de schrijver telkens vergezelde als hij ergens ging spreken of signeren. Was ze misschien zijn vriendin? Of was hij nu te nieuwsgierig? Hij wilde niet onbeleefd zijn. Het was alleen dat Lebowski's doen en laten hem ongemeen interesseerde. In zijn ogen was hij de beste misdaadschrijver van het land.

Femke slaagde erin een flauw lachje te produceren. Het gebeurde wel vaker dat fans haar vragen stelden over het privéleven van Lebowski. Meestal maakte ze zich ervan af met een nietszeggend antwoord, maar de man leek haar sympathiek en aangezien ze zich toch maar verveelde, legde ze de situatie uit.

De ander luisterde belangstellend toe, maar tot haar verbazing liet hij het onderwerp snel varen en stuurde hij het gesprek haar richting uit. Ze moest toegeven dat ze zich geflatteerd voelde door zijn aandacht. Hij was historicus van opleiding, werkte in het Rijksarchief van Leuven en zat in de redactie van *Salsa*, een driemaandelijkse nieuwsbrief voor de vrienden van het Leuvense Stadsarchief.

Het gesprek verliep zo aangenaam dat de wachttijd voorbijvloog en toen de man voorstelde om in de loop van de week een koffie te gaan drinken, had ze zonder aarzelen toegestemd. Dat was intussen vier maanden geleden en sindsdien had ze Evert verschillende keren ontmoet, meestal voor de lunch, maar ook enkele keren 's avonds, in Leuven zowel als in Diest waar ze een kleine flat huurde omdat Leuven onbetaalbaar was. Evert was een halfjaar eerder gescheiden, had geen kinderen, en liet er geen twijfel over bestaan dat zijn belangstelling voor haar verder ging dan vriendschap.

Aanvankelijk had ze de boot afgehouden, maar na verloop van tijd waren haar gevoelens veranderd. Evert was intelligent, belezen en qua uiterlijk mocht hij er ook zijn: een stuk groter dan zij, goedgebouwd, met donkerblond haar en zachte, bruine ogen. Maar veel belangrijker was dat hij een lieve, attente man was die haar op geen enkel ogenblik onder druk zette en haar de nodige tijd gaf. Het had dan ook lang geduurd voor ze hem de eerste keer had gekust, maar intussen had ze het gevoel dat ze klaar was om de volgende stap te zetten.

Femke schrok op uit haar gedachten toen Lebowski opstond en haar de map met de tekst teruggaf.

'Zou je de correcties tegen maandag kunnen invoeren?'

'Natuurlijk, geen probleem.'

'Wacht. Ik geef je ook al het volgende hoofdstuk mee.'

Femke stak de handgeschreven bladzijden bij in de map en borg die op in haar handtas. Het zou veel tijd sparen als ze haar werk gewoon per mail mocht opsturen, maar daar wilde Lebowski niets van weten. Een tekst lezen en corrigeren op een scherm vond hij een gruwel en tegennatuurlijk was het ook. Pas wanneer hij de eerste versie van een hoofdstuk had verbeterd, mocht ze hem de definitieve tekst via mail bezorgen. Het origineel moest ze teruggeven, altijd, en zonder dat iemand het te zien had gekregen. Daar deed hij heel paranoïde over.

Lebowski was intussen in één van de chesterfields komen zitten.

'Redt Sofie het een beetje?'

'Ze doet wat ze kan,' antwoordde Femke. 'Maar het is allemaal erg nieuw voor haar. En dan komt de politie haar nog eens lastigvallen ook.'

'De politie?'

'Net voor ik vertrok. Het ging weer over Amsterdam. Ze wilden weten waarom Trui een tweepersoonskamer had in het hotel.'

'Heeft die Berg niks beters te doen?'

Het klonk snauwerig, helemaal niet zoals ze van hem gewoon was. Hij duwde zich met de handen op de knieën overeind en ging haar voor naar de gang. Bij de deur zei hij:

'Doe Sofie de groeten van mij.'

'Ik denk niet dat ik haar vandaag nog zie.'

'Hoezo? Het is nog geen twaalf uur.'

'Ik heb een lunchafspraak,' legde Femke uit. 'En Sofie heeft gezegd dat ze vanmiddag niet op kantoor zou zijn.'

'Zozo, een lunchafspraak? Met je nieuwe vriend?'

Ze staarde hem verbluft aan. Hij schoot in de lach.

'Sofie heeft me over hem verteld.'

Femke wist plots niet waar kijken.

'Laat het je smaken,' zei Lebowski en hij deed de deur dicht.

Ze bleef even op de stoep staan drentelen. Mensen konden toch echt hun mond niet houden. Nou ja, ze had Sofie niet gevraagd om te zwijgen, dus had ze geen reden tot klagen. Ze verlengde haar parkeertijd en wandelde naar het eetcafé op de Grote Markt waar ze met Evert had afgesproken. Al na honderd meter begon het te regenen. Typisch, het bleef tegenwoordig geen dag droog.

Ze klapte haar paraplu open en drukte haar handtas vaster tegen zich aan. De map met Lebowski's werk stak er half uit en inkt en water gingen niet samen. Had hij eigenlijk wel een kopie van het nieuwe hoofdstuk? God, ze mocht er niet aan denken hoe hij zou reageren als er iets met de tekst gebeurde.

Evert zat al op haar te wachten. Ze gaf hem een zoen, ging zitten, haalde de map uit haar handtas en keek of de tekst nat was geworden. Gelukkig. Niks aan de hand. Ze legde de map naast haar bord.

'Alles oké?'

Ze knikte.

'Ik ben komen lopen. Van bij Lebowski.'

'Heeft hij weer een nieuw hoofdstuk klaar?'

Ze zag hem naar de map kijken. Evert had haar al een paar keer gevraagd waar de nieuwe roman over ging, hoewel hij goed wist dat ze daar niets over mocht zeggen. In dat opzicht gedroeg hij zich al even nieuwsgierig en ongeduldig als de meeste andere fans. Elke week kreeg de uitgeverij mails toegestuurd met de vraag wanneer het volgende boek van Lebowski nu eindelijk ging verschijnen.

'Ja,' antwoordde ze. 'Ik heb weer huiswerk meegekregen.'

'Ik heb ook nieuws,' zei hij en ze hoorde de trots in zijn woorden. 'Voor jou zit de nieuwe hoofdredacteur van *Salsa*.'

'Hé, super!'

Ze gaf hem opnieuw een zoen. Hij had haar verteld dat hij kans maakte op de baan.

'Heb je al besteld?'

'Nee, ik heb op jou gewacht.'

Ze sloegen de menukaarten open. Evert koos een pasta met zalm, zij een Griekse salade. Zodra de kelner hun bestelling had opgenomen, excuseerde ze zich.

'Dadelijk terug.'

Terwijl ze naar het toilet liep, bedacht ze ineens dat ze zich gelukkig voelde. Het was zo'n plotse en onverwachte vaststelling dat ze erdoor overrompeld werd en het volgende ogenblik al vroeg ze zich af of het gevoel niet zou vervluchtigen en even snel weer verdwijnen als het opgekomen was. Nee, dat kon niet. De voorbije weken was er nauwelijks een uur voorbijgegaan waarin ze niet aan Evert had gedacht en wat dat betekende, behoefde geen uitleg. Misschien moest ze hem dit weekend maar eens bij haar thuis uitnodigen. Hij was er al een paar keer geweest, maar alleen om haar op te pikken. Als ze nu eens voor hem kookte? Dan konden ze gezellig thuisblijven en daarna... God, waarom het nog langer uitstellen? Ze hield van hem en hij, daar was ze intussen van overtuigd, ook van haar.

9

Aanhoudend slecht weer had een nefaste invloed op Bergs humeur, maar wat hem nog meer op de zenuwen werkte, was het gevoel dat hij geen stap verder raakte in het onderzoek. Het interview met Sofie Vleminckx had geen nieuwe feiten aan het licht gebracht, behalve dat Zeebos hem erop gewezen had dat Willem Terbanck mogelijk een motief had om zijn vrouw te vermoorden. Coens en Meulenaer waren hem daarom in de loop van de dag gaan opzoeken en hadden ontdekt dat hij geen alibi had voor de avond van de moord in Firenze. Naar eigen zeggen was hij het hele weekend thuisgebleven en had wat klusjes gedaan in huis en tuin. Op zondagochtend had zijn vrouw hem gebeld om te zeggen dat ze een latere vlucht nam omdat er zich een onvoorzien probleem had voorgedaan. Wat dat was, wilde ze niet over de telefoon vertellen. Dat had hij pas vernomen toen ze thuis was.

Berg wist niet goed wat hij met deze nieuwe informatie aan moest, behalve dat hij met de beste wil van de wereld geen reden kon bedenken waarom Terbanck Lucie Meerten zou vermoorden. Hetzelfde gold voor Lebowski en daar kwam nog eens bij dat hij ook geen motief had voor de tweede moord, tenzij hun vermoeden klopte dat Trui Goedseels hem in Italië een vals alibi had verschaft en dat hij bang was dat ze dat zou intrekken. Maar dat was niet meer dan een hypothese die onmogelijk te bewijzen viel nu Trui Goedseels er niet meer was.

Ook het interview met Ivo Vangeel had niets opgeleverd. De man was redacteur en deed een groot deel van zijn werk thuis, zodat hij weinig voeling had met wat er in de uitgeverij gebeurde. Het andere personeelslid, David Rutten, stond in voor de productie, maar was momenteel met zijn vrouw op vakantie in Andalusië. Bleef nog de secretaresse, Femke Dries, over. Waarschijnlijk zou ook zij niets nieuws te vertellen hebben, maar voor de zekerheid nam Berg zich voor om haar na het weekend te interviewen.

Wat er vervolgens moest gebeuren, wist hij niet. Alle betrokkenen waren ondervraagd en geen enkel gesprek had iets concreets opgeleverd. Coens en Meulenaer hadden intussen met Ruben Demeester en Wouter Grootjans gepraat, maar ook hun verklaring had geen nieuw element opgeleverd. Ruben, de vriend van Mieke Teugels, had gezegd dat hij een tijdlang met Wouter door de straten van Firenze had gelopen om hem de kans te geven zijn hart te luchten en dat ze daarna een fles chianti soldaat hadden gemaakt op een terrasje in de buurt van de Piazza della Signoria. Tegen de tijd dat ze naar het hotel waren teruggekeerd, was het lijk van Lucie al ontdekt. Haar ex-vriend, Wouter Grootjans, had identiek dezelfde verklaring afgelegd, behalve dat hij geen flauw idee had welke wijn hij en zijn vriend hadden gedronken.

Berg leunde achterover, vouwde zijn handen in zijn nek en staarde misnoegd door het raam naar buiten. Gewoonlijk, als een onderzoek vastzat, stak hij de straat over en maakte een wandeling over het kerkhof om zijn hoofd te luchten, maar zelfs dat kon niet met dit ellendig weer. Hij mompelde iets voor zich uit. Over vijf minuten had hij een afspraak met de directeur en ook dat was niet meteen iets om naar uit te kijken.

'Chef?'

Berg draaide zich om. Hij was alleen met Wenderickx in het kantoor. Coens en Meulenaer waren naar de touroperator die de rondreis georganiseerd had omdat hij een lijst wilde hebben van de deelnemers. Volgens Lucies ouders waren er geen andere vrienden mee op reis, maar over een eventuele collega hadden ze hem niets kunnen vertellen en hoewel Mieke Teugels gezegd had dat Lucie daar met geen woord over gerept had, wilde Berg zekerheid. Het was niet ondenkbaar dat er toch een collega mee was, iemand met wie Lucie op het werk weinig contact had en met wie ze tijdens de trip nauwelijks had gepraat. Het was een schot in het duister, dat besefte hij heel goed, maar hij was intussen zo wanhopig dat hij zich aan elke strohalm vastklampte. Zoals Lebowski terecht had opgemerkt: niemand moordde zonder reden en een bekende – hoe vaag ook – had meer kans op een motief dan een bus vol vreemden.

'Ik heb een tiental interviews op het internet gevonden,' zei Wenderickx. 'En zo'n vijftig recensies. Wat doe ik daarmee?'

'Print ze uit. De interviews geef je aan mij, de recensies zijn voor jou. Zoek uit of er ergens ingegaan wordt op de vraag waarom de slachtoffers in Lebowski's laatste romans altijd vrouwen zijn. Iemand moet daar toch ooit iets over geschreven hebben.'

'Oké, chef.'

Berg zag dat het tijd was voor zijn afspraak. Hij stond op en liep de trap af naar de eerste verdieping.

Denissen ontving hem met dezelfde koele afstandelijkheid die Berg nu al twee jaar te beurt viel wanneer hij zijn opwachting maakte in het kantoor van de directeur. Sommige mensen hadden de onhebbelijke gewoonte om een conflict te laten verzuren en Berg had allang de hoop opgegeven dat het probleem ooit zou worden uitgepraat.

'Ga zitten, hoofdinspecteur.'

Berg trok een stoel bij. Hij wist niet goed wat hem te wachten stond.

'Ik heb hier het aantal uren dat u en uw mannen tot nu toe aan de zaak Goedseels hebben besteed. Dit loopt stilaan de spuigaten uit.'

Berg zei niets.

'Vooral omdat de zaak ons niet aanbelangt. Het slachtoffer mag dan al een inwoonster van Leuven zijn, ze is in Amsterdam vermoord en dat valt buiten onze jurisdictie.'

'Daar ben ik me van bewust,' zei Berg. 'Het is alleen omdat...'

'Laat me uitspreken, hoofdinspecteur. Ik weet dat de onderzoeksrechter u gevraagd heeft om het dossier op te volgen omdat het slachtoffer een vriendin was van zijn vrouw. Vandaar dat ik ingestemd heb met deze... hoe zal ik het noemen... ongewone gang van zaken. Maar intussen zijn we een week verder en wat blijkt? U hebt zich op de u gebruikelijke manier in het dossier vastgebeten als een hond in de broekspijp van een inbreker.'

Berg kon de vergelijking allesbehalve waarderen. Je moest al Denissen heten om zo'n onzin uit te kramen.

'Bovendien heb ik vernomen dat u Zeebos in het onderzoek hebt betrokken. Dat was niet de afspraak.'

'U hebt gezegd dat ik kon kiezen wie ik meenam naar Amsterdam.'

'Daarmee bedoelde ik natuurlijk iemand van uw eigen team, niet het hoofd van de technische recherche. Ik heb van andere diensten klachten gekregen dat het werk in het lab een almaar grotere achterstand oploopt. Het moet dus gedaan zijn om Zeebos voor uw kar te spannen. Is dat duidelijk?'

Berg slaagde er met veel moeite in te knikken.

'Intussen hebt u al een hele week aan het dossier besteed. Dat lijkt me welletjes. Vanaf maandag gaat u weer over tot de orde van de dag.'

'Maar...'

'Geen maar, hoofdinspecteur. Ik denk dat we naar de onderzoeksrechter toe meer dan genoeg blijk hebben gegeven van onze goede wil.'

'En dus wordt de zaak gewoon geklasseerd? Twee vrouwen uit Leuven worden vermoord en...

'Twee?' viel de directeur hem in de rede. 'Waar hebt u het over?'

Berg besefte dat hij zijn mond had voorbijgepraat. Hij legde uit wat hij bedoelde: dat er veertien dagen voor de moord op Trui Goedseels een andere jonge vrouw in Firenze om het leven was gebracht in omstandigheden die sterk deden denken aan wat er in Amsterdam was gebeurd.

'Ik herinner me dat krantenartikel,' zei Denissen. 'Bent u daar ook mee bezig? Daar hebt u niets over gezegd.'

Berg zweeg. Hij was kwaad op zichzelf.

'Een reden temeer om een punt achter dit alles te zetten. Wat er in Firenze is gebeurd, is zaak van de Italiaanse politie en wat er in Amsterdam is...'

'En als de dader van de twee moorden een Leuvenaar blijkt te zijn?' wierp Berg op. 'Wat doen we dan?'

'Hebt u het over die schrijver? Die... die...'

'Lebowski.'

'Lebowski, ja. Ik dacht dat u net zei dat hij geen motief had voor de moord in Firenze.'

Dat klopt, maar...'

Denissen stak zijn hand op.

'Bespaart u zich de moeite, hoofdinspecteur. De beslissing is genomen. Dit is onze zaak niet en daarmee uit. Tenzij u een concrete aanwijzing hebt dat Lebowski iets met de moorden te maken heeft.'

De directeur liet een veelzeggende stilte vallen terwijl hij keek als een kat die een muis in een hoek had gedreven.

'Hebt u dat, hoofdinspecteur? Een concrete aanwijzing?'

Berg klemde zijn kaken op elkaar. Hij had niks. Absoluut niks! Behalve zijn buikgevoel dat hem vertelde dat er iets niet pluis was. Maar dat, wist hij, was in de ogen van Denissen geen argument.

10

Toen Sofie Vleminckx haar auto in de Riddersstraat parkeerde, voelde ze zich allesbehalve op haar gemak. Om te beginnen keek ze enorm op tegen wat ze Lebowski te vertellen had en ten tweede was het de eerste keer dat ze met hem alleen zou zijn na wat er in Amsterdam was gebeurd. Wat van de twee ze het ergst vond, de boodschap of de confrontatie, was moeilijk te zeggen.

Willem had het zich wel erg gemakkelijk gemaakt door haar de kastanjes uit het vuur te laten halen, maar hij had vanzelfsprekend gelijk dat een gesprek als dit ook tot de taak van een uitgever behoorde en bovendien had ze het alleen aan zichzelf te danken dat de situatie vervelender aanvoelde dan nodig.

Waarom had ze zich in Amsterdam ook zo laten gaan? Lebowski was natuurlijk een knappe, charmante man en ze kon niet ontkennen dat er de afgelopen jaren momenten waren geweest waarop ze gefantaseerd had hoe het zou zijn om met hem naar bed te gaan. Maar tussen droom en daad lag een wereld van verschil en de verleiding was nooit zo sterk geweest dat ze daarvoor haar relatie met Maarten in gevaar had willen brengen. Tot Amsterdam kwam. Tot er dingen waren gebeurd die alles op z'n kop hadden gezet: de gruwelijke moord op Trui, de complete verwarring van die nacht, de aanhoudende vragen van de politie, het verlammende gevoel van hulpeloosheid en vooral... vooral de angst om alleen te blijven in een vreemde hotelkamer, vlak bij de plaats waar Trui was vermoord.

Toen ze van de politie eindelijk mochten gaan slapen, was ze zo uitgeput dat ze niet meer op haar benen kon staan. Lebowski was mee naar haar kamer gegaan waar ze zich met haar kleren aan op het bed had laten vallen terwijl de tranen nog altijd over haar wangen liepen. Hij was naast haar komen zitten en had haar hand in de zijne genomen. Met zijn zachte stem had hij haar getroost, moed ingesproken, verzekerd dat hij bij haar zou blijven zolang ze wilde... en op een gegeven ogenblik had hij zich voorovergebogen en haar een zoen gegeven, op haar voorhoofd, zoals bij een ongelukkig kind dat in bed ligt te huilen. Maar zij had haar arm om zijn nek geslagen, zijn mond naar de hare getrokken en voor ze goed en wel besefte wat ze deed, was ze hem beginnen kussen met een overgave en een hartstocht waar ze zelf versteld van stond.

Eerst nog was hij terughoudend geweest. Hij vroeg of ze dit wel wilde, maar de betekenis van zijn vraag drong niet tot haar door. Het was alsof haar hoofd niet meer werkte, alsof er door de vermoeidheid, het verdriet, de alcohol, de ontreddering... geen enkele gedachte meer in haar opkwam, behalve die ene: dat ze niet meer wílde denken, dat ze alles wilde vergeten, dat ze hier en nu met deze man wilde vrijen, de rest van de nacht, één lange roes van genot en vergetelheid. En daarom had ze hem naast haar op het bed getrokken, zich aan hem vastgeklampt, hem opnieuw en opnieuw gekust, zijn hand genomen en onder haar rok geschoven.

Zijn vingers waren haar slipje binnengegleden en hij had haar gestreeld, zachtjes eerst, precies goed, en ze had laten aanvoelen dat ze meer wilde, dat hij niet mocht stoppen, sneller moest gaan, almaar sneller tot ze plots het gevoel had dat ze haar eigen lichaam ontsteeg en het bed niet meer raakte.

Hoe lang het geduurd had voor haar hoofd weer de controle overnam, wist ze niet, maar op een gegeven moment waren de begeerte en de roes volledig weg en in de plaats daarvan kwam alles terug, eerst nog geleidelijk, dan in volle hevigheid: de pijn en het verdriet, de gedachte aan Trui, het gruwelijke besef van wat haar overkomen was en de zinloosheid... de complete zinloosheid van wat er was gebeurd.

Het volgende ogenblik had ze zich zonder een woord uit Lebowski's omarming losgemaakt, zich omgedraaid en haar knieën opgetrokken als een foetus in de baarmoeder. Achter haar rug hoorde ze Lebowski zachtjes tegen haar praten, maar ze sloot zich af voor wat hij zei en reageerde niet meer.

Toen ze wakker werd, was het bijna twee uur. Verdwaasd draaide ze zich om. Lebowski was weg. Langzaam kwamen de herinneringen aan de vorige nacht terug. Trui was dood. Nee, dat had ze niet gedroomd. Ze was echt dood. Vermoord in haar kamer. En zij had met Lebowski gevrijd. O God, hoe had ze dat kunnen laten gebeuren? Ze waren wel niet voluit gegaan, maar toch. Hoe moest het nu verder tussen hen? Het liefst van al wilde ze hem vandaag niet onder ogen komen, maar dat zou waarschijnlijk niet te vermijden zijn.

Ze trok haar kleren van de vorige avond uit en nam een douche. Terwijl ze nog in de badkamer bezig was, hoorde ze haar mobiel overgaan. Het was Willem. Hij klonk volkomen overstuur en vroeg of hij haar kon zien. Vanochtend, na het bezoek van de politie, was hij vierklauwens naar Amsterdam gereden. Dijkstra had hem verteld wat er was gebeurd, maar hij wilde haar kant van het verhaal ook horen. Kon ze naar beneden komen? Hij en Lebowski zouden op haar wachten in de lobby.

En zo had ze hem teruggezien, in het gezelschap van Willem, wat het een stuk gemakkelijker had gemaakt. Lebowski vroeg hoe ze zich voelde, maar repte met geen woord over wat er tussen hen was gebeurd. Die kans gaf ze hem ook niet, want de rest van de dag was ze niet meer van Willems zijde geweken en ook op zaterdag had ze ervoor gezorgd dat ze nooit met Lebowski alleen was. 's Avonds had hij dan de trein naar Leuven genomen en was zij op Willems vraag in Amsterdam gebleven om hem te helpen met de formaliteiten. Lebowski had haar tijdens het weekend een paar keer gebeld, maar ze had nooit gereageerd en uiteindelijk waren de telefoontjes gestopt.

Dit keer echter had zij hém gebeld. Kort en zakelijk had ze gezegd dat ze op verzoek van Willem de leiding van de uitgeverij op haar had genomen en dat ze hem dringend moest spreken, liefst vandaag nog, voor het weekend. Paste het om naar de uitgeverij te komen?

In plaats van te antwoorden had Lebowski haar gevraagd wat er zo dringend was. Hij had met zijn dochter afgesproken om in Brussel te gaan shoppen, maar als ze wilde, kon ze na zes uur naar zijn huis komen.

Ze had het liever anders gehad, maar hij liet haar geen keus. Willem had erop aangedrongen om de zaak onverwijld te regelen. Nu Trui er niet meer was, had hij gezegd, zou het voor Lebowski nog gemakkelijker zijn om zijn voornemen uit te voeren. Dat mocht absoluut niet gebeuren. Als ze De Reinaert wilden redden, moesten ze in actie schieten. Eenmaal Lebowski elders had getekend, was het te laat.

Het was kwart over zes toen ze uit haar auto stapte en de resterende meters naar Lebowski's huis liep, met lood in de schoenen zoals dat heette, maar vastbesloten om te doen wat ze met Willem had afgesproken. Ze had geen flauw idee hoe Lebowski zou reageren, behalve dat hij boos zou worden, dat kon bijna niet anders. Willem had makkelijk praten. Hij wist natuurlijk niet wat er in Amsterdam was gebeurd, maar zelfs zonder die nacht zou dit één van de moeilijkste gesprekken uit haar leven worden.

Ze hield halt voor het huis. Dit was het dan. Haar vuurdoop als kersverse uitgeefster. Van wat er het volgende uur gebeurde, hing de rest van haar carrière af. Ze kon er dus beter alles aan doen om het gesprek tot een goed einde te brengen.

Lebowski leek blij haar te zien. Hij wilde haar een kus geven, maar ze draaide haar hoofd weg, zodat zijn mond op haar wang belandde. Eerst zei hij niets, toen:

'Heb ik iets gemist? Ben je boos?'

Ze schudde van nee.

'Ik heb je verschillende keren gebeld. Waarom heb je me nooit...'

'Lukas, kunnen we het daar straks over hebben? Ik zou eerst een paar dingen met je willen bespreken.'

Hij wierp haar een vragende blik toe, maar drong niet aan.

'Goed. Gaan we naar de woonkamer?'

Sofie zag op de salontafel een fles wijn en twee glazen klaarstaan. Toen Lebowski wilde inschenken, zei ze dat ze daar liever mee wachtte tot na het gesprek.

'God, dit klinkt ernstig. Wat is er aan de hand?'

'Ik heb hier het contract voor je volgende roman,' antwoordde Sofie en ze haalde het document uit haar aktetas.

Lebowski maakte geen aanstalten om het aan te nemen. In plaats daarvan vroeg hij:

‘Moest je me daarom per se vandaag zien? Waar brandt het?’

‘Ik zou me geruster voelen als het getekend was. Het is het eerste contract dat ik afsluit, begrijp je?’

‘Geruster?’

Ze had het kunnen weten: hij was niet van plan om het haar gemakkelijk te maken. Goed, dan legde ze haar kaarten maar op tafel.

‘Trui heeft me verteld dat je eraan denkt om van uitgeverij te veranderen. Klopt dat?’

Lebowski antwoordde niet.

‘We zijn bereid om je dezelfde voorwaarden te...’

‘Wie is *we*?’

‘Willem en ik.’

‘Sinds wanneer moeit Willem zich met de uitgeverij?’

Ze kaatste de vraag terug.

‘Heeft hij dan een keus nu Trui er niet meer is?’

‘Ik had verwacht dat hij de firma zou verkopen. Je moet begrijpen dat ik liever niet teken voor ik weet wat er met de uitgeverij gebeurt.’

Dus zo wilde hij het spelen. De onzekere toekomst van het bedrijf verschafte hem een perfect excuus om de kat uit de boom te kijken.

‘Er is geen sprake van verkopen.’

‘Sofie, ik wéét hoe de uitgeverij er financieel voor staat. In die omstandigheden...’

‘Zodra de verfilming van jouw boeken een feit is, is dat probleem van de baan.’ Ze pauzeerde even. Nu kwam het erop aan. ‘Het is heel simpel: jij tekent dit, ik teken het contract met het productiehuis.’

Zo, het was eruit. Daarmee wist hij waar hij aan toe was. Ze wachtte gespannen af hoe hij zou reageren.

Lebowski veranderde van houding. Er verscheen een zuur lachje om zijn mond.

‘Kijk eens aan. Willem heeft een waardige opvolgster gevonden voor Trui.’

Sofie reageerde niet. Wat hij zei, was allerminst als compliment bedoeld. Lebowski reikte naar de fles en schonk zich een glas in.

‘Ik laat me niet onder druk zetten.’

Hij klonk stroef ineens, verbeten.

‘Ik heb niet de bedoeling om...’

‘Toch wel,’ onderbrak hij haar. ‘En je krijgt hetzelfde antwoord als Trui: als je het hard wil spelen, dan doe je dat maar. Eens zien wie er aan het langste eind trekt.’

Blufte hij? Sofie bestudeerde zijn gezicht, maar ze kon niet opmaken of hij meende wat hij zei. Wat nu? Er zat niets anders op dan door te duwen. Ze had gehoopt dat het niet zover zou komen, maar hij liet haar geen keus.

‘Er is nog iets waar je rekening mee moet houden.’

‘Is dat zo?’

Terwijl ze voelde hoe haar hartslag steil de hoogte inging, herhaalde ze wat Willem haar had verteld. Het stak haar geweldig tegen en het kostte haar de grootste moeite om dit te doen, maar als ze haar slag wilde thuishalen, bleef haar niets anders over.

Zoals verwacht misten haar woorden hun effect niet, maar ze deden ook de sfeer in de woonkamer volledig omslaan. Lebowski zat zwijgend en in zichzelf gekeerd in de fauteuil tegenover de hare, zijn blik afgewend, zijn gedachten waarschijnlijk nog bij wat ze had gezegd. Van de vroegere intimiteit tussen hen was niets meer overgebleven en om de pil een beetje te vergulden veranderde ze dan maar zelf van onderwerp en begon over Amsterdam. Ze bedankte hem voor wat hij voor haar had gedaan en ze verzekerde hem – enigszins tegen de waarheid in – dat ze geen spijt had van wat er was gebeurd. Aan de andere kant moest hij weten dat ze een vriend had. De relatie stond op dit ogenblik wel onder druk en het was zelfs zo dat ze vanavond een afspraak had om erover te praten.

Ze zweeg en keek of hij zou toehappen. Zijn blik was heel anders dan ze gewoon was en zijn pupillen waren zo donker geworden dat het bijna angstaanjagend was. Het leek wel alsof haar laatste woorden niet eens tot hem doorgedrongen waren en hij nog altijd geoccupeerd was met wat ze eerder had gezegd.

Op dat ogenblik vreesde ze dat hij kwaad zou worden en dat haar missie op een fiasco zou uitdraaien. Van de ene seconde op de andere smolt haar zelfverzekerdheid weg en voor ze er erg in had, deed ze iets wat niet gepland was, maar wat misschien elke vrouw in dezelfde omstandigheden zou doen. Ze vocht met het belangrijkste wapen dat ze ter beschikking had. Ze speelde haar charmes uit. Ze gaf hem hoop en zei dat het gesprek met Maarten waarschijnlijk overbodig was, dat de relatie al te ver heen was om ooit nog goed te komen. In dat geval...

Ze zei het niet letterlijk, maar tussen de regels door liet ze duidelijk verstaan dat ze dan een vrije vrouw was, dat ze zonder vaste relatie kon doen en laten wat ze wilde, dat er eventueel tussen hen... Ze stopte op dit punt. Ze sprak het niet uit, ze beloofde ook niets, maar ze besefte heel goed wat ze deed en ze zag – of was het maar een wensgedachte? – dat zijn blik verzachtte.

Hoe dan ook, de spanning leek enigszins gebroken, en toen ze met een nerveus lachje zei dat ze nu wel een glas lustte, liet Lebowski zijn starre houding varen en schonk iets voor haar in. Ze merkte aan zijn manier van doen dat hij zijn best deed om de sfeer te verbeteren en hoewel dat maar moeilijk lukte, ging hij mee in haar poging om het gesprek een andere richting uit te sturen. Hij vroeg wie haar vriend was en hoelang de relatie al duurde. Ze greep gretig de kans en beantwoordde zijn vragen met een vertrouwelijkheid die ze anders nooit aan de dag zou leggen en die opnieuw suggereerde dat er tussen hen meer kon zijn dan alleen een zakelijke of vriendschappelijke relatie.

Misschien was het de stress, of de wijn, of de ontlading... maar op een gegeven ogenblik betrapte ze zichzelf erop dat zowel haar lichaamstaal als de toon van haar stem geïnterpreteerd konden worden als geflirt. Meteen riep ze zichzelf tot de orde. Ze schrok trouwens toen ze zag dat het veel later was geworden dan gepland. Bijna acht uur al. Maarten verwachtte haar. Hij zou koken. Ze wees naar het contract op de salontafel en zei dat ze zo snel mogelijk een beslissing wilde. Maandag konden ze opnieuw afspreken, nu moest ze er echt vandoor. Ze voegde de daad bij het woord en stond op.

Lebowski begeleidde haar tot bij de deur. Ze zag hem aarzelen, niet goed wetend hoe afscheid te nemen. Instinctief voelde ze aan dat er nog iets ontbrak, een laatste duwtje, een ultieme verzekering van de onuitgesproken belofte waarmee ze hem had gepaaid. Ze nam zelf het initiatief en gaf hem een kus, lichtjes, niet op zijn wang, maar op zijn lippen. Toen trok ze de deur open en liep naar buiten.

II

De Lepelstraat was wat in het Frans zo treffend *un cul-de-sac* wordt genoemd, een woord dat ze veel mooier vond dan de Nederlandse term. De smalle, doodlopende straat van nauwelijks driehonderd meter lag tussen twee belangrijke winkelstraten ingeklemd: aan de ene kant de Bondgenotenlaan, aan de andere de Diestsestraat. Twee jaar geleden had ze één van de arbeidershuisjes tegen een enigszins betaalbare prijs op de kop kunnen tikken en volledig laten restaureren: nieuw dak, nieuwe deuren en ramen, een moderne keuken en badkamer, hardhouten vloeren... Het had haar handenvol geld gekost en het zou nog achttien jaar duren voor de lening was afgelost, maar het resultaat mocht er zijn en de locatie was perfect: pal in het centrum van de stad en toch ver weg van het verkeer en de drukte. Het huis had zelfs een kleine, ommuurde binnenplaats die ze opnieuw had laten betegelen en die aan de achterkant aanleunde tegen de tuin van het pand in de Bondgenotenlaan.

Het eerste wat ze thuis deed, was Willem bellen. Hij vroeg haar hoe het geweest was en ze verzekerde hem dat alles in orde zou komen. Lebowski had het wel niet met zoveel woorden gezegd, maar ze was ervan overtuigd dat hij begrepen had dat het in zijn eigen belang was om bij De Reinaert te blijven. Met andere woorden: het pressiemiddel had gewerkt, het onheil was afgewend.

Willem wenste haar proficiat. Hij zei dat hij zich niet in haar had vergist en dat... Op hetzelfde ogenblik viel de verbinding weg. Sofie mompelde een verwensing. Ze had vergeten haar mobiel op te laden. Het probleem was dat ze dringend Maarten moest bellen om te zeggen dat ze later kwam.

Haar aandacht werd getrokken door Rufus die bij de achterdeur stond te miauwen. Ze ging op haar hurken zitten en streelde hem over de rug, maar de kater draaide zich hooghartig van haar weg. Gisteren was ze hem in het kattenhotel gaan ophalen waar ze hem ondergebracht had tijdens de trip naar Amsterdam en zijn verontwaardiging daarover was nog altijd niet geluwd.

‘Wil je naar buiten?’ vroeg ze. ‘Heel even dan. Ik moet dadelijk weer weg.’

Ze deed de deur van het slot. Rufus glipte naar buiten. Hoe laat was het intussen? Bijna halfnegen. Maarten zat waarschijnlijk al ongeduldig op haar te wachten. Maar eerst snel omkleden.

Ze koos een kort jurkje waarvan ze wist dat hij het sexy vond, werkte haar ogen bij en ging naar beneden. Rufus was nog altijd buiten. Ze opende een pakje Whiskas, deed de inhoud op een schoteltje en liep de tuin in. Van Rufus geen spoor. Ze riep een paar keer zijn naam. Hij daagde niet op.

Wat nu? Het was niet zijn gewoonte om er rond etenstijd vandoor te gaan. Ze keek op haar horloge. Het was al vijf voor negen. Ze kon onmogelijk nog langer wachten. Een vriendin had haar verteld dat katten soms vreemd konden reageren als ze een tijdje elders werden ondergebracht en dat het zaak was om hun vertrouwen zo snel mogelijk terug te winnen. Als Rufus nu voor een gesloten deur stond, zou hij zich waarschijnlijk nog meer afgewezen voelen. God, dan liet ze de achterdeur maar op een kier. Het tuintje was toch volledig ommuurd, van inbrekers moest ze geen schrik hebben.

Toen ze eindelijk bij Maarten aanbelde, was het kwart over negen. Schandalig laat, dat besefte ze, maar soms had je de dingen niet in de hand. Om het goed te maken nam ze zich voor om vanavond extra lief te zijn, nergens over te vitten, zelfs te blijven slapen als de sfeer het enigszins toeliet.

Het deurslot zoemde. Ze nam de lift naar de vierde verdieping. Maarten stond haar in het deurgat op te wachten. Ze zag meteen aan zijn gezicht dat hij boos was. In plaats van haar te begroeten zei hij enkel:

‘Het eten is helemaal verpieterd.’

Hij draaide zich om en liep zonder verder woord de flat in.

Zijn kille, afwijzende houding ontnam haar de lust om hem achterna te gaan. Hij had natuurlijk overschot van gelijk: het gaf geen pas om zo laat op een etentje te verschijnen, maar hij had haar ook geen kans gegeven om het uit te leggen. Zo ging het nu al maanden tussen hen: bij het minste maakten ze ruzie. Had het dan nog zin om te proberen de relatie te redden?

Ze liep tot bij de deur van de flat, maar bleef op de drempel staan. Wat ging komen, speelde zich zo klaar en duidelijk voor haar af dat ze er zich niet toe kon brengen naar binnen te gaan. Maarten zou nog een hele tijd blijven mokken en zij zou zich in allerlei bochten moeten wringen om zijn stemming te doen omslaan en de avond te redden. Nu, daar voelde ze niets voor. Ze had zelf een loodzware dag achter de rug en het was net iets te veel gevraagd om na Lebowski nog een keer alle registers te moeten opentrekken om een man naar de mond te praten.

Ze nam een besluit, draaide zich om en liep terug naar de lift. Dat was het dan. Het einde van een relatie die bijna vier jaar had geduurd. Waarschijnlijk was het beter zo. Als ze bij Maarten was gebleven, zou het voorval in Amsterdam altijd in de weg blijven zitten en het leven zorgde al voor genoeg obstakels. Dan was het beter om opnieuw te beginnen. Met een schone lei dit keer.

Ze stapte in haar auto en besloot om naar Ans te rijden. Haar vriendin woonde in Oud-Heverlee, maar de vraag was of ze thuis zou zijn en ze had geen mobiel om haar te bellen. Nou ja, dan waagde ze het er maar op. Ze moest met iemand praten.

Een halfuur later draaide ze opnieuw de Lepelstraat in. Ans had niet op haar bellen gereageerd. Dat kwam ervan als je op de bonnefooi ergens naartoe reed. Wie bleef er nu op vrijdagavond thuis? Haar maag knorde van de honger. Misschien was het nog niet te laat om een pizza te laten bezorgen.

Ze knipte de lichten aan, trok haar jas uit en riep Rufus,

maar de kater liet zich niet zien. Van het schoteltje bij de achterdeur was niet gegeten. Ze maakte zich zorgen en liep naar buiten. Geen Rufus. De zwarte tegels van de binnenplaats waren nat van de regen die in de loop van de avond was gevallen. Ze rilde plots in de veel te dunne jurk. Werd het dit jaar dan nooit lente?

Ze ging terug naar binnen en liep de trap op om iets warmers aan te trekken. De bovenverdieping had drie kamers: de eerste was de badkamer, de tweede gebruikte ze als bureau, de laatste was de slaapkamer. Ze was halverwege de overloop toen ze plots een vloerplank hoorde kraken. Onmiddellijk bleef ze staan. Het geluid kwam niet van haar. Meteen sloeg de schrik haar om het hart. Ze draaide zich om. Was er iemand in huis?

Ze schudde wrevelig de gedachte van zich af. Niet opnieuw. Vorige keer had ze zich ook maar ingebeeld dat er...

Op dat moment ging de deur van de badkamer open en realiseerde ze zich tot haar ontzetting dat er wel degelijk iemand haar woning was binnengedrongen. In een flits zag ze de gestalte van een man verschijnen, nog half aan het zicht onttrokken door de deur. Er ontsnapte haar een gil van schrik, maar ze had genoeg tegenwoordigheid van geest om zich vliegensvlug om te draaien en naar de slaapkamer te hollen. Die kon op slot, daar was ze veilig.

De paar meters leken oneindig ver weg. Ze hoorde dat de indringer haar achternakwam en gilde opnieuw. Toen voelde ze hoe een hand haar bij de haren greep. Er volgde een snok. De pijn sneed door haar hoofdhuid. Ze verloor haar evenwicht. Nee! God nee... schoot het nog net door haar heen voor ze tegen de vloer smakte.

Het huis was stemmig ingericht. Om de tijd te doden inspecteerde hij de keuken, keek in de koelkast, trok een paar laden open... Niks speciaals, de gewone spullen. Hij liep verder naar de woonkamer. Een zithoek met tv en boekenrek. In het schemerduister probeerde hij de titels op de ruggen te lezen. Het verveelde hem al snel.

Boven knipte hij zijn zaklamp aan. Een paar deuren aan zijn linkerkant. Hij liep de gang af, probeerde de laatste klink en kwam terecht in de badkamer. Prima. Van de eerste keer juist. Hij draaide de kraan van het bad open en wachtte tot de kuip voor driekwart vol was. Het huis verviel weer in stilte.

Het bed in de slaapkamer was netjes opgemaakt. Hij doorzocht de lades van de commode tot hij haar ondergoed vond. Slipjes links, bh's rechts. Weinig kant. Wel veel tanga's. Misschien droeg ze er eentje vandaag. De gedachte wond hem op. Dat zou eens wat anders zijn.

Hij draaide zich om naar het nachttafeltje. De lade zat propvol. Een doos met tissues. Een strip met kleine, ronde pilletjes. Een muggenstekker. Een... Hij grinnikte toen hij de dildo vond. Kijk eens aan. A woman's best friend. Hij zou haar straks een veel betere sensatie bezorgen. Daar kon ze op rekenen.

Hij schrok toen hij beneden de voordeur hoorde dichtslaan. Nu al? Dat was vroeger dan verwacht. Hij knipte de zaklamp uit. Ging zonder geluid te maken de overloop op en zag beneden het licht branden.

Hij schuifelde achteruit. Glipte weer de slaapkamer in. Alleen het licht van een straatlantaarn viel door het raam naar binnen.

Hij deed zijn rugzak af en trok zijn handschoenen uit. Dit was het deel waar hij het meest van genoot. Het aftellen. Het verlangen dat bijna onhoudbaar werd. De spanning die te snijden was.

Lang duurde het niet voor hij haar voetstappen op de trap hoorde. Zijn hart sloeg snel en krachtig. Hij was er klaar voor. Ze passeerde zijn deur. Dit was het moment. Hij wilde haar met de rug naar hem toe.

Hij duwde de klink naar beneden. Schrok. Ze was dichterbij dan hij had ingeschat. Merkte hem meteen op. Hij vloekte toen ze gillend wegliep. Met een paar passen had hij haar ingehaald. Greep haar vast en klemde zijn hand op haar mond. Haar kreet verstomde. Hij ramde zijn knie in haar onderrug. Ze kreunde en sloeg tegen de vloer.

Hij sleurde haar mee tot op het eind van de overloop en duwde met zijn schouder de badkamerdeur open. Ze trappelde wanhopig met haar benen. Een schoen schoot uit. Hij trok haar half overeind tot ze op haar knieën zat en duwde haar hoofd onder water. Met de handen op de badrand probeerde ze omhoog te komen. Hij beukte met zijn knie tegen haar rechterpols. Ze verloor haar steun. Het water spatte tegen de tegels.

Hij telde tot twintig. Trok haar bij de haren omhoog. Ze hapte luid en zuigend naar adem. Hij gaf haar net genoeg tijd en duwde haar opnieuw onder. Telde. De tweede keer hoestte ze kokhalzend. Zodra ze een beetje bekomen was, siste hij in haar oor dat ze moest rustig blijven. Anders...

Hij knielde achter haar neer. Zijn ene hand zat als een bankschroef rond haar nek. Zijn andere tastte onder haar jurk. Ze begon meteen te jammeren en probeerde overeind te komen. Hij verplaatste zijn gewicht naar voren en duwde haar voor de derde keer onder. Opnieuw twintig tellen. Ze snakte hijgend naar lucht en hoestte water op. Hij vroeg of ze het begrepen had.

Zijn hand ging weer naar beneden. Geen tanga, dat was een

tegenvaller. Ze begon te huilen en te smeken om haar los te laten. Hij negeerde haar, knoopte zijn broek open en drong ruw bij haar naar binnen. Ze kreunde en huilde nog harder, maar bleef in dezelfde houding. Zo hoorde het. De schrik zat er goed in. Hij nam zijn tijd. Genoot van elke seconde. Voerde de snelheid van zijn bewegingen op.

Ineens hield ze het niet meer. Met een vertwijfelde kreet duwde ze zich van de kuip af. Hij verloor zijn evenwicht en snokte uit haar. Het deed pijn, maar het volgende ogenblik had hij haar weer in de juiste positie. Ze begon te gillen. Hij duwde onmiddellijk haar hoofd onder water. Telde niet meer. Het was genoeg geweest. Hij had gekregen waar hij voor gekomen was.

Haar schouders maakten spastische bewegingen toen het water de longen binnendrong. Er verschenen grote luchtbellen aan de oppervlakte. Haar lichaam schokte na, maar werd snel slap. Voor de zekerheid wachtte hij nog even. Stond toen op. Zijn broek was nat geworden bij de knieën.

Hij nam een washandje en ging ermee tussen haar benen. Met een handdoek wreef hij de twee klinken schoon die hij had aangeraakt. Daarna haalde hij zijn rugzak uit de slaapkamer en trok opnieuw handschoenen aan.

Wat was de beste plaats? Niet de badkamer, dat zou meteen opvallen. Hij liet zijn blik door de slaapkamer gaan. De commode leek hem geschikt. Hij haalde het heiligenbeeld te voorschijn, zette het op de kast en deed een stap achteruit. In het vale licht van de straatlantaarn zag het eruit alsof het daar altijd had gestaan.

Hij stak de handdoek en het washandje in zijn rugzak. De badmat, zag hij, was natter dan hem daarstraks was opgevallen. Geen probleem, dat droogde wel. Er was iets anders dat de aanblik verstoorde. Wat? Toen zag hij het.

Hij draaide zich om, raapte de schoen in de gang op en deed die aan haar voet. Zo, dat was beter.

HOOFDSTUK 4

Alenusstraat

Diest

I

Het telefoontje kwam op zaterdagochtend, dag op dag een week nadat Berg door de onderzoeksrechter was gebeld in verband met de dood van Trui Goedseels. Hij had zich toen de bedenking gemaakt wat hij met een moord in het buitenland te maken had, maar die vraag was dit keer niet aan de orde: het telefoontje kwam van de centrale en ging over een vrouw die zopas dood in haar huis was aangetroffen.

De Lepelstraat zei Berg niets, hij wist zelfs niet waar die lag, maar de naam van het slachtoffer was hem wel bekend en een paar tellen lang werd hij overmand door het onaangename gevoel dat hij dit op de een of andere manier had kunnen voorzien, ook al wist hij met zijn verstand dat dat onzin was. Hij zag Sofie Vleminckx weer voor zich in het kantoor van de uitgeverij, nog maar twee dagen geleden. Ze was mooi. En jong. En helemaal in beslag genomen door haar nieuwe baan... En nu was ze dood, vermoord in de badkamer van haar eigen huis. Wat was er verdomme aan de hand? Eerst Trui Goedseels in Amsterdam, nu haar opvolgster in Leuven. En dat allemaal binnen slechts tien dagen. Het moest iets te maken hebben met de uitgeverij, waarom anders werden er twee...

'Hallo? Bent u daar nog, hoofdinspecteur?'

Berg realiseerde zich dat zijn hand met de mobiel naar beneden was gezakt en doelloos langs zijn lichaam hing. Hij bracht het toestel weer bij zijn oor.

'Is de politiearts gewaarschuwd? En de technische recherche?'

'Dat is gebeurd.'

'Bel de mensen van mijn team. Iedereen, hoor je me? Zeg dat ze onmiddellijk naar de Lepelstraat komen.'

'Coens is al ter plaatste. Wilt u dat ik een combi stuur om u op te pikken?'

Berg keek door het raam. Het regende niet, al zag de lucht er zo dreigend uit dat het leek alsof de dag van het laatste oordeel was aangebroken. Hij vroeg waar de Lepelstraat lag. Het was hooguit een kwartier lopen.

'Dat is niet nodig. Ik ga wel te voet.'

Hij trok zijn jas aan, nam voor de zekerheid zijn paraplu mee en liep de Dirk Boutslaan af in de richting van de Sint-Pieterskerk. Er stond een strakke, koude wind die hem in het gezicht waaide. Terwijl hij de verkeersvrije Diestsestraat insloeg, bedacht hij dat dit de derde keer was dat er een vrouw werd vermoord die Lebowski kende. Dat kon toch geen toeval meer zijn?

Al van ver zag hij dat het huis van Sofie Vleminckx zich bijna op het eind van de Lepelstraat bevond. Bij de woning stonden twee combi's van de lokale politie, het busje van de technische recherche en de witte golf van de politiearts, allemaal achter elkaar op een rij in de smalle straat. Een groep buren verdrong zich bij het politielint dat de plaats delict afsloot. Het verbaasde Berg dat Geeraerts al was gearriveerd. De politiearts stond erom bekend dat hij er een hekel aan had om in het weekend opgeroepen te worden en dat had in het verleden weleens invloed gehad op zijn reactiesnelheid.

Coens kwam naar hem toe.

'Waar is Geeraerts?' vroeg Berg om zich heen kijkend.

'Hij staat boven te wachten. Tot Zeebos klaar is in de badkamer.'

'En Wenderickx en Meulenaer?'

'Wenderickx is op weg.'

Berg nam zijn collega onderzoekend op.

'Dat is maar een half antwoord op mijn vraag.'

'Tja, Meulenaer...' Coens keek naar zijn schoenen. 'Hij heeft net gebeld. Uit Oostende. Hij is met zijn vriendin naar zee.'

'Met dit weer?'

'Het weekendje was al langer gepland. Hij zei dat hij je ging bellen. Of het echt nodig is dat hij vandaag al terugkomt.'

Berg wilde net reageren toen Glenn, Zeebos' assistent, op de motor toekwam. Eén van de agenten van de lokale politie hief het afzetlint omhoog om de Suzuki door te laten. De jongeman knikte kort naar zijn collega's en trok in zeven haasten zijn beschermpak aan. Berg wist dat Zeebos bijzonder kregelig kon worden als zijn assistent op zich liet wachten.

'Wie heeft het lijk gevonden?'

'De vriend van het slachtoffer. Een zekere Maarten Gerrits. Hij zit in de eerste combi te wachten.'

'Is Hove gewaarschuwd?'

'Ja.'

Berg liep naar de combi. De agent die de gegevens van de jongeman genoteerd had, ruimde plaats. Berg stelde zichzelf en Coens voor. Gerrits, een dertiger met vlasblond haar, zag er verward uit. Hij had een lege blik in de ogen en gaf de indruk dat het niet volledig tot hem doordrong wat er was gebeurd.

Berg wachtte opzettelijk met zijn eerste vraag. Hij had het eerder meegemaakt dat iemand deed alsof hij in shock was. Meestal hield de persoon in kwestie dat niet lang vol als er niets werd gezegd. Stilte was onoverkomelijk, zowel op het podium van een theater als waneer er in het echte leven werd toneelgespeeld.

Na nog geen minuut veranderde de blik in de ogen van de man. Hij keek vragend, wachtend, naar de twee mannen tegenover hem. Zo erg in shock, dacht Berg, is hij dus blijkbaar niet.

'Vertelt u eens wat er gebeurd is, meneer Gerrits.'

'Ik... ik... weet niet wat er gebeurd is,' stamelde de man. 'Waarom denkt u dat ik weet wat er...'

'Dat bedoel ik niet,' viel Berg hem in de rede. 'Vertelt u mij waarom u hier was en hoe u juffrouw Vleminckx gevonden hebt.'

'Ik wilde haar spreken, maar haar mobiel stond af. Daarom ben ik naar hier gekomen.'

'Hoe laat was dat?'

'Om halftien ongeveer? Ik heb niet op de tijd gelet.'

'Dat is tamelijk vroeg voor een zaterdagochtend. Verwachtte juffrouw Vleminckx u?'

'Nee. Ik zei u toch: ik kon haar niet bereiken.'

'Waarom wilde u haar zo dringend spreken?'

'Omdat...' Gerrits liet zijn hoofd tussen zijn schouders zakken. 'We hebben ruzie gemaakt. Gisteravond. Sofie is kwaad weggelopen. Ik wilde...'

Hij viel stil. Zijn blik vluchtte door het raampje van de combi naar buiten.

'Waar hebt u ruzie gemaakt? Op café? In een restaurant?'

'Bij mij thuis. Ik had gekookt, maar Sofie kwam veel te laat. Ik was boos. Het eten was naar de knoppen.'

'Hoe laat is ze bij u vertrokken?'

'We hadden om acht uur afgesproken. Het was kwart over negen toen ze eindelijk opdaagde. Ze is maar een paar minuten gebleven.'

'Hebt u haar daarna nog proberen te bellen?'

'Nee. Ik was veel te kwaad. Ik heb vanochtend pas getelefoneerd.'

'Hoelang hebt u al een relatie met juffrouw Vleminckx?'

'Bijna vier jaar. Maar de laatste maanden maakten we meer ruzie dan wat anders. We hadden alle twee het gevoel dat er dringend iets moest gebeuren. Vandaar het etentje. Het was mijn idee. Ik had gehoopt dat we het probleem konden uitpraten.'

'In orde, meneer Gerrits. Naar vanochtend. Wat is er juist gebeurd?'

'Ik heb aangebeld, maar ze reageerde niet. Ik dacht dat ze nog sliep en heb mijn sleutel gebruikt.'

'U hebt een sleutel van de woning?'

'Ja. Sofie heeft...' De man onderbrak zichzelf. 'Zij had ook een sleutel van mijn flat, maar de afspraak was dat we altijd eerst aanbelden.'

'Waarom?'

'Gewoon...' Gerrits haalde zijn schouders op. 'Sofie wilde dat zo.'

'De voordeur was dus op slot?'

'Ja. Ik ben naar binnen gegaan. Ze was nergens te bespeuren. Ik ben de trap opgelopen naar de slaapkamer. Maar ze lag ook niet in bed. En toen...'

De man zweeg en verborg zijn gezicht in zijn handen. Het maakte Berg altijd achterdochtig wanneer iemand dat deed. Hij wilde de ogen van een getuige zien wanneer die vertelde over het ogenblik waarop hij met het lijk was geconfronteerd. Je gezicht afschermen mocht dan al een spontane reactie zijn om je verdriet niet te tonen, het kon net zo goed dienen om iets anders te verbergen.

'Hebt u iets aangeraakt in de badkamer?'

Gerrits hief zijn hoofd op.

'Nee. Of toch. De klink van de deur. Dat is alles. Ik zag meteen dat Sofie dood was. Ze lag met haar hoofd onder water. Het was verschrikkelijk. Ik schrok me rot. Je ziet zoiets weleens in een film, maar in het echt is het...'

Gerrits gruwde.

'Hebt u enig idee wie dit gedaan kan hebben?'

'Nee... nee... absoluut niet.'

'Heeft juffrouw Vleminckx ooit iets verteld over iemand die haar lastigviel of met wie ze ruzie had?'

'Nee.'

'Hebt u iemand anders gebeld nadat ze naar huis was?'

'Nee.'

'En u bent de rest van de avond thuisgebleven?'

'Ja.'

'Kan iemand dat bevestigen? Hebt u nog iemand gezien of gesproken? Een buur misschien?'

'Nee. Waarom vraagt u...?'

Er leek Gerrits een licht op te gaan. Hij klonk boos toen hij vroeg:

'Denkt u dat ik hier iets mee te maken heb? Dat is belachelijk! Ik zou Sofie nooit iets kunnen aandoen.'

'Het is een routinevraag,' zei Berg sussend. 'Meer moet u er niet achter zoeken.'

Gerrits slikte zijn verontwaardiging in.

'Nee, ik heb niemand meer gezien of gesproken.'

Berg wilde afronden, toen hem nog iets te binnen viel.

'Zegt de naam Lukas Lebowski u iets?'

'Natuurlijk. Dat is één van de schrijvers bij de uitgeverij waar Sofie werkte.'

‘Hoe was de relatie tussen haar en Lebowski? Heeft ze daar ooit iets over gezegd?’

‘Ze had het vaak over hem. Hij was hun belangrijkste auteur. Sofie had de grootste bewondering voor hem.’

‘Er was dus geen sprake van ruzie of wrijving tussen hen?’

‘Bij mijn weten niet.’

‘Dank u, meneer Gerrits. Als u nog iets te binnen schiet, aarzel dan niet om contact met ons op te nemen.’

Berg gaf de man zijn kaartje en stapte uit. Bij de deur draaide hij zich om.

‘Tussen haakjes, waarom was juffrouw Vleminckx zo laat?’

‘Dat euh... heb ik niet gevraagd.’

Berg trok zijn wenkbrauwen op, maar onthield zich van commentaar. Hij nam met een knikje afscheid.

‘Hoofdinspecteur?’

‘Ja?’

‘Kan ik nu naar huis?’

‘Nog even geduld, meneer Gerrits. U moet uw verklaring op papier zetten en daarna komt iemand uw vingerafdrukken nemen.’

Berg zag de man schrikken.

‘Ook dat is routine. We moeten uw afdrukken kunnen onderscheiden van de andere.’

Berg liep naar het huis. Op dat ogenblik kwam de politiearts naar buiten. Zijn omvangrijke gestalte vulde bijna het hele deurgat.

‘Morgen, heren.’

Geeraerts haalde een plakje kauwgom uit zijn zak, wikkelde het papiertje eraf en stak het in zijn mond. Berg had het hem vaker zien doen. Alsof het een ritueel was. Of anders liet de aanblik van het lijk een vieze smaak na in zijn mond. Dat laatste leek Berg nog het meest aannemelijke.

'En, dokter?'

Geeraerts kauwde een paar keer op het stukje gum voor hij op die typisch flegmatieke toon van hem zei:

'Met geweld verdronken. Tenminste, daar lijkt het op.'

'Lijkt het op?'

'Ik heb geen andere letsels op het lichaam aangetroffen,' zei Geeraerts. 'Behalve twee flinke bloeduitstortingen in de nek waar de dader haar neergedrukt heeft gehouden. De autopsie zal uitwijzen of er al dan niet water in de longen zit. Pas dan hebben we zekerheid over de doodsoorzaak.'

'Hoe laat is het gebeurd?'

'Minstens twaalf uur geleden.'

'Voor middernacht dus. Is ze verkracht?'

Geeraerts keek ontstemd.

'Lieve help, Berg. Geef me tenminste de tijd om de autopsie te doen. Eerder kan ik op dat soort vragen niet antwoorden.'

'Iets anders wat je me al kan vertellen?'

'Alleen dit: de dader is vermoedelijk een man. Het kost heel wat kracht om iemand die voor zijn leven vecht onder water te houden. Zo snel zie ik een vrouw daar niet toe in staat.'

'Een grote, sterke vrouw ook niet?'

'Misschien. Maar dan moet het al een dragonder zijn.'

'Dank u, dokter. Mag het lijk afgevoerd worden?'

'Tenzij je eerst zelf een kijkje wilt gaan nemen,' antwoordde Geeraerts die wist dat Berg zich zo'n confrontatie liever bespaarde.

'Dat is niet nodig. Aan de foto's heb ik genoeg.'

'Dat dacht ik al,' grijnsde de politiearts. 'Ik bel de lijkwagen.'

'Goed, dokter. We zien elkaar straks?'

'Maandag, Berg. Het is weekend.'

'Nee, ik wil geen tijd verliezen. De autopsie moet vandaag nog gebeuren.'

Geeraerts wierp hem een scheve blik toe.

'Zal ik je eens wat vertellen, nu je het toch over tijd hebt? Ze zeggen dat God die uitgevonden heeft samen met al de rest, maar de haast... die komt niet van hem, die mag jij op je conto schrijven, als je dat maar weet.'

De politiearts draaide zich zonder verder woord om, haalde zijn mobiel tevoorschijn en liep naar zijn auto. Berg zag Wenderickx aangestapt komen met zijn fiets aan de hand. De aanblik had iets vertrouwds. Weer of geen weer: Wenderickx verplaatste zich altijd per fiets. Er waren nog mensen die zich het lot van de planeet aantrokken.

'Sorry, chef. Mijn vrouw en ik waren het plafond van de woonkamer aan het verven. Ik heb eerst moeten douchen en...'

'Je bent er, dat is het belangrijkste.'

Berg wendde zich tot Coens.

'Begin alvast met het buurtonderzoek. Vraag of iemand gisteravond iets verdachts gezien of gehoord heeft tussen tien uur en middernacht. In zo'n korte, doodlopende straat is de kans groot dat een onbekende opvalt.'

'Oké, chef.'

Bergs mobiel rinkelde. Het was Meulenaer.

'Waar ben je?' vroeg hij.

'Nog altijd aan zee.'

'Dan zit je honderdvijftig kilometer verkeerd.'

'Maar, chef, ik...'

'Je vertrekt onmiddellijk, Meulenaer! Anders mag je voor mijn part voorgoed aan zee blijven, begrepen?'

Zonder verdere commentaar drukte Berg het gesprek weg. Als ze met een moord geconfronteerd werden, verwachtte hij van zijn mannen dat ze onmiddellijk alles lieten vallen en zich naar de plaats delict repten, zelfs al was het vijf voor twaalf op oudejaarsavond. Wie daar niet mee kon leven, mocht wat hem betrof een andere baan zoeken.

'Hoofdinspecteur?'

Hij draaide zich om. Hove stond voor hem. Ze schudden handen.

'Ben ik juist geïnformeerd? Gaat het over Sofie Vleminckx?'

Berg knikte.

'Maar dat is toch...' De onderzoeksrechter stopte. 'Eerst Trui Goedseels, nu haar assistente. Wat is hier in godsnaam aan de hand?'

'Dat vraag ik me ook af.'

'Wie heeft haar gevonden?'

'Haar vriend. Maarten Gerrits. Ik heb hem net gesproken. Hij beweert dat ze gisteravond ruzie hebben gemaakt en dat hij vanochtend naar hier is gekomen om het bij te leggen.'

'Heeft hij een alibi?'

'Niet echt.'

'Zijn er sporen van braak?'

'Dat weet ik niet. Zeebos is nog... Kijk, daar is hij net.'

Het hoofd van de technische recherche kwam naar hen toe gelopen. Hij droeg zijn beschermpak nog, maar zijn handschoenen had hij uitgetrokken.

'Klaar, Jan?'

'Nee. Even een rookpauze.'

Zeebos voegde de daad bij het woord en stak een sigaret op.

'Kan je ons al iets vertellen?'

'Het ziet ernaar uit dat de dader haar verrast heeft toen ze een bad wilde nemen. Er zijn nergens anders in huis sporen van een gevecht.'

'Hoe is de man binnengeraakt? Volgens Gerrits was de voordeur op slot toen hij aanbelde.'

'Hetzelfde geldt voor de achterdeur,' zei Zeebos. 'En er is niet aan de sloten geprutst, dat heb ik nagekeken.'

'Dat lijkt erop te wijzen dat het slachtoffer de dader heeft binnengelaten,' merkte Hove op.

Berg raspte over zijn kin.

'Welke vrouw neemt een bad als er iemand op bezoek is? Tenzij...

'... het een heel goede bekende is,' vulde Hove aan. 'Haar vriend bijvoorbeeld.'

'Er is nog een andere mogelijkheid,' zei Zeebos. 'De sleutel van de achterdeur is nergens te vinden. Het huis heeft een kleine tuin. Enfin, het is niet meer dan een binnenplaats. De muren zijn helemaal begroeid met klimop. Je kan duidelijk zien dat iemand onlangs over de achtermuur is gekropen.'

'Wie woont er aan de andere kant?'

'Niemand. De tuin hoort bij een winkelpand in de Bondgenotenlaan. Het gebouw wordt momenteel gerenoveerd. Ik heb moddersporen gevonden op de tuintafel. Die staat met één kant tegen de muur. Volgens mij is de dader via die weg de woning binnengedrongen. Vermoedelijk was de achterdeur niet op slot.'

'Zo laat 's avonds? Terwijl ze een bad nam?'

'Ik heb vlakbij een schoteltje met kattenvoer gevonden. Vermoedelijk stond de deur op een kier zodat het dier naar binnen kon.'

'Waarom heeft ze het schoteltje niet gewoon buiten gezet?'

'Misschien vanwege de regen,' antwoordde Zeebos. 'We gaan dadelijk de aarde aan de andere kant van de muur onderzoeken. Met wat geluk vinden we voetsporen. Het probleem is dat het de hele nacht gegoten heeft. Het moet al verdomd meevallen om een bruikbare afdruk te vinden.'

'Waarom heeft de dader na afloop de achterdeur gesloten als die toch openstond?' vroeg Hove.

'Waarschijnlijk opdat wij zouden denken dat de moord gepleegd is door een bekende van het slachtoffer,' antwoordde Berg. 'Iemand die een sleutel had en gewoon via de voordeur is binnengekomen.'

'Denk je dat de dader iemand anders wilde verdacht maken? Wie? Haar vriend?'

'Misschien. Hij heeft in elk geval een sleutel.'

'Hoe wist de moordenaar dat?'

'Mensen die vier jaar een relatie hebben,' zei Berg, 'hebben doorgaans een sleutel van elkaars woning.'

'Het kan toch zijn dat Gerrits de moord zelf gepleegd heeft,' voerde Hove aan. 'Zei u niet dat ze ruzie hadden?'

'Ruzie is bezwaarlijk een reden om je vriendin te vermoorden.'

'Denkt u? Er zijn heel wat vrouwen voor minder vermoord. Misschien heeft Gerrits zich toegang tot het huis verschaft via de voordeur en is hij later over de muur gekropen opdat wij zouden denken dat het om een indringer gaat. Per slot van rekening weten we niet met zekerheid of de achterdeur openstond.'

'En de moddersporen op de tuintafel dan?' wierp Berg op.

'Die kunnen een andere oorzaak hebben.'

'Welke?'

'Misschien heeft het slachtoffer onlangs een plant verpot of iets dergelijks.'

'We kunnen de aarde aan de andere kant van de muur laten analyseren en vergelijken met de moddersporen op de tafel,' zei Zeebos.

'Goed,' stemde Hove in. 'Dan hebben we wat dat betreft tenminste zekerheid.'

Hij wendde zich tot Berg.

'Maar stel dat u gelijk hebt, hoofdinspecteur, aan wie dacht u dan? Als de moordenaar de schuld in de schoenen van de vriend wilde schuiven, moet hij een en ander over het slachtoffer geweten hebben. Wie komt daarvoor in aanmerking?'

'Lebowski om maar één naam te noemen.'

'Ik dacht wel dat u dat zou zeggen,' zuchtte Hove.

'Dan had u dus hetzelfde idee als ik.'

'Tja... We kunnen er moeilijk omheen dat hij de twee slachtoffers kende.'

'De drie slachtoffers,' corrigeerde Berg.

De onderzoeksrechter maakte een maaiende beweging met de hand.

'O nee, die weg gaan we niet opnieuw op, hoofdinspecteur. U hebt zelf gezegd dat Lebowski geen reden had om Lucie Meerten om het leven te brengen. Het is trouwens nog maar de vraag of hij een motief heeft voor de twee andere moorden.'

'En zelfs al heeft hij een motief,' voegde Zeebos eraan toe. 'Dan moet hij wel gek zijn om twee vrouwen die hij persoonlijk kent binnen zo korte tijd te vermoorden. Dat maakt van hem verdachte nummer één.'

'Dat is waar ik ook mee in mijn maag zit,' gaf Berg toe.

'Dat brengt ons opnieuw bij Maarten Gerrits,' zei Hove.

Berg aarzelde.

'Ik kan me nog voorstellen dat hij in een vlaag van woede zijn vriendin achterna is gereden omdat ze al na een paar minuten bij hem is weggelopen terwijl de avond door haar schuld was mislukt, maar waarom zou hij Trui Goedseels om het leven brengen?'

'Om zijn vriendin te helpen,' antwoordde Zeebos. 'De dood van Trui Goedseels maakte voor haar de weg vrij om uitgeefster te worden.'

'Ach, kom nou. Gerrits vertelde net dat de relatie al maandenlang slecht liep.'

'Een reden temeer. Misschien wilde hij haar op die manier

weer voor zich winnen. En wat doet ze? Ze maakt het uit. Stank voor dank. Zo iemand vraagt erom bestraft te worden.'

Berg en Hove keken perplex.

'Het is maar een idee,' schokschouderde Zeebos.

Hove richtte zich opnieuw tot Berg.

'Wat u net zei, hoofdinspecteur, suggereert dat u ervan uitgaat dat de moorden door dezelfde man gepleegd zijn.'

'Als ik dat niet doe, word ik zo stilaan gek,' bromde Berg. 'In het andere geval hebben we niet met één, maar met drie verschillende daders te maken.'

2

Toen Berg nog criminologie studeerde – intussen twee decennia geleden – had hij tijdens één van de colleges de naam leren kennen van Edmond Locard, de beroemde Franse arts en criminoloog die als eerste de politie ervan wist te overtuigen dat een grondige studie van de plaats delict onontbeerlijk was in een moordonderzoek. Door zijn baanbrekende werk werd hij de Sherlock Holmes van Frankrijk genoemd en zijn theorie kon worden samengevat in één stelregel die sindsdien gold als de belangrijkste doctrine van forensisch onderzoek: Elk contact laat een spoor na.

Bergs salontafel lag vol foto's en rapporten die bewezen dat Locard niet in de woestijn had gepreekt, maar toch had hij het gevoel dat al die gegevens hem geen stap dichter bij de waarheid brachten. De autopsie had aangetoond dat Sofie Vleminckx was verkracht en door verdrinking om het leven was gebracht, maar de dader was uiterst omzichtig te werk gegaan: nergens op het lichaam waren DNA-sporen aangetroffen. Volgens Geeraerts betekende dat dat de verkrachter niet was klaargekomen en waarschijnlijk na afloop zijn slachtoffer had gewassen. De mogelijkheid dat hij een condoom had gebruikt, werd in het rapport ten zeerste betwijfeld omdat Geeraerts in tegenstelling tot zijn Nederlandse collega niet geloofde dat het glijmiddel op het rubber geen enkel spoor naliet. Bovendien had de dader zijns inziens geluk gehad: hij mocht zijn slachtoffer dan al gewassen hebben, één enkel schaamhaartje over het hoofd zien was snel gebeurd.

Berg was van mening dat de moordenaar niet één maar twee keer geluk had gehad, aangezien ook de Nederlandse patholoog geen DNA-materiaal had aangetroffen op het lichaam van Trui Goedseels. Hoe dat te rijmen viel met Locards stelling dat elk contact een spoor naliet, was hem een raadsel.

Zeebos van zijn kant had de bodemstalen van de tuin aan de overkant van de muur vergeleken met de moddersporen op de terrastafel en hoewel zijn analyse nog bevestigd moest worden door een gespecialiseerd lab, stond zo goed als vast dat het om dezelfde aarde ging. De dader was dus wel degelijk via die weg de woning binnengedrongen, dat bewees ook de pallet die ze tegen de muur hadden aangetroffen en die de man als opstap had gebruikt, maar dat alles maakte het probleem er alleen maar groter op. Het betreffende gebouw in de Bondgenotenlaan was op de beschermde gevel na helemaal gesloopt, zodat iedereen zich toegang tot het achterliggende terrein kon verschaffen. Bovendien was Zeebos er niet in geslaagd om een bruikbare afdruk te maken van de voetsporen bij de muur. Door de aanhoudende regen was de aarde veranderd in een modderpoel.

Ook in de badkamer van Sofie Vleminckx waren geen vreemde vingerafdrukken aangetroffen, wel in de keuken, de woon- en de slaapkamer. Bij vergelijking bleken de meeste daarvan afkomstig te zijn van Maarten Gerrits, hetgeen bewees wat ze al wisten: dat hij een relatie had gehad met het slachtoffer.

Het feit dat er geen afdrukken van hem in de badkamer gevonden waren, leek dan weer vreemd en kon erop wijzen dat hij de moord toch gepleegd had en later alles zorgvuldig had schoongeveegd, maar Zeebos had erop gewezen dat geen enkele ruimte in een huis zo vaak en zo grondig werd schoongemaakt als een badkamer, wat een mogelijke verklaring bood voor het ontbreken van sporen.

Berg liep tot bij het raam en wiegde een tijdlang zachtjes op hielen en tenen heen en weer. In de verte zag hij de verlichte toren van de Sint-Pieterskerk, voor de rest lag de buurt er op deze kille en natte zondagavond verlaten bij. Hij keek op zijn horloge. Bijna halftwaalf. Tijd voor een drankje. Hij had zich sinds kort voorgenomen om pas vanaf elf uur met alcohol te beginnen. Een mens moest zichzelf limieten opleggen, anders liep het mis.

Voorzien van een glas cognac installeerde hij zich opnieuw aan de salontafel. Er zat hem nog iets anders dwars: de confrontatie met Meulenaer aan de telefoon. Zijn collega was omstreeks halftwee gearriveerd en meteen aan het werk gegaan zonder zijn chef een blik te gunnen. Klaarblijkelijk was het gesprek bij hem in het verkeerde keelgat geschoten en achteraf had Berg van Coens ook te horen gekregen waarom. Naar verluidt liep het al een tijdje stroef tussen Meulenaer en zijn vriendin en het weekendje was bedoeld om de plooien glad te strijken. Volgens Coens was Meulenaers vriendin allesbehalve tevreden geweest dat hij halsoverkop terug naar Leuven was gereden.

Berg wist niet goed hoe hij op de situatie moest reageren. Wellicht was hij te bot geweest aan de telefoon, maar aan de andere kant kon hij tijdens een moordonderzoek moeilijk rekening houden met de liefdesperikelen van zijn medewerkers. Hij nam zich voor om het goed te maken met Meulenaer. Hoe wist hij nog niet, maar er zou hem wel iets te binnen schieten.

Hij nam een slok van de cognac en focuste zijn gedachten opnieuw op het onderzoek. De andere vingerafdrukken die Zeebos in de woning had gevonden, waren allemaal van vrouwen en één van hen was met behulp van Gerrits in de loop van de dag geïdentificeerd. Het ging om een zekere Ans Govaerts, de boezemvriendin van het slachtoffer. Coens en Meulenaer hadden haar in Oud-Heverlee opgezocht. De vrouw was zwaar aangedaan door het nieuws en had huilend verklaard dat ze geen idee had wie zoiets gruwelijks gedaan kon hebben. Haar laatste bezoek aan de Lepelstraat dateerde van twee dagen voor de prijsuitreiking van de Gouden Strop. Sofie Vleminckx had haar uitgenodigd om iets te komen drinken en voor die gelegenheid had ze een doos Mon Chérie gekocht omdat ze wist dat haar vriendin daar verlekkerd op was.

Berg had de halflege doos zien staan op een bijzettafeltje naast de bank. Hij had zich de bedenking gemaakt dat hij de laatste tijd wel erg vaak met kersen werd geconfronteerd, of anders vielen ze hem nu meer op omdat ze hem telkens opnieuw aan zijn stukgebeten kies herinnerden. Voor de rest was er niets in de woning dat zijn aandacht had getrokken, behalve misschien een gipsen vrouwenfiguurtje op de commode in de slaapkamer. Op het eerste gezicht leek het ook een heilige, maar het was een heel andere afbeelding dan die van Lucie Meerten en bovendien zag het er een stuk ouder uit. Het gezicht was verweerd en hier en daar bladderde de verf af.

Berg zocht tussen de papieren op tafel naar de foto die Glenn van het beeld had gemaakt. Aan de voeten van de vrouw lag iets wat moeilijk herkenbaar was en nog het meest op een anker leek. Andere attributen waren er niet, ook geen nimbus, zodat het niet eens zeker was of het wel om een heilige ging. Vroeger, voor hij criminologie had gestudeerd, had Berg anderhalf jaar theologie gedaan, maar zijn kennis van het onderwerp was nagenoeg nihil. Hagiografie vormde toen al geen vast onderdeel meer van het studiepakket en de enige heilige over wie hij iets afwist, was de H. Antonius van Padua omdat vroeger bij zijn grootouders een beeld van hem op de kast had gestaan. Zijn grootmoeder had de gewoonte om de heilige aan te roepen telkens wanneer er iets was zoekgeraakt. Dan werd het beeld afgestoft en met een brandende kaars op tafel gezet. Was het verlorene na een paar dagen nog niet opgedoken, dan verhuisde de heilige terug naar zijn plaats, dit keer als straf met zijn gezicht naar de muur.

Berg glimlachte bij de herinnering. Hij vroeg zich af waar het beeld gebleven was. In elk geval had hij het bij hem thuis nooit zien staan. Zijn moeder was wat dat betrof veel praktischer van aard. 'Wie zoekt, die vindt,' had ze altijd gezegd wanneer hij iets was kwijtgeraakt en daarover zijn beklag deed.

'Wie zoekt, die vindt,' mompelde Berg voor zich uit terwijl hij opnieuw door de foto's en rapporten graaide. Het was makkelijker gezegd dan gedaan. Om te beginnen was het nog altijd niet zeker of de laatste twee moorden door dezelfde dader waren gepleegd en daar kwam nog eens bij dat hij het niet uit zijn hoofd kon zetten dat de dood van Lucie Meerten iets te maken had met wat er in Amsterdam en Leuven was gebeurd. Hove had duidelijk laten verstaan dat hij dat denkspoor niet wilde volgen en Berg moest toegeven dat hij er vooralsnog niet in geslaagd was om een verband te vinden.

Dat laatste kon niet worden gezegd van de twee andere moorden. Trui Goedseels en Sofie Vleminckx waren collega's en alleen al om die reden had hij vanochtend met Wenderickx een bezoek gebracht aan Willem Terbanck. De man had verbijsterd gereageerd toen hij te horen kreeg wat er was voorgevallen en hij had verteld dat Sofie Vleminckx een paar uur voor haar dood een afspraak had gehad met Lukas Lebowski. De ontmoeting had op verzoek van de schrijver bij hem thuis plaatsgevonden en had geduurd tot iets over acht. Dat wist hij zeker omdat Sofie hem korte tijd later had gebeld. Het telefoontje was bruusk afgebroken, naar hij vermoedde omdat de batterij van haar mobiel het had laten afweten, maar op dat ogenblik was alles in orde met haar.

Op Bergs vraag wat het onderwerp van de bespreking was, had Terbanck geantwoord dat Sofie Vleminckx de schrijver een contract had aangeboden voor zijn volgende roman. De onderhandeling was naar wens verlopen, voegde hij eraan toe, dat had hij nog net meegekregen voor het gesprek werd afgebroken. Over wat er later op de avond was gebeurd, had hij geen idee. Het telefoontje was het laatste wat hij van Sofie had gehoord.

Berg liep naar de keuken en schonk zich nog een cognac in. Terbanck had oprecht geklonken, maar een alibi voor het moment van de moord had hij niet. Hij was de hele avond thuis geweest, had hij gezegd, en had naar een oude film met Clark Gable gekeken. Omstreeks middernacht was hij naar bed gegaan, meer kon hij niet vertellen.

Wenderickx had het nagetrokken: de film stond die avond op een betaalzender geprogrammeerd, maar dat bewees natuurlijk niets. De prent dateerde van de jaren 40 en Terbanck kon hem al veel eerder gezien hebben. Aan de andere kant begreep hij niet welk motief de man had om Sofie Vleminckx te vermoorden. Hij had haar zelf gevraagd om De Reinaert te runnen omdat hij met zijn drukke baan geen tijd had en ook niets van het uitgeversbedrijf afwist. Waarom haar dan om het leven brengen?

De volgende stap was een gesprek met Lebowski. De schrijver reageerde even ontdaan op het nieuws als Terbanck en bevestigde zonder aarzelen dat Sofie Vleminckx hem vrijdag had opgezocht. Het bezoek had langer geduurd dan voorzien omdat ze na afloop nog een glas wijn hadden gedronken en nee, ook hij had later niets meer van haar gehoord. Het enige wat hij wist, was dat ze diezelfde avond had afgesproken met haar vriend. Ze was ongeveer om kwart over acht bij hem weggegaan, te laat eigenlijk, maar dat kwam omdat ze gezellig hadden zitten praten en de tijd uit het oog hadden verloren.

Berg vroeg wat de schrijver de rest van de avond had gedaan, maar net als Terbanck kon Lebowski geen sluitend alibi voorleggen. Hij had tot halféén geschreven en was toen naar bed gegaan.

En dat was het dan. Meer had een heel weekend werken niet opgeleverd. De drie betrokken mannen hadden geen van allen een alibi, maar op het eerste gezicht ook geen motief. Berg had het gevoel dat hij geen stap verder kwam. Het enige wat tijdens de verschillende interviews een beetje uit de toon was gevallen, was Lebowski's reactie toen hij vroeg hoe Sofie Vleminckx om het leven was gebracht.

'Verdronken?' herhaalde de schrijver op een toon alsof hij moeilijk kon geloven dat dat de ware toedracht was.

'In haar bad.'

'Maar dat is toch...'

Lebowski klapte dicht. Berg probeerde zijn blik te vangen. De schrijver was lijkbleek geworden en zijn linker wangspier trok een beetje.

'Wat wilde u zeggen, meneer Lebowski?'

'Ik... euh...'

Meer kwam er niet. Berg had de man nooit eerder zo in de war gezien. Doorgaans was het uiterst moeilijk om van zijn gezicht af te lezen wat er in hem omging, maar dit keer bleef er van die onverstoorbaarheid weinig over.

'U lijkt daarvan te schrikken. Waarom?'

Lebowski probeerde zichzelf weer in de hand te krijgen. Hij forceerde een lachje, maar dat ging hem niet al te best af.

'Verdrinken is een pijnlijke dood, hoofdinspecteur. Ik zag de situatie al voor me. Arme Sofie. Dit heeft ze niet verdiend.'

'Niemand verdient het om vermoord te worden, meneer Lebowski.'

'Nee, natuurlijk niet. Dat bedoelde ik ook niet. Het is alleen... ik kende haar tamelijk goed en bovendien heb ik u net verteld dat we een paar uur eerder nog gezellig hebben zitten praten. Hier, in deze kamer.'

Berg staarde nadenkend in zijn cognac. De uitleg van de schrijver had hem niet overtuigd, toen niet en nu nog niet. Het had te maken met wat Dijkstra in Amsterdam had verteld. Lebowski had volgens de Nederlander eerder koel gereageerd op de dood van Trui Goedseels en toen Berg hem over de moord op Sofie Vleminckx vertelde, had hij weliswaar een aangedane indruk gemaakt, maar dat was niets in vergelijking met zijn reactie toen hij te horen kreeg dat iemand haar verdronken had. Waarom was dat? Uit het toxicologisch rapport was gebleken dat Sofie Vleminckx een licht percentage alcohol in haar bloed had en de herkomst daarvan was nu ook duidelijk: zij en Lebowski hadden na de bespreking nog een glas wijn gedronken.

Volgens de schrijver was dat de reden waarom hij zo verbouwereerd was, maar naar Bergs aanvoelen klopte er iets niet. Hoe gezellig ze het samen ook gehad hadden, Lebowski's reactie op het nieuws van de moord was veel minder uitgesproken dan op de mededeling dat ze in het bad om het leven was gebracht en Berg kon met de beste wil van de wereld niet bedenken waar dat verschil op sloeg. Waarom was voor Lebowski het nieuws van de moord minder schokkerend dan de manier waarop? Verdrinken is een pijnlijke dood, had hij gezegd, maar als misdaadschrijver kon hij ongetwijfeld een dozijn doodsoorzaken bedenken die nog pijnlijker waren. Waarom dan dat onderscheid in reactie?

Berg goot de rest van zijn glas naar binnen. Of overdreef hij nu? Maakte hij van een mug een olifant? Misschien was hij te moe om nog helder te denken. Het was intussen middernacht voorbij. Hij kon beter gaan slapen, morgen was opnieuw een drukke dag. Hoewel... Hij keek naar het lege glas in zijn hand. Eentje nog. Om het af te leren.

3

Femke Dries zat nerveus wiegend op haar stoel te wachten, haar blik onafgebroken op de deur van het café gericht. De kelner had tien minuten geleden al haar cola gebracht, maar ze had er nog niet van gedronken en ook de menukaart lag ongeopend voor haar op tafel. Van eten zou toch niets in huis komen, daar was ze veel te gespannen voor.

Ze keek op haar horloge. Twintig over twaalf. Waar bleef Evert? Het Rijksarchief van Leuven was gehuisvest in het Villerscollege in de Vaartstraat, een wandeling van hooguit tien minuten. Nu ja, ze had hem natuurlijk verrast met haar telefoontje. Het was niet de bedoeling geweest om vandaag samen te lunchen, maar na wat er vanochtend in de uitgeverij was gebeurd, had ze erop aangedrongen om hem tijdens de middagpauze te zien. Evert had gevraagd wat er aan de hand was, maar ze had gezegd dat ze hem dat persoonlijk wilde vertellen.

Kon hij naar hun gewone plaats op de Grote Markt komen? Het was belangrijk, heel belangrijk. Ze moest met iemand praten, anders werd ze gek.

Evert had gezegd dat hij om elf uur een vergadering had en dat die kon uitlopen, maar hij zou zijn best doen om zo snel mogelijk te komen. Alleen... het had toch niets met vorige vrijdag te maken? Had ze spijt van wat er was gebeurd? Wilde ze hem daarom zo dringend zien?

Het had enkele seconden geduurd voor Femke begreep wat hij bedoelde. Toen daagde het haar. Natuurlijk niet, had ze hem verzekerd, daar ging het niet om. Ze had het heerlijk gevonden, hun eerste nacht samen. Dat wist hij toch, dat had ze hem wel tien keer gezegd. Nee, dit had niets met hen te maken, helemaal niets. Ze legde het straks wel uit. Dit kon niet over de telefoon.

Femke nam een slok van de cola. Voor de zoveelste keer speelde de scène van daarstraks zich in haar geheugen af. Ze was vanochtend op het gewone uur beginnen te werken en het was al halftien voorbij eer het tot haar doordrong dat Sofie wel erg laat was. Ze had vandaag geen afspraak buitenshuis, dus dat kon niet de reden zijn waarom ze nog niet was opgedaagd. Of was ze ziek geworden? Met dat rotweer van tegenwoordig wist je nooit. Maar in dat geval had ze toch iets laten weten? Misschien moest ze maar eens bellen, dan... Op dat ogenblik hoorde ze de voordeur dichtslaan. Eindelijk, daar was ze.

Ze liep de gang in, maar in plaats van Sofie zag ze Ivo in de hal staan. Nu begreep ze er helemaal niets meer van. Ivo kwam op maandag nooit naar de uitgeverij, tenzij er een vergadering was gepland en dat was niet het geval.

Ze wenste hem goedemorgen en vroeg waarom hij er was. Ivo haalde zijn schouders op. Willem had hem gebeld, zei hij. Of hij tegen tien uur naar de uitgeverij kon komen. Meer wist hij ook niet.

Zijn woorden waren nog niet koud of de deur ging opnieuw open. Het was Willem. Ze kende hem niet goed, doorgaans verscheen hij zelden of nooit in de uitgeverij, maar ze zag onmiddellijk aan zijn gezicht dat er iets belangrijks aan de hand was. Hij trok zonder een woord zijn jas uit, hing die aan de kapstok en vroeg hen om mee te komen. In het kantoor van Trui dat nu door Sofie werd gebruikt, ging hij achter het bureau zitten en gebaarde naar de twee bezoekersstoelen. Femke keek vragend naar Ivo, maar zag dat hij er evenmin iets van begreep.

En toen had Willem de reden van zijn komst uitgelegd. De politie, zei hij, was hem de vorige dag komen opzoeken. Er was vrijdagavond iets met Sofie gebeurd. Iemand was haar woning binnengedrongen en... het duurde even voor hij de woorden over zijn lippen kreeg... had haar vermoord.

Femke schrok. Eén of twee tellen lang dacht ze dat ze Willem verkeerd had begrepen, maar de ernstige uitdrukking op zijn gezicht vertelde haar dat ze goed had gehoord. De tranen sprongen haar in de ogen. Sofie dood? Vermoord? Dat kon toch niet waar zijn? Ze draaide zich naar Ivo die al even ontzet keek als zij.

'Wie heeft haar vermoord?' hoorde ze hem vragen. 'Een inbreker?'

'De politie is nog op zoek naar de dader. Meer weet ik niet.'

Er viel een stilte. Femke kon het nieuws niet geloven. Vrijdag hadden Sofie en zij nog samen koffie gedronken. Ze veegde met de rug van haar hand de tranen van haar wangen. Eerst Trui, nu Sofie. Wat gebeurde er in godsnaam?

'Hoe moet het nu verder?' vroeg Ivo. 'Ik bedoel: wie gaat de uitgeverij leiden?'

Femke geloofde haar oren niet. Ze schoot uit:

'Moet je dat op een moment als dit vragen!?'

Ivo keek geschrokken.

'Ik ben gewoon praktisch. Er moet toch iets gebeuren nu...'

'Sofie is pas dood en dan begin jij...'

Willem maakte een sussend geluid. Femke slikte de rest van haar zin in, maar haar verontwaardiging bleef als een donderwolk in haar hoofd hangen. Ze had Ivo altijd al een kouwe kikker gevonden en nu bleek dat ze zich niet had vergist.

'Ik heb gisteravond naar David getelefoneerd,' zei Willem intussen. 'Binnen een paar dagen komt hij terug uit vakantie en kan hij voor Sofie invallen. Tot het zover is, moeten we het gedrieën zien te redden. Ik heb een week vrijaf genomen om jullie zoveel mogelijk te helpen. De lopende zaken moeten hoe dan ook afgehandeld worden, maar dat is een zorg voor later. In de gegeven omstandigheden denk ik dat het beter is dat we vandaag allemaal naar huis gaan.'

Femke kon er zich niet toe brengen op te staan. Ze vond dat Willem wel erg zakelijk had geklonken en geen woord te veel had gezegd over de dood van Sofie. Hoe was ze gestorven? Had de indringer haar in bed verrast? De politie moest toch meer verteld hebben dan dat.

Ze vroeg het hem. Willem keek ongemakkelijk.

'Ik wilde jullie de details besparen,' zei hij. 'Maar goed: als jullie het per se willen weten: Sofie is zaterdagochtend door haar vriend in de badkamer gevonden. De dader heeft haar in het bad verdronken.'

Femke slikte. Ze had eensklaps het gevoel dat de grond onder haar stoel wegzakte. Een verschrikkelijk vermoeden welde in haar op. Kon dat waar zijn? Nee, onmogelijk. Maar aan de andere kant... Eerst Trui en nu Sofie. Eén keer kon toeval zijn. Of het resultaat van omstandigheden. Of... Ze wist niet hoe ze het moest noemen. Maar geen twee keer. Dat was onmogelijk. Wat moest ze doen? Vertellen wat ze wist? Maar ze had geen enkel bewijs. En stel dat ze zich vergiste? In dat geval zou Lebowski ongetwijfeld haar ontslag eisen. Nee, dat risico kon ze niet nemen. Ze had haar baan nodig. Het was tegenwoordig al moeilijk genoeg om werk te vinden. Ze moest nadenken. Niet halsoverkop...

Evert! schoot het door haar heen. Als ze nu eens met hem praatte? Hij zou nooit tegen iemand herhalen wat ze hem toevertrouwde. Misschien kon hij haar zeggen wat ze moest doen.

'Dag, Femke.'

Ze keek op. Evert boog zich naar haar toe, gaf haar een zoen en ging zitten. Ze was zo in gedachten verdiept geweest dat ze hem niet had zien binnenkomen.

Zijn glimlach verdween toen hij haar gezicht zag.

'Wat is er?' vroeg hij bezorgd.

'Sofie is dood,' flapte ze eruit. 'Ze is vrijdagnacht vermoord. In haar...'

Ze kwam niet verder. Ineens rolden de tranen opnieuw over haar wangen. Ze voelde hoe Evert zijn hand op de hare legde.

'Rustig maar. Vertel wat er gebeurd is.'

En dat deed ze. Met horten en stoten. Hoe Sofie door haar vriend was gevonden. In de badkamer. Verdronken door iemand die haar woning was binnengedrongen.

Evert keek ontdaan.

'God, dat is... dat is afschuwelijk. Weten ze al wie het gedaan heeft?'

'Volgens Willem niet. Maar er is nog iets wat ik moet vertellen.'

Ze haalde een bundeltje papieren uit haar handtas.

'Lees dit eens.'

'Wat is dat?'

'Het laatste hoofdstuk van Lebowski's nieuwe roman.'

Evert trok verbaasd zijn wenkbrauwen op.

'Ik dacht dat ik dat niet mocht...'

'Dat heeft nu geen belang. Lees maar.'

Terwijl Evert zich over de tekst boog, sloeg ze afwachtend zijn gezicht gade. Het kon niet anders of hij moest tot dezelfde conclusie komen als zij. De manier waarop Lebowski zijn laatste slachtoffer had laten vermoorden, was identiek aan wat Willem had verteld over Sofies dood. De indringer in haar huis. De badkamer. De gruwelijke verdrinkingsscène... Hoe kon dat? Lebowski had haar het hoofdstuk vorige woensdag al gegeven. Twee dagen voor Sofies dood.

Evert hief zijn hoofd op en keek haar verward aan.

'Dit is...' Hij leek de juiste woorden niet te vinden. 'Is Sofie ook verkracht?'

'Dat... dat weet ik niet,' stamelde Femke. Zo ver had ze niet eens nagedacht. Ze hoopte voor Sofie van niet. Willem had in elk geval niets over een verkrachting gezegd. Ze wees naar de tekst.

'Wat denk je?'

'Wat denk ik? Dat het op z'n minst gezegd heel bizar is.'

'En dat is nog niet alles,' zei Femke. 'In het hoofdstuk dat hieraan voorafgaat, wordt ook een vrouw vermoord. In haar hotelkamer. De dader wurgt haar op het bed, precies zoals met Trui in Amsterdam is gebeurd.'

Evert reageerde niet meteen. Hij probeerde de aandacht van de kelner te trekken. Toen dat niet lukte, zei hij:

'Aan de andere kant...'

'Wat?'

'Het kan natuurlijk dat het voorval in Amsterdam Lebowski op het idee heeft gebracht. Dat doen schrijvers wel meer. De werkelijkheid gebruiken om er fictie van te maken.'

'Dat dacht ik eerst ook,' zei Femke. 'Daarom heb ik er niet meteen iets achter gezocht. Ik vond het wel niet netjes om Truis dood op die manier te gebruiken, maar wie ben ik om kritiek te leveren op hoe Lebowski zijn romans schrijft? Het probleem is dit laatste hoofdstuk. Dat heeft hij een paar dagen geschreven vóór Sofie werd vermoord. Hoe leg je dat uit?'

'Tja...' Evert krabde achter zijn oor. 'Toeval?'

'Dat geloof je zelf niet.'

'Ik weet niet wat ik moet geloven,' zei hij korzelig. 'Maar ik zie niet in waarom Lebowski zich op die manier zou verraden als hij van plan was Trui en Sofie te vermoorden. Hij wist dat jij de tekst zou lezen en je vragen zou stellen.'

'Dat begrijp ik ook niet,' gaf Femke toe. 'Maar al die details... Ik ben ooit bij Sofie op bezoek geweest. In haar woonkamer staat een boekenrek, net zoals in het hoofdstuk.'

'Bij mij staat ook een boekenrek,' zei Evert. 'Bij jou trouwens ook.'

'Natuurlijk, maar toch...'

'Luister, als je denkt dat er iets aan de hand is, moet je de politie op de hoogte brengen.'

'En als ik het mis heb? Als het inderdaad toeval is? Dan vlieg ik stante pede aan de deur. Je beschuldigt een man als Lebowski niet ongestraft van moord.'

'Doe het dan anoniem.'

'Hoe? Per brief?'

'Nee, te gevaarlijk. Je kan een mail sturen.'

'Dan weten ze meteen wie de afzender is.'

'Niet als je via een internetcafé te werk gaat.'

'Maakt niet uit. Ze komen toch bij mij terecht. Als ze Lebowski verhoren en hij vertelt hun dat ik de enige ben die het verhaal kent, weten ze meteen van wie de beschuldiging komt.'

'Pak het dan anders aan. Discreter.'

'Hoe?'

'Weet ik niet. Ik heb de rest van de roman niet gelezen, maar is er niet iets waarmee je de politie een bepaalde richting kan uitsturen?'

'Wat bedoel je?'

'Kan je geen hint geven zonder daarbij Lebowski te vernoemen?'

Femke schudde vertwijfeld haar hoofd.

'Maar Evert, wat ik ook zeg: de politie zal sowieso ontdekken dat ik achter de mail zit. Ik ben de enige die weet wat er in het manuscript staat.'

'Geef je dan uit voor een bezorgde lezer of iets in die aard. Ik heb vandaag de krant nog niet gelezen, maar er zal wel een artikel over de moord in staan. Kan je op die manier niet iets suggereren?'

Femke overwoog het voorstel. Eerst zag ze niet goed in wat ze met Everts idee aan moest, maar toen ze in gedachten de verschillende hoofdstukken van de roman de revue liet passeren, kreeg ze plots een idee.

'Ja,' zei ze nadenkend. 'Ja, ik denk wel dat ik iets weet.'

4

Op maandag, na de lunchpauze, had Berg een vergadering gepland om het verdere verloop van het onderzoek te bespreken, maar enkele minuten voor ze zouden beginnen, kwam Wenderickx naar zijn bureau en duwde hem een blad papier onder de neus.

'Wat is dat?'

'Een mail. Toegekomen op het algemene adres, maar gericht aan ons. Beneden vonden ze dat we hem moesten lezen. En gelijk hebben ze.'

Berg was in gedachten al bij de vergadering en wilde het bericht in het bakje met nog te lezen post gooien, toen hij zag dat de tekst uit slechts twee regels bestond. Het was geen zin, maar een vraag. Hij las:

Waarom stond er niet in de krant of er al dan niet een heiligenbeeld is aangetroffen in de woning van Sofie Vleminckx?

Hij keek Wenderickx niet-begrijpend aan.

'Van wie is die mail?'

'Hij is anoniem verstuurd. Via een internetcafé.'

Berg las de vraag opnieuw. Hardop dit keer. Hij zag dat Coens en Meulenaer erbij waren komen staan.

'Ik herinner me dat er een beeld in de slaapkamer stond,' zei Wenderickx. 'Daarom dacht ik dat de mail belangrijk kon zijn.'

Berg sloeg de map op zijn bureau open en haalde er de bewuste foto uit. De vorige avond had hij zich afgevraagd of het beeld op de commode een heilige voorstelde. Die vraag was nu door de mail beantwoord.

'Wie kan zoiets weten?' vroeg Coens. 'Toch alleen maar iemand die het slachtoffer goed gekend heeft en in haar slaapkamer is geweest?'

'Haar vriend dus,' concludeerde Meulenaer.

'Het kan ook om iemand anders gaan ,' wierp Wenderickx op. 'Een vriendin bijvoorbeeld.'

'Waarom zou ze een vriendin mee naar haar slaapkamer nemen?'

'Als mijn vrouw nieuwe kleren gekocht heeft,' antwoordde Wenderickx, 'en er komt een vriendin op bezoek, dan verdwijnen die twee binnen de kortste keren naar de slaapkamer.'

Berg onderbrak de discussie.

'Over wie de mail gestuurd heeft, kunnen we het later hebben. Veel belangrijker is waarom er naar dat beeld gevraagd wordt. Dat moet een bepaalde reden hebben.'

'Welke, chef?'

'Dat is me voorlopig niet duidelijk. Maar ik weet wel dit: in de kamer van Lucie Meerten stond ook een heiligenbeeld.'

Berg zag zijn mannen verrast kijken.

'Zeebos en ik hebben het gezien toen we de ouders een bezoek brachten. Ik heb er niets over gezegd omdat het niet belangrijk leek. Volgens de moeder had Lucie het beeld in Italië gekocht. Ik nam aan dat het een souvenir was.'

'Twee vermoorde vrouwen en telkens vinden we een heiligenbeeld in hun slaapkamer.' Coens trok een bedenkelijk gezicht. 'Kan dat nog toeval zijn?'

'Niet als er ook eentje in de kamer van Trui Goedseels stond,' zei Berg. 'Wenderickx, bel Dijkstra en vraag of er een beeld in de hotelkamer is gevonden.'

Hij wendde zich tot Meulenaer en Coens.

'Ga die twee beelden halen. Dat van Lucie Meerten breng je naar hier, het andere laat je eerst door Zeebos op vingerafdrukken onderzoeken. Misschien is dat al gebeurd, maar ik wil geen risico lopen.'

'Oké, chef.'

Berg bestudeerde opnieuw de foto. Hoe kon hij te weten komen wie er werd voorgesteld? Het enige attribuut dat de heilige had, was een anker. Als het dat al was.

Hij ging op internet en googelde: *vrouwelijke heilige – anker.*

De vierde hit op het scherm vertelde hem wat hij wilde weten. De H. Philomena van Mugnano, stond er, werd afgebeeld met een anker. Volgens de legende was zij een Griekse koningsdochter die vanwege haar geloof weigerde te trouwen met de Romeinse keizer Diocletianus. Ze werd daarom gemarteld en daarna met een anker om de nek in het water gegooid.

Berg liet zich verbouwereerd tegen de leuning van zijn stoel zakken. Dat er uitgerekend een beeld van een vrouwelijke heilige die door verdrinking om het leven was gebracht in de slaapkamer stond van iemand die een paar meter verder op dezelfde manier was vermoord, kon geen toeval zijn. Tenminste, als het beeld er al niet veel eerder had gestaan. Hij zocht het nummer van Maarten Gerrits op. Zodra hij contact had, vroeg hij:

'Meneer Gerrits, ik heb nog een vraag. Kunt u mij vertellen wat er op de commode staat in de slaapkamer van uw vriendin?'

'Op de commode?' klonk het verwonderd. 'Waarom?'

'Beantwoord gewoon de vraag. En denk alstublieft goed na. Het kan belangrijk zijn.'

'Daar hoef ik niet over na te denken,' antwoordde Gerrits. 'Er staat een schemerlamp. Eentje met een groene kap.'

'En wat nog?'

'Niets.'

'Bent u daar zeker van?'

'Natuurlijk.'

'Er heeft nooit een gipsen beeld gestaan? Een vrouwenfiguur? Ongeveer vijfentwintig centimeter groot. Tamelijk verweerd.'

'Bij mijn weten niet.'

'Hebt u ooit zo'n beeld ergens anders in de woning gezien?'

'Euh... nee. Niet dat ik me herinner.'

'Goed, meneer Gerrits. Dank u wel.'

Nog voor de man verder kon vragen, verbrak Berg de verbinding. Het was mogelijk dat Gerrits loog, maar hij had zo verbaasd geklonken dat Berg er voorlopig van uitging dat hij de waarheid sprak. Waar kwam dat heiligenbeeld dan vandaan? Was het door de dader achtergelaten? Maar waarom? En hoe wist de anonieme afzender van de mail van het bestaan ervan? De vraag leek te suggereren dat hij wist dat er eerder al zo'n beeld was opgedoken. Hoe kon dat? De man – of de vrouw –

deed zich voor als een krantenlezer, maar bij de twee andere moorden had er nooit iets in de krant gestaan over een heiligenbeeld op de plaats delict.

In elk geval moest de mail een duidelijke bedoeling hebben en de enige die Berg kon bedenken, was dat de afzender de politie op een bepaald spoor wilde zetten. De vraag was welk? De marteldood van de H. Philomena verwees wel naar de manier waarop Sofie Vleminckx was gestorven, maar daar hield elke overeenkomst op. Niets in de korte biografie van de heilige verwees naar een gebeurtenis uit het leven van het slachtoffer en ook de namen kwamen niet overeen.

'Chef?'

Berg keek op. Wenderickx hield zijn hand op de hoorn van het telefoontoestel.

'Ik heb Dijkstra aan de lijn. Hij weet niets van een heiligenbeeld.'

'Schakel hem door.'

'Hoi, Berg,' zei Dijkstra. 'Wat is dat nou? Een heiligenbeeld?'

Berg legde de situatie uit en vroeg of hij er zeker van was dat er geen beeld in de hotelkamer had gestaan.

'Je bent er zelf geweest,' zei Dijkstra. 'Heb jij iets dergelijks gezien?'

'Nee, maar ik heb er ook niet op gelet. Het was een grote kamer, met een bureau, een commode, een zithoek met tafeltje en fauteuils, een nis links en rechts van het bed... Misschien is het ding niemand opgevallen omdat iedereen aannam dat het een onderdeel was van de hotelinrichting.'

'Een heiligenbeeld?'

'Ik weet dat het vreemd klinkt, maar wil je het toch eens nagaan?'

'Als je daar beter van slaapt,' bromde Dijkstra.

'Bedankt. Bel me zodra je meer weet.'

Berg legde de hoorn terug op de haak. Hij had er weinig hoop op dat Dijkstra iets zou vinden, maar hij wilde zekerheid. Op dat ogenblik kwamen Coens en Meulenaer het kantoor binnen. Coens haalde het beeld van Lucie Meerten uit een plastic zak en zette het op Bergs bureau.

'Heb je het andere naar Zeebos gebracht?'

'Yep.'

'Ik ben intussen te weten gekomen wie dit is,' zei Berg met een knikje naar de foto. 'Het gaat om de H. Philomena van Mugnano.'

'Nooit van gehoord,' bromde Meulenaer.

'Ik ook niet, maar volgens internet is ze gestorven doordat men haar met een anker om de nek in het water heeft gegooid.'

'Krijg nou wat,' mompelde Coens.

'Ik heb net Maarten Gerrits gebeld. Hij beweert dat hij nooit een vrouwenfiguur in het huis van zijn vriendin heeft zien staan. Als Zeebos er geen vingerafdrukken op aantreft, is de kans groot dat het beeld is achtergelaten door de dader.'

'Met welke bedoeling?'

'Goeie vraag. Laten we eerst uitzoeken wie dit is.'

Berg schoof het beeld van Lucie Meerten dichterbij. Hij vroeg zich opnieuw af wat het attribuut in de hand van de vrouw betekende.

'Het lijkt erop dat ze een schotel vastheeft met daarop twee ogen. Als dit ook een martelares is, wil dat waarschijnlijk zeggen dat men haar de ogen heeft uitgestoken of iets in die aard.'

'Wat heeft dat te maken met de dood van Lucie Meerten?' vroeg Coens.

'Geen idee.'

Berg trok het klavier van zijn computer naar zich toe en tikte: *vrouwelijke heilige – schotel met ogen.*

Net als de vorige keer kreeg hij onmiddellijk de informatie die hij zocht. Volgens Wikipedia werd de H. Lucia van Syracuse voorgesteld met een schotel waarop haar eigen ogen lagen.

'Lucia? Dat is dezelfde naam als die van het slachtoffer,' zei Wenderickx verbluft.

Berg knikte.

'Het is haar naamheilige. Daarom heeft ze het beeld waarschijnlijk gekocht.'

'Maar dat geldt niet voor het andere,' wierp Coens op. 'Wat heeft de naam Philomena te maken met Sofie?'

'Weet ik veel,' morde Berg ongeduldig. 'Kunnen we het eerst bij deze heilige houden? Hier klopt de naam wel.'

Hij scrolde naar beneden tot hij bij het item 'Legende' kwam.

'Lucia was naar alle waarschijnlijkheid een jonge vrouw die omstreeks 303 in Syracuse op Sicilië de marteldood stierf. Vanwege haar uitzonderlijke schoonheid dongen veel mannen naar haar hand, maar Lucia was vastbesloten om haar maagdelijkheid op te dragen aan Christus. Toen iemand haar op een dag een compliment maakte over haar prachtige ogen, nam ze een mes en stak haar ogen uit opdat ze nooit meer de begeerte van een man zou opwekken.'

'Toe maar,' bromde Meulenaer.

Berg las voort:

'Lucia werd korte tijd later als christen aangeklaagd. Voor de rechterstoel van de Romeinse consul weigerde ze haar geloof af te zweren. De consul ontstak in woede en gaf opdracht om haar naar een prostitutiehuis te brengen waar ze zou worden onteerd. Daarop richtte Lucia een smeekbede tot God om hulp. Haar gebed werd verhoord, want toen de gerechtsdienaars haar wilden meenemen, bleek ze zo zwaar geworden dat men haar niet van haar plaats kreeg, zelfs niet met behulp van een span ossen.'

'Het wordt almaar fraaier,' lachte Meulenaer. 'Een span ossen dat haar niet...'

'Wacht!' riep Berg nerveus en hij las de laatste alinea:

'De rechter gaf vervolgens het bevel om een brandstapel op te richten, maar het vuur deerde het meisje niet. Toen droeg hij een beul op om Lucia's keel met een dolk te doorboren.'

Er volgde een perplexe stilte op zijn woorden. Tenslotte zei Berg wat iedereen dacht:

'Nu kunnen we er niet langer omheen: Lucie Meerten is op dezelfde manier vermoord als haar naamheilige. De beelden verwijzen dus naar de manier waarop de vrouwen zijn omgebracht.'

'En wat met Trui Goedseels?' vroeg Coens. 'Die is gewurgd.'

Berg bedacht zich geen ogenblik en voerde een nieuwe zoekopdracht in: *vrouwelijke heilige – wurging.*

Al op de eerste pagina verscheen een artikel waarbij het woord 'wurging' in vetjes stond afgedrukt. De betrokken heilige was een zekere Godelieve van Gistel.

'Verkeerde naam,' zei Coens, maar Berg las niettemin wat er stond:

'De H. Godelieve werd omstreeks 1045 geboren in het graafschap Boulogne en uitgehuwelijkt aan Bertolf, heer van Snipgate bij Gistel. Haar schoonmoeder hitste haar zoon zo tegen zijn godsvruchtige vrouw op dat die haar begon te mishandelen en uiteindelijk door wurging om het leven liet brengen. Om die reden geldt de H. Godelieve als geneesheilige van keelpijn. Zij wordt afgebeeld met een kroon op het hoofd en een wurgdoek om de hals.'

'Wat is een wurgdoek?' vroeg Meulenaer.

Berg negeerde de vraag. Hij had het gevoel dat hij iets op het spoor was en voelde zich almaar zenuwachtiger worden. Voor de zekerheid scrolde hij nog enkele pagina's naar beneden, maar hij vond geen artikel meer over een vrouwelijke heilige die door wurging om het leven was gebracht.

Een tijdlang zei niemand iets. Toen verbrak Berg de stilte:

'Als het de bedoeling was om Trui Goedseels' dood aan die van een heilige te linken, dan moet het deze zijn.'

'Maar de naam klopt niet,' zei Coens opnieuw.

Berg maakte een ongeduldig gebaar.

'Dat was ook het geval bij Sofie Vleminckx. Blijkbaar is de naam niet belangrijk, wel de wijze waarop de heilige is vermoord. Trui Goedseels is net als de H. Godelieve gewurgd.'

'Met de blote hand,' merkte Meulenaer op. 'Niet met een wurgdoek. Wat dat ook moge zijn.'

'Zou haar dood kunnen alluderen op de prijs waar Lebowski voor genomineerd was?' vroeg Wenderickx. 'Die heet toch de Gouden Strop?'

'Een strop is geen wurgdoek,' zei Meulenaer.

Berg ontplofte.

'Hou verdomme eens op met dat gezeur over die wurgdoek!'

Meulenaer zweeg beledigd. Bijna gelijktijdig besefte Berg dat hij hem opnieuw geschoffeerd had, maar het was te laat om zijn woorden te herroepen en het volgende ogenblik al deden Wenderickx' woorden hem aan iets anders denken. Volgens het artikel was de H. Godelieve op bevel van haar man gewurgd. Suggereerde dat dat Willem Terbanck iets met de moord op zijn vrouw te maken had?

Zeebos kwam het kantoor binnen. Hij had het beeld van de H. Philomena bij zich en zette het naast het andere. Het was een vijftal centimeter groter.

'Geen vingerafdrukken,' zei hij.

'Helemaal niets?'

'Je ziet dat het beeld onder het stof zit. Behalve op de plaatsen waar iemand het onlangs heeft aangeraakt. Maar ook daar: geen afdrukken.'

'Dat bewijst dat het nog maar pas in de woning stond,' zei Berg. 'De rest van het huis was netjes schoongemaakt.'

Hij keek op.

'Dat klopt toch?'

Zeebos knikte.

'Waar komt dat beeld dan vandaan?'

'Misschien is het gestolen,' suggereerde Wenderickx. 'Uit een kapel of kerk. Dat zou de laag stof verklaren.'

'Of anders is het bij een antiquair gekocht,' zei Coens. 'Ik kan me voorstellen dat daar ook niet vaak wordt schoongemaakt.'

Berg dacht na. Het beeld zag er inderdaad veel ouder uit dan het andere.

'Wenderickx, pluis de kranten van de laatste paar weken uit. Zoek vooral bij het plaatselijke nieuws. Misschien wordt er ergens melding gemaakt van een gestolen heiligenbeeld.'

'Oké, chef.'

Berg wendde zich tot Coens en Meulenaer.

'Jullie gaan de antiekzaken in de buurt af. Begin met Leuven. Vraag of er onlangs een gipsen beeld van een vrouwelijke heilige is verkocht. Als dat niets oplevert, zoek je verder. Laten we zeggen: in een straal van 25 kilometer.'

'Maar daar valt Brussel binnen,' zei Coens.

'En wat zou dat?'

'Chef, er zijn minstens honderd antiquairs in Brussel. Als er al niet meer zijn.'

'Dan stel ik voor dat je geen tijd meer verliest.'

Coens en Meulenaer keken elkaar aan met een blik die duidelijk liet merken wat ze van de opdracht dachten, maar ze hielden hun mening voor zich, trokken hun jas aan en verlieten het kantoor.

Bergs telefoon rinkelde. Het was Dijkstra.

‘Volgens de hoteldirectie stond er geen heiligenbeeld in de kamer,’ zei hij. ‘Ze keken trouwens vreemd op toen ik ernaar vroeg. Alsof ik een slag van de molen had. Ik heb voor de zekerheid ook de foto’s van de plaats delict bekeken. Niks. Nada.’

Berg was teleurgesteld. Hij begreep het niet. Als de dader bij de eerste en de derde moord een heiligenbeeld in de buurt van het slachtoffer had achtergelaten, waarom dan niet bij de tweede? Hij wilde Dijkstra al bedanken en ophangen, toen hij aan iets dacht.

‘En wat met de koffer van Trui Goedseels? Is die onderzocht?’

Hij hoorde aan het andere eind hoe er in het dossier werd gebladerd.

‘Vind ik niks van terug. Of wacht... hier staat iets. De koffer was op slot.’

‘Is hij niet opengebroken?’

‘Blijkbaar niet.’

Berg vloekte.

‘Daar was geen reden toe,’ zei Dijkstra. ‘Zelfs de handtas van het slachtoffer was niet aangeraakt. Het geld en de betaalkaarten zaten er nog in.’

‘Waar is die koffer nu?’

‘Ik veronderstel dat Terbanck hem heeft meegenomen toen de bezittingen van zijn vrouw werden vrijgegeven.’

‘Bedankt, Dijkstra. Ik hou je op de hoogte.’

Berg verbrak de verbinding en schoof zijn stoel achteruit. Hij wilde geen minuut langer wachten.

‘Kom, Jan. We gaan naar Terbanck. Ik wil weten hoe het met die koffer zit.’

Zeebos bleef staan. Berg stopte halverwege de deur.

‘Euh... Thomas, ik heb van de directeur het verbod gekregen om me nog langer met het onderzoek te bemoeien.’

Berg kwam op zijn stappen terug. Hij deed zijn best om zijn geduld te bewaren.

'Ik heb mensen te kort, Jan.'

'Dat weet ik, maar...'

'Luister, zolang het om twee moorden in het buitenland ging, had Denissen een punt. Maar deze moord is hier gepleegd. In Leuven. Dat maakt het wel mijn zaak. En als Denissen je toch de wind van voren geeft, dan regel ik dat wel met hem.'

'Als goede vrienden onder elkaar?' meesmuilde Zeebos.

'Zoiets.'

'Vooruit dan maar. Ik haal mijn spullen.'

Twintig minuten later stopten ze voor het huis van Terbanck. Berg had onderweg geen woord gezegd. Zijn zenuwen stonden tot het uiterste gespannen. Er moést iets in de koffer zitten, anders snapte hij er niets meer van.

Hij belde aan. Terbanck deed open. Zonder inleiding of begroeting vroeg Berg:

'Hebt u de koffer van uw vrouw mee teruggebracht uit Amsterdam, meneer Terbanck?'

De man staarde hem een ogenblik niet-begrijpend aan.

'Ja, natuurlijk,' antwoordde hij toen.

'Hebt u hem leeggemaakt?'

'Nee, hij is op slot. Ik ken de combinatie niet.'

'Kunnen we hem zien?'

'Ik heb hem voorlopig in de wasplaats gezet. Kom maar mee.'

Berg en Zeebos volgden de man naar de achterkant van het huis. De koffer stond naast de wasmachine. Het was een grijsblauwe Samsonite. Zeebos legde hem plat op de vloer en ging er op zijn knieën voor zitten. Zoals verwacht kreeg hij het ding niet open.

Berg draaide zich naar Terbanck.

‘Vindt u het goed dat we hem openbreken?’

‘Waarom? Er zit niks in. Ik heb ermee geschud.’

‘We moeten zeker zijn, meneer Terbanck.’

De man gaf met een onwillig schouderophalen zijn toestemming. Zeebos haalde een schroevendraaier tevoorschijn en begon te wrikken.

Berg was bloednerveus. Heel zijn theorie stond of viel met wat ze zouden vinden. Toen de sloten het begaven, klapte Zeebos het deksel open. Er ging een steek van ontgoocheling door Berg heen. Achter zijn rug hoorde hij Terbanck mompelen:

‘Ziet u wel, ik zei het toch.’

5

De hele dinsdag liep Femke Dries met het onbehaaglijke gevoel rond dat de politie elk ogenblik kon aanbellen om haar te arresteren en voor de zoveelste keer verwenste ze zichzelf dat ze naar Evert had geluisterd. Toen hij tijdens de lunch voorstelde om via een internetcafé een mail naar de politie te sturen, had haar dat in eerste instantie een goed idee geleken. Enerzijds ontlastte ze op die manier haar geweten; anderzijds bleef ze buiten schot als anonieme krantenlezer, zodat de politie haar niet in verband kon brengen met de tip.

Maar zoals zo vaak gebeurde met impulsieve beslissingen, drong pas achteraf de draagwijdte tot haar door van wat ze had gedaan en in het zog daarvan kwamen de twijfel en de schrik. Wat als de politie toch ontdekte dat zij de mail had gestuurd? In heel Leuven waren maar twee internetcafés en als ze de uitbaters confronteerden met haar foto, zou het niet lang duren voor ze een naam aan het gezicht konden koppelen.

Aan de andere kant: waarom zou de politie uitgerekend met haar foto op pad gaan? Tot nu toe konden ze onmogelijk weten dat de vraag naar het heiligenbeeld voortkwam uit het feit dat zij wist dat de moordenaar in Lebowski's roman de gewoonte had om bij elk slachtoffer zo'n beeld achter te laten en dus was er geen enkele reden om haar met de tip te associëren. Tenzij de politie een stap verder ging en alle betrokkenen aan de tand voelde over de mail. In dat geval zou Lebowski onmiddellijk begrijpen wie de afzender was.

De vraag was wat hij dan deed. Als hij onschuldig was, zou hij natuurlijk de politie over haar vertellen en verloor ze wellicht haar baan. Maar als hij schuldig was, zou hij zijn mond houden en misschien proberen om haar het zwijgen op te leggen. O God, wilde dat zeggen dat ze gevaar liep? Dat de kans bestond dat hij achter haar aankwam zodra hij over de mail hoorde? Ze had verdomme beter moeten nadenken in plaats van halsoverkop dat bericht te versturen.

Of maakte ze zich zorgen om niets? Waarom zou Lebowski Trui en Sofie vermoord hebben? Ze kende hem intussen vier jaar en in al die tijd had hij nooit de minste aanleiding gegeven om hem van zoiets gruwelijks te verdenken. Integendeel, tot voor een paar maanden was ze zelfs verliefd op hem geweest. Hoe had ze dan ooit kunnen denken dat hij de moordenaar was? Had ze zich zo laten meeslepen door het verhaal dat ze fictie en realiteit door elkaar was gaan halen?

Aan de andere kant waren er wel degelijk enkele bizarre overeenkomsten tussen de roman en wat er in het echt was gebeurd. Zowel Trui als Sofie waren op identiek dezelfde manier vermoord als in het manuscript en daarnaast was er ook nog het meisje in Firenze. Trui had over haar verteld en in de krant had gestaan dat Lebowski even door de Italiaanse politie was verdacht. Hij had wel een alibi voor die moord, maar in het betrokken hoofdstuk was er eveneens sprake van een beeld in de hotelkamer. Was dat in werkelijkheid ook zo geweest? Daar had niets over in de krant gestaan, maar dat gold net zo goed voor de moord op Trui en Sofie.

Misschien had men helemaal geen heiligenbeeld aangetroffen in Amsterdam of in Sofies huis. In dat geval sloeg haar mail nergens op en zou de politie er waarschijnlijk geen aandacht aan besteden. En zelfs als er wel zulke beelden gevonden waren, dan betekende dat nog niet dat Lebowski voor de moorden verantwoordelijk was. Misschien had hij in Firenze iets opgevangen over een heiligenbeeld in de hotelkamer. Misschien had de politie hem erover ondervraagd toen ze hem meegenomen hadden voor verhoor en was hij zo op het idee voor de roman gekomen. Evert had iets in die zin gesuggereerd. Schrijvers, had hij gezegd, gingen vaak uit van de werkelijkheid. Per slot van rekening had Lebowski de twee eerste hoofdstukken geschreven ná de moorden. Op die manier was perfect verklaarbaar waarom de doodsoorzaak van zijn twee personages overeenkwam met die van Trui en het meisje in Firenze.

Alleen het derde hoofdstuk bleef onbegrijpelijk. Dat was geschreven vóór Sofie was vermoord en net daarom was ze achterdochtig geworden. Maar was de conclusie die ze daaruit getrokken had wel juist? Gisteren nog had ze gedacht dat het onmogelijk was dat Lebowski telkens opnieuw hetzelfde scenario had bedacht als wat er in werkelijkheid was voorgevallen, maar bij nader inzien was er maar één keer echt van toeval sprake. Voor de rest was er een perfect logische verklaring voor de overeenkomsten tussen de twee eerste hoofdstukken en de respectieve moorden. Of hield ze nu zichzelf voor de gek?

Femke zuchtte. Dat soort tegenstrijdige gedachten hadden haar de hele dag parten gespeeld en dat terwijl er in de uitgeverij toch al een begrafenisstemming hing. Willem was in alle vroegte opgedaagd en had zich in Sofies kantoor teruggetrokken, maar om de haverklap had hij haar bij zich geroepen en dingen gevraagd waar ze geen antwoord op wist. Na een paar uur was hij daar zo lastig over geworden dat ze zoveel mogelijk uit zijn buurt was gebleven en toen de dag er eindelijk opzat, was ze zo opgelucht als een kind dat de schoolbel hoorde rinkelen.

In gedachten verzonken reed ze naar Diest, parkeerde de Fiat Punto in de garagebox die ze in de buurt huurde en kocht op weg naar haar flat een diepvriesmaaltijd in de Carrefour Express. De rest van de avond, nam ze zich voor, zou ze nog maar één ding doen: languit op de bank tv kijken en alles proberen te vergeten.

Dat laatste lukte haar welgeteld een uur, toen was haar behoefte aan verstrooiing verzadigd en kreeg het gepieker weer de overhand. De politie had de hele dag niet van zich laten horen en hoewel haar dat enigszins gerustgestelde, begon het getob langzaamaan opnieuw zonder dat ze dit keer afgeleid werd door haar werk of de herhaalde onderbrekingen van Willem. Eerst nog probeerde ze het gezeur in haar hoofd te negeren en zich op de film te concentreren, maar na verloop van tijd was ze de draad van het verhaal helemaal kwijt omdat haar gedachten voortdurend uitwaaierden naar de mail en de mogelijke gevolgen die hij kon hebben.

Boos op zichzelf zette ze de tv uit. Hoe laat was het? Nog maar kwart voor negen. Wat moest ze nu met de rest van de avond aanvangen? Ze had beter met Evert afgesproken in plaats van terug naar Diest te rijden en hier tegen de muren op te lopen van ellende. Hij had gezegd dat hij vanavond een redactievergadering had van *Salsa*. De eerste sinds hij hoofdredacteur was geworden. Tot hoe laat duurde zoiets? Toch niet de hele avond? Morgenvroeg moest iedereen op tijd naar het werk.

Als ze hem nu eens belde en vroeg of hij na afloop naar hier kwam? Of nee, ze wilde hem niet storen en waarschijnlijk stond zijn mobiel af zolang de vergadering duurde. Beter een sms'je sturen. Zodra hij klaar was, zou hij zijn gsm wel op berichten checken. Misschien konden ze samen nog iets gaan drinken en bleef hij achteraf hier slapen. Of anders reed ze met hem terug naar Leuven en overnachtte in zijn flat. Het kon haar niet schelen wat er gebeurde, zolang ze de rest van de avond maar niet alleen was.

Ze voegde de daad bij het woord en nam daarna een douche. Dat scheelde alweer zo'n twintig minuten. Voor de zekerheid controleerde ze of haar mobiel intussen was overgegaan, maar dat bleek niet het geval. Ze kleedde zich aan en slenterde de woonkamer in. Het was bijna halftien. Lang kon de vergadering niet meer duren.

Ze zette de laptop aan en opende haar mailbox. Er waren twee berichtjes van vriendinnen, maar ze had geen zin om erop te antwoorden. In plaats daarvan klikte ze het bestand van Lebowski's nieuwe roman aan en herlas de hoofdstukken. Eigenlijk begreep ze niet wat ze daarmee wilde bereiken. Ze kende de tekst bijna uit het hoofd, maar toch had haar geest er behoefte aan om nog eens met de feiten geconfronteerd te worden. Hoewel... feiten? Het ging om een verhaal. Lebowski had het *De heiligenmoorden* genoemd. Het was een werktitel, maar ze vond hem wel passend omdat hij refereerde aan de beelden die telkens door de dader werden achtergelaten. Bovendien illustreerde de titel wat Evert had gezegd. Misschien had Lebowski zich wel degelijk geïnspireerd op de moord in Firenze waar zo'n beeldje bij het slachtoffer was aangetroffen.

Of nee, dat wist ze niet met zekerheid. Nu haalde ze opnieuw fictie en werkelijkheid door elkaar. Maar zelfs al had er nooit zo'n beeldje in Italië gestaan, dan nog was dat geen reden om Lebowski van de moorden te verdenken. Sterker nog, dan maakte ze dezelfde fout waar lezers zich vaak aan bezondigden. Hoe dikwijls had ze tijdens een lezing niet horen vragen in hoeverre Lebowski's hoofdpersonage op hem was gebaseerd? Blijkbaar hadden mensen er nood aan om te weten of er al dan niet iets van waarheid school in een roman. Was dat omdat ze zich zo door de intrige lieten meeslepen dat ze niet konden of wilden geloven dat het allemaal verzonnen was? Enerzijds was dat een compliment voor de schrijver; anderzijds getuigde het van een bizarre knoop in het menselijke brein: wie een roman las, wist heel goed dat het om fictie ging en toch kon men zich daar om de een of andere reden niet helemaal bij neerleggen. Kwam dat doordat...

Ze schrok op uit haar gedachten toen de deurbel rinkelde. Evert! Hij had haar berichtje dus gevonden en was meteen naar hier gekomen. Ze veerde op uit haar stoel en nam de hoorn van de huistelefoon.

'Hallo?'

'Ik ben het.'

Everts stem was nauwelijks herkenbaar door de metalige bijklank van het toestel. Ze had al een paar keer op het punt gestaan om de huisbaas daarover te mailen, maar tot nu toe was dat er niet van gekomen. Zonder aarzelen duwde ze op de knop van de automatische deur. De avond zag er plots heel anders uit.

6

Thomas Berg behoorde tot het snel uitstervende ras mensen dat thuis nog een 24-delige encyclopedie in het boekenrek had staan, hoewel je tegenwoordig alle mogelijke informatie in een handomdraai op internet kon vinden. Op dezelfde manier gaf hij de voorkeur aan een gewone roman boven een e-book en bekeek hij reproducties van kunstwerken liever in vierkleurendruk dan op het scherm van een computer.

Mede om die reden ging hij net voor sluitingstijd naar de Slegte in de Bondgenotenlaan en schafte zich een boek over heiligen aan dat volgens de verkoper beschouwd werd als een standaardwerk op vlak van hagiografie. De lijvige studie uit 1948 telde meer dan 700 bladzijden, had als titel *Met heiligen het jaar rond* en gaf voor elke kalenderdag een uitgebreide beschrijving van het leven, het werk en de eventuele marteldood van de heilige die op die dag werd herdacht.

Met de loodzware turf in de ene en een zak boodschappen in de andere hand wandelde Berg naar huis en prees zich gelukkig dat het voor één keer niet regende. Hoewel hij brandde van nieuwsgierigheid om in het boek te beginnen lezen, zette hij eerst een opera van Puccini op en nam uitgebreid de tijd om te koken: risotto met zongedroogde tomaten en stukjes gepaneerde kip.

Na het eten installeerde hij zich met zijn nieuwe aanwinst in een fauteuil bij de open haard en las de bijdrages over de drie heiligen van wie de marteldood overeenkwam met de manier waarop de slachtoffers waren vermoord. De verhalen waren zo gruwelijk dat ze zijn maag deden keren, maar iets nieuws vond hij niet.

Om te beginnen bleef het een raadsel waarom de dader uitgerekend deze drie heiligen had gekozen en ten tweede vroeg hij zich af waarom er slechts in één van de drie gevallen overeenkomst bestond in naam. Eerder had hij aangenomen dat de moordenaar vooral geïnteresseerd was in de manier waarop de heiligen waren gestorven, maar het was niet uitgesloten dat er nog een ander verband bestond. De vraag was welk? Twee van de drie moorden waren in de maand mei gepleegd en even dacht hij dat de dag waarop de heilige in kwestie werd herdacht voor de dader een rol had gespeeld, maar ook dat bleek niet het geval te zijn. Geen van beide feestdagen viel in mei.

Berg stond op, maakte zich een espresso en ging terug naar de woonkamer. Iets anders wat hem bezighield, was de vraag wie er tegenwoordig nog genoeg over het onderwerp wist om zijn misdaden te koppelen aan de marteldood van een paar relatief onbekende heiligen. Het feit dat de dader zich een beeld had aangeschaft voor hij Sofie Vleminckx ombracht, bewees dat hij op voorhand had geweten op welke manier hij de moord zou plegen en dat hield dan weer in dat hij ofwel over een grondige hagiografische kennis beschikte ofwel het nodige onderzoekswerk had verricht. Welke van de twee verklaringen van toepassing was, bleef voorlopig een raadsel, maar het zag er steeds meer naar uit dat zijn vermoeden juist was: de gebeurtenis in Firenze was geen losstaand geval.

De vraag was waarom er in Amsterdam geen beeld was aangetroffen in de hotelkamer van Trui Goedseels. Had iemand het gestolen? Maar waarom? En vooral: wie? De enige die daarvoor in aanmerking kwam, was Willem Terbanck. Hij had gezegd dat hij de combinatie van de koffer niet kende, maar was dat wel zo?

Een andere vraag die dringend beantwoord moest worden, was of het beeld in Firenze van Lucie Meerten was zoals ze eerst hadden aangenomen, of dat het door de dader was meegebracht en in de kamer achtergelaten.

Berg belde de centrale om het nummer van Mieke Teugels. Aangezien hij nooit eerder met de vrouw had gesproken, stelde hij zich eerst voor en vroeg daarna of haar vriendin in Italië een heiligenbeeld had gekocht.

'Ja, van de H. Lucia,' klonk het. 'Dat was in Firenze.'

Het antwoord maakte het er niet eenvoudiger op. Het eerste beeld kwam dus niet van de dader.

'Hoe is dat in z'n werk gegaan?'

'Gewoon. We passeerden een winkel die gespecialiseerd was in religieuze voorwerpen. Omdat je zo'n zaak bij ons nog maar zelden vindt, wilde Lucie per se binnen een kijkje gaan nemen. Toen ze het beeld zag staan, heeft ze het meteen gekocht.'

'Hoe wist ze dat het de H. Lucia voorstelde?' vroeg Berg. 'Er staat geen naam op de voet. Heeft de verkoper dat verteld?'

'Dat was niet nodig, hoofdinspecteur. Lucie en ik hebben kunstgeschiedenis gestudeerd. We weten dus een en ander van iconografie. Bovendien had ze voor haar werk bijna dagelijks met religieuze kunst te maken.'

Berg fronste. Dat was een mogelijke verklaring voor de achtergrondkennis van de dader: dat hij kunstgeschiedenis had gedaan of in een museum werkte. Hij scharrelde tussen de papieren op de salontafel naar de lijst met reizigers die Coens en Meulenaer bij de touroperator hadden opgehaald. Er was nog geen tijd geweest om die te vergelijken met de personeelsgegevens van Museum M.

'Was er een collega van Lucie mee op reis?'

'Dat hebben uw collega's me al gevraagd. Ik heb gezegd dat ik dacht van niet.'

'Maar zeker bent u niet?'

De vrouw aarzelde.

'Het kantoor van de touroperator ligt niet ver van het museum. In theorie kan iemand van haar werk dezelfde reis geboekt hebben, maar dan had Lucie daar iets over gezegd, veronderstel ik.'

Waarschijnlijk wel, maar Berg nam zich toch voor om zo snel mogelijk de personeelslijst van het museum op te vragen.

'Wist Lucies vriend ook van het beeld af?'

‘Wouter? Natuurlijk, hij was erbij toen we het kochten.’

‘Meneer Grootjans werkt in Zaventem. Wat is hij van opleiding?’

‘Industrieel ingenieur.’

‘En uw vriend?’

Het bleef een paar seconden stil. De vrouw begreep waarschijnlijk niet waarom ze al die vragen voorgeschoteld kreeg.

‘Ruben is historicus.’

‘Kunsthistoricus?’

‘Nee, hij heeft geschiedenis gestudeerd, specialisatie late middeleeuwen. Hij werkt in het Rijksarchief in Leuven.’

‘Juist,’ zei Berg. Hij herinnerde zich dat Coens en Meulenaer hem dat verteld hadden toen ze de man hadden geïnterviewd.

Hij bedankte de vrouw en verbrak de verbinding. Welke conclusies moest hij uit het gesprek trekken? Het feit dat het eerste beeld niet van de dader kwam, bood een mogelijk antwoord op de vraag waarom het als enige een naamheilige voorstelde, maar waarom had de moordenaar in het geval van Sofie Vleminckx zelf een beeld meegebracht? Wilde hij op die manier een signatuur achterlaten? In dat geval verraadde hij al dat de moorden door dezelfde persoon waren gepleegd, wat de politie sneller op zijn spoor kon zetten. Welk belang had hij erbij om zo’n aanwijzing achter te laten? Tenzij het om een volkomen verknipte dader ging. Een psychopaat die op zulke dingen kickte.

Berg werd ongemakkelijk bij het idee. Een paar jaar geleden, tijdens de zaak van de Leuvense Stripmoordenaar, had hij te doen gehad met een seriemoordenaar en sindsdien hoopte hij uit de grond van zijn hart dat hij zoiets nooit meer mee hoefde te maken. Psychopaten waren volkomen onberekenbaar en daarom moeilijk te vatten. Zaten ze opnieuw met een seriemoordenaar opgescheept? Hoe groot was die kans, zo kort na de vorige keer? Aan de andere kant had de man al drie slachtoffers gemaakt zonder dat hij daarvoor een motief leek te hebben en net dat was typisch voor dit soort daders.

Berg voelde zich almaar nerveuzer worden. Hoe laat was het? Iets over tien. Te vroeg voor een cognac. Hoewel... Wat kon het hem eigenlijk verdommen? Hij ging naar de keuken en schonk zich een flinke bel in.

Met het glas in de hand wandelde hij de wintertuin in en staarde in gedachten verzonken naar de orchideeën op de leggers voor de ramen. Als ze echt met een psychopaat te maken hadden, dan werd dit een regelrechte nachtmerrie.

Hij nam een slok. De alcohol brandde zich een weg naar beneden. Geen overhaaste conclusies trekken, hield hij zich voor. Het feit dat ze tot nu toe geen motief gevonden hadden, wilde niet zeggen dat er geen was. Bovendien zou een psychopaat drie keer op rij een beeld hebben achtergelaten, al was het feit dat de drie moorden naar de marteldood van een heilige verwezen al een signatuur op zich.

Hadden ze dan toch met een gek te maken? In elk geval stond het zo goed als vast dat het in de drie gevallen om dezelfde dader ging. Wie van de betrokkenen kwam in die optiek nog als verdachte in aanmerking?

Wouter Grootjans kon uit jaloezie Lucie Meerten in Firenze vermoord hebben, maar waarom zou hij de twee andere vrouwen om het leven brengen? Tenzij hij zijn daad wilde camoufleren door de indruk te wekken dat er een psychopaat aan het werk was. Dat zou alvast een verklaring bieden voor de aanwezigheid van het heiligenbeeld in de woning van Sofie Vleminckx. Grootjans wist dat zijn vriendin een soortgelijk beeld had gekocht en was misschien zo op het idee gekomen. Aan de andere kant had hij een alibi en Berg begreep niet waarom hij uitgerekend twee vrouwen die in een Leuvense uitgeverij werkten als volgende slachtoffers had gekozen. Of toch wel. Hij had van de Italiaanse politie natuurlijk over de getuigenis van Trui Goedseels gehoord en via haar kon hij op Sofie Vleminckx gekomen zijn. Was het zo gegaan? Maar wat dan met zijn alibi?

De tweede betrokkene, Willem Terbanck, had voor geen enkele moord een alibi en hoewel hij mogelijkerwijs een motief had om zijn echtgenote om het leven te brengen, leek dat niet zo voor de twee andere vrouwen. Maar zelfs als ze dat feit negeerden en ervan uitgingen dat hij een psychopaat was of tenminste die indruk wilde wekken, dan klopte er nog iets niet. Waarom zou hij in dat geval het heiligenbeeld uit de koffer van zijn vrouw gestolen hebben? Of was er in Amsterdam nooit sprake geweest van een beeld? Dat was toch moeilijk voorstelbaar. Waarom de derde keer wel naar de eerste moord verwijzen en de tweede keer niet?

Berg zuchtte. Hij kreeg zo stilaan een punthoofd van al de tegenstrijdigheden in deze zaak. Wie bleven er nog als mogelijke verdachten over? Lukas Lebowski en Maarten Gerrits. De laatste kon in een vlaag van woede zijn vriendin gedood hebben toen ze bij hem thuis was weggelopen, maar het motief dat hij volgens Zeebos had om Trui Goedseels te vermoorden, vond Berg weinig aannemelijk. Bovendien verklaarde het nog niet waarom hij de moord in Firenze had gepleegd. Nee, Gerrits was waarschijnlijk niet de man die ze zochten, tenzij de theorie van een psychopaat steek hield. Voor de zekerheid besloot Berg na te gaan of Gerrits een alibi had voor het moment waarop Lucie Meerten en Trui Goedseels om het leven waren gebracht.

Lukas Lebowski ten slotte. Die had voor de twee eerste moorden wel een alibi, maar in beide gevallen kon dat in twijfel getrokken worden. Het probleem was dat hij geen motief had voor de moord in Firenze. Berg had tegen Zeebos wel geopperd dat hij mogelijk twee gezichten had, maar hij twijfelde eraan of Lebowski een psychopaat was, hoewel hij ondervonden had dat je zoiets nooit met zekerheid kon zeggen.

Of moest de dader toch onder de medereizigers gezocht worden? Wie deelnam aan een culturele rondreis, was geïnteresseerd in kunst en had misschien iets in die zin gestudeerd. Per slot van rekening bleef het een vreemde zaak: die verwijzingen naar de marteldood van heiligen. Als het beeld van de H. Philomena inderdaad uit een kerk of kapel gestolen was, dan had de dader het op basis van het attribuut geïdentificeerd, aangezien er geen naam op de voet stond. Wie was de dag van vandaag nog tot zoiets in staat? De meeste mensen onder de vijftig konden nauwelijks een Christus van een Jozef onderscheiden, laat staan dat ze wisten hoe een obscure martelares als de H. Philomena werd voorgesteld.

Berg liep de wintertuin uit en schonk zich nog een cognac in. Het was natuurlijk mogelijk om zulke gegevens via internet op te zoeken, dat had hij tenslotte ook gedaan, maar waarom zou iemand zich al die moeite getroosten? Tenzij hij van dat soort dingen al op de hoogte was en wie kwam daarvoor in aanmerking?

Berg somde in gedachten de mogelijke kandidaten op: iemand die iets afwist van iconografie omdat hij kunstgeschiedenis had gestudeerd; iemand die in een museum of antiekzaak werkte; iemand die religieuze kunst verzamelde of zich gespecialiseerd had in de restauratie ervan; iemand die...

Er ging ineens een achterdeurtje open in zijn hoofd. Waar had Mieke Teugels gezegd dat haar vriend werkte? In het Rijksarchief van Leuven. En dat hield zich onder meer bezig met het religieus patrimonium van de regio. Zou het kunnen dat... Hoe heette de man ook alweer? Ruben Demeester. Kon hij de dader zijn? Maar hij had een alibi voor de moord in Firenze. Op dat ogenblik zat hij met Wouter Grootjans op een terrasje in de buurt van de Piazza della Signoria.

Berg ging terug naar de woonkamer. Hij kreeg kop noch staart aan de zaak. Telkens wanneer hij dacht een nieuwe aanwijzing gevonden te hebben, hielp hem dat geen stap verder. Enerzijds verwezen de moorden naar de marteldood van drie heiligen, anderzijds hadden ze maar twee beelden gevonden. En de verklaring daarvoor – dat Terbanck het exemplaar uit Amsterdam gestolen had – sloeg nergens op, aangezien hij daar geen reden voor leek te hebben. Bovendien zag het ernaar uit dat alleen Ruben Demeester over voldoende achtergrondkennis beschikte voor de referenties aan de heiligen, maar ook hij had in minstens één geval een alibi.

Berg onderdrukte een vloek. Hij had in zijn carrière al met heel wat moeilijke dossiers te maken gehad, maar dit sloeg alles. En om het onderzoek nog complexer te maken, waren de moorden in drie verschillende landen gepleegd en hadden ze via mail een anonieme tip gekregen van iemand die meer van de zaak leek af te weten dan zij. Ingewikkelder kon je het haast niet bedenken. Hoe moest hij ooit...

Hij keek op toen zijn mobiel rinkelde. Zijn horloge gaf halftwaalf aan. Wie belde nog zo laat?

Hij griste het toestel van de salontafel en zag dat het de centrale was. Op hetzelfde ogenblik ging er een verschrikkelijk vermoeden door hem heen en een paar tellen later bleek dat zijn voorgevoel juist was geweest. Hij had zich vergist: het kon wel degelijk nog ingewikkelder.

7

Het appartementsgebouw waar Femke Dries een flat huurde, lag op de hoek van de Alenusstraat, op een steenworp afstand van de Grote Markt van Diest. Het was halféén toen Berg en Wenderickx op de plaats delict arriveerden. De rest van het team was er nog niet, behalve Coens en Meulenaer. Berg had vernomen dat het meisje gevonden was door haar vriend. Toen uit zijn verklaring bleek dat het slachtoffer een collega was van de vrouw die nog maar een paar dagen eerder in Leuven was vermoord, had men onmiddellijk contact opgenomen met de Federale Politie van de universiteitsstad.

Berg had op zijn beurt de onderzoeksrechter gebeld en hem op de hoogte gebracht van de nieuwe ontwikkeling. Zodra Hove van de verrassing was bekomen, had hij gezegd dat hij ervoor zou zorgen dat Berg de zaak toegewezen kreeg, aangezien deze nieuwe moord duidelijk verband hield met de vorige. Daarna – hoe kon het anders? – had hij de vraag gesteld die ook Berg onmiddellijk door het hoofd was gegaan toen hij het telefoontje van de centrale kreeg: hadden ze dit niet kunnen voorzien?

Berg was het antwoord schuldig gebleven, niet omdat hij zich terechtgewezen voelde – hij maakte zichzelf al genoeg verwijten – maar omdat hij eenvoudigweg geen antwoord had. Was het mogelijk geweest om dit te voorkomen? Er werkten drie vrouwen in de uitgeverij. Had hij na de moord op twee van hen niet de conclusie moeten trekken dat ook de laatste gevaar liep?

Dertig kilometer lang brak Berg zich daar het hoofd over en gedurende al die tijd had hij nauwelijks een woord met Wenderickx gewisseld. De lokale politie van Diest was verzocht om de plaats delict te ontruimen tot de technische recherche uit

Leuven was gearriveerd en het benieuwde Berg of hij dit keer weer een heiligenbeeld zou aantreffen in de flat van het slachtoffer. Als dat het geval was, konden ze er niet langer omheen: er was een seriemoordenaar aan het werk en Berg voelde het koude zweet uitbreken bij de gedachte dat er nog meer slachtoffers konden vallen.

Met behulp van de gps vonden ze zonder moeite het adres. De Alenusstraat lag in een deel van de stad waar zich geen winkels, cafés of restaurants bevonden. Berg was in het verleden een paar keer in Diest geweest, maar deze buurt kende hij niet.

Zodra hij was uitgestapt, kwam Coens naar hem toe. Meulenaer van zijn kant hield zich op een afstand en zelfs een blinde kon zien dat hij zijn best deed om bij zijn chef uit de buurt te blijven. Berg herinnerde zich zijn uitval aan de telefoon. Hij moest dringend Meulenaer eens apart nemen. De lucht klaren. De zaak uitpraten. Spanning werkte contraproductief. En bovendien had hij nog iets goed te maken.

Coens vertelde dat de man die het slachtoffer had gevonden in een combi op hem zat te wachten. Zeebos en Geeraerts waren onderweg en konden elk moment aankomen.

Berg knikte slechts. Hij beval Wenderickx om samen met Meulenaer aan het buurtonderzoek te beginnen en liep tot op de hoek van de straat om de omgeving in zich op te nemen. De Alenusstraat vormde een T met een andere straat die rechts uitgaf op de Grote Markt en links steil omhoogliep naar wat in het donker een park met bomen leek. De afstand bedroeg ongeveer tweehonderd meter.

'Waar leidt dat naartoe?' vroeg Berg met een hoofdbeweging naar de smalle straat die slechts door een paar lantaarns werd verlicht.

'Dat heb ik net gevraagd aan een agent van de lokale politie,' antwoordde Coens. 'Achter de bomen, op de top van de heuvel, was vroeger een kazerne, nu is er een parkeerterrein dat uitgeeft op de ringweg. Je kunt met de auto niet terug maar er is een voetgangerspad naar beneden. Het is maar een paar minuten lopen van hier.'

Berg wist dat Diest kleiner was dan Leuven, maar hij had zich niet gerealiseerd dat ze zich zo dicht bij de rand van de stad bevonden.

'Ik wil die vriend spreken. Hoe heet hij?'

'Evert Vanderlinden. Hij is gescheiden en woont in Leuven.'

'In Leuven?'

Berg draaide zich om en keek naar het donkere scherm van bomen op het eind van de straat. Als de dader met de auto was geweest, dan was het een klein kunstje om zich ongezien via het voetpad naar de woning van Femke Dries te begeven. Er was geen doorgaand verkeer en in de slecht verlichte straat was de kans klein dat een buurtbewoner of een toevallige passant hem had opgemerkt.

Berg trok de deur van de combi open en liet de agent van de lokale politie uitstappen. Ineens had hij een sterk gevoel van déjà vu. Nog maar een paar dagen eerder had hij in bijna identieke omstandigheden tegenover Maarten Gerrits gezeten.

Vanderlinden droeg een pak met hemd en das en zag er overstuur uit. Hij was halverwege de dertig en had een niet onknap, maar voor de rest doordeweeks gezicht met één opvallend kenmerk: een kleine moedervlek – of was het een wrat? – net onder zijn rechter jukbeen. Het deed Berg ongewild denken aan de Amerikaanse acteur Robert De Niro.

Hij stelde zichzelf en Coens voor. Het eerste wat hij vroeg, was waar Vanderlinden zijn auto had geparkeerd.

'Een beetje verderop.' De man wees in de richting van de bomen.

'Bij de ringweg, bedoelt u?'

'Ja, er is hier in de buurt nooit plaats. Het is maar een paar minuten lopen van Femkes flat tot aan het parkeerterrein.'

Het viel Berg op dat hij bijna identiek verwoordde wat Coens had gezegd.

'Had u vanavond met uw vriendin afgesproken, meneer Vanderlinden?'

'Ja... Nee... Femke wist niet dat ik kwam. Ze had me een sms'je gestuurd of ik na het werk nog iets wilde doen. Ik heb niet geantwoord. Ik wilde haar verrassen.'

'Hoe laat was u hier?'

'Kwart over tien ongeveer? Ik heb niet op mijn horloge gekeken.'

'Werkt u altijd zo laat, meneer Vanderlinden?'

'Nee, ik had een vergadering. Die heeft tot halftien uur geduurd. Daarna ben ik meteen naar hier gereden.'

'U werkt in Leuven?'

'Ja, in het Rijksarchief. Maar de vergadering was voor iets anders. Ik ben zopas hoofdredacteur geworden van het tijdschrift *Salsa* en daarom...'

De rest van het antwoord ontsnapte Berg. Het Rijksarchief! Dat was de tweede keer dat het antwoord van de man naar iets verwees waar hij eerder aan had gedacht.

'Wat bent u van opleiding?'

'Historicus.'

'Dan kent u ongetwijfeld Ruben Demeester?'

'Ja, hij is een collega van mij. Hij werkt nog niet lang bij ons. Twee of drie jaar. Waarom?'

Berg liet de vraag onbeantwoord.

'Heeft meneer Demeester uw vriendin ooit ontmoet?'

'Ik heb hen eens aan elkaar voorgesteld. We lunchen soms in hetzelfde café.'

Berg dacht na. Nog maar een paar uur eerder had hij zich

afgevraagd of Ruben Demeester de man was die ze zochten. Hij was in Firenze toen Lucie Meerten werd vermoord; hij had door zijn werk in het Rijksarchief waarschijnlijk de nodige achtergrondkennis voor de verwijzingen naar heiligen en nu bleek dat hij van het bestaan van Femke Dries had afgeweten. Aan de andere kant had hij een alibi voor de moord in Italië. Of klopte daar iets niet? Hij had verklaard dat hij Wouter Grootjans achterna was gegaan toen die overstuur van het terrasje was weggelopen nadat hij gezien had hoe Lucie en Lebowski met de lift naar boven waren gegaan. Had Demeester zijn vriend meteen bijgehaald, zoals hij had gezegd? Misschien had hij van de gelegenheid gebruik gemaakt om eerst terug naar het hotel te lopen en was hij pas daarna naar zijn vriend op zoek gegaan.

Berg besloot om die mogelijkheid zo snel als kon na te trekken. Dat én waar de man was op het ogenblik van de twee andere moorden.

'Vertelt u eens hoe u juffrouw Dries hebt gevonden, meneer Vanderlinden.'

'Ik heb eerst beneden aangebeld, maar Femke reageerde niet. Toen ben ik naar binnen gegaan en...'

'Was de voordeur dan niet op slot?' viel Coens hem in de rede.

'Jawel, maar er kwam net een vrouw naar buiten. Een oudere dame. Ze heeft me nog vriendelijk goedenavond gewenst. En boven...' Er ontsnapte Vanderlinden een klaaglijk, monosyllabisch geluid. Toen slikte hij en vervolgde: 'Femkes deur stond op een kier. Ik heb geklopt en toen... toen zag ik haar liggen. Halfnaakt. In een plas bloed... Het was afschuwelijk.'

De man keek weg. Berg sloeg hem nauwlettend gade. Hij zag er zwaar aangedaan uit, maar huilen deed hij niet. In plaats daarvan ging zijn hand voortdurend naar zijn rechterwang om aan de wrat te krabben. Het leek een nerveuze tic die opgeroepen werd bij spanning of stress.

'Hoe lang hebt u al een relatie met juffrouw Dries?'

'Nog niet zo lang, een paar weken.'

'Weet u wat er met haar twee collega's is gebeurd?'

'Natuurlijk, ik...' De man stopte. 'Denkt u dat dat iets te maken heeft met wat Femke is overkomen?'

'Dat moet het onderzoek uitwijzen,' antwoordde Berg ontwijkend.

Vanderlinden liet zijn rechterhand zakken en legde die naast de andere op het tafeltje van de combi. Een tijdlang staarde hij ernaar alsof ze zijn volledige aandacht opeisten. Toen hief hij zijn hoofd op.

'Ik moet nog iets vertellen, hoofdinspecteur. Hebt u onlangs een mail gekregen waarin gevraagd werd of er een heiligenbeeld is gevonden in het huis van Sofie Vleminckx?'

Berg kon nog net voorkomen dat zijn mond openviel. Hij wisselde een snelle blik met Coens. Vanderlinden zei:

'Die mail kwam van Femke.'

Berg had enkele seconden nodig om de informatie te verwerken.

'Dat moet u mij eens uitleggen, meneer Vanderlinden.'

'Het zit zo. Femke tikte de hoofdstukken uit van een schrijver die bij haar uitgeverij publiceert. Een zekere Lukas Lebowski. Weet u wie dat is?'

Berg knikte.

'Wel, gisteren belde Femke me rond elf uur op het werk. Ze klonk overstuur en vroeg om tussen de middag naar het café te komen waar we vaak lunchen. Ze wilde niet zeggen wat er aan de hand was. Dat kreeg ik pas te horen toen ik haar zag. Haar baas had haar verteld dat Sofie Vleminckx in het weekend was vermoord en wat bleek: Lebowski had in zijn laatste hoofdstuk precies beschreven hoe dat was gebeurd. Het vreemde aan de zaak was dat Femke het hoofdstuk al vorige woensdag van hem gekregen had.'

Vanderlinden keek hoe de twee politiemannen reageerden. Zijn hand ging in een automatisch gebaar weer naar de wrat. Toen voegde hij eraan toe:

'Het klopte wat ze zei. Ze heeft me de tekst laten lezen. En dat is nog niet alles. Femke zei dat het tweede hoofdstuk over een vrouw gaat die in haar hotelkamer wordt vermoord. Op dezelfde wijze als Trui Goedseels.'

Er schoten tientallen dingen tegelijkertijd door Bergs hoofd, maar wat zich het vaakst en het meest nadrukkelijk opdrong, was het besef dat hij het altijd al had geweten: Lebowski had iets met de moorden te maken.

'Waarom is uw vriendin niet met ons komen praten?'

'Ze durfde niet,' antwoordde Vanderlinden. 'Het was maar een vermoeden, begrijpt u? En als ze zich vergiste, zou ze waarschijnlijk haar baan verliezen. Ik heb haar toen aangeraden om anoniem een mail te sturen.'

'Via een internetcafé?'

'Ja.'

'Met de vraag of er een heiligenbeeld was aangetroffen?'

'Dat was Femkes idee. Ze zei dat er in de drie hoofdstukken sprake was van zo'n beeld, maar we wisten niet of dat in werkelijkheid ook zo was. Met de mail hoopten we de politie op het goede spoor te zetten. Tenminste, als het klopte wat we dachten.'

'En wat was dat, meneer Vanderlinden?'

'Dat Lebowski de moorden gepleegd heeft. En dat er bij alle drie de slachtoffers een heiligenbeeld was gevonden.'

Dat laatste was niet het geval, maar dat deed er niet toe. Het feit dat er in het manuscript überhaupt van heiligenbeelden sprake was, zei genoeg. Niemand was ervan op de hoogte dat er in Firenze en Leuven zo'n beeld in de kamer van het slachtoffer had gestaan. Hoe kon dat gegeven dan in Lebowski's roman voorkomen?

'Hebt u dat hoofdstuk nog?'

'Nee, ik heb het aan Femke teruggegeven. Ik weet niet wat ze ermee gedaan heeft, maar de drie hoofdstukken moeten op haar laptop staan.'

Berg wist wat hem te doen stond.

'Er komt dadelijk iemand uw verklaring opnemen, meneer Vanderlinden. Het kan zijn dat ik u straks nog wil spreken.'

Hij trok de deur van de combi open en stapte uit.

'Hoofdinspecteur?'

'Ja?'

'Denkt u dat we gelijk hadden en dat... dat... Femke vermoord is omdat...'

'Dat weet ik niet,' onderbrak Berg hem. Hij zag dat de wrat op Vanderlindens wang was beginnen bloeden en maakte hem er attent op.

Vanderlinden keek naar zijn wijsvinger. Er zat wat bloed op de nagel.

Berg liep naar de ingang van het flatgebouw. Het was intussen beginnen miezeren. Wat verderop in de straat zag hij het busje van de technische recherche staan en de witte golf van Geeraerts.

'Wat denk je, chef?' vroeg Coens.

'Ik wil lezen wat er op die laptop staat,' zei Berg. 'Ga naar boven. Laat Zeebos het toestel op vingerafdrukken onderzoeken en breng het dan naar hier.'

'Oké.'

'Wacht!' riep Berg hem achterna. 'Vraag ook of er ergens in de flat een heiligenbeeld staat.'

‘Doe ik.’

‘Hoofdinspecteur?’

Berg draaide zich om. Het was de onderzoeksrechter. Hij hield een paraplu opengeklapt en kwam naar hem toe.

‘Weet u al iets?’

‘Nee, Zeebos en Geeraerts zijn nog boven. Ik heb net met de vriend van het slachtoffer gepraat. Hij vertelde iets vreemds.’

Berg wilde herhalen wat hij te horen had gekregen, maar kreeg de kans niet. Op scherpe toon vroeg Hove:

‘Hebt u gedronken, hoofdinspecteur? Ik ruik de alcohol tot hier.’

Berg klapte zijn mond dicht. Hij had geen ogenblik meer aan de cognac gedacht.

‘Ik had geen dienst,’ zei hij enkel.

‘Maar dat hebt u nu wel,’ riposteerde Hove kifterig. ‘Had u geen muntje kunnen nemen of iets dergelijks?’

Berg probeerde kalm te blijven.

‘Niet aan gedacht. Ik had andere dingen aan mijn hoofd.’

Hove wuifde met zijn vrije hand het onderwerp weg.

‘Wat vertelde die vriend?’

Berg deed het verhaal over de mail.

‘Heiligenbeeld? Waarom weet ik daar niets van?’

‘Omdat we pas ontdekt hebben dat er in Firenze en in de woning van Sofie Vleminckx zo’n beeld stond. Ik was van plan u er morgenochtend over te bellen.’

‘En in Amsterdam?’

‘Daar blijkbaar niet.’

Hove keek vanonder zijn paraplu omhoog tegen de gevel van het flatgebouw.

‘De vraag is dus of er hier weer zo’n beeld staat.’

‘Dat weten we binnen een paar minuten.’

Hove draaide zich naar hem toe. Hij klonk enigszins verontschuldigend.

'U had dus gelijk. De moord in Firenze houdt verband met de twee andere. Denkt u echt dat Lebowski de dader is?'

'Ik wil eerst dat manuscript lezen,' antwoordde Berg. 'Maar als het waar is wat Vanderlinden beweert, dan begrijp ik niet dat Lebowski zo dom is om zijn eigen moorden in een roman op te nemen. Zelfs al had Femke Dries niet uit de biecht geklapt, dan was alles toch aan het licht gekomen zodra het boek gepubliceerd werd.'

'Inderdaad. Maar zei u niet dat Lebowski het laatste hoofdstuk geschreven heeft vóór de moord op juffrouw Vleminckx?'

'Een paar dagen, volgens Vanderlinden. De vraag is of dat klopt.'

'Waarom zou hij daarover liegen?'

'Geen idee. Tenzij hij Lebowski verdacht wil maken.'

Op dat ogenblik kwam Coens met de laptop het flatgebouw uit.

'Heeft Zeebos vingerafdrukken genomen?'

'Ja, chef. En er staat ook zo'n beeld.'

Berg onderdrukte een vloek.

'Weer in de slaapkamer?'

'Nee, op een kast in de woonkamer. Vlak bij het lijk.'

'Welke heilige stelt het voor?'

'Dat wist Zeebos niet. Maar het is opnieuw een vrouw en ze houdt een grote tang in de hand. Glenn is foto's aan het maken. Hij komt dadelijk naar beneden.'

'Intussen kunnen we alvast het verhaal lezen,' zei Hove. 'Ik stel voor dat we in een combi gaan zitten.'

Berg en de onderzoeksrechter namen naast elkaar plaats op de smalle bank met de laptop opengeklapt op het tafeltje. Het bestand was snel gevonden. De titel *De heiligenmoorden* deed het ergste vermoeden.

Met stijgende verbazing las Berg het eerste hoofdstuk. Hij

had maar een vaag idee van de omstandigheden waarin het lijk van Lucie Meerten was aangetroffen en hij wist dus niet in hoeverre de tekst overeenstemde met de bevindingen van de Italiaanse politie, maar wat in de twee volgende hoofdstukken stond, kwam op een akelig treffende manier overeen met het rapport van Dijkstra en met wat ze zelf hadden vastgesteld in de woning van Sofie Vleminckx.

Het bleef lange tijd stil toen ze klaar waren. Tenslotte zei Hove:

'Dit kan geen toeval meer zijn.'

Hij klonk getroffen. De details waren dan ook bijzonder pijnlijk en de manier waarop de dader te werk was gegaan, getuigde van een extreme wreedheid.

Ook Berg was aangedaan. Hij hield zichzelf voor dat ze een stuk van een roman gelezen hadden – het resultaat van iemands verbeelding dus – maar het fictieve karakter van de tekst werd volledig tenietgedaan door het besef dat de inhoud zo dicht bij de realiteit aansloot.

Hove keek op zijn horloge. Het was intussen over tweeën.

'Het eerste wat we morgenochtend doen, is Lebowski hiermee confronteren. Benieuwd hoe hij dit gaat uitleggen.'

Exact dezelfde gedachte was Berg door het hoofd gegaan. Hij scrolde afwezig met zijn wijsvinger naar beneden. Plots verscheen er nog een stuk tekst.

'We hebben niet alles gelezen,' zei hij verbaasd.

'Hoezo?' Hove boog zich naar het scherm. 'Er waren toch maar drie hoofdstukken volgens Vanderlinden?'

'Nee,' zei Berg en hij hoorde aan zijn eigen stem hoe verbouwereerd hij klonk. 'Er is nog een vierde.'

Zodra het deurslot zoemde, rende hij de trap op, de plastic zak al in aanslag. Het appartementsgebouw telde maar drie verdiepingen. Hij was bijna op de tweede toen de flatdeur openging. Zonder vaart te minderen stormde hij de resterende trappen op. Hij zag haar schrikken. Niet-begrijpend kijken.

Nog voor ze een woord kon uitbrengen, was hij bij haar. Ze stak afwerend haar handen voor haar uit, maar de plastic zak zat al over haar hoofd. Meteen plaatste hij een voet achter haar steunbeen en gaf haar een duw. Ze sloeg tegen de vloer.

Vliegensvlug deed hij de deur dicht. Tijd om zijn rugzak af te doen was er niet. Hij ging schrijlings op haar zitten en smoorde het geluid dat uit de zak kwam. Ze sloeg wild met haar armen om zich heen. Op een haar na raakte ze hem in het gezicht.

Hij slaagde erin haar ene arm onder zijn knie geklemd te houden en hield de andere met zijn vrije hand tegen de vloer gepind. Haar hoofd schudde heftig heen en weer. Hij zag hoe het plastic van binnen uit tegen neus en mond werd gezogen. Nog even en ze zou geen lucht meer krijgen. Het enige wat hij moest doen, was wachten.

Tot zijn verbazing gaf ze haar verzet nog niet op. Steunend op schouders en voeten tilde ze haar rug en bekken van de vloer en maakte een brug. Hij ging samen met haar omhoog. Niet veel. Een tiental centimeter. Twee keer... Drie keer... Hij voelde zich bijna een cowboy op een rodeo.

Na een paar keer bleef ze uitgeput op de vloer liggen. Het hoofdschudden stopte. In de armen zat geen leven meer. Het enige wat nog bewoog, was haar borstkas die zwaar op en neer ploegde om voldoende lucht naar binnen te krijgen.

Hij besefte dat ze zou stikken als hij niet snel iets deed. Met de nagel van zijn wijsvinger doorboorde hij het plastic ter hoogte van haar opengesperde mond. Hij hoorde hoe ze gretig de lucht naar binnen zoog.

Voor ze weer bij haar positieven was, rukte hij de drukknoop van haar spijkerbroek los en trok de rits naar beneden. Zijn hand schoof haar slipje in. Het ging moeilijk. De jeans zat als een tweede huid om haar heupen. Hij schoof naar achteren en wrong met een knie haar benen uit elkaar. Dat was beter. Hij kon eindelijk bij haar geslacht.

De aanraking had tot gevolg dat ze opnieuw begon te kronkelen. Er ontsnapte een gil uit het gat in het plastic. Snel sloot hij de luchttoevoer af door zijn hand op de opening te leggen.

Het gespartel nam af. Hij wrong zijn vingers bij haar naar binnen. Ze reageerde nauwelijks. Was ze bewusteloos? Nee, zo snel kon niet. Voor de zekerheid gaf hij haar weer wat lucht. Ze bewoog een beetje. Hij ging van haar af, trok haar jeans en slipje naar beneden en penetreerde haar.

Er ontsnapte een kreun aan haar mond, meer niet. Teleurgesteld stootte hij harder in haar.

De zuurstof en de pijn gaven haar opnieuw kracht. Ze kermde vanachter het plastic en probeerde haar heupen naar de vloer te draaien om aan hem te ontsnappen. Hij smoorde haar verzet door meer druk op haar mond uit te oefenen. Zodra het zuurstoftekort haar weerstand brak, hief hij zijn hand op van het gat. Ze moest voelen wat hij met haar deed, anders was er niets aan.

Hij herhaalde het manoeuvre een paar maal, maar haar reactie werd met de keer zwakker. Toen het niet meer tot haar doordrong wat er gebeurde, had hij er genoeg van. Hij trok zich uit haar, balde zijn vuist en liet die vol op haar gezicht neerkomen. Er kraakte iets. Waarschijnlijk haar neus.

Hij rechtte zijn schouders. Ze bleef bewegingloos liggen. Hij kwam overeind en keek om zich heen. Zijn oog viel op een kandelaar die op de buffetkast stond. Hij woog het ding in zijn hand. Het was van metaal, massief en zwaar. Schrijlings ging hij weer op haar zitten. Hij hief de kandelaar omhoog, mikte op het gat ter hoogte van haar mond en sloeg zo hard hij kon. Het plastic scheurde. Er vloeide bloed uit de opening. Voor de zekerheid sloeg hij nog een keer.

Hij deed zijn rugzak af, trok handschoenen aan en haalde het heiligenbeeld tevoorschijn dat opgerold zat in een handdoek. Waar? Misschien op de buffetkast. Op precies dezelfde plaats waar de kandelaar had gestaan. Hij grinnikte, tevreden over de inval. De omwisseling gaf een extra dimensie aan de betekenis van het beeld.

Hij ging naar de keuken, maakte een vaatdoek nat en waste grondig haar geslacht. Daarna stopte hij de kandelaar en de vaatdoek in zijn rugzak en veegde met zijn eigen handdoek de deurklink schoon.

Had hij nog iets aangeraakt? Hij dacht van niet. Of toch. De drukknoop van haar broek en het lipje van de ritssluiting.

Nu nog de plastic zak. Hij trok hem van haar hoofd. Haar ogen waren opengesperd; haar hele gezicht zat onder het bloed. Een paar tanden, zag hij, waren afgebroken. Hij had goed gemikt.

Hij stak de plastic zak en de handdoek in de rugzak. Voorzichtig opende hij de deur en keek door de kier. De trappenhal was leeg. Hij verliet de flat en liep geluidloos de trap af. Een paar tellen later stond hij buiten.

Het regende. De buurt lag er verlaten bij. Het getik van de druppels op de geparkeerde auto's was het enige geluid in de omtrek. Met gebogen hoofd sloeg hij de hoek om. In de stille, steil omhooglopende straat was geen mens te zien. Het volgende ogenblik had de duisternis hem opgeslokt.

HOOFDSTUK 5

Tervuursevest

Leuven

1

Berg was een notoir slechte slaper en het gebeurde wel vaker dat hij halve nachten wakker lag als een onderzoek vastzat, maar toen hij woensdagochtend op het politiebureau aankwam, voelde hij zich zowel lichamelijk als psychisch geradbraakt omdat hij slechts drie uur zijn bed had gezien en daarvan hooguit twee had geslapen. Het viel hem op dat zijn mannen er niet veel beter uitzagen. Van hun raspige wangen was af te leiden dat er die ochtend geen tijd voor scheren was geweest en het grote aantal plastic koffiebekers deed vermoeden dat ook het ontbijt erbij was ingeschoten.

Tegen het whiteboard hingen de foto's die Glenn de voorbije nacht had gemaakt. De close-ups van Femke Dries' gezicht waren zo afschuwelijk dat Berg moeite had om ernaar te kijken. Volgens Geeraerts was het meisje doodgeslagen met een zwaar voorwerp, vermoedelijk van metaal omdat er geen fragmenten van het moordwapen in de wonden waren teruggevonden. Bovenkaak en linkerjukbeen waren verbrijzeld, de neus was gebroken en het gebit vertoonde vier gaten waar de tanden geheel of gedeeltelijk ontbraken. In de bloederige massa waren twee stukjes wit plastic aangetroffen van de zak die de dader over het hoofd van zijn slachtoffer had getrokken.

Elke moord is gruwelijk, maar vergeleken met de vorige was deze veel bloediger en brutaler en hoewel Berg eerst niet begreep waarom Femke Dries zo toegetakeld was, werd de reden hem snel duidelijk toen hij via internet de heilige had geïdentificeerd die in de woonkamer van de flat stond. Het gipsen beeld van 26 centimeter stelde een jonge vrouw voor met een kroon op het hoofd, een palmtak in de linkerhand en een grote tang in de rechter. Tussen de twee kaken van het werktuig stak een tand.

Het ging om een voorstelling van de H. Apollonia van Alexandrië, een koningsdochter die in 249 de marteldood stierf op last van keizer Decius. Volgens de overlevering hadden beulen haar tanden uitgeslagen door haar kaak te verbrijzelen, vandaar dat zij aangeroepen werd bij kiespijn en vereerd als de patroonheilige van de tandartsen.

Berg verzamelde zijn mannen om zich heen en verdeelde de taken. Hij had met Hove afgesproken dat Lebowski om elf uur naar het politiebureau gebracht zou worden, zodat er voldoende tijd overbleef om een paar dingen te regelen. Het laatste beeld zag er even oud uit als het vorige, wat opnieuw in de richting van diefstal wees, en omdat bij navraag was gebleken dat geen enkele antiquair in Leuven de voorbije weken een gipsen heiligenbeeld had verkocht, kreeg Wenderickx de opdracht om voort te gaan met het uitpluizen van de kranten. Coens en Meulenaer moesten terug naar Diest om het buurtonderzoek af te ronden, terwijl Berg intussen het nummer belde dat Evert Vanderlinden hem had gegeven. De man aan het andere eind bevestigde dat de nieuwe hoofdredacteur van *Salsa* tot ongeveer halftien de redactievergadering had bijgewoond, maar dat vormde geen bewijs dat hij niets met de moord op zijn vriendin te maken had. Volgens Geeraerts was het slachtoffer nog niet lang dood toen hij het lichaam onderzocht. Twee uur, misschien drie. Preciezer was het moment van overlijden niet te bepalen en dat maakte dat Vanderlinden niet als dader kon worden uitgesloten.

Na het telefoontje ging Berg naar het lab op de derde verdieping. Zeebos zag er al even belabberd uit als de rest. Hij had de hele nacht doorgewerkt om al de vingerafdrukken te onderzoeken die ze in de flat, de lift en het trappenhuis gevonden hadden. Het eerste wat hij vroeg toen hij Berg zag, was:

'Koffie?'

'God, ja.'

Berg liet zich op een labkruk zakken. Het brouwsel uit de automaten beneden dronk hij nooit. Het had een bijsmaakje, iets wat zweemde naar teer. Wat uit Zeebos' Senseo-apparaat kwam, was tenminste drinkbaar en werd geserveerd in een echte kop, geen plastic beker.

'Iets gevonden?'

'Geen van de vingerafdrukken zitten in de computer,' antwoordde Zeebos over zijn schouder. 'Maar dat was te verwachten.'

Berg knikte naar het heiligenbeeld dat naast een microscoop stond. Het zag er minder verweerd uit dan het vorige, maar het zat eveneens onder het stof.

'En daarop?'

'Ook niks.'

Zeebos bracht de koffies.

'Volgens mij komen de laatste twee beelden van dezelfde locatie. Ik heb het stof geanalyseerd. Nagenoeg identiek.'

'En de stukjes plastic?'

'Niks speciaals. Dat soort zakken is overal te koop.'

'Wat ik niet begrijp,' zei Berg, 'is waarom de dader het ding überhaupt gebruikt heeft. De meeste verkrachters genieten van de angst op het gezicht van hun slachtoffer.'

'Misschien deze niet.'

'Daar lijkt het op. De twee eerste vrouwen lagen op hun buik toen ze gevonden werden en Sofie Vleminckx zat op haar knieën. Telkens met afgewend gezicht.'

'Zou het kunnen dat de dader de slachtoffers kende? Dat hij hen daarom niet in de ogen wilde kijken?'

'Mogelijk.'

'Lebowski kende alle vier de vrouwen.'

'Inderdaad.'

'Toch vreemd dat Geeraerts weer geen DNA-sporen gevonden heeft. Kan iemand die drie vrouwen verkracht zoveel geluk hebben?'

'Een goed geplande moord heeft weinig met geluk te maken.'

'Hoe verklaar je dan het ontbreken van DNA?'

'Niet,' bromde Berg. 'Dat is net het probleem.'

Zeebos wreef in een vermoeid gebaar over zijn kale schedel. Berg zag dat hij uitgeput was.

'Ga naar huis, Jan. Een paar uurtjes slapen. Voorlopig kan je hier niets meer doen.'

'Straks. Ik wil het verhoor van Lebowski niet missen. Denk je dat hij de man is die we zoeken?'

'Toen ik dat manuscript de eerste keer las wel. Nu weet ik het niet meer. Lebowski is geen idioot. Waarom zou hij zich op die manier verraden?'

Bergs mobiel rinkelde. Het was Coens.

'Chef, we hebben de vrouw gevonden over wie Vanderlinden het had. Haar zus woont een verdieping hoger dan Femke Dries. Volgens haar was het ongeveer tien uur toen ze het gebouw verliet. Dat is iets vroeger dan wat Vanderlinden heeft verklaard.'

'Heb je iemand anders gevonden die iets gezien of gehoord heeft?'

'Nee. We zijn alle huizen in de straat afgegaan. Niemand kon ons iets vertellen. Het heeft tot ongeveer middernacht hard geregend. Met zo'n weer blijven de mensen binnen.'

Berg keek op zijn horloge.

'Kom terug. Het is tijd om Lebowski op te halen. En geef hem de gelegenheid om zijn advocaat te bellen, begrepen?'

Berg drukte het gesprek weg. Er viel hem iets te binnen. Meulenaer had gezegd dat Lebowski nooit met de auto reed. Hoe was hij dan in Diest geraakt? Met het openbaar vervoer? De gedachte was bijna lachwekkend. Een moordenaar die de bus of de trein nam om zijn volgende slachtoffer om het leven te brengen. Volgens het proces-verbaal was Lebowski's auto total loss bij het ongeluk vier jaar geleden. Had hij sindsdien een andere gekocht? Onwaarschijnlijk aangezien hij zelf niet meer reed, maar voor de zekerheid besloot Berg het te laten natrekken.

Een uur later zat hij samen met de onderzoeksrechter tegenover de schrijver in verhoorkamer 1. De opnameapparatuur stond aan. Hove vroeg voor de tweede keer of Lebowski zijn advocaat erbij wilde hebben.

'Nee. Waarom? Ik heb niks gedaan. Ik weet niet eens wat ik hier doe. Word ik van iets verdacht?'

'Kunt u ons vertellen waar u gisteravond was?' begon Hove. 'Tussen negen uur en middernacht.'

'Thuis. Waarom?'

De onderzoeksrechter negeerde de vraag.

'Kan iemand dat bevestigen?'

'Ja. Ik had bezoek. Een jongedame. Ze is blijven slapen.'

'Hoe is haar naam?'

'Tine Demesmaecker.'

Berg seinde met zijn ogen naar de camera. Het ontging Lebowski niet. Toen hij het toestel zag hangen, hief hij zijn hoofd en zei luid en duidelijk:

'IJzermolenweg 18 in Heverlee.'

Hij wendde zich weer naar de twee mannen tegenover hem.

'Zo, dat bespaart uw mensen tijd.'

Het klonk niet triomfantelijk of uitdagend, eerder neutraal, bereidwillig. Berg merkte dat Hove nerveus zijn gewicht verplaatste. Hij wist wat hij dacht. Lebowski was er te gerust op. Als hij de nacht met een vrouw had doorgebracht, kon hij niets met de moord te maken hebben.

'Gaat u mij nog vertellen waarom ik hier ben, heren?'

'Er is vannacht opnieuw een jonge vrouw vermoord,' antwoordde Hove. 'Iemand die u kent. Femke Dries.'

Lebowski leek een ogenblik volledig van slag. Hij prevelde zachtjes de naam. Ongelovig. Verbijsterd.

'Waar is het gebeurd? In Diest?'

Hove reageerde onmiddellijk.

'U weet dus dat zij in Diest woonde?'

'Natuurlijk weet ik dat. Ik werk al vier jaar met haar samen.'

'Bent u ooit bij haar thuis geweest?'

Lebowski keek weg, zachtjes zijn hoofd schuddend alsof hij het nieuws nog altijd niet kon geloven.

'Meneer Lebowski?'

'Ja, één keer. Toen we van een signeersessie in Hasselt kwamen. Femke had thuis haar laptop laten liggen. Maar ik ben niet mee naar boven gegaan. Ik ben in de auto blijven wachten.'

Berg bedacht dat Lebowski geen enkele reden had om dat toe te geven. Waarschijnlijk was niemand ervan op de hoogte dat hij wist waar het laatste slachtoffer had gewoond. Behalve

Femke Dries natuurlijk en die kon het niet meer vertellen. Waarom er dan voor uitkomen? Tenzij hij inderdaad onschuldig was en niets te vrezen had.

'Verdenkt u mij van de moord? Waarom?'

'Hierom,' zei Berg.

Hij sloeg de map voor hem op tafel open en haalde er de uitgeprinte hoofdstukken uit, maar alleen de eerste drie. Het vierde hield hij nog even achter de hand. Hij schoof het bundeltje naar Lebowski.

De reactie kwam meteen.

'Maar dat is mijn nieuwe roman. Hoe komt u daaraan? Niemand...' Hij stopte abrupt. 'Natuurlijk, van Femkes laptop.'

'U geeft dus toe dat u dit geschreven hebt?'

'Ja. Femke tikte mijn teksten uit. Ik corrigeerde ze en daarna stuurde ze me de definitieve versie per mail, zodat...' Lebowski haalde eens diep adem. 'Ik begrijp het. U vindt het verdacht dat de moorden in het verhaal lijken op wat er in het echt is gebeurd.'

'Wat zou u in onze plaats denken?' vroeg Hove.

'Mag ik het uitleggen?'

'Daarvoor bent u hier, meneer Lebowski.'

'Kijk, het is als volgt gegaan. Toen Lucie Meerten in Firenze werd vermoord, was ik getroffen door de bizarre overeenkomst tussen haar dood en die van haar naamheilige. Waarschijnlijk was dat gewoon toeval omdat de moordenaar het mes gebruikt heeft dat in de kamer lag, maar...'

'Een momentje,' viel Hove hem in de rede. 'Hoe weet u dat van die naamheilige? U hebt verklaard dat u nooit in haar kamer bent geweest.'

'Lucie had me verteld dat ze een gipsen heiligenbeeld had gekocht,' antwoordde Lebowski. 'Van de H. Lucia van Syracuse. En dat die vermoord was met een dolksteek in haar hals. Eerlijk gezegd had ik nog nooit van de heilige gehoord, maar ik vond de gelijkenis met Lucies dood zo frappant dat ik dacht dat er misschien een verhaal in zat. Enfin, het was nog maar de aanzet van een idee, maar toen Trui twee weken later in Amsterdam werd vermoord, begon dat idee stilaan vorm te krijgen. Omdat zij gewurgd was en we daar waren voor de uitreiking van de Gouden Strop, ben ik op internet gaan zoeken naar een vrouwelijke heilige die in soortgelijke omstandigheden was vermoord. Zodra ik op het verhaal van de H. Godelieve stuitte, wist ik dat mijn idee uitvoerbaar was en begon de intrige zich beetje bij beetje in mijn hoofd te ontplooien. De nieuwe roman zou over een seriemoordenaar gaan die zijn slachtoffers op precies dezelfde manier vermoordt zoals vroeger met enkele martelaressen is gebeurd. Vandaar de titel: *De heiligenmoorden*. En een leidmotief had ik ook. Het gipsen beeld waar Lucie over verteld had. Dat zou de dader telkens op de plaats delict achterlaten. Als een soort signatuur, begrijpt u? De bedoeling was om de roman te laten beginnen met drie brutale moorden op rij en daarna mijn hoofdpersonage, inspecteur Rochus, ten tonele te voeren om het onderzoek op te starten.'

Lebowski zweeg. Toen maakte hij een verontschuldigend gebaar en voegde eraan toe:

'U vindt dit waarschijnlijk een vreemde gang van zaken, maar zo werkt de fantasie van een schrijver nu eenmaal.'

'Dat kan best zijn,' zei Berg. 'En ik begrijp waar u de inspiratie hebt gehaald voor de twee eerste hoofdstukken. Maar hoe zit het met het derde? Dat hebt u geschreven vóór de moord op Sofie Vleminckx. En toch gebeurt in dat hoofdstuk exact hetzelfde als in het echt. Hoe verklaart u dat?'

Voor het eerst verscheen er iets van verwarring op het anders zo uitgestreken gezicht van de schrijver. Het duurde een hele tijd voor hij antwoordde:

‘Daar zit ik al dagenlang mee in mijn hoofd. Ik had voor de moord op mijn derde personage de marteldood van de H. Philomena gekozen. Dat was omdat ik de moord in een badkamer wilde situeren en ik op internet gevonden had dat deze heilige verdronken was met een anker om haar nek. Vandaar mijn consternatie toen u vertelde wat er met Sofie was gebeurd.’

Berg herinnerde zich de geschrokken reactie van de schrijver. Op dat ogenblik had hij niet begrepen waarom de man zwaarder aangedaan was door de manier waarop Sofie Vleminckx was vermoord dan door haar dood zelf.

‘Eerst dacht ik dat het toeval was,’ vervolgde Lebowski. ‘Maar er is nog een andere mogelijkheid: iemand heeft het derde hoofdstuk gelezen en daarna de moord gekopieerd.’

‘Waarom zou iemand een moord uit een nog niet gepubliceerde roman kopiëren?’ vroeg Hove op een toon die duidelijk liet verstaan hoe vergezocht hij dat idee vond.

‘Dat weet ik niet.’

‘En wie zou dat volgens u zijn?’

Lebowski haalde zijn schouders op.

‘Nogmaals: ik heb geen idee.’

Hove keek sceptisch. Het was een blik die Berg maar al te goed kende. Telkens wanneer hij met een theorie aankwam die de onderzoeksrechter niet beviel, keek hij op die manier.

‘Wie kende de inhoud van dat hoofdstuk?’

‘Alleen Femke. Niemand anders. Tenzij ze het aan iemand heeft laten lezen.’

‘Aan wie?’

‘Nou... aan haar vriend bijvoorbeeld.’

‘Lag het in juffrouw Dries’ aard om zoiets te doen?’ vroeg Hove. ‘Ik veronderstel dat ze geheimhouding had.’

‘Natuurlijk. En nee, zoiets lag helemaal niet in haar aard. Femke was heel loyaal. Maar die vriend van haar is een grote fan. Ik heb hem het afgelopen jaar geregeld op lezingen en signeersessies gezien. Zo heeft Femke hem trouwens leren kennen. Misschien heeft hij haar de oren van het hoofd gezeurd om de hoofdstukken te mogen lezen. Misschien heeft hij het buiten haar weten om gedaan. Ik weet niet hoe het in zijn werk is gegaan. Dat moet u aan hem vragen.'

Berg overwoog de mogelijkheid. Het kon natuurlijk zijn dat het zo gebeurd was, maar waarom zou Vanderlinden een moord uit een manuscript kopiëren? Omdat hij een maniak was? Een doorgedraaide fan die de fantasie van zijn idool in werkelijkheid wilde omzetten? Bestond zoiets? En als het bestond, ging die fixatie dan zo ver dat hij zijn eigen vriendin ook zou vermoorden? Het woord 'fan' was een verkorting van het Engelse *fanatic* en dat zei genoeg, maar toch.

Bovendien impliceerde die theorie dat Vanderlinden ook de twee eerste moorden op zijn geweten had. Tenminste, als het in alle gevallen om dezelfde dader ging en daar wezen de heiligenbeelden op. Het probleem was nog altijd het motief. Waarom zou Vanderlinden Lucie Meerten en Trui Goedseels vermoord hebben? Of moesten ze de zaken omdraaien? Had Vanderlinden zijn idool stof voor een nieuwe roman willen bezorgen door vrouwen uit zijn omgeving te vermoorden? Dat was toch te gek voor woorden.

Berg zag hoe Lebowski's rechterhand afwezig met het gouden medaillon op zijn borst speelde. Mensen droegen de vreemdste dingen om hun hals, maar het was de eerste keer dat hij iemand zag met een afbeelding van Janus. Waarom had Lebowski uitgerekend voor de god met de twee gezichten gekozen? Sloeg dat op zijn eigen karakter? Kon het zijn dat hij twee totaal verschillende kanten had?

'Het kan ook anders gegaan zijn, meneer Lebowski. U kende alle vier de slachtoffers. Wie verzekert ons dat u hen niet gedood hebt?'

'Natuurlijk,' knikte de schrijver. 'Eerst vermoord ik hen op papier, daarna in het echt. Lijkt me volstrekt logisch.'

De ironie droop van zijn woorden. Hove kuchte ongemakkelijk. Lebowski had de vinger op de wond gelegd.

'Bovendien heb ik een alibi. Net zoals voor de moord op Lucie en Trui. Of bent u dat vergeten?'

Berg wilde net zijn argumenten te berde brengen om de twee alibi's te ontkrachten, toen Lebowski zei:

'Mag ik iets vragen? Is de woning van Sofie ingedeeld zoals in het verhaal staat?'

Berg slikte. Dat was het tweede pijnpunt. De volgorde van de kamers op de eerste verdieping was anders dan in de tekst. Het was één van de eerste dingen die hem was opgevallen toen hij het hoofdstuk las. En er was nog iets wat niet klopte: de inhoud van de lade van het nachttafeltje. Een dildo hadden ze er niet in aangetroffen, al was dat waarschijnlijk maar een onbelangrijk detail.

'Aan uw reactie kan ik opmaken van niet,' zei Lebowski. 'Als ik in de woning was geweest, dan had ik die toch juist weergegeven? Maar dat kon ik niet, om de eenvoudige reden dat ik nooit een voet in Sofies huis heb gezet.'

'U kunt met opzet de woning anders ingedeeld hebben,' wierp Hove op. 'Om uzelf minder verdacht te maken.'

'Inderdaad. Maar waarom heb ik de andere ruimtes dan wel correct beschreven? Want de inrichting van de twee hotelkamers klopt, dat mag u van mij aannemen. En hoe heb ik dat gedaan? Heel simpel. Ik heb in beide gevallen een hotelbediende gevraagd om mij de interieurs tot in detail te beschrijven.' Lebowski spreidde zijn handen. 'Dat is basisresearch, heren. Dat doet elke misdaadauteur.'

Berg bedacht dat dit de tweede keer was dat Lebowski een verhaaltechnisch argument gebruikte om zich te verdedigen.

Vorige keer had hij het over het motief gehad, nu over de ruimte. Het was zoals hij gevreesd had: deze man verdiende zijn brood met het schrijven van misdaadromans en die ervaring kwam hem nu goed van pas om de politie van antwoord te dienen.

Maar zo gemakkelijk zou hij er dit keer niet vanaf komen. Hij mocht dan al een min of meer aanvaardbare verklaring gegeven hebben voor de overeenkomsten tussen de drie eerste hoofdstukken en de moorden in Firenze, Amsterdam en Leuven, er was nog altijd het vierde hoofdstuk. Berg haalde de tekst tevoorschijn.

'Er is nog een probleem, meneer Lebowski. We hebben op de laptop van het slachtoffer ook dit gevonden.'

'Wat is dat?'

'Dat mag u ons vertellen.'

Lebowski boog zich over de tekst. Al na een paar tellen zei hij:

'Dat heb ik niet geschreven.'

'Wie dan wel?' vroeg Berg, maar Lebowski reageerde niet en las verder. Pas toen hij klaar was, duwde hij de papieren van zich weg en herhaalde:

'Dat komt niet van mij.

'Kom nou, meneer Lebowski,' smaalde Hove. 'De tekst stond in hetzelfde bestand. Als vierde hoofdstuk van uw roman. En het onderwerp sluit perfect aan bij de rest: opnieuw een jonge vrouw die wordt verkracht en vermoord, terwijl de dader na afloop een heiligenbeeld in de woning achterlaat.'

De schrijver trok de bladzijden weer naar zich toe. Voor het eerst las Berg iets van onrust in zijn ogen.

'Het is toch uw stijl, nietwaar?'

'Jawel, maar... Een moment, alstublieft.'

Lebowski tuurde ingespannen naar de tekst. Ineens verscheen er een flauw lachje om zijn lippen. Met zijn wijsvinger ergens op het einde van de tweede bladzijde zei hij:

'Dit is geschreven door een amateur.'

'Een amateur?' herhaalde Hove. 'Wat bedoelt u?'

In plaats van te antwoorden zei Lebowski:

'Ik geef toe dat de man er tamelijk goed in geslaagd is om mijn stijl te kopiëren, maar dat maakt van hem nog geen schrijver. Er staat een fout in de tekst. Een fout tegen het vertelperspectief. Hier, leest u zelf maar.'

Hij draaide de bladzijde om en wees de passage aan. Hove las hardop wat er stond:

'Hij herhaalde het manoeuvre een paar maal, maar haar reactie werd met de keer zwakker. Toen het niet meer tot haar doordrong wat er gebeurde, had hij er genoeg van. Hij trok zich uit haar, balde zijn vuist en...'

'Dat is voldoende,' onderbrak Lebowski hem. 'Begrijpt u wat ik bedoel?'

'Nee,' schudde Hove. 'Wat is er mis mee?'

'Het verhaal heeft een personele verteller,' legde Lebowski uit. 'Dat wil zeggen dat de lezer alles te zien krijgt door de ogen van één bepaald personage, in dit geval de moordenaar. Dat houdt in dat de schrijver alleen kan weergeven wat dat ene personage denkt en voelt. Hoe kan er dan staan: *Toen het niet meer tot haar doordrong wat er gebeurde...?'*

Hove keek nog altijd alsof hij water zag branden, maar Berg begreep het. Dat ene zinnetje was geschreven vanuit de gedachtewereld van het slachtoffer.

Lebowski verduidelijkte wat hij bedoelde:

'Er had moeten staan: Toen het niet meer tot haar *leek* door te dringen... Dat zou wel in overeenstemming zijn met het vertelstandpunt, aangezien de moordenaar niet kan weten wat er in het slachtoffer omgaat, zeker niet als hij haar ogen niet kan zien met die plastic zak over haar hoofd. Het is een kleine fout, maar een niet onbelangrijke. Veel beginnende schrijvers maken die.'

Berg besefte dat Lebowski een punt had. Hij had de fout zelf niet opgemerkt. Als lezer las je vaak over zulke dingen heen, maar als schrijver natuurlijk niet. Was het echt een beginnersfout, zoals Lebowski het had genoemd? Of had hij het hoofdstuk zelf geschreven en er met opzet een technisch mankementje in verwerkt om zichzelf buiten verdenking te stellen? Dat zou betekenen dat hij al tijdens het schrijven geanticipeerd had op dit verhoor. Was dat mogelijk? Hij had het nooit eerder meegemaakt dat een dader zo in detail vooruitkeek, maar aan de andere kant was het ook de eerste keer dat hij te maken had met iemand die beroepshalve misdaadintriges bedacht.

'Nemen we even aan dat u gelijk hebt,' zei Berg. 'Wie heeft dat laatste hoofdstuk dan geschreven en waarom?'

'Op de eerste vraag kan ik niet antwoorden, op de tweede wel. Iemand wil mij erin luizen. Dat gevoel had ik eerder al. Eerst bij Trui, daarna bij Sofie. En nu gebeurt dit. Iemand vermoordt opzettelijk vrouwen uit mijn kennissenkring.'

'Toe nou, meneer Lebowski,' meesmuilde Hove.

Maar de schrijver liet zich niet van de wijs brengen. Hij plantte zijn vinger op de tekst.

'Als ik dit geschreven had, dan moet er een versie in handschrift bestaan. Hebt u die in Femkes woning gevonden?'

'Nee,' antwoordde Berg. 'Maar dat geldt ook voor de rest van het verhaal.'

'Dat is omdat Femke mij de teksten moest teruggeven zodra ze ermee klaar was. Ik kan u de drie eerste hoofdstukken laten zien, hoofdinspecteur. Meer is er niet. Na wat er met Sofie was gebeurd, had ik geen zin meer om met de roman voort te gaan.'

Lebowski kreeg een verbeten trek om de mond.

'En als u mij niet gelooft, dan komt u maar kijken. U mag

mijn huis doorzoeken. Een vierde hoofdstuk zult u nergens vinden.'

Er viel een stilte. Toen zei Hove:

'Stel dat het klopt wat u beweert, wie heeft er belang bij om u verdacht te maken? Iemand uit uw omgeving?'

'Dat kan ik me moeilijk voorstellen.'

'Een collega misschien? Iemand die jaloers is op uw succes?'

'Een collega zou zo'n technische fout niet maken.'

'Wie dan wel? Een lezer?'

'Een lezer...' Lebowski aarzelde. 'Van lezers kan je de gekste dingen verwachten, maar zoiets?'

Berg hoorde iets in het antwoord dat om meer uitleg vroeg.

'Waarom zegt u dat? Dat men van lezers de gekste dingen kan verwachten?'

'Ach... als schrijver krijg je natuurlijk heel wat reacties op je werk. Positieve zowel als negatieve. Soms loopt het uit de hand. Maar veel aandacht moet je daar niet aan besteden. Zulke dingen horen er nu eenmaal bij.'

'In welk opzicht loopt het soms uit de hand?'

'Het gebeurt dat ik bepaalde voorstellen krijg. Van vrouwelijke fans, begrijpt u.' Lebowski glimlachte vreugdeloos. 'Of net het tegenovergestelde. Dat ik voor verrot wordt gescholden. Soms zelfs bedreigd.'

'Bedreigd? Door wie?'

'Dat soort mails is altijd anoniem, hoofdinspecteur.'

'Hebt u die berichten bewaard?'

'Misschien zitten er nog een paar in mijn mailbox.'

'Kunnen we die zien?'

'Waarom?'

'Misschien moeten we ze ernstiger nemen dan u tot nu toe hebt gedaan.'

'Maar nee.'

'Zullen we voor de zekerheid even kijken?'

Berg gaf een teken in de richting van de camera. Even later kwam Glenn de verhoorkamer binnen met een laptop.

'Volgens mij heeft dit absoluut geen zin,' zei Lebowski verveeld. 'Maar goed, als u erop staat.'

Hij voerde zijn wachtwoord in, klikte zijn mailbox aan en draaide het toestel zo dat Berg en Hove konden meekijken.

'Hier is er eentje.'

Het bericht stond helemaal beneden aan de lijst en was kort, slechts drie zinnen.

Lebowski, rotzak! Je kan met je poten niet van andermans vrouw afblijven, hé! Ik kom op je bek slaan, smeerlap!

De schrijver scrolde naar boven tot hij een tweede voorbeeld vond.

Je bent een gore klootzak, Lebowski! Wacht maar. Vroeg of laat krijg je de rekening gepresenteerd.

De schrijver overliep de rest van de mails.

'Dat is alles, denk ik. Of nee, hier staat er nog eentje.'

Lebowski, ellendeling! Je stelt je heel wat voor, hé? Ik laat je voelen hoe het is om een vrouw te verliezen.

Berg boog zich dichter bij het scherm. Hij zag dat het laatste bericht verstuurd was op 3 juni. Hove vroeg:

'Hoe kennen lezers uw e-mailadres, meneer Lebowski?'

'Dat kennen ze niet. Ze sturen hun berichten naar de uitgeverij. Die mailt ze automatisch door naar mij.'

Op dat ogenblik mengde Glenn zich in het gesprek.

'De mails komen allemaal van een internetcafé in de stad. Het is hetzelfde adres als...'

Berg greep vliegensvlug in.

'Dankjewel, Glenn. Dat was alles.'

De jongeman schrok toen hij zijn fout inzag en verliet de

verhoorkamer. Berg wist dat hij van Zeebos de wind van voren zou krijgen. Hij richtte zich weer tot Lebowski:

'Daarstraks zei u dat iemand u erin wil luizen door vrouwen te vermoorden die u kent. En toch vindt u deze mails niet belangrijk?'

'Maar ik krijg al jaren zo'n rommel,' zei Lebowski. 'En er is nooit iets gebeurd. Trouwens, wat die laatste mail betreft: ik héb geen vrouw die ik kan verliezen. Blijkbaar weet de afzender dat niet eens. Hoe ernstig moet je zulke bedreigingen dan nemen?'

'Misschien weet hij dat wel. Misschien kiest hij daarom vrouwen die u van dichtbij gekend hebt of met wie u een relatie hebt gehad.'

Voor het eerst leek Lebowski te twijfelen. Hij maakte tenminste geen bezwaar meer tegen wat Berg zei.

'De afzender laat doorschemeren dat hij door uw schuld zijn vrouw heeft verloren. Hebt u ooit een verhouding gehad met iemand die getrouwd was? Of met een vrouw die een vaste relatie had?'

'Dat is... weleens gebeurd, ja.'

'Wat betekent *weleens*, meneer Lebowski? Eén keer of meer?'

'Ik weet niet hoe dikwijls ik iets gehad heb met een vrouw die een vriend had,' zei Lebowski onwillig. 'Denkt u dat ze mij dat altijd vertellen?'

'Misschien wel als u ernaar gevraagd had,' merkte Berg fijntjes op.

'En met een getrouwde vrouw?' vroeg Hove.

'Zelfde antwoord.'

'Maar u ziet toch of een vrouw al dan niet een trouwring draagt,' protesteerde Hove.

Lebowski's mimiek verraadde dat hij dat een naïeve opmerking vond.

'Hebt u er enig idee van hoeveel vrouwen hun trouwring thuislaten of in hun handtas stoppen als ze op stap gaan?'

Hove keek onthutst. Alsof hij zich dat niet kon voorstellen.

'Ik zal de vraag anders stellen,' zei Berg. 'Van welke vrouw wist u zeker dat ze getrouwd was?'

'Van Trui natuurlijk,' antwoordde Lebowski en na een paar seconden voegde hij eraan toe: 'En van Martine. Martine Ophalvens.'

Berg dacht na. De relatie met Trui Goedseels was hem bekend, de tweede naam was nieuw. Kon het zijn dat de mails door Willem Terbanck verstuurd waren? Of zat de echtgenoot van de andere vrouw erachter?

'Hebt u nog contact met mevrouw Ophalvens?'

'Nee.'

'Hoelang heeft die relatie geduurd?'

'Een paar weken maar. De laatste keer dat ik haar gezien heb, was eind februari.'

Berg scrolde naar beneden. De eerste mail, zag hij, dateerde van 8 maart. Dat kon kloppen. Hij dacht plots aan iets anders.

'Hebt u ooit iets gehad met Femke Dries?'

'Absoluut niet.'

'En met Sofie Vleminckx?'

Lebowski veranderde van houding. Met duidelijke tegenzin zei hij:

'Er is euh... één keer iets tussen ons gebeurd, maar een relatie heb ik nooit met haar gehad.'

Berg wist niet goed wat hij zich bij dat antwoord moest voorstellen, maar het was van Lebowski's gezicht af te lezen dat hij niet op meer details moest aandringen. Hij dacht aan het laatste bericht. *Ik laat je voelen hoe het is om een vrouw te verliezen.*

Ging het daarom? Was dat het motief waar ze al zo lang naar op zoek waren? Een wraakactie van een bedrogen vriend of echtgenoot?

2

Na het verhoor verzamelde iedereen in het kantoor op de tweede verdieping. De stemming was verdeeld. Sommigen vonden dat Lebowski een plausibele verklaring had gegeven voor de overeenkomsten tussen de hoofdstukken van zijn roman en de verschillende moorden; anderen waren van mening dat de schrijver de aandacht van zichzelf probeerde af te leiden door de vriend van het laatste slachtoffer verdacht te maken.

Berg twijfelde. Enerzijds was het juist wat Lebowski beweerde: Evert Vanderlinden was de enige die naast Femke Dries de inhoud van het derde hoofdstuk gekend kon hebben. Als vriend van het slachtoffer was het niet ondenkbaar dat hij het manuscript in de flat had zien liggen of dat hij op een onbewaakt moment de tekst op de laptop had gelezen. Anderzijds was het moeilijk voorstelbaar dat Vanderlinden drie vrouwen én zijn eigen vriendin zou vermoorden omdat hij een dolgedraaide fan was die de fantasie van zijn idool in het echt wilde beleven.

'Ik heb met de man gesproken,' zei Berg. 'Op mij maakte hij niet de indruk iemand te zijn die tot zulke gruwelijke moorden in staat is. Bovendien is het zowat het meest vergezochte motief waar ik ooit van gehoord heb. Dan zie ik meer heil in de andere mogelijkheid: een wraakactie van een man met wiens vrouw of vriendin Lebowski een relatie heeft gehad.'

'Ook dat kan natuurlijk een dwaalspoor zijn,' wierp Zeebos

op. 'Wie zegt dat Lebowski de mails niet naar zichzelf heeft gestuurd?'

'Inderdaad,' stemde Hove in. 'Ik vind het wel erg toevallig dat ze uit hetzelfde internetcafé komen als het bericht van Femke Dries.'

'Er zijn maar twee internetcafés in Leuven,' zei Berg.

'Klopt, maar toch.'

'Chef,' kwam Coens op dat ogenblik tussenbeide. 'Je hebt onlangs gezegd dat we moeten denken uit het standpunt van Lebowski. Als we dat doen, is het logisch dat hij hetzelfde internetcafé gekozen heeft als Femke Dries. Dat maakt Vanderlinden dubbel verdacht. Die heeft zelf toegegeven dat hij zijn vriendin op het idee heeft gebracht de mails via die weg te versturen.'

'Je maakt een denkfout,' sprak Berg hem tegen. 'Hoe kon Lebowski weten dat Femke Dries een mail naar de politie zou sturen?'

'Kon hij dat niet voorzien?' vroeg Hove. 'Nadat ze al drie hoofdstukken te lezen had gekregen waarin exact hetzelfde voorvalt als in het echt?'

'Dat is wel erg dun,' bromde Berg.

'En als we de zaak nu eens omdraaien?' zei Zeebos. 'De mail die Femke Dries naar ons gestuurd heeft, geeft Lebowski een motief om haar te vermoorden.'

'Dan blijf ik met dezelfde vraag zitten: hoe kon Lebowski van die mail op de hoogte zijn? En ten tweede: waarom zou hij haar die hoofdstukken bezorgen als ze hem in haar ogen verdacht maken?'

Niemand antwoordde. Op dat moment veerde Glenn van zijn stoel op. Hij had de laptop uit de verhoorkamer meegenomen en zat er al de hele tijd mee op zijn schoot.

'Ik vind hier iets,' zei hij. 'Het laatste bericht in Lebowski's mailbox komt van Femke Dries. Er zit een document aan vast. Het is het vierde hoofdstuk van de roman.'

'Wat!?'

Berg stond op en keek mee over Glenns schouder.

Het bericht was kort: *Lukas, hier het herwerkte hoofdstuk. Als er nog iets veranderd moet worden, laat je het maar weten. Groetjes, Femke.*

'Wanneer is de mail verstuurd?' vroeg Berg.

'Gisteravond om 22.08 uur.'

'Dat valt ongeveer samen met het moment waarop Vanderlinden is gearriveerd,' zei Wenderickx.

'En waarop Femke Dries is vermoord,' voegde Coens eraan toe.

Hove was er ook bij komen staan.

'Daarnet gebaarde Lebowski dat hij dat laatste hoofdstuk nooit eerder gezien had.'

'Dat kan kloppen,' zei Glenn. 'Het bericht was nog niet geopend. Hij zal vanochtend zijn post niet nagekeken hebben.'

'Maar als Lebowski de waarheid spreekt en hij het hoofdstuk niet zelf geschreven heeft, wie heeft het dan op Femke Dries' laptop gezet en naar hem gestuurd?'

'De moordenaar,' antwoordde Berg. 'Op die manier lijkt het er nog meer op dat Lebowski de auteur is. Hij heeft ons daarstraks uitgelegd hoe ze te werk gingen: Femke tikte de eerste, handgeschreven versie uit, hij bracht correcties aan en daarna bezorgde zij hem het herwerkte hoofdstuk per mail.'

'Ik verval in herhaling,' zei Zeebos. 'Maar ook hier kan je de zaak omdraaien: wie zegt dat Lebowski haar niet vermoord heeft en daarna de tekst op haar laptop heeft gezet?'

'Daar had hij geen tijd voor.'

'Wel als het hoofdstuk al op een USB-stick stond.'

'Maar Lebowski gebruikt nooit een tekstverwerker, Jan. Dat heb je me zelf verteld.'

'Misschien heeft hij dat dit keer wel gedaan.'

'En hoe is hij in Diest geraakt?' Berg wendde zich tot Meulenaer. 'Heb je al nagekeken of Lebowski een auto heeft?'

'Er staat geen voertuig ingeschreven op zijn naam,' klonk het kortaf.

De stroeve toon ontging Berg niet, noch het feit dat Meulenaer zijn blik ontweek. Hij richtte zich weer tot de rest.

'Nou dan. Of dacht je dat Lebowski het openbaar vervoer heeft gebruikt?'

'Misschien heeft hij een auto gehuurd,' opperde Zeebos. 'Dat is gemakkelijk na te gaan.'

'Iemand die al jaren niet meer rijdt?'

'Misschien...'

'Misschien... Misschien...' Berg maaide opgewonden door de lucht. 'Dat is het enige wat ik hier te horen krijg! Zo komen we nergens.'

'Dat is juist,' viel Hove hem bij. 'Zolang Lebowski's alibi niet gecheckt is, is dit alles niet meer dan speculatie. Ik stel voor dat we daarmee beginnen. Als juffrouw Demesmaecker bevestigt dat ze de hele tijd bij Lebowski was, kan hij niets met de moord te maken hebben.'

'En moeten we helemaal van nul beginnen,' zei Berg mismoedig.

'Weten we al waar de heiligenbeelden vandaan komen?' vroeg Hove.

'Nee.'

'Ook dat heeft de hoogste prioriteit. Als we de herkomst van de beelden kunnen achterhalen, hebben we misschien een aanknopingspunt om de dader te identificeren.'

'Jullie hebben de onderzoeksrechter gehoord,' zei Berg tegen zijn mannen.

Wenderickx stond op en ging opnieuw achter zijn computer zitten; Meulenaer trok meteen zijn jas aan en liep de gang op.

Berg zag nog net kans om Coens terzijde te nemen. Zonder dat iemand het hoorde, vroeg hij:

'Hoe zit het nu met Meulenaer en zijn vriendin?'

'Hij zegt er niets over, maar zijn humeur spreekt boekdelen.'

'Ik heb de indruk dat hij mij verwijten maakt.'

'Nou ja, chef...'

Coens slikte de rest in.

'Zeg het maar.'

'Tja, dat weekend aan zee...'

'Dat viel niet te verhelpen.'

'Dat weet ik. Het is alleen...' Coens zuchtte. 'Het is de afgelopen dagen razend druk geweest. Ik geloof niet dat Meulenaer al kans gezien heeft om zijn vriendin te spreken. Dat maakt het er natuurlijk niet gemakkelijker op.'

'Het is voor iedereen moeilijk.'

'Dat is zo.'

'Goed, ga nu maar. Meulenaer staat waarschijnlijk al te wachten.'

Coens liep het bureau uit. Berg voegde zich opnieuw bij de onderzoeksrechter.

'Wat doen we met Lebowski?' vroeg hij.

'Laten gaan,' besliste Hove. 'Voorlopig hebben we niets in handen om hem hier te houden.'

3

Er was te veel te doen. Veel te veel. Om te beginnen moest Berg zo snel mogelijk Tine Demesmaecker spreken, maar als zij Lebowski's alibi voor de afgelopen nacht bevestigde, diende in plaats daarvan meteen nagetrokken te worden waar de vier andere betrokkenen in het dossier zich bevonden op het ogenblik dat Femke Dries werd vermoord. Dat hield in dat ze een bezoek moesten brengen aan Ruben Demeester, Wouter Grootjans, Willem Terbanck en Maarten Gerrits.

Het probleem was dat Berg daar niet de nodige mankracht voor had. Wenderickx was nog altijd bezig met het nalezen van de kranten en Coens en Meulenaer hadden voorlopig hun handen vol met het ondervragen van de antiquairs in de regio. Op dat punt had Hove gelijk: als ze te weten kwamen waar de dader de beelden vandaan had gehaald, kon dat het onderzoek in een stroomversnelling brengen.

Maar daarnaast was er nog iets wat niet langer kon wachten. Vooropgesteld dat Tine Demesmaecker bevestigde dat ze de nacht met Lebowski had doorgebracht, dan zou het kunnen dat de schrijver gelijk had met zijn vermoeden dat iemand opzettelijk vrouwen uit zijn kennissenkring vermoordde en moest er contact opgenomen worden met de echtgenoot van Martine Ophalvens om na te gaan of hij een alibi had, niet alleen voor de laatste moord, ook voor de drie andere.

Berg realiseerde zich dat hij tijd en handen te kort kwam. Er zat dus niets anders op: hij moest Denissen om extra mankracht vragen en dat was zowat het laatste waar hij zin in had. Met gemengde gevoelens liep hij de trap af naar beneden. De directeur leek niet verbaasd hem te zien.

'Hoofdinspecteur, ik verwachtte u al. Ga zitten.'

Berg nam plaats. Hij had een gloeiende hekel aan bedelen bij Denissen. Zelfs al kreeg hij waar hij om vroeg, hij zou er later de rekening voor gepresenteerd krijgen. Zo zat de man nu eenmaal in elkaar.

'Een verontrustende evolutie,' bromde de directeur. 'Die tweede moord in Diest.'

'Inderdaad. In dat verband zou ik...'

'In uw voorlopige rapport,' vervolgde Denissen met een knikje naar zijn monitor, 'staat dat u er zeker van bent dat het om dezelfde dader gaat.'

'Dat klopt.'

'U legt zelfs een verband met de moorden in Firenze en Amsterdam.'

Nu komt het, dacht Berg. Hij verwachtte dat hij opnieuw te horen zou krijgen dat hij zich met die dossiers niet moest inlaten, maar vreemd genoeg gebeurde dat niet. De directeur klonk behoorlijk op z'n ongemak toen hij zei:

'De aanwezigheid van die heiligenbeelden is bijzonder alarmerend. Denkt u dat we te maken hebben met een psychopaat?'

'Dat weet ik niet.'

'Wie kopieert er nu de marteldood van een paar vrouwelijke heiligen zovele eeuwen terug? Is hier een religieuze fanaticus aan het werk?'

'Nee,' schudde Berg. 'Volgens mij speelt er iets anders.'

'Wat?'

'Voorlopig heb ik...'

'Voorlopig?' herhaalde Denissen. 'Ik hoop dat dat woord hier niet op zijn plaats is. U verwacht toch niet dat er meer slachtoffers zullen volgen?'

Berg zei niets. De directeur had net zijn grootste angst uitgesproken.

'Mag ik u eraan herinneren wat er twee jaar geleden is gebeurd? Toen we te maken hadden met die gek? Die... die Stripmoordenaar zoals hij in de media werd genoemd?' Denissen liet zijn vlakke hand met een klap op het bureau neerkomen. 'Niet opnieuw, hoofdinspecteur! Morgen staat dit in alle kranten. Als één journalist hetzelfde verband legt als u, is het hek van de dam. Drie vrouwen uit Leuven vermoord plus één die hier werkt! De pers maakt ons af. Ik mag er niet aan denken wat...'

Op dat ogenblik onderbrak Berg de tirade van de directeur:

'Ik heb meer mensen nodig.'

Denissen stokte halverwege zijn zin. Met neergetrokken mondhoeken zei hij:

'U hebt drie voltijdse krachten. Dat is meer dan voldoende.'

'Nee, op deze manier lukt het niet. We hollen voortdurend achter de feiten aan.'

De directeur klemde zijn kaken op elkaar.

'Ik kan elders niet zomaar mensen weghalen. Alle diensten kampen al met een gigantisch personeelstekort. Maar misschien is er een oplossing. Vraag Zeebos of hij u zijn assistent wil uitlenen.'

'Glenn? Nee, ik wil iemand met meer ervaring.'

'Wie? Ik zeg net dat...'

'Ik wil Zeebos.'

Denissen leunde achteruit. Met geknepen oogleden vroeg hij:

'Wat is hier gaande, hoofdinspecteur? Een paar dagen geleden verbied ik u om Zeebos nog langer voor uw kar te spannen en nu het water ons aan de lippen staat, vraagt u opnieuw naar hem. Is dat uw manier om uw gelijk te halen?'

Berg zuchtte. Hij had moeten weten dat Denissen zo zou reageren. Sommige mensen zagen in alles een aanslag op hun eigen persoon.

'Ik wil Zeebos omdat we elkaar perfect aanvullen. Hij denkt

op dezelfde manier als ik en toch ook weer niet. Bovendien kent hij het dossier.'

Denissen reageerde niet meteen. Berg wreef met duim en wijsvinger in zijn ooghoeken. Het gebrek aan slaap liet zich voelen.

'Goed dan,' zei de directeur tenslotte. Hij priemde met zijn wijsvinger in Bergs richting. 'Maar ik wil wel resultaten, hoofdinspecteur. Is dat duidelijk?'

Berg stond op en maakte dat hij het kantoor uit was voor de man zich bedacht. Tegen alle verwachtingen in had hij gekregen wat hij wilde.

Op de tweede verdieping trof hij alleen Wenderickx aan.

'Ik heb iets gevonden, chef!' zei hij enthousiast. 'Over een diefstal van enkele heiligenbeelden in Diest.'

'Dat meen je niet.'

Berg liep om Wenderickx' bureau heen. Op het scherm van de monitor stond een krantenartikel uit *Het Nieuwsblad* van donderdag 6 juni. De kop loog er niet om: INBRAAK IN ALLERHEILIGENKAPEL VAN DIEST.

Bergs ogen flitsten over de tekst. In de nacht van dinsdag op woensdag hadden onbekenden vier beelden uit de kapel gestolen. De namen van de heiligen om wie het ging, stonden er niet bij. Wel dat de beelden van gips waren en weinig waarde hadden. Waarom de dieven de dure, houten beelden hadden laten staan, was onbegrijpelijk, tenzij het om vandalen ging. De politie van Diest was een onderzoek gestart, maar voorlopig ontbrak ieder spoor van de daders.

Berg rechtte zijn rug. Vier beelden? Dat kwam overeen met het aantal slachtoffers. Alleen... het beeld van de H. Lucia kwam uit Firenze, niet uit Diest. En in de kamer van Trui Goedseels was geen exemplaar aangetroffen. Wilde dat zeggen dat er nog vrouwen vermoord zouden worden?

'Waar ligt die kapel ergens?'

'Ik heb het gegoogled. Je raadt het nooit, chef.'

'Verdomme, Wenderickx, maak er geen spelletje van!'

'Op de Allerheiligenberg. Dat is de straat waarop die van Femke Dries uitgeeft.'

'Hoezo? Ik heb daar nergens een kapel gezien.'

'Dat is omdat ze helemaal op het eind van de straat ligt. Tegen het park met de voetgangersweg. Het is daar 's nachts nauwelijks verlicht.'

'Heb je een telefoonnummer van iemand die ons kan binnenlaten?'

'Ik heb de naam van een buurtbewoner die de kapel onderhoudt.'

'Zoek zijn adres op.'

Berg wachtte terwijl hij ongeduldig met de vingers knipte. De vermoeidheid van daarstraks was verdwenen.

'En bel Coens en Meulenaer. Zeg dat ze terugkomen en naar Tine Demesmaecker rijden om Lebowski's alibi te checken. Ik ga intussen met Zeebos naar Diest.'

Berg snokte het adres uit Wenderickx' hand en beende naar de deur.

'Euh... chef.'

'Wat?'

'Zeebos is er niet.'

'Is er niet!?'

'Hij was doodop. Hij zei dat jij hem naar huis hebt gestuurd om te gaan slapen.'

Berg vloekte.

'Dan kom jij mee.'

'En Coens en Meulenaer?'

'Die bellen we onderweg. Vooruit, haast je! Ik wil weten welke beelden er gestolen zijn. Als het om dezelfde heiligen gaat, hebben we misschien eindelijk een spoor.'

4

De neoclassicistische Allerheiligenkapel lag zoals Wenderickx het had beschreven: helemaal op het eind van de straat, vlakbij de bomen en ietwat verder van de weg dan de overige gebouwen, zodat ze vanaf de hoek met de Alenusstraat niet te zien was. Berg stond ongeduldig te wachten tot Wenderickx terugkwam. Hij zag dat de deur van de kapel was opengebroken en dat de twee deurhelften provisoir bijeengehouden werden door een zware ketting met hangslot. Voor de ingang lagen enkele verzakte trottoirtegels; tussen gevel en voetpad schoot onkruid omhoog.

Berg draaide zich om toen hij Wenderickx naar zich toe zag komen in het gezelschap van een oudere man. Hij had borstelig, grijs haar en een gezet postuur.

'Dit is meneer Mertens, chef. Hij heeft een sleutel.'

De man gaf Berg een hand.

'We gaan via de sacristie,' zei hij. 'Zoals u ziet, is de deur onbruikbaar.'

Terwijl ze om het gebouw heen liepen, vroeg Berg:

'Vanwaar die vreemde naam, meneer Mertens? De Allerheiligenkapel?'

'Dat is omdat hier vroeger een groot aantal heiligen werd vereerd,' antwoordde de man. 'Tegen alle mogelijke ziekten en kwalen. Op 1 november is er nog altijd een bedevaart, maar tegenwoordig is dat meer een kwestie van folklore dan van geloof.'

Via een kleine ruimte die vol rommel stond, kwamen ze in de eigenlijke kapel. Het gebouw was groter dan Berg had verwacht. Het dak bestond uit een koepel; tegen drie van de vier muren hingen twee rijen sokkels boven elkaar met daarop beelden in diverse kleuren, vormen en afmetingen. Berg keek geïmponeerd om zich heen. Hij schatte het aantal heiligen op meer dan honderd.

'De originele beelden staan in het museum van de Sint-Sulpitiuskerk,' legde Mertens uit. 'Voor de veiligheid, begrijpt u. Wat u hier ziet, zijn recentere exemplaren, tussen vijftig en honderd jaar oud. De meeste zijn in gips, hoewel er ook een paar oudere, houten beelden bij zijn, maar die hebben de dieven laten staan. Waarom is mij een raadsel. Het zijn de enige die echt waarde hebben.'

Bergs oog viel op enkele lege sokkels. Het waren er vier, drie tegen de linkerzijmuur en één tegen de rechter, wat erop wees dat de bijbehorende beelden niet lukraak gestolen waren, maar dat de dader bepaalde exemplaren doelbewust had uitgekozen. Bij elk heiligenbeeld hing een naamkaartje in karton. Met Wenderickx in zijn kielzog liep Berg de lege sokkels langs en las:

H. CATHARINA VAN ALEXANDRIË... H. AGATHA VAN CATANIA... De namen zeiden hem niets en hij vreesde al dat ze voor niets naar hier gereden waren. Tot ze bij de derde sokkel kwamen. Daar stond: H. APOLLONIA VAN ALEXANDRIË.

Die naam klopte wel. Berg liep tussen de stoelenrijen door naar de tegenoverliggende muur. Bij de laatste lege sokkel las hij: H. PHILOMENA VAN MUGNANO.

Dat was opnieuw een heilige van wie ze een beeld hadden gevonden. Berg liet zijn hoofd over zijn schouders rollen omdat zijn nekspieren verkrampt waren van het omhoogkijken. In elk geval stond vast dat de dader de beelden hier gestolen had. Twee namen die overeenkwamen, kon geen toeval zijn, net zo min als het feit dat de beelden gestolen waren op nauwelijks tweehonderd meter van de laatste plaats delict.

'De H. Godelieve is er niet bij,' fluisterde Wenderickx in zijn oor.

Berg draaide zich om naar Mertens.

'Staat hier ook een beeld van de H. Godelieve?'

'Natuurlijk,' antwoordde de man. 'Daar, schuin boven het offerblok.'

Berg liep in de aangewezen richting. De vrouwenfiguur op de sokkel droeg adellijke gewaden en had een strop om de nek en een palmtak in de linkerhand. Op het kaartje stond: H. GODELIEVE VAN GISTEL.

Hij begreep het niet. Waarom had de dader dit beeld niet gestolen? Het stond hier voor het grijpen en toch...

Ineens viel hem het antwoord te binnen. Trui Goedseels was vermoord op 29 mei. De diefstal dateerde van 4 juni. Had de moordenaar de kapel pas later ontdekt? Hadden ze daarom geen beeld van de H. Godelieve aangetroffen in de hotelkamer of in de koffer van het slachtoffer?

'Mag ik je map even, Wenderickx?'

Berg haalde de foto's tevoorschijn van de twee beelden die ze tot nu toe gevonden hadden.

'Zijn dit de gestolen heiligen, meneer Mertens?'

'Ja,' knikte de man verbaasd. 'Hoe komt u daaraan?'

Berg gaf geen antwoord. In plaats daarvan vroeg hij:

'Is er een bepaald verband tussen de vier heiligen die gestolen zijn?'

Mertens krabde achter zijn oor.

'Het zijn vier jonge martelaressen, een ander verband zie ik niet. Behalve misschien dat de beelden ongeveer even groot zijn. Of beter: even klein. Tussen twintig en dertig centimeter. Zoals u ziet, zijn de meeste groter.'

Berg vroeg zich af of dat een rol gespeeld had. Vier kleine beelden waren gemakkelijker te vervoeren dan vier grote. Of was de keuze van de dief op iets anders gebaseerd? Hij liep terug naar de twee eerste sokkels.

'Kunt u mij vertellen hoe de H. Catharina en de H. Agatha vermoord zijn?'

Mertens moest geen seconde nadenken.

'De H. Catharina is onthoofd, de H. Agatha is levend verbrand.'

Berg gruwde bij de gedachte dat ze binnenkort een verkoold vrouwenlijk zouden vinden of een lichaam zonder hoofd.

'Hoe worden ze afgebeeld?'

'De H. Catharina heeft een zwaard in de hand en een in tweeën gebroken rad aan haar voeten. De H. Agatha staat vastgebonden op een brandstapel.'

Berg draaide om zijn as en nam de hele kapel nog eens in zich op. In gedachten maakte hij een rekensommetje. Vier gestolen beelden waarvan er intussen twee waren opgedoken. Eén heilige wier marteldood was gekopieerd, maar van wie de afbeelding nog in de kapel stond. En tot slot: één slachtoffer dat eigenhandig een beeld van haar naamheilige in het buitenland had gekocht. Dat maakte samen zes. Wilde dat zeggen dat ze nog twee slachtoffers konden verwachten? Hij mocht er niet aan denken.

Ze namen afscheid van Mertens met de belofte dat de twee gerecupereerde beelden zo snel mogelijk zouden worden terugbezorgd. Op weg naar de auto rinkelde Bergs mobiel. Het was Coens.

'Chef, we hebben...'

Berg liet hem niet uitpraten.

'Wacht even. Ik heb goed nieuws. We hebben ontdekt waar de dader de beelden gestolen heeft.'

'Dat is geweldig, maar...'

'Nou ja, twee ervan,' vervolgde Berg. 'Minder goed nieuws is, is dat er nog twee andere verdwenen zijn.'

'Ik moet ook iets...'

'Het kan dus zijn dat de dader nog twee slachtoffers op het oog heeft. Bel Hove en zeg hem dat...'

Nog voor hij zijn zin kon afmaken, werd er aan het andere eind geroepen:

'Chef, mag ik eindelijk uitspreken!?'

Berg viel stil. Het was niets voor Coens om zo heftig te reageren.

'Oké. Zeg maar.'

'We hebben net Tine Demesmaecker gesproken,' klonk het opgewonden. 'Ze bevestigt Lebowski's alibi niet!'

5

Twee uur later zat Berg tegenover de jonge vrouw in een piepkleine studio die uitkeek op het parkeerterrein van een Colruytwarenhuis. Tine Demesmaecker was tweeëntwintig en zag eruit alsof ze zonder veel moeite een schoonheidswedstrijd kon winnen: ongeveer een meter vijfenzeventig, slank, donkerblond haar tot op de schouders en blauwgroene ogen waarvan zowel de kleur als de helderheid elke man meteen de adem benam. Ze had een bachelor in talen, Nederlands-Engels, en studeerde voor een master in bedrijfscommunicatie. Eén van de opdrachten die ze onlangs van haar docent had gekregen, was iemand uit de culturele sector interviewen en haar keuze was daarbij gevallen op een plaatselijke schrijver: Lukas Lebowski. Via de uitgeverij had ze hem een e-mail gestuurd en gevraagd of hij bereid was tot een gesprek. Lebowski had eerst niet ja of niet nee gezegd, maar gevraagd of ze zijn werk kende. Toen ze antwoordde dat ze al sinds jaar en dag een fan was, had hij in het interview toegestemd.

'Waar vond dat plaats?' vroeg Berg. 'Bij hem thuis?'

'Nee. Bij Zoff in de Mechelsestraat. Hij stelde voor om samen te lunchen. Dat praat een stuk makkelijker, zei hij.'

'En bent u daarop ingegaan?'

'Ik vond het een leuk idee. Bovendien was ik allang blij dat hij akkoord ging.'

'Tot hoelang heeft die lunch geduurd?'

'We hadden om één uur afgesproken. Lukas... meneer Lebowski... stelde voor om met een aperitief te beginnen. Het zijn er twee geworden. Eerst ging het gesprek vooral over mij. Hij bleef maar vragen stellen over wat ik studeerde en wat ik later wilde doen en toen de lunch erop zat, had ik nauwelijks de kans gekregen om zelf iets te vragen. We zijn daarom na het eten een koffie gaan drinken op de Grote Markt. Daar heb ik het interview afgenomen. Intussen waren we overgeschakeld op cava. Ik zal niet zeggen dat ik dronken was, maar ik begon de alcohol aardig te voelen.'

De studente glimlachte ongemakkelijk.

'Ik vertel dit niet om goed te praten wat er daarna is gebeurd. Ik wilde met hem mee naar huis.'

'Dat was op zijn voorstel?'

'Ja. Hij vroeg of ik zijn werkkamer wilde zien. Natuurlijk wilde ik dat. Zo'n gelegenheid krijg je niet elke dag. Maar eerst zijn we mijn auto gaan ophalen. Die stond in de parkeergarage van het Ladeuzeplein.'

'U was met de wagen?'

'Het is de auto van mijn moeder. Ik heb een paar weken geleden de kruisbanden van mijn linkerknie gescheurd. Met hockey. Voorlopig doet fietsen te veel pijn.'

Pas nu zag Berg de hockeystick staan in de hoek van de studio. Het verbaasde hem. Tine Demesmaecker zag er niet meteen het sportieve type uit.

'Eigenlijk had ik te veel op om te rijden, maar goed... we zijn zonder ongelukken bij Lukas geraakt. Ik mocht met mijn mobiel zoveel foto's van zijn werkkamer maken als ik wilde. Daarna hebben we een glas witte wijn gedronken. Dat was in de woonkamer. We zaten samen op de bank. En toen...'

Het meisje viel stil. Berg begreep dat dit moeilijk was voor haar. Met een hoofdbeweging beduidde hij Wenderickx de studio te verlaten. Zodra ze alleen waren, zei hij:

'Wat u zegt, blijft tussen ons, juffrouw Demesmaecker. Vertel gewoon wat er gebeurd is.'

'We zijn beginnen kussen. Ik voelde me enorm tot hem aangetrokken. Hij is een ongelooflijk charmante man en hij kan zo boeiend vertellen dat... Nou ja, van het een kwam het ander. U weet hoe dat gaat.'

'Niets menselijks is mij vreemd,' probeerde Berg haar met een grapje op haar gemak te stellen.

'Vreemd genoeg herinner ik me niet meer wat er daarna is gebeurd. Vanaf een bepaald punt is alles een zwart gat. Toen ik vanochtend wakker werd, lagen we in bed. Maar ik weet niet meer hoe we daar beland zijn. Ik herinner me zelfs niet of we...'

Het meisje zweeg gegeneerd. Berg gaf haar de tijd.

'Ik moet dronkener geweest zijn dan ik dacht.' Tine Demesmaecker keek verontschuldigend. 'Daarom heb ik tegen uw collega gezegd dat ik niet zeker weet of Lukas en ik de hele nacht zijn samen geweest. Vermoedelijk wel, hij lag naast mij toen ik wakker werd.'

'Wat is het laatste dat u zich herinnert?'

'God... moeilijk te zeggen. Ik weet nog dat ik hem naar dat vreemde medaillon om zijn hals heb gevraagd. Hij zei dat het Janus was. Eén of andere Romeinse god die iets te maken heeft met zijn verjaardag. Die valt op 31 december. Maar wat het verband juist is, herinner ik me niet meer.'

Berg keek op. 31 december was ook zijn verjaardag. Hij wist intussen dat Lebowski in hetzelfde jaar geboren was als hij, maar dat ze exact even oud waren, was een verrassing. In elk geval begreep hij nu waarom de schrijver een afbeelding van Janus om de hals droeg. Aan de Romeinse god die voor- en achteruit keek, was oud en nieuw gewijd.

Hij concentreerde zich weer op het gesprek en vroeg:

'Hoe laat was het toen u naar dat medaillon vroeg?'

'Ik heb echt geen idee, hoofdinspecteur.'

'Was het nog licht?'

'Euh... ik dacht van wel, maar zeker weet ik het niet. Sorry.'

'Dat geeft niet, juffrouw. Hebt u al eens eerder een black-out gehad van alcohol?'

'Nee, dat is me nog nooit overkomen. Maar normaal drink ik ook zoveel niet. Zeker niet overdag.'

'Hebt u het gevoel...' Berg herformuleerde de vraag. 'Zou het kunnen dat meneer Lebowski iets in uw drankje heeft gedaan?'

'Bedoelt u zoiets als rohypnol? Waarom? Daar was geen reden toe. Ik wilde met hem naar bed. Dat wist hij. Dat heb ik duidelijk laten merken.'

'Zou u uw bloed willen laten onderzoeken? Als we nu naar Gasthuisberg...'

'Nee.' De studente schudde beslist haar hoofd. 'Nee, dat wil ik niet.'

'Het zou belangrijk kunnen zijn voor het onderzoek.'

'Welk onderzoek?'

'Daar kan ik niets over zeggen,' ontweek Berg de vraag. 'We willen alleen zeker weten of meneer Lebowski de hele nacht in zijn woning is geweest.'

'Het spijt me, hoofdinspecteur. Daar wil ik niets mee te maken hebben. Als mijn ouders erachter komen dat ik...'

Berg besefte dat het geen zin had om aan te dringen. Hij nam afscheid en verliet het gebouw. Wenderickx zat in de auto op hem te wachten.

'En, chef?'

'Moeilijk te zeggen. Ofwel heeft ze te veel gedronken, ofwel heeft Lebowski haar gedrogeerd. Het probleem is dat ze haar bloed niet wil laten onderzoeken.'

'Kunnen we haar daar niet toe dwingen?'

Berg wierp zijn collega een scheve blik toe.

'Verwacht je daar een antwoord op?'

Wenderickx startte de auto.

'Wat nu?'

'Ik heb een bevelschrift nodig van Hove.'

'Waarom?'

'Om de auto van Tine Demesmaecker op vingerafdrukken te onderzoeken. Lebowski is met haar meegereden, maar als we zijn afdrukken op het stuur vinden, kan het zijn dat hij de auto gebruikt heeft om naar Diest te rijden terwijl het meisje nietsvermoedend in zijn bed lag te slapen.'

'Ik dacht dat hij zelf nooit reed.'

'Wie beweert dat?'

'Nou, Meulenaer zei toch...'

'Er wordt zoveel gezegd en geschreven over Lebowski,' morde Berg.

'Wat bedoel je?'

'Heb je je al eens afgevraagd wie al die gegevens de wereld instuurt? Dat Lebowski sinds zijn ongeval niet meer met de auto rijdt bijvoorbeeld? Of dat hij nooit een tekstverwerker gebruikt om zijn romans te schrijven? Dat soort dingen kan alleen maar van hem komen. De vraag is of dat allemaal wel klopt.'

'Waarom twijfel je daar plots aan?'

'Het is Lebowski zelf die me aan het denken heeft gezet,' antwoordde Berg. 'Toen hij het had over die fout tegen het vertelstandpunt. En hij heeft gelijk: je moet je bij een verhaal altijd afvragen vanwaar de informatie komt. Wie de feiten presenteert, zet die naar zijn hand en kan op die manier de lezer doen geloven wat hij wil. Dat is de essentie van elke misdaadroman. Zo kan je lezers voortdurend op het verkeerde been zetten.'

'Ja, en? Wat heeft dat met ons onderzoek te maken?'

'Misschien moeten we ons afvragen of Lebowski dat trucje ook niet in het echt toepast.'

'Hoezo? Ik ben niet mee.'

'Wie heeft ons verteld dat Femke Dries zijn manuscripten uittikt? Dat was hij toch.'

'Denk je dat dat niet waar is?'

'Ik ben er zeker van dat het wel waar is. De vraag is waarom hij het nodig vond om dat te vertellen én ons uit te nodigen om in zijn woning naar de handgeschreven versie van het vierde hoofdstuk te zoeken. Zo lijkt het erop dat de tekst onmogelijk van hem kan komen. Hij gebruikt immers nooit een tekstverwerker.'

'Op die manier.'

'Ja, op dié manier,' bromde Berg. 'Tot nu toe heeft Lebowski me keer op keer schaakmat gezet met argumenten over motief, ruimte, vertelstandpunt... Het wordt tijd dat we al die dingen tot op het bot uitzoeken. En we beginnen met de auto van Tine Demesmaecker. Dus meneer rijdt nooit meer zelf? Welnu, we zullen zien. Ik bel meteen Hove om een bevelschrift.'

'Misschien moet je eerst iemand anders bellen, chef.'

Wie?'

'Zeebos,' antwoordde Wenderickx. 'Die heb je daarstraks naar huis gestuurd.'

6

Het was iets over tweeën toen Berg een telefoontje kreeg dat Lebowski op hem en de onderzoeksrechter zat te wachten in verhoorkamer 1. De vorige avond was uit het onderzoek van Tine Demesmaeckers auto gebleken dat Lebowski's vingerafdrukken op het stuur en de versnellingspook stonden, wat bewees dat hij wel degelijk zelf met de wagen had gereden. Berg had meteen Hove gebeld en samen hadden ze besloten om de schrijver opnieuw aan de tand te voelen. Ditmaal echter wilde Berg beter voorbereid zijn en daarom had hij voorgesteld om Lebowski pas na de lunch naar het politiebureau te halen. Op die manier had hij de hele ochtend vrij om enkele dingen te checken.

Wat ze daarbij hadden ontdekt, wees allemaal in dezelfde richting en voor het eerst was Hove ervan overtuigd dat ze genoeg in handen hadden om tot een arrestatie over te gaan. Berg twijfelde nog, maar het besluit van de onderzoeksrechter stond vast en dat had voor een deel te maken met wat er vanochtend in de krant stond over de moord op Femke Dries.

De journalist in kwestie, Leo Rademaekers, had Berg het leven zuur gemaakt tijdens de zaak van de Leuvense Stripmoordenaar – een benaming die trouwens van hem kwam – en ook dit keer had de man erop gewezen dat er al twee jonge vrouwen in de regio waren verkracht en vermoord zonder dat de politie een spoor had van de dader. Rademaekers had tot nu toe geen verband gelegd met de moorden in Firenze en Amsterdam, maar zowel Denissen als Hove waren ervoor beducht dat zoiets vroeg of laat zou gebeuren. Niemand wilde een herhaling van het conflict met de pers van twee jaar geleden en Berg wist dat de onderzoeksrechter onder druk stond om alles in het werk te stellen dat het ook nooit zover zou komen.

Berg legde de hoorn neer en zei tegen Hove dat ze aan het verhoor konden beginnen. De onderzoeksrechter scharrelde onmiddellijk zijn papieren bij elkaar en stond op. Zijn gezicht stond hard, vastberaden. Berg kende die uitdrukking. Hove had bloed geroken.

Op weg naar de deur viel Bergs oog op de krant die op Meulenaers bureau lag. Over de hele titelpagina uitgesmeerd schreeuwde een reuzegrote kop vol verontwaardiging: VROUW KRIJGT BOETE VOOR WEGWERPEN VAN KERSENPIT!!! Daaronder stond een foto van een bedremmeld kijkende dame die tussen duim en wijsvinger de bewuste pit aan de pers toonde.

Berg schudde ongelovig zijn hoofd. Waar je tegenwoordig niet allemaal voor beboet kon worden. Alsof dat de maatschappij ten goede kwam. Eerder het tegendeel was waar: dat soort maatregelen vergrootte alleen maar de onverdraagzaamheid waar dezelfde politici die voor dit beleid hadden gekozen voortdurend over klaagden. Hij had te doen met de politieagenten die dergelijke onzinnige wetten moesten toepassen, terwijl ze voor veel dringender werk handen te kort kwamen.

Lebowski droeg een linnen broek en een hemd met korte mouwen, een zomerse outfit die opviel na de zondvloed en de aanslepende koude van de afgelopen maanden. De regen was al sinds een paar dagen opgehouden, maar de temperatuur was vandaag pas voor het eerst de hoogte in gegaan. Berg had de verandering opgemerkt toen hij vanochtend naar het politiebureau liep. Het werd verdomd ook tijd. Over een week begon de zomer. Van een lente was dit jaar geen sprake geweest.

Lebowski deed opnieuw afstand van zijn recht op juridische bijstand en zijn argument was precies hetzelfde als de vorige keer: hij had niets gedaan, dus had hij ook geen advocaat nodig.

‘Zoals u wenst,’ zei Hove grimmig. ‘Maar ik moet u waarschuwen, meneer Lebowski: de zaak ziet er niet al te best voor u uit. Juffrouw Demesmaecker bevestigt uw alibi niet.’

De schrijver klonk oprecht verbaasd.

‘Ontkent ze dat we de nacht samen hebben doorgebracht? Dat kan ik me moeilijk voorstellen.’

‘Ze ontkent niet dat ze de avond en de daaropvolgende nacht in uw woning is geweest. Ze weet alleen niet zeker of dat ook voor u geldt.’

‘Hoezo? Ik begrijpt het niet.’

‘Juffrouw Demesmaecker kan zich niet alle details meer herinneren,’ legde Berg uit. ‘Om haar eigen woorden te gebruiken: vanaf een bepaald punt is alles een zwart gat.’

Lebowski maakte een vergoelijkend gebaar.

‘Nou ja, we hebben ook tamelijk veel gedronken.’

‘Dat heeft ze toegegeven,’ knikte Hove. ‘Maar zo’n complete black-out is tamelijk ongewoon. Tenzij u een handje hebt toegestoken door iets in haar drankje te mengen. Een slaapmiddel bijvoorbeeld.’

‘Waarom zou ik dat doen?’ vroeg Lebowski. ‘Ik wilde met haar naar bed en zij met mij.’

‘Misschien omdat u zonder haar medeweten de woning wilde verlaten?’ opperde Berg.

Lebowski keek een ogenblik verbluft. Toen grijnsde hij:

‘Goed gevonden, hoofdinspecteur. Eerst een vrouw uitnodigen om een alibi te hebben en daarna haar verdoven om ertussenuit te kunnen knijpen. Dat moet ik eens in een roman gebruiken.’

Dit keer was het Bergs beurt om de kluts kwijt te zijn. De man tegenover hem leek niet in het minst verontrust door wat hij had gesuggereerd. Waarom was hij zo zeker van zijn zaak? Hij had onmogelijk op voorhand kunnen weten dat Tine Demesmaecker zou weigeren om haar bloed te laten onderzoeken. Had hij het meisje dan toch niet gedrogeerd?

'Hoe dan ook,' hernam Hove. 'U hebt geen alibi voor het moment waarop Femke Dries is vermoord. Blijft u bij uw bewering dat u de hele nacht in het gezelschap van juffrouw Demesmaecker hebt doorgebracht?'

'Absoluut.'

'Hoe komt het dan dat we uw vingerafdrukken aangetroffen hebben op het stuur en de versnellingspook van haar auto?'

'Daar is een simpele verklaring voor,' antwoordde Lebowski. 'Tine had haar auto geparkeerd in de ondergrondse garage van het Ladeuzeplein, maar de wagens links en rechts stonden zo dicht bij de hare dat ze niet uit het parkeervak durfde te manoeuvreren. Dat heb ik voor haar gedaan.'

'Ik dacht dat u zelf nooit meer reed, meneer Lebowski?'

'Dat is ook zo. Tine heeft het stuur overgenomen zodra de auto vrij was.'

'Dat bewijst nog niet dat u 's avonds niet naar Diest bent gereden.'

De schrijver bleef rustig.

'Nee, maar het bewijst ook niet het tegendeel.'

'Misschien,' gaf Hove met tegenzin toe. 'Maar het staat wel vast dat u de vier vermoorde vrouwen hebt gekend en uit ons onderzoek blijkt dat u de enige bent. Niemand anders van de betrokkenen had contact met al de slachtoffers. Bovendien hebt u geen enkele keer een steekhoudend alibi.'

'Dat klopt niet, ik...'

'Dat klopt wel,' brak Hove hem af en hij stak zijn duim op. 'Laten we het rijtje maar eens afgaan. Tine Demesmaecker weet niet zeker of u de hele nacht bij haar bent geweest. Toen Sofie Vleminckx werd vermoord, was u alleen thuis. En in Amsterdam bent u op de receptie zo lang spoorloos geweest dat u voldoende tijd had om Trui Goedseels in haar hotelkamer te vermoorden.'

'Ik heb staan praten met Michael Hoop,' wierp Lebowski op.

'We hebben meneer Hoop gebeld. Dat gesprek heeft volgens hem later plaatsgevonden. Het eerste uur na de bekendmaking heeft hij uitsluitend interviews gegeven.'

Hove stak naast zijn drie vingers een vierde op.

'En voor de moord op Lucie Meerten in Firenze hebt u evenmin een alibi. Dat maakt vier op vier, meneer Lebowski.'

'Trui Goedseels heeft verklaard...'

'Trui Goedseels heeft uw hachje proberen te redden,' snauwde Hove. 'Ze had er alle belang bij om een valse getuigenis af te leggen. Zonder haar best verkopende auteur was haar uitgeverij gedoemd om failliet te gaan. Daarom heeft zij tegen de Italiaanse politie gelogen.'

'Dat is onzin.'

'Nee, meneer Lebowski. U lag helemaal niet met haar in bed toen Lucie Meerten enkele kamers verderop werd vermoord. Ten eerste hebben getuigen u een paar uur eerder met mevrouw Goedseels ruzie zien maken in de hotelbar en ten tweede zijn we nog eens gaan praten met haar beste vriendin. Die weet pertinent zeker dat er van een seksuele relatie tussen u en Trui Goedseels geen sprake meer was. Al jaren niet. Daarom hadden zij en u ook aparte kamers. Niet alleen in Firenze, ook in Amsterdam.'

Berg keek verbaasd op. Hove doelde ongetwijfeld op zijn vrouw, maar hij had op voorhand met geen woord over dat gesprek gerept.

Het bleef een hele tijd stil. Tenslotte zei Lebowski:

'Waarom zou ik in godsnaam die vier vrouwen vermoorden?'

'Ook daar zijn we intussen achter,' antwoordde Hove en hij maakte een zijdelingse beweging. 'Hoofdinspecteur Berg heeft vanochtend een bezoek gebracht aan Willem Terbanck. Die had iets interessants te vertellen. Iets wat hij al veel eerder had moeten doen, alleen lag dat een beetje moeilijk. Hij heeft toegegeven dat zijn vrouw u chanteerde om niet van uitgeverij te veranderen. En waarmee was dat, meneer Lebowski? Met het feit dat zij in Firenze een valse verklaring heeft afgelegd. Dat heeft ze haar man verteld toen ze terugkwam uit Italië en dat is ook de reden waarom wij zeker weten dat u op het ogenblik van de moord niet met haar in bed lag.'

Hove pauzeerde om Lebowski de kans te geven te reageren, maar dat gebeurde niet. Hij vervolgde:

'Toen meneer Terbanck na de dood van zijn vrouw de verantwoordelijkheid over de uitgeverij kreeg, zag hij zichzelf met het hetzelfde probleem geconfronteerd: zonder u dreigde de firma failliet te gaan. Daarom heeft hij Sofie Vleminckx verteld hoe de vork in de steel zat en haar aangeraden om tegenover u hetzelfde pressiemiddel te gebruiken. Dat heeft ze gedaan en een paar uur later was zij dood. Vermoord. Door u, meneer Lebowski. Om dezelfde reden waarom u Trui Goedseels uit de weg hebt geruimd.'

Hove was harder en harder gaan praten. Berg sloeg Lebowski nauwlettend gade. De schrijver maakte een almaar wanhopiger indruk. Hij zei:

'Zelfs als het klopt wat u beweert, denkt u dat ik daarom twee mensen zou vermoorden? Ik heb niets te maken met de dood van Lucie Meerten. Ik kende haar pas, waarom zou ik haar om het leven brengen? De Italiaanse politie had geen enkel bewijs tegen mij. Ik zie dus niet in hoe Trui en Sofie mij konden chanteren. En bovendien, wat had Femke daarmee te maken? Waarom zou ik haar vermoorden?'

'Omdat zij waarschijnlijk ook op de hoogte was van de chantage,' antwoordde Hove. 'De Reinaert is een kleine uitgeverij met slechts een handvol mensen. Natuurlijk wist men wat Trui Goedseels en later Sofie Vleminckx probeerden te doen. Het voortbestaan van het bedrijf hing ervan af. En de baan van iedereen die er werkte.'

Lebowski hief vertwijfeld zijn armen omhoog, alsof hij niet meer wist hoe hij zich tegen zoveel blinde halsstarrigheid moest verdedigen. Hove van zijn kant liet niet af. Berg had hem nog maar zelden zo doortastend meegemaakt.

'Volgens mij is dat ook de reden waarom Femke Dries besloten heeft om de politie op uw spoor te zetten. Anoniem, omdat ze bang was dat zij het volgende slachtoffer zou zijn. Jammer genoeg heeft haar dat niet...'

Lebowski stak zijn hand op.

'Wacht even... wacht even... Ik weet niet waar u het over hebt. Femke heeft de politie op mijn spoor gezet? Hoe?'

'Met een e-mail over de heiligenbeelden die in uw roman telkens door de dader op de plaats delict worden achtergelaten. Vermoedelijk heeft zij een link gelegd met de diefstal in de kapel bij haar om de hoek. Ze wist dat u de buurt kende. U bent er geweest toen ze haar laptop thuis had laten liggen.'

'Ik ben in de auto blijven zitten. Ik weet niets af van een kapel.'

'Natuurlijk niet,' reageerde Hove cynisch. 'Maar hoofdinspecteur Berg heeft zijn mensen laten natrekken wanneer die signeersessie in Hasselt heeft plaatsgevonden. Dat was op maandag 3 juni. Twee nachten later zijn de beelden uit de kapel gestolen. Wat een toevallige samenloop van omstandigheden, nietwaar? In elk geval verklaart dat ook waarom we geen beeld hebben aangetroffen bij Trui Goedseels. Op dat ogenblik wist u nog niet van het bestaan van de kapel af.'

'Maar u zet de zaken op z'n kop!' protesteerde Lebowski. 'Die heiligenbeelden op de plaats delict zijn een literair verzinsel, dat heb ik al eens uitgelegd. Ik ben op het idee gekomen door de moord op Lucie Meerten. Omdat er in haar hotelkamer zo'n beeld stond, heb ik dat gegeven als motief in de roman gebruikt. Als er in het echt zo'n beeld pas verschenen is toen Sofie werd vermoord, dan is dat omdat iemand het hoofdstuk gelezen heeft en de moordscène heeft gekopieerd.'

'En daarna heeft die mysterieuze persoon simpelweg een vierde hoofdstuk aan de roman toegevoegd,' schamperde Hove. 'En wat erin staat nog uitgevoerd ook. Kom nou, meneer Lebowski. Daar trapt geen mens in.'

'Maar het is de waarheid.'

'Dat is het niet! En als iemand de zaken op z'n kop zet, bent u het. Of dacht u dat u met de moorden zou wegkomen door in uw roman precies hetzelfde te beschrijven als wat er in het echt aan de hand is? Want daar rekende u op, is het niet? Dat geen mens zou geloven dat iemand zo dom kon zijn.'

Lebowski's schouders zakten moedeloos naar beneden.

'U draait alles om,' herhaalde hij. 'U maakt van fictie realiteit en omgekeerd.'

'Nee, dat doe ik niet en ik zal het bewijzen ook,' zei Hove. 'U hebt geprobeerd om ons ervan te overtuigen dat iemand u de moorden in de schoenen wil schuiven. Een of andere bedrogen vriend of echtgenoot die uit weerwraak opzettelijk vrouwen uitkiest die u hebt gekend. En om dat argument kracht bij te zetten, hebt u een extra garantie ingebouwd.'

'Ik weet niet waar u het over hebt.'

'Ik heb het over de twee andere beelden die uit de Allerheiligenkapel gestolen zijn.'

'Zijn er nog meer beelden verdwenen?'

'Inderdaad, meneer Lebowski. En eerlijkheidshalve moet

ik toegeven dat uw manoeuvre heeft gewerkt. Zowel hoofdinspecteur Berg als ik vreesden al dat er nog twee slachtoffers zouden vallen. Twee vrouwen die op dezelfde manier zouden sterven als de H. Agatha en de H. Catharina. Tot we daarstraks iets ontdekten. Een overeenkomst in namen die moest bevestigen wat u beweert: dat iemand vrouwen uit uw omgeving viseert. Want de naam van uw ex-vrouw is Aagje Holbeen, nietwaar? En uw dochter heet Katrien.'

Lebowski was spierwit geworden. Hij veerde op uit zijn stoel, maar nog voor hij iets kon zeggen, beet Hove hem toe:

'Ga zitten, meneer! Ik arresteer u op verdenking van de moord op Lucie Meerten, Trui Goedseels, Sofie Vleminckx en Femke Dries. In uw plaats zou ik mijn mening herzien en zo snel mogelijk contact opnemen met een advocaat.'

7

Het was sinds oktober van vorig jaar geleden dat Berg de tafel op zijn terras had gedekt en hij genoot ervan om voor het eerst in lange tijd opnieuw buiten te eten, ook al had hij tot nu toe geen kans gezien om de tuin aan te pakken of het terras in te richten. Gewoonlijk deed hij dat eind april, maar dit jaar was het weer zo slecht geweest dat hij de klus was blijven uitstellen, zodat het waarschijnlijk te laat was geworden om nog eenjarige planten te kopen. Misschien kon hij morgen naar de vrijdagmarkt gaan om te zien wat er nog voorhanden was. Nu het weer was omgeslagen en de zaak zo goed als opgelost, had hij eindelijk tijd om zijn terras aan te kleden.

Hoewel... hij had niet het gevoel dat het dossier was afgerond. Hove had natuurlijk gelijk: in de vier gevallen was Lebowski de enige met motief en gelegenheid, maar de bewijsvoering tegen hem was te licht en hoewel hij Hove daarop gewezen had, was de onderzoeksrechter bij zijn beslissing gebleven. De zaak lag veel te gevoelig om een arrestatie nog langer uit te stellen en wat de extra bewijzen betrof: die vonden ze wel nu ze wisten waar ze moesten zoeken.

Berg had daar zo zijn twijfels over. Toen Lebowski te horen kreeg welke twee beelden er nog uit de Allerheiligenkapel gestolen waren, was hij volkomen overstuur geweest en had hij met aandrang geëist dat zijn dochter en ex-vrouw politiebescherming zouden krijgen. Voor zover Berg kon uitmaken, was de man echt in paniek en hij had daarom voorgesteld om op zijn verzoek in te gaan, maar Hove was ervan overtuigd dat Lebowski alleen maar een nummertje opvoerde. Op Lucie Meerten na, argumenteerde hij, was er nooit sprake geweest van naamsovereenkomst tussen de heiligen en de slachtoffers. Was dat niet het beste bewijs dat de twee extra beelden alleen gestolen waren om Lebowski's afleidingsmanoeuvre te onderstrepen?

Dat van die naamsovereenkomst klopte, maar of Lebowski's paniek gespeeld was, betwijfelde Berg ten zeerste. Hij had de man nooit eerder zo van streek gezien en toen de onderzoeksrechter zijn eis van de hand wees, was hij compleet door het lint gegaan, in die mate zelfs dat er in allerijl twee agenten bijgeroepen moesten worden om hem in bedwang te houden.

Berg stond op en ruimde de tafel af. Terwijl hij in de keuken koffiezette, maakte hij zich de bedenking dat Lebowski veel feller gereageerd had op het mogelijke gevaar dat zijn dochter en ex-vrouw liepen dan op zijn eigen arrestatie. Waarom had de schrijver tijdens het verhoor niet meer weerwerk geboden? Toen Hove het over zijn motief had bijvoorbeeld, was hij niet meer teruggekomen op Lucie Meerten. Waarom niet? Want dat bleef een zwak punt in de hele bewijsvoering: voor die eerste moord leek er absoluut geen zinnige reden te zijn. En toch had Lebowski dat gegeven niet tot zijn verdediging gebruikt, behalve één keer, heel kort, terwijl het gebrek aan een motief bij de eerste moord voor een groot deel Hoves theorie onderuithaalde.

Berg installeerde zich met de koffie opnieuw aan de terrastafel. De avond gleed de tuin in. Hij staarde in gedachten verzonken naar de vervagende contouren van de treurwilg achteraan. Er was nog iets wat hem niet uit het hoofd wilde. Op de keper beschouwd was het motief dat Hove had aangehaald voor de moord op Femke Dries niet meer dan speculatie. Was het meisje echt op de hoogte geweest van de chantage? Had ze zich in dat geval niet rechtstreeks tot de politie gewend toen Sofie Vleminckx werd vermoord in plaats van een anonieme e-mail te sturen waarin met geen woord over de afpersing werd gerept? Evert Vanderlinden had er in elk geval niets over geweten, anders had hij dat wel gezegd. En waarom had Lebowski verteld dat hij in de Alenusstraat was geweest? Daarmee maakte hij zich toch extra verdacht? Zonder die toegeving was het veel moeilijker geweest om hem met de Allerheiligenkapel in verband te brengen.

Berg roerde wat suiker door de koffie. Daarstraks had hij zich laten meeslepen door Hoves kruisverhoor en zijn bedenkingen waren overstemd door de adrenaline die de euforie van de overwinning door zijn aders had gejaagd, maar nu hij achteraf alles op een rijtje zette, werd hij er hoe langer hoe minder gerust op. Waren ze niet te snel van stapel gelopen? Waarom had Lebowski Tine Demesmaecker als alibi gebruikt als hij het meisje gedrogeerd had en kon vermoeden dat ze aan de politie zou vertellen dat ze zich een deel van de avond niet herinnerde? Op die manier leek het alsof zijn alibi geconstrueerd was. Was het in die omstandigheden niet veel slimmer om haar gewoon niet te vernoemen? Geen alibi was nog altijd beter dan een verdacht alibi.

Lebowski was trouwens volkomen verrast geweest toen Berg suggereerde dat hij het meisje een slaapmiddel had toegediend. 'Goed gevonden, hoofdinspecteur,' had hij gezegd. 'Dat moet ik ooit eens in een roman gebruiken.' Reageerde iemand zo wanneer hij op een leugen werd betrapt?

Berg draaide nadenkend zijn kopje koffie heen en weer. Hij had zin in een cognac, maar het was nog maar tien uur. Er flitste ineens een andere zin van Lebowski door zijn hoofd: 'U draait alles om,' had hij tegen de onderzoeksrechter gezegd. 'U maakt van fictie realiteit en omgekeerd.'

Vreemd genoeg was dat net hetgeen waar ze Lebowski van beschuldigden: dat hij de eerste twee moorden had gebruikt als hoofdstukken voor zijn nieuwe roman en dat hij de twee laatste in werkelijkheid had omgezet nadat hij ze eerst had geschreven.

Als dat inderdaad zo was gebeurd, dan had Lebowski de grens tussen fictie en realiteit volledig opgeheven: hij had als schrijver een moordenaar bedacht en vervolgens was hij in de huid van dat personage gekropen om in het echt te gaan moorden. Berg herinnerde zich wat hij tegen Zeebos had gezegd op weg naar hun eerste gesprek met Lebowski: dat je als lezer altijd een onderscheid moest maken tussen personage en schrijver. De eerste was van papier, de tweede van vlees en bloed.

Hij had die opmerking gemaakt op basis van een verhaal dat een leraar Nederlands op school had verteld toen iemand vroeg of een personage in een roman identiek kon zijn aan de schrijver. Het verhaal in kwestie ging over Daidalos, de schepper van het labyrint op Knossos, die naast architect ook een begaafd beeldhouwer was. Van hem werd zelfs gezegd dat hij beelden maakte die van hem wegliepen. Het verhaal stond symbool voor het feit dat er een grote afstand bestond tussen Daidalos en zijn beelden en net dat was de belangrijkste voorwaarde opdat een kunstwerk een kunstwerk kon zijn. De leraar had het vergeleken met een mens. Een baby werd pas een op zichzelf staand individu van het ogenblik dat de navelstreng werd doorgeknipt en het van de moeder werd gescheiden, net zoals opgroeien betekende dat je almaar meer afstand moest nemen van je ouders, anders werd je nooit echt volwassen. Op dezelfde manier moest er voldoende afstand zijn tussen een kunstwerk en een kunstenaar en kon in een roman een personage nooit samenvallen met de schrijver. Gebeurde dat wel, dan was er geen sprake van literatuur, kunst, fictie.

Berg ging naar binnen en haalde de roman van Lebowski uit de woonkamer. Was het mogelijk dat de schrijver die fundamentele wet met voeten had getreden? In dat geval was het geen fictief verhaal. Was hij daarom met het schrijven ervan gestopt? Lebowski had gezegd dat hij er geen zin meer in had na de dood van Sofie Vleminckx, maar misschien was het nooit de bedoeling geweest om een echte roman te schrijven. Misschien had hij de hoofdstukken alleen op papier gezet om zichzelf buiten verdenking te plaatsen omdat elk weldenkend mens wist dat een schrijver niet samenviel met zijn personage en dat een roman fictie was, geen werkelijkheid. Hoe dom zou het trouwens zijn om je eigen verzinsels in het echt om te zetten? Daarmee werd je meteen verdachte nummer één. Hove had tijdens het verhoor Lebowski verweten dat dat de achterliggende gedachte van zijn opzet was, maar dat hij daar niet intrapte.

Berg liep met de roman terug naar de keuken, haalde de fles cognac uit de kast en ging weer aan de terrastafel zitten.

Het zou inderdaad een meesterlijke zet zijn om jezelf zo verdacht te maken dat niemand je logischerwijs nog kón verdenken en Lebowski was slim genoeg om zoiets te bedenken, maar Hoves theorie klopte niet helemaal. Om te beginnen had Lebowski kunnen vermoeden dat de politie zijn manoeuvre zou doorzien en ten tweede had hij bij hoog en laag ontkend dat hij het laatste hoofdstuk had geschreven, wat volkomen haaks stond op de constructie die hij volgens Hove had bedacht om zichzelf buiten verdenking te stellen.

Berg liet zijn hoofd in zijn nek vallen en staarde naar de inktzwarte lucht. Het Janusmedaillon waarover Tine Demesmaecker had verteld, schoof zijn gedachten binnen en associeerde zich op een bizarre manier met zijn eigen situatie. Hij had het gevoel dat hij zelf met een Januskop op zijn schouders rondliep sinds hij aan deze zaak was begonnen. Net zoals de Romeinse god naar twee kanten keek, stuurde hij zijn gedachten nu eens die richting uit, dan weer een totaal andere. Het gevolg was dat hij elke oriëntatie kwijt was.

Vertwijfeld haalde Berg zijn vingers door zijn haar. Zijn oog viel op Lebowski's roman naast de fles cognac. Moest hij die nu helemaal lezen zoals Zeebos had voorgesteld? Op zijn salontafel lag nog ander leesvoer te wachten: de map met interviews die Wenderickx van het internet had gehaald. Ook daar was hij nog altijd niet aan begonnen en hetzelfde gold voor de recensies waarin Wenderickx op zoek moest naar een interpretatie voor het feit dat in Lebowski's laatste romans alleen vrouwen werden vermoord. Voor dat alles was tot nu toe geen tijd geweest omdat de moorden elkaar zo snel hadden opgevolgd. Dat was trouwens nog iets wat Berg niet begreep. Tussen de twee eerste moorden lagen twee weken, maar tussen de laatste twee slechts enkele dagen. Waarom was dat? Het leek wel alsof de moordenaar haast had om...

Berg keek op toen hij in de keuken zijn mobiel hoorde overgaan. Zijn horloge gaf tien over elf aan. Op hetzelfde ogenblik schoot de gedachte door zijn hoofd dat het telefoontje verband hield met een nieuwe moord.

Hij voelde hoe zijn middenrif in vrije val ging. Dat kon toch niet waar zijn. Niet nu Lebowski in de cel zat. Hij repte zich naar binnen. Het was inderdaad de centrale.

'Met Berg.'

'Hoofdinspecteur,' zei de dienstdoende agent. 'Excuseer dat ik zo laat nog bel, maar ik vond dat u dit moest weten. In de Goudbloemsstraat staat een huis in brand.'

Berg begreep het niet.

'Wat heb ik daarmee te maken?'

'Het gaat om het huis van Lebowski. Enfin, het huis waar zijn ex-vrouw in woont. Mevrouw Holbeen. Aagje Holbeen.'

8

Het werd opnieuw een nacht zonder veel slaap. Na het telefoontje was Berg vierklauwens naar de Goudbloemsstraat gelopen, terwijl hij zich onderweg de grootste verwijten maakte dat hij het huis niet had laten bewaken zoals Lebowski herhaaldelijk had gevraagd. Hij mocht er niet aan denken wat er zou gebeuren als de ex-vrouw van de schrijver iets was overkomen. Hove, godverdomme! Hij had voet bij stuk moeten houden, desnoods achter de rug van de onderzoeksrechter om.

De anders zo rustige Goudbloemsstraat stond ondanks het late uur vol buren en nieuwsgierigen die op het vuur en de herrie waren afgekomen. Berg zag dat de weg volledig versperd was door brandweerwagens, politiecombi's en ambulances.

Agenten van de lokale politie hielden de massa op een veilige afstand; brandweermannen met helmen op waren druk in de weer om het vuur onder controle te krijgen.

Berg wrong zich door de menigte heen. Het bluswater stroomde in beken over de straat; de vlammen die uit de ramen van het huis sloegen, zetten de buurt in een oranje gloed. Het viel hem op dat sommige mensen enkel gekleed waren in een pyjama met daarover een jas geslagen.

Na enig zoeken merkte hij de brandweercommandant op, baande zich een weg tot bij hem en toonde zijn legitimatiebewijs. Hij vroeg of er slachtoffers waren.

'Nee, dat hebben we gecontroleerd!' riep de man over het lawaai van de brandweerwagens heen. 'Er was niemand in het huis.'

Berg herademde. Zijn blik gleed over de omstanders. Hij had geen idee hoe Aagje Holbeen eruitzag.

'Waar is de vrouw die hier woont?'

De man haalde zijn schouders op.

'Geen idee.'

'Hoe is het vuur begonnen?'

'Weten we nog niet.'

De commandant wendde plots zijn hoofd af en luisterde naar iets wat in zijn koptelefoon werd gezegd.

'Nee, dat is niet nodig,' hoorde Berg hem antwoorden. 'De zaak is zo goed als onder controle. We hebben nog een uur of twee nodig, schat ik. De brand is niet tot op de bovenste verdieping geraakt.'

Berg besefte dat hij in de weg liep en trok zich terug tot hij ver genoeg was om ongestoord te kunnen bellen. Hij selecteerde Hoves nummer. Het duurde een hele tijd voor er werd opgenomen.

'Hallo, met Hove.'

De stem aan het andere eind klonk traag, loom. De onderzoeksrechter had blijkbaar al geslapen.

'Berg hier. Het spijt me dat ik u wakker maak. Ik ben in de Goudbloemsstraat. Het huis van Lebowski's ex staat in brand.'

Het bleef stil. Berg wist niet zeker of de boodschap was overkomen. Hij herhaalde zijn laatste zin.

'Ik had u de eerste keer al begrepen,' bromde Hove.

'U realiseert zich toch wat dat betekent?'

In plaats van te antwoorden vroeg de onderzoeksrechter:

'Is mevrouw Holbeen in orde?'

'Er was gelukkig niemand thuis toen de brand uitbrak.'

'Hebt u haar gesproken?'

'Nee, ik heb geen idee waar ze is.' Berg keek op zijn horloge. Het was iets voor middernacht. 'Vermoedelijk weet ze niet eens wat hier gaande is.'

'Is het vuur aangestoken?'

'Dat konden ze nog niet zeggen.'

'Wat doe ik? Kom ik naar ginds?'

'Dat is niet nodig,' antwoordde Berg. 'Ik blijf hier tot ik weet hoe de brand begonnen is.'

Hove mompelde iets wat Berg niet verstond. Toen zei hij:

'In orde, hoofdinspecteur. We zien elkaar morgen. Om negen uur.'

'En wat met Lebowski? We kunnen hem toch niet langer...'

'Morgen,' herhaalde Hove en hij verbrak de verbinding.

Berg slikte een vloek in. Hij liep terug in de richting van het huis. Er waren geen vlammen meer te zien, alleen een dikke grijze rook die uit de kapotte ramen opsteeg en de hele straat vulde met een doordringende brandlucht. De mensen begonnen stilaan af te druipen nu er niets sensationeels meer te zien was. Ook de ambulancewagens waren intussen vertrokken. Berg zocht met zijn ogen naar de brandweercommandant, maar zag hem nergens. Waarschijnlijk was de man in het huis op zoek naar de oorzaak van de brand. Hij dacht terug aan wat Mertens hem in de Allerheiligenkapel had verteld over de manier waarop de H. Agatha werd afgebeeld: vastgebonden op een brandstapel. Zodra het kon, moest hij de woning in om te zien of er ergens een beeld van de heilige te vinden was. Als daar tenminste nog iets van overbleef.

Hij leunde in afwachting met zijn rug tegen een huisgevel aan de overkant van de straat en haalde zijn mobiel boven om zijn mannen een bericht te sturen. Er was afgesproken dat morgen niemand moest komen werken als compensatie voor de vele overuren van de afgelopen weken, iets wat hij vooral had voorgesteld om Meulenaer een plezier te doen. Misschien, had hij gezegd, kon hij het onderbroken weekendje aan zee overdoen. Meulenaer had vreugdeloos geknikt, bijna alsof hij vreesde dat het voor een verzoeningspoging te laat was, maar hij had zijn chef wel bedankt en daarmee leek de spanning tussen hen eindelijk wat afgenomen.

Berg selecteerde de nummers van zijn mannen. Van die vrije dag kwam niets in huis nu bleek dat Lebowski de waarheid had gesproken. Hopelijk had Meulenaer zijn vriendin nog niets beloofd of de goed bedoelde verlofdag had een averechts effect. In elk geval had zijn gevoel hem niet bedrogen. Ze waren te snel van stapel gelopen. De echte moordenaar liep nog altijd op vrije voeten rond.

Ongeveer een kwartier later verscheen de brandweercommandant in de deuropening van het huis. Toen hij Berg zag staan, wenkte hij hem dichterbij.

'We hebben de oorzaak van de brand gevonden,' zei hij. 'Kom maar mee.'

Berg volgde de man de gang in, naar de woonkamer. De elektriciteit was uitgevallen, alleen het licht van de straatlantaarns viel door de ramen naar binnen. De stank van de brand benam Berg de adem. De vloer was drijfnat; zijn schoenen waren in een oogwenk doorweekt. Ontsteld keek hij om zich heen naar de ravage die het vuur had aangericht. Het plafond was zwartgeblakerd, het behangpapier hing in flarden aan de muren, stoelen en kleinere meubelen waren omvergeworpen onder druk van het bluswater. Bij één van de ramen aan de voorkant scheen de brandweercommandant met zijn zaklamp naar de vloer. Berg ontwaarde tussen de smurrie de hals van een gebroken fles. De commandant draaide zich om en nam iets van de tafel.

'Ruik eens.'

Hij hield Berg de voet van een fles onder de neus. De benzinelucht was onmiskenbaar.

'Een molotovcocktail?'

De man knikte.

'Primitief, maar heel doeltreffend.' Hij scheen naar het raam. 'Enkel glas. Geen kunst om hier iets naar binnen te gooien.'

Op dat ogenblik kwam een brandweerman melden dat de bewoonster van het huis was gearriveerd. Berg liep naar buiten. Op straat stond een blonde vrouw van middelbare leeftijd, de handen om de armen geslagen, haar gezicht vertrokken van ongeloof en ontzetting.

'Mevrouw Holbeen?'

'Ja.' De blik van de vrouw bleef op de gevel van het huis gericht. 'Hoe kan dit? Wat is er gebeurd?'

Berg hoorde dat ze een Nederlands accent had. Hij stelde zich voor en vroeg waar ze geweest was. De vrouw keek hem aan alsof die vraag niets ter zake deed, maar ze antwoordde toch:

'In de stad. Met mijn dochter.'

'Waar is die nu?'

'Ik heb haar afgezet aan haar studio.' De vrouw rilde en herhaalde haar vraag: 'Wat is er gebeurd?'

'Iemand heeft een fles met benzine door het raam gegooid,' antwoordde Berg. 'Hebt u een idee wie dat gedaan kan hebben?'

'Wat? Nee, natuurlijk niet. Welke gek doet nou zoiets?' Ze keek over Bergs schouder naar de voordeur. 'Kan ik naar binnen?'

'Ik denk dat men nog niet klaar is met nablussen. Was er een bepaalde reden waarom u met uw dochter in de stad was?'

'Ja, ze is morgen jarig. We zijn samen op restaurant geweest.' De vrouw trok haar handtas van haar schouder. 'Sorry, ik moet mijn ex bellen.'

'Euh... mevrouw,' zei Berg. 'Ik vrees dat u daarmee zult moeten wachten tot morgen. Het is namelijk zo dat uw exman...'

Hij stopte en zocht naar de juiste woorden. De vrouw keek hem ongerust aan, alsof ze voor nog meer slecht nieuws vreesde.

Berg zuchtte. Er waren van die momenten waarop hij wilde dat hij een ander beroep had.

9

Toen Berg de volgende dag op het politiebureau kwam, zat Hove al op hem te wachten, samen met Wenderickx, Coens en Meulenaer. Zeebos was er niet. Die had hij vanochtend gebeld en naar de Goudbloemsstraat gestuurd. De voorbije nacht had hij met behulp van een zaklamp twee uur lang naar de restanten van een heiligenbeeld gezocht, maar misschien had Zeebos bij daglicht meer succes, ook al was de kans klein. Gips was heel broos en niet bestand tegen vuur of water.

Vier paar ogen richtten zich op Berg toen hij het kantoor binnenkwam. Hij mompelde een goedemorgen en stevende op zijn bureau af. Hondsmoe, zo voelde hij zich. Toen hij vannacht thuiskwam, was het over drieën en hoewel hij omviel van de slaap, had hij eerst nog een cognac gedronken om de opwinding uit zijn hoofd te spoelen. Daarna had hij zijn vuile kleren in de wasmand gepropt en was bijna een kwartier lang onder de douche blijven staan om het roet en het vuil van zich af te schrobben, maar toen hij vanochtend opstond, hing de brandlucht nog altijd in zijn haar.

Het eerste wat hij deed, was vertellen wat de brandweer de vorige nacht had vastgesteld: het vuur was aangestoken, dat bewees de fles met benzine. De conclusie lag voor de hand: de verkeerde man zat in de cel en de dader was nog niet klaar met moorden. Gelukkig was hij dit keer niet in zijn opzet geslaagd, maar de kans bestond dat hij het opnieuw zou proberen. Bovendien was er nog het laatste beeld, dat van de H. Catharina.

'Er zit dus niets anders op,' besloot Berg. 'Katrien Lebowski en haar moeder moeten vanaf nu dag en nacht bewaakt worden.'

Hij keek vragend de groep rond. Hove schuifelde nerveus met zijn schoenen over de vloer. De gezichten van de drie anderen vertoonden een mengeling van vermoeidheid en geforceerde concentratie.

'Is het niet veiliger,' zei Meulenaer, 'om ervoor te zorgen dat moeder en dochter helemaal uit Leuven verdwijnen? Tot we de dader te pakken hebben?'

'Dat heb ik mevrouw Holbeen vannacht al voorgesteld,' antwoordde Berg. 'Het probleem is dat Katrien examens heeft en als zij blijft, blijft de moeder ook.'

'Is haar huis nog bewoonbaar?' vroeg Coens.

'Nee, ze logeert bij een vriendin. Ik heb haar met een neutrale auto naar ginds laten brengen. Voorlopig is ze daar veilig.'

'En het meisje?'

'Ik heb een combi bij haar studio laten postvatten.' Berg reikte Coens een papiertje aan. 'Dit is het adres. Jij en Meulenaer nemen de ochtendshift op jullie. Intussen vraag ik de korpschef of de lokale politie de bewaking kan overnemen. Ik laat jullie zo snel mogelijk aflossen.'

'Oké, chef.'

'En zorg ervoor dat je haar geen moment uit het oog verliest. Als ze het gebouw verlaat, gaan jullie mee, ook al is het om vijftig meter verder boodschappen te doen. We mogen geen enkel risico nemen.'

'Komt in orde.'

'Wenderickx, jij neemt intussen contact op met Martine Ophalvens. Maak een afspraak. Met haar én haar echtenoot.'

'Als ze nog met hem getrouwd is.'

'Dan vraag je zijn adres en telefoonnummer. Ik wil die twee vandaag nog spreken.'

'We gaan dus mee in Lebowski's verhaal?' zei Hove onwillig.

'Hebben we dan een andere keus?' kaatste Berg terug.

'Ik blijf die wraaktheorie vergezocht vinden.'

'Op dit ogenblik hebben we geen ander spoor. Zodra Coens en Meulenaer terug zijn, laat ik hen voor de zekerheid de alibi's controleren van Maarten Gerrits, Ruben Demeester en Wouter Grootjans. Wenderickx en ik nemen Evert Vanderlinden en Martine Ophalvens voor onze rekening. Maar eerst moeten we met Lebowski gaan praten.'

Enkele minuten later zaten ze in de verhoorkamer opnieuw tegenover de schrijver. De man zag eruit alsof hij nauwelijks een oog had dichtgedaan. Berg wist precies hoe dat aanvoelde. Hij liet het aan Hove over om te vertellen wat er gebeurd was. Per slot van rekening was het door zijn toedoen dat de moordenaar de vrije hand had gehad om het huis in brand te steken.

Lebowski werd lijkbleek toen de onderzoeksrechter het verhaal deed, maar zodra hij te horen kreeg dat niemand gewond was, nam de spanning in zijn gezicht af. Het eerste wat hij vroeg, nog terwijl Hove bezig was met excuses voor de onterechte arrestatie, was of zijn dochter en ex-vrouw bescherming kregen.

'Daar is voor gezorgd,' verzekerde Berg hem en hij vertelde welke maatregelen er genomen waren.

'Goed, dank u.'

Lebowski leek enigszins gerustgesteld.

'Wat gebeurt er nu?'

'U kunt zo dadelijk naar huis,' antwoordde Berg. 'Maar eerst wil ik het over die dreigmails hebben. Als het klopt dat iemand wraak wil nemen omdat hij door uw schuld zijn vrouw of vriendin is kwijtgeraakt, dan moeten we in die richting zoeken. U hebt het vorige keer gehad over Trui Goedseels en Martine Ophalvens. Het eerste spoor levert niets op. We hebben gisteren met Willem Terbanck gepraat, hij heeft een alibi voor het moment waarop Femke Dries werd vermoord. Blijft Martine Ophalvens over. Tenzij u intussen nog een andere naam te binnen is geschoten.'

Lebowski maakte alleen maar een vermoeid gebaar.

'Hoe heet de echtgenoot van Martine Ophalvens?'

'Dat weet ik niet, hoofdinspecteur. Ik heb niet de gewoonte om over de partner te praten van de vrouw met wie ik een verhouding heb.'

'Maakt niet uit, één van mijn mannen is op dit ogenblik met de zaak bezig. Die naam hebben we zo. Hebt u de man ooit ontmoet?'

'Nee.'

'U hebt dus geen idee wat voor iemand hij is?'

Lebowski schudde zijn hoofd. Hij vroeg:

'En wat met de vriend van Femke? Als er iemand het manuscript gelezen kan hebben, dan hij wel.'

'Wees gerust, meneer Lebowski, we zijn Evert Vanderlinden niet vergeten.'

Berg keek Hove van terzijde aan om te zien of hij nog een vraag had, maar de onderzoeksrechter hield zijn lippen stijf opeen.

'Goed, dan kunt u nu naar huis. Als u wilt, kan ik voor vervoer zorgen.'

'Dat is niet nodig.' Lebowski grimaste. 'Na afgelopen nacht ben ik dringend aan wat frisse lucht toe.'

Berg en Hove begeleidden de schrijver naar de uitgang. Zodra hij het gebouw had verlaten, zei Berg:

'Vreemd. Geen enkel verwijt. Iemand anders zou verontwaardigd gereageerd hebben of zelfs met een aanklacht dreigen.'

'Ik veronderstel dat hij de voordelen van zijn arrestatie inziet,' zei Hove. 'Nu staat tenminste vast dat hij niets met de moorden te maken heeft.'

Op dat ogenblik herinnerde Berg zich de plastic zak waarmee hij al de hele ochtend rondliep. Hij had het ding vanochtend naar het politiebureau meegebracht, maar tijdens het verhoor had hij er niet meer aan gedacht en nu was hij zijn voornemen bijna weer vergeten. Hij excuseerde zich bij Hove en ging Lebowski achterna.

Toen hij terugkwam, stond Zeebos in de inkomhal met de onderzoeksrechter te praten. Zijn beschermpak zat onder het roet en het vuil. Berg ging dichterbij.

'Iets gevonden, Jan?'

‘Nee, geen spoor van een heiligenbeeld.’

‘Ik vroeg net hoe dat kon,’ bromde Hove.

‘Als de dader het beeld ook door het raam heeft gegooid,’ antwoordde Zeebos, ‘dan is het waarschijnlijk aan gruzelementen gevallen die in de hitte verpulverd zijn. Op de vloer van de woonkamer ligt een zwarte drab van enkele centimeters dik waar tientallen laarzen van brandweermannen doorheen geploegd hebben. Onmogelijk om daar nog restanten van gipspoeder in terug te vinden.’

‘Het was het proberen waard,’ zei Berg. ’En de scherven van de fles?’

‘Die heb ik meegebracht. Je krijgt straks het resultaat.’

Zeebos draaide zich om naar de lift, maar kwam na enkele stappen terug.

‘Voor ik het vergeet: de brandweercommandant vertelde iets vreemds. Het vuur is anoniem gemeld. Vanuit een telefooncel.’

‘Bestaan die dingen nog?’ deed Berg verbaasd.

‘Er zijn er in Leuven nog een paar. Het telefoontje kwam van een cel aan het station.’

‘Maar dat is aan de andere kant van de stad,’ zei Hove ongelovig. ‘Waarom verplaatst iemand zich zo ver om een brand te melden? Zelfs al heb je geen mobiel bij de hand, dan bel je toch aan bij een huis in de buurt.’

‘Niet als je anoniem wilt blijven,’ zei Berg. Hij wendde zich tot Zeebos: ‘Jan, ik wil al de vingerafdrukken die er in die cel te vinden zijn.’

‘Oké. Eerst even douchen.’

‘Dat telefoontje kan alleen van de dader komen,’ merkte Hove op. ‘Waarom? Ik begrijp de bedoeling niet.’

‘Ik ook niet,’ mompelde Berg. ‘Tenzij de man plots last van zijn geweten heeft gekregen.’

'Ach, kom nou,' zei Hove geringschattend.

Berg hoorde zijn mobiel overgaan. Het was Wenderickx.

'Chef, ik heb net Martine Ophalvens aan de lijn gehad.'

'Goed, kom naar beneden dan rijden we meteen naar...'

'Wacht. Ze zei dat ze al een halfjaar gescheiden is. En weet je van wie?'

'Verdomme, Wenderickx. Je weet dat ik niet van raadseltjes...'

'Van Vanderlinden, chef! Evert Vanderlinden!'

10

Elk onderzoek, wist Berg uit ervaring, had een kantelpunt. Het moment waarop eensklaps duidelijk werd welke kant je moest uitkijken om eindelijk tot een oplossing te komen. Tot nu toe hadden hij en zijn mannen er voortdurend andere meningen op na gehouden en zelfs in tegenovergestelde richtingen gezocht met de ene keer Lebowski als verdachte en de andere keer als slachtoffer, maar Wenderickx' telefoontje was zo'n kantelmoment waarop plots alle neuzen dezelfde kant op draaiden. Berg hoopte uit de grond van zijn hart dat ze ditmaal op het juiste spoor zaten.

Hij overlegde met Hove hoe ze de zaak het best aanpakten en reed daarna met Wenderickx naar de KBC bank op het Ladeuzeplein waar Martine Ophalvens werkte als beleggingsadviseur.

De man bij de receptie reageerde eerder onderkoeld toen Berg hem zijn legitimatiebewijs voorhield en al een halve minuut na zijn telefoontje verscheen een zakelijk geklede vrouw van halverwege de dertig bij de infobalie. Ze was middelgroot, had kortgeknipt donkerbruin haar en een mooi gezicht dat discreet was opgemaakt. Zowel haar houding als haar kledij straalden efficiëntie uit, precies zoals van iemand die in een bank werkte, werd verwacht.

Zodra Berg het doel van hun komst had uitgelegd, begeleidde de vrouw hem en Wenderickx naar een met een glazen wand afgesloten kantoor dat niet veel groter was dan het bureau dat er stond. Berg kwam meteen ter zake.

Ja, gaf Martine Ophalvens zonder aarzelen toe, ze had een halfjaar geleden een korte affaire gehad met de schrijver Lukas Lebowski en haar huwelijk was daarop afgesprongen, niet op initiatief van haar echtgenoot, maar van haar. En ook niet, voegde ze eraan toe, omdat ze gehoopt had dat er toekomst zat in de verhouding met Lebowski. Dat soort man was hij niet, zoveel was van meet af aan duidelijk geweest. Waarom ze haar huwelijk dan wel verbroken had, liet ze in het midden en Berg vroeg er ook niet naar. Er waren andere dingen die hij wilde weten.

'Hoe reageerde uw man op de breuk?'

'Slecht. Hij wilde van geen scheiding weten. Nog altijd niet trouwens.'

'Maar u woont intussen apart?'

'Ja. Al is dat niet van een leien dakje gegaan. Evert bleef me maar lastigvallen. Uiteindelijk heb ik een contactverbod moeten aanvragen.'

Berg verbaasde zich over de emotieloze toon waarop de vrouw sprak. Martine Ophalvens was ongetwijfeld een mooie en elegante verschijning, maar ze had iets hards over zich dat ze moeilijk kon verbergen.

'Wist uw man met wie u een verhouding had?'

'Eerst niet. Later is hij daar toch achter gekomen. Volgens mij is hij toen ook Lukas beginnen lastigvallen.'

Berg spitste de oren.

'Waarom denkt u dat, mevrouw?'

'Omdat een vriendin me vertelde dat ze hem op een signeersessie tegen het lijf was gelopen. En achteraf heb ik nog van andere mensen gehoord dat ze hem gezien hadden op lezingen van Lukas.'

Berg herinnerde zich dat de schrijver gezegd had dat hij de vriend van Femke Dries geregeld tussen het publiek had opgemerkt, maar blijkbaar had hij nooit een verband gelegd met Martine Ophalvens.

'Waarom deed hij dat, denkt u?'

De vrouw schokschouderde.

'Pfff... waarom doet Evert zulke dingen? Om Lukas het leven zuur te maken? Om hem te intimideren? Ik heb geen idee. Vraagt u dat maar aan hem.'

'Weet u of hij meneer Lebowski e-mails heeft gestuurd?'

'Heeft hij dat ook gedaan?'

'Dat zeg ik niet, mevrouw. Ik vraag of u daar weet van hebt.'

'Nee. Maar het zou me niet verbazen. Zo zit Evert nu eenmaal in elkaar. Hij steekt de schuld van de scheiding volledig op Lukas, ook al heb ik hem al honderd keer aan zijn verstand proberen te brengen dat dat niet klopt. Het was mijn beslissing. Lukas weet volgens mij niet eens dat ik bij Evert weg ben.'

'Waarom bent u eigenlijk bij hem weggegaan?'

'Omdat het geen goed huwelijk was. We pasten totaal niet bij elkaar.'

'Waarom bent u dan met hem getrouwd?'

Voor het eerst verscheen er iets op het gezicht van Martine Ophalvens dat naar een lachje zweemde.

'Om twee redenen. Hij was knap en ik was jong.'

Wat ze zei, verklaarde alles en niets. Berg besloot niet aan te dringen. Hoewel hij het antwoord al kende, vroeg hij:

'Heeft uw ex-man intussen een andere relatie?'

‘Dat weet ik niet en het interesseert me ook niet. Mijn enige contact met hem verloopt via mijn advocaat.’

Berg wikte zijn woorden, maar er was geen manier om zijn volgende vraag af te zwakken.

‘Zou u uw ex-man als gewelddadig bestempelen?’

Martine Ophalvens legde haar handen over elkaar op het bureau. Haar nagels, zag Berg, waren lang en goedverzorgd. Ze leek van haar stuk gebracht, dat kon hij opmaken uit de tijd die ze nam om te reageren.

‘Gewelddadig? Waarom vraagt u dat? Heeft hij iets gedaan dat...’

‘Antwoord alstublieft op de vraag, mevrouw.’

‘Daar heb ik nooit iets van gemerkt. Ik bedoel, het is tussen ons nooit tot handtastelijkheden gekomen. Evert kan bijzonder haatdragend zijn, maar gewelddadig... nee, daar is hij niet het type voor.’

‘Heeft uw ex-man in mei een reis gemaakt?’

‘Geen idee.’

‘U weet dus niet of hij rond die tijd in Italië is geweest? En even later in Nederland?’

‘Nee, hoofdinspecteur. Zoals ik al zei: ik vermijd zoveel mogelijk elk contact met hem.’

Berg bedankte de vrouw voor haar medewerking en liep met Wenderickx het bankgebouw uit. Het Ladeuzeplein blaakte in de zon. Her en der zaten groepjes studenten in kleermakerszit met boeken en notities op de schoot. Een vertrouwd beeld nu de examens bezig waren en het weer eindelijk was omgeslagen.

‘Terug naar het bureau?’ vroeg Wenderickx.

‘Nee, naar het Rijksarchief in de Vaartstraat.’

‘Kunnen we eerst iets gaan eten, chef? Ik heb vanochtend geen tijd gehad om...’

'Hoe laat is het?'

Wenderickx keek omhoog naar de vergulde wijzerplaat tegen de bibliotheektoren.

'Bijna twaalf uur. Lunchtijd.'

'Juist. Als we ons haasten, is Vanderlinden nog op zijn werk. Anders moeten we een uur of langer wachten voor we hem te pakken krijgen.'

'En wat dan nog?'

'Je hebt gehoord wat zijn ex-vrouw verteld heeft. Het ziet er almaar meer naar uit dat hij de e-mails verstuurd heeft. Als hij geen alibi voor de moorden heeft, wil ik hem geen minuut langer op vrije voeten. Of dacht je dat ik opnieuw zo'n nacht als gisteren wil meemaken? Kom, haast je. Eten kan later nog.'

Wenderickx kroop mopperend achter het stuur en laveerde de Opel Insignia door het drukke verkeer. Vanwege de verschillende eenrichtingsstraten kostte het bijna een kwartier voor ze ter plaatse waren. Berg keek voortdurend op zijn horloge. Ze waren beter te voet gegaan, dat had een stuk minder tijd gekost.

Het onlangs gerestaureerde Villerscollege dateerde in zijn huidige vorm van de achttiende eeuw en had een imposante, gedeeltelijk in ossenbloed geschilderde gevel met traveeën, pilasters en kapitelen. Via de inrijpoort kwamen ze terecht op een vierkante binnenplaats met links en rechts twee natuurstenen sokkels waarop moderne, bronzen beelden stonden. Eén ervan stelde een forse mannenfiguur voor met een grote passer in de hand en een dubbel gezicht waarvan de ene helft naar de muur was gekeerd en de andere naar de open ruimte.

Berg bleef verrast staan. De voorstelling deed hem onmiddellijk denken aan het Janusmedaillon van Lebowski. Op de sokkel stond echter een andere naam: PRUDENTIA, Latijn voor voorzichtigheid. Eerst begreep hij het niet, toen viel hem te binnen dat ook het vredegerecht in het Villerscollege was gevestigd. Waarschijnlijk vormde dat de verklaring voor de aanwezigheid van het beeld. Elk verstandig oordeel was immers op behoedzaamheid gebaseerd. Alleen... waarom die twee gezichten? Of keek de man vooruit en achteruit om zijn voorzichtige ingesteldheid te benadrukken? Ja, dat kon het zijn. En de passer symboliseerde vermoedelijk het afgemeten, weloverwogen oordeel. Berg knikte waarderend. Het was eens wat anders dan de klassieke weegschaal.

Op dat ogenblik zagen ze Vanderlinden het gebouw uitkomen via een deur in de rechter zijvleugel. Hij was in het gezelschap van een andere man, maar zodra hij Berg en Wenderickx opmerkte, beduidde hij zijn collega alleen verder te gaan en kwam hun richting uit. Nog voor Berg iets kon zeggen, vroeg hij:

'Hoofdinspecteur, hebt u nieuws over Femke?'

'Het spijt me, meneer Vanderlinden. Daarvoor zijn we niet hier.'

De historicus keek ontgoocheld. Op de plaats van de wrat zat een kleine pleister.

'Hebt u tijd?' vroeg Berg. 'We hebben nog een paar vragen aan u.'

'Tja.. ik stond op het punt te gaan lunchen.'

'Dat zal even moeten wachten. Kunnen we ergens ongestoord praten?'

'Nou ja, als het zo dringend is. In mijn kantoor misschien?'

Vanderlinden ging hen voor het gebouw in. Via een monumentale trap met een mooi gebeeldhouwde balustrade in donker hout kwamen ze op de eerste verdieping. Het kantoor was ruim en keek uit op de binnenplaats. Bergs oog viel op een stapeltje exemplaren van *Salsa* dat links op het bureau lag. Ook in de flat van Femke Dries hadden ze een paar nummers van het tijdschrift gevonden. Berg wist intussen dat de naam een letterwoord was voor: Samen Actief voor het Leuvens Stadsarchief. In één van de nieuwsbrieven had hij een artikel van Vanderlinden gevonden met als titel: DE KAPEL VAN SINT-JAN DE KRIJTER. Het stuk ging over een oud bedehuisje in de Naamsestraat waar moeders vroeger de hulp van de H. Johannes de Doper kwamen afsmeken wanneer hun baby's overvloedig huilden, maar veel belangrijker was dat de bijdrage bevestigde wat Berg eerder al had vermoed: door zijn werk in het Rijksarchief wist Evert Vanderlinden een en ander af van volksdevotie en hagiografie.

'Gaat u zitten alstublieft. Wat kan ik voor u doen?'

Berg besloot de man meteen onder druk te zetten.

'We hebben net met uw ex-vrouw gepraat, meneer Vanderlinden. Ze vertelde dat ze vroeger een relatie heeft gehad met Lukas Lebowski.

De historicus trok verrast zijn wenkbrauwen op. Berg gaf hem geen tijd om te reageren.

'Klopt het dat u meneer Lebowski de schuld van de scheiding geeft?'

'Ik begrijp niet wat dat met de moord op Femke te maken heeft.'

'U hebt juffrouw Dries leren kennen op een lezing van meneer Lebowski.'

'Dat is juist, maar...'

'En is het ook niet zo dat u vaak zijn lezingen bijwoont? Waarom doet u dat? Toch niet omdat u zo'n grote fan bent? Dat kan ik me in uw situatie moeilijk voorstellen.'

Vanderlinden wendde zijn blik af en keek door het raam. Berg ging voort.

'Het lijkt wel alsof u de man stalkt.'

'Ik ben al een hele tijd niet meer naar een lezing geweest.'

'U antwoordt niet op de vraag. Wilde u meneer Lebowski onder druk zetten? Straffen?'

Vanderlinden wuifde de suggestie weg.

'Dat is onzin.'

'Is dat zo?' Berg boorde zijn ogen in die van de man tegenover hem. 'Waarom hebt u hem dan dreigmails gestuurd?'

Dit keer kreeg Vanderlinden een kleur. Zijn hand ging automatisch naar de plaats van de wrat, maar stuitte op de pleister. Berg wist dat hij goed zat.

'Ontkennen heeft geen zin. Meneer Lebowski heeft ons de e-mails laten zien. Verstuurd uit hetzelfde internetcafé dat u ook juffrouw Dries hebt aangeraden. Het laatste bericht dateerde van 3 juni.'

De historicus ging met een ruk rechtop zitten.

'Dat kan niet. Ik heb al maanden geen mail meer verstuurd.'

'Maar voorheen hebt u dat wel gedaan?'

Vanderlinden keek plots als een betrapt kind. Toen boog hij het hoofd en knikte.

'Waarom?'

'Omdat ik woedend was. Die vent denkt zich alles te kunnen permitteren. Hij brengt vrouwen het hoofd op hol, gebruikt ze en laat ze dan als een baksteen vallen. Bij de gevolgen staat hij geen ogenblik stil. Maar mijn huwelijk is door zijn schuld kapotgegaan en ik ben heus niet de enige.'

'Hebt u er daarom mee gedreigd om meneer Lebowski te laten voelen hoe het is om een vrouw te verliezen?'

'Ik heb één keer zoiets geschreven, ja.'

'Op 3 juni?'

'Neenee, ik zeg toch net dat ik al maanden geleden met die mails gestopt ben. Ik heb er een paar verstuurd in februari en maart, meer niet.'

Berg had het gevoel dat er iets niet klopte. Waarom zou

iemand toegeven dat hij dreigmails had gestuurd, maar liegen over de datum? Voor de zekerheid zei hij:

'Dat is niet juist, meneer Vanderlinden. Mijn collega en ik hebben de mails gelezen. De laatste dateert van 3 juni.'

De historicus hief vertwijfeld zijn handen omhoog.

'Luister, het is waar dat ik Lebowski een tijdlang heb lastiggevallen. Ik wilde hem het leven zuur maken, op de zenuwen werken, confronteren met het gezicht van de man wiens vrouw hij... God, ik weet allang niet meer wat ik hoopte te bereiken. Het was dom, dat geef ik toe. Maar ik voelde me zo door hem vernederd dat ik...'

Vanderlinden viel stil en wrong zich de handen.

'En toen heb ik Femke leren kennen. Dat was midden maart. Het was me opgevallen dat ze Lebowski altijd vergezelde. Daarom heb ik me tegenover haar uitgegeven als een fan. Om op die manier meer over Lebowski te weten te komen. Tenminste, dat was de bedoeling, maar ik... ik ben verliefd geworden op haar. Ze was zo lief, zo compleet het tegenovergestelde van Martine. Ik voelde me tot rust komen bij haar. Lebowski... de scheiding... dat alles leek ineens niet meer zo belangrijk... zo... zo bedreigend. Vanaf dat ogenblik ben ik gestopt met de lezingen en de mails.'

Berg zei niets. De man tegenover hem klonk oprecht. Of vergiste hij zich en werd hier een hoogstaand stukje theater opgevoerd? Dat zou snel blijken als hij Vanderlindens alibi's controleerde. Hij begon met de moord op Sofie Vleminckx.

'Waar was u op vrijdag 7 juni? Tussen tien uur en middernacht?'

Vanderlinden aarzelde geen seconde.

'Bij Femke. In haar flat in Diest.'

'Daar moet u niet lang over nadenken.'

'Dat komt omdat...' Vanderlinden kneep zijn ogen dicht

alsof hij met moeite zijn emoties kon bedwingen. 'Femke en ik zijn die nacht voor het eerst met elkaar naar bed gegaan.'

Opnieuw wist Berg niet wat te denken. Het kon waar zijn wat de man zei, maar Femke Dries was er natuurlijk niet meer om zijn bewering te staven.

'En op donderdag 29 mei? Omstreeks dezelfde tijd.'

'Dat euh... weet ik niet meer. Wacht, ik kijk mijn agenda na.'

Vanderlinden haalde zijn smartphone uit zijn zak en begon te zoeken.

'Er staat niets op voor die avond. Waarschijnlijk was ik thuis.'

'Bent u in mei op reis geweest?'

'Ik ben sinds vorige zomer nergens meer naartoe geweest. Dat was de laatste keer dat Martine en ik samen op vakantie zijn gegaan.'

'Nog één vraag, meneer Vanderlinden. Waar was u gisteravond?'

'Thuis. Waarom wilt u dat weten?'

'Is er iemand die dat kan bevestigen?'

'Nee. Ik was alleen.'

'Goed, dat was alles.'

Berg stond op en keek op zijn horloge. Hij glimlachte.

'Ik denk dat er nog genoeg tijd overblijft om te gaan lunchen, meneer Vanderlinden. Laat het u smaken.'

De historicus was blijven zitten.

'Ik heb ook een vraag, hoofdinspecteur. Hoe staat het met het onderzoek naar de moord op Femke? Weet u al of Lebowski een alibi heeft?'

'Daar kan ik niet op ingaan, meneer Vanderlinden.'

Berg trok de deur open en liep in gedachten verzonken de trap af. Het was een vreemde situatie: Lebowski verdacht Vanderlinden van de moorden en Vanderlinden verdacht de schrijver. Had één van de twee gelijk? Vanderlindens vermoeden klopte alvast niet: Lebowski was niet de man die ze zochten. De vraag was of de schrijver het wel bij het rechte eind had.

Op weg naar de auto vroeg Wenderickx:

'Waarom pakken we hem niet op, chef? Hij heeft geen alibi voor gisteravond en ook niet voor...'

Berg schudde zijn hoofd.

'Het is nog te vroeg. Ik wil niet dezelfde fout maken als bij Lebowski.'

'Maar hij geeft toe die e-mails verstuurd te hebben.'

'Niet die van 3 juni.'

'En je gelooft hem?'

'Ja.'

'Waarom?'

'Omdat hij geen reden heeft om daarover te liegen.'

Berg bleef staan.

'Weet je wat dat betekent? Dat er nog iemand dreigmails naar Lebowski heeft gestuurd.'

'Wie?'

'Dat,' zei Berg, 'is nu juist de vraag.'

11

Een paar uur later overlegden Berg en zijn team met de onderzoeksrechter over de bevindingen van die ochtend. Op het bureau lag het nummer van *Salsa* met het artikel over de kapel van Sint-Jan de Krijter. Berg had geduldig gewacht tot Hove klaar was met lezen. De onderzoeksrechter zette zijn bril af en zei:

'Laat ik voor de duidelijkheid samenvatten hoe de zaak er

op dit ogenblik uitziet. Ten eerste heeft Vanderlinden toegegeven dat hij een tijdlang meneer Lebowski heeft gestalkt en dat hij dreigmails heeft gestuurd omdat hij hem de schuld geeft van zijn scheiding. Ten tweede staat vast dat hij iets van hagiografie kent en dat hij van het bestaan van de Allerheiligenkapel afwist aangezien hij het gebouw passeerde op weg naar zijn vriendin. Ten derde is hij voor zover we weten de enige die het manuscript van Lebowski gelezen kan hebben. Ben ik tot zover juist?'

Berg knikte.

'Daar komt bij dat hij geen alibi heeft voor de moorden en...' Hove tikte met zijn wijsvinger op het artikel '... dat hij kan schrijven. Wie zo vlot de pen hanteert als hij, kan met een beetje moeite iemands stijl kopiëren en een bijkomend hoofdstuk schrijven aan een bestaand verhaal. Gaat iedereen nog altijd akkoord?'

Er werd instemmend gemompeld.

'Dat zijn heel wat aanwijzingen in de richting van Evert Vanderlinden, heren. Kan iemand mij uitleggen waarom hij dan nog altijd op zijn werk is en niet beneden zit te wachten op verder verhoor?'

'Mijn idee,' liet Wenderickx zich ontvallen.

Iedereen om het bureau keek naar Berg.

'Ik geef toe dat er heel wat elementen zijn die de indruk wekken dat Vanderlinden de dader is, maar...'

'De indruk wekken, hoofdinspecteur? Er is wel meer aan de hand dan dat.'

'Misschien. Behalve dat ik evenveel feiten kan opsommen die niét in het plaatje passen.'

Berg wees naar het tijdschrift.

'Waarom staan Vanderlindens vingerafdrukken niet op de cover? We hebben vijf nummers in de flat van Femke Dries gevonden, telkens met een bijdrage van Vanderlinden in. Het oudste nummer dateert van twee jaar geleden. Dat is lang voor die twee elkaar hebben leren kennen en intussen weten we ook dat Femke Dries niet op de nieuwsbrief was geabonneerd. Daaruit kunnen we concluderen dat Vanderlinden haar de nummers gegeven heeft om indruk op haar te maken met zijn artikelen, maar waarom staan zijn vingerafdrukken dan niet op de covers?'

'Misschien heeft hij die weggeveegd,' opperde Meulenaer.

'Waarom zou hij dat doen? We hebben overal in de flat zijn afdrukken gevonden. Wat maakt het dan uit dat ze ook op de covers van de tijdschriften staan?'

Berg wachtte op reactie, maar die kwam niet. Hij vervolgde:

'Ten tweede begrijp ik niet waarom hij wel toegeeft dreigmails naar Lebowski gestuurd te hebben, maar halsstarrig blijft ontkennen dat het bericht van 3 juni van hem komt.'

'Dat kan een leugen zijn, chef.'

'Nogmaals: waarom? Mensen liegen alleen als ze daar een reden voor hebben en die heeft Vanderlinden niet. Net zo min als hij een reden had om vier mensen te vermoorden.'

'Toch wel,' zei Wenderickx. 'Hij wilde zich wreken op Lebowski. Hem de schuld in de schoenen schuiven.'

'Met een viervoudige moord? Kom nou! Wat dat betreft, geef ik zijn ex-vrouw gelijk: daar is hij niet het type voor. Hij kreeg daarstraks verdomme tranen in de ogen toen hij het over zijn vriendin had.'

'Dat kan theater zijn,' merkte Hove op.

'Zelfs daar wil ik rekening mee houden, maar dan nog klopt er iets niet. Aangenomen dat hij inderdaad Lebowski wilde straffen vanwege de relatie met zijn ex-vrouw en dat hij hem, zoals in de mails staat, wilde laten voelen wat het is om een vrouw te verliezen. Dan begrijp ik dat hij Trui Goedseels vermoordt, misschien ook Sofie Vleminckx als hij vermoedde of van Femke Dries te horen had gekregen dat er iets gaande was tussen haar en de schrijver. Maar waarom zou hij zijn eigen vriendin vermoorden? Om over Lucie Meerten nog maar te zwijgen.'

Berg keek de kring rond. Niemand zei iets.

'Coens heeft het nagetrokken: Vanderlindens naam staat niet op de lijst van de touroperator. Hij kan natuurlijk met de auto naar Firenze gereden zijn, maar dat verklaart nog niet waarom hij een onschuldige toeriste vermoordt die toevallig in hetzelfde hotel verblijft.'

'Lucie Meerten was een grote fan van Lebowski,' zei Wenderickx. 'Misschien was dat reden genoeg.'

'Toch niet om daarvoor helemaal naar Italië te rijden? Als hij een fan wilde vermoorden, had hij hier in Leuven keuze zat. En zelfs als het klopt dat hij in Firenze is geweest, dan zou hij daar toch Trui Goedseels vermoord hebben, of niet?'

Opnieuw kwam er geen antwoord.

'Bedenk ook dat we geen heiligenbeeld gevonden hebben bij de tweede moord,' ging Berg voort. 'Toen we Lebowski verdachten, namen we aan dat dat was omdat hij op dat ogenblik nog niet van het bestaan van de Allerheiligenkapel afwist. Maar dat geldt niet voor Vanderlinden. Die kende de kapel al veel langer.'

'Dat is juist,' zuchtte Hove. 'Dat ontbrekende heiligenbeeld zit ook mij dwars.'

'Ik vermoed,' zei Berg, 'dat de nummers van *Salsa* niet afkomstig zijn van Vanderlinden, maar dat de dader ze in de flat heeft achtergelaten. Net zoals het heiligenbeeld.'

'Met welke bedoeling?

'Ons op het spoor te zetten van Vanderlinden.'

'Is *hij* nu plots degene die geviseerd wordt?' vroeg Meulenaer. 'Ik dacht dat iemand er alles aan deed om Lebowski verdacht te maken.'

'Inderdaad, hoofdinspecteur,' beaamde Hove. 'U maakt een bocht van 180 graden. Eerst is Vanderlinden de dader, nu is hij plots het slachtoffer. Vergeet niet dat er nog altijd dat vierde hoofdstuk is. En dat is bedoeld om Lebowski de schuld in de schoenen te schuiven, niet Vanderlinden.'

'Is dat zo?' repliceerde Berg. 'Daarnet hoorde ik u anders zeggen dat het door Vanderlinden geschreven kan zijn.'

Hove fronste. Zijn blik ging over de gezichten van de drie andere mannen in de hoop dat iemand de impasse kon doorbreken. Tenslotte zei hij:

'Goed, nemen we voorlopig aan dat Vanderlinden niet de dader is. Hetzelfde geldt voor Lebowski. Wie zit er in godsnaam dan wel achter de moorden?'

'Volgens mij,' zei Berg, 'hebben we dit onderzoek volkomen verkeerd aangepakt. Alles is begonnen in Firenze. Als we deze zaak willen oplossen, moeten we ons opnieuw concentreren op de vraag die we altijd voor ons uit hebben geschoven: wie heeft Lucie Meerten vermoord?'

'Niet Lebowski,' zei Hove. 'Zoveel weten we al.'

'Inderdaad. Maar tot voor kort hebben we aangenomen dat hij de meest plausibele dader is omdat hij de drie andere slachtoffers ook kende. Vandaar dat we nooit dieper op de moord in Firenze zijn ingegaan. Als we nu de overige vrouwen even buiten beschouwing laten, dan blijven er twee kandidaten over voor de moord op Lucie: Wouter Grootjans en Ruben Demeester.'

'Tenzij het om iemand anders gaat: een medereiziger of een andere hotelgast.'

'Dat geloof ik niet. In dat geval zou het meisje beroofd zijn of verkracht. Geen van beide is gebeurd.'

‘In Lebowski’s verhaal is ze wel verkracht,’ merkte Wendericka op.

‘Wordt het niet tijd dat we ophouden die twee met elkaar te vergelijken?’ bromde Berg met een flinke dosis irritatie in zijn stem. ‘Die fout hebben we al eens eerder gemaakt. Het ene is fictie, het andere realiteit.’

‘Dan moeten we ons dus ook het hoofd niet meer breken over het ontbreken van een heiligenbeeld in Amsterdam?’ vroeg Coens.

‘Nee, dat is iets anders. Bij de drie overige moorden stond er wel degelijk zo’n beeld. Dat is een feit, geen literair verzinsel.’

‘Terug naar Firenze,’ onderbrak Hove ongeduldig de discussie. ‘De twee mogelijke verdachten hebben elk een alibi.’

‘Ze geven elkaar een alibi,’ nuanceerde Berg.

‘Denkt u dat ze liegen?’

‘De vriendin van Lucie heeft ons verteld dat Wouter Grootjans en Ruben Demeester van kindsbeen af vrienden zijn. Misschien hebben die twee het op een akkoordje gegooid en dekt de ene de andere.’

‘Hmm...’ Hove wreef over zijn kin. ‘De vraag is wie van de twee het nodig heeft om door de andere gedekt te worden.’

‘Daar moeten we zien achter te komen. Maar Wouter Grootjans heeft mogelijk een motief. We weten dat hij Lucie met Lebowski de lift naar boven heeft zien nemen en blijkbaar was hij daar zo overstuur van dat hij even later halsoverkop is weggelopen van het terrasje waar hij met zijn vrienden iets zat te drinken. Ruben Demeester heeft verklaard dat hij hem meteen achterna is gegaan en dat ze de overgebleven tijd samen hebben doorgebracht. De vraag is of dat klopt.’

‘Hoe komen we daar ooit achter, chef?’ vroeg Wenderickx. ‘Als ze elk bij hun verklaring blijven, krijgen we daar geen speld tussen.’

'Dan moeten we er iets groters tussen wringen,' zei Berg. 'Een breekijzer bijvoorbeeld.'

'Wat bedoelt u?' vroeg Hove.

'We zetten Demeester onder druk.'

'Waarom hem? Waarom niet Grootjans?'

'Omdat die niets te verliezen heeft. Als hij inderdaad de moordenaar is, zal hij hoe dan ook bij zijn verklaring blijven. Voor Demeester geldt dat niet. Als hij onschuldig is en alleen gelogen heeft over het alibi van zijn vriend, dan heeft hij alles te verliezen.'

'Ik begrijp nog altijd niet wat u van plan bent.'

'We beschuldigen hem van moord,' zei Berg. 'Niet alleen op Lucie Meerten, ook op de drie andere vrouwen.'

'Maar we hebben geen enkel bewijs tegen hem. Ook niet wat betreft de brandstichting. Zeebos heeft geen vingerafdrukken op de fles gevonden.'

'Misschien vindt hij iets in de telefooncel, maar zelfs als dat niet het geval is, doet dat niets ter zake. We bluffen.'

'Hoe?'

'We laten uitschijnen dat we wel bewijzen tegen hem hebben.'

Hove kreeg een afwijzende trek om de mond.

'Daar doe ik niet aan mee, hoofdinspecteur. En bovendien zal zijn advocaat...'

'Niks advocaat,' onderbrak Berg de onderzoeksrechter. 'We overvallen hem ermee. Nu, op zijn werk. We rijden stante pede naar het Villerscollege en maken hem zo bang dat hij in paniek raakt. Eens zien of hij bij zijn verklaring blijft.'

'Ik weet het niet,' aarzelde Hove. 'Die twee zijn al hun leven lang vrienden, vergeet dat niet.'

'Maakt niet uit,' zei Berg. 'Hoe groot de vriendschap ook is, wie van iets beschuldigd wordt waar hij niets mee te maken heeft, zal eieren voor zijn geld kiezen en zijn eigen hachje proberen te redden.'

'Denkt u?'

'Zo zit de mens nu eenmaal in elkaar. Dat is basispsychologie.'

De onderzoeksrechter leek nog altijd niet overtuigd, maar het was hem aan te zien dat zijn verzet begon af te brokkelen. Waarschijnlijk zag hij in dat er iets moést gebeuren om uit het slop te raken.

'En wie gaat dat doen?' vroeg hij. 'U en wie nog?'

'Zeebos,' besliste Berg. 'Met die kale kop van hem is hij in staat om zelfs de duivel en zijn moer bang te maken.'

Hove wierp hem een besmuikte blik toe.

'Soms krijg ik de indruk dat u een slecht karakter hebt, hoofdinspecteur.'

'In mijn beroep,' zei Berg droog, 'is dat eerder een voordeel dan een nadeel.'

12

Het was bijna halfvijf toen Zeebos de Opel Insignia in de Vaartstraat parkeerde, op een vijftigtal meter van het Villerscollege. Berg had onderweg met hem het scenario doorgepraat, zij het alleen in grote lijnen. Voor details was geen tijd, dat werd improvisatiewerk op het moment zelf, maar Zeebos was een goede verstaander die maar een half woord nodig had om te begrijpen wat van hem verwacht werd. Het belangrijkste was dat ze het zo speelden dat Ruben Demeester bang werd en zijn verklaring over Firenze herriep.

Op het binnenplein van het Villerscollege keek Berg in het

voorbijgaan naar het beeld met de twee gezichten. Hij voelde de vermoeidheid achter zijn ogen branden. De voorbije nachten had hij nauwelijks zijn bed gezien en het slaaptekort begon almaar meer zijn tol te eisen. Hij moest vanavond eens vroeg naar bed, anders ging hij er binnenkort aan onderdoor.

Ruben Demeester deelde een kantoor met een oudere collega die door Berg vriendelijk doch beslist werd verzocht om een pauze te nemen. Zodra de man weg was, schoven hij en Zeebos stoelen bij. Berg ging met opzet rechts voor het bureau zitten, Zeebos links. Op die manier moest Demeester voortdurend van de ene kant naar de andere kijken terwijl de vragen uit twee richtingen op hem werden afgevuurd. Het was een trucje dat Berg van zijn superieur in Brussel had geleerd en dat het verwarrende effect van een kruisverhoor nog versterkte.

Ruben Demeester was hooguit zes- of zevenentwintig. Hij had een opvallend bleke huid, lichtblauwe ogen en een voor zijn leeftijd al ver teruggeweken haarlijn. Het was hem aan te zien dat hij zich niet op zijn gemak voelde in het gezelschap van de twee nors kijkende politiemannen.

Berg legde uit waarvoor ze kwamen: de moord op Lucie Meerten in Firenze. Nader onderzoek had uitgewezen dat er iets aan zijn verklaring schortte.

Demeester keek verbaasd, maar wachtte af. Berg liet een pauze vallen. Hij staarde de jongeman strak aan en zei niets, zo lang tot de ander uit zichzelf moest vragen wat er scheelde.

'U hebt gelogen,' zei Zeebos.

Demeesters blik verschoof naar rechts, maar opnieuw kreeg hij niet meer uitleg.

'Wat bedoelt u?'

'U hebt een valse verklaring afgelegd,' antwoordde Berg.

Demeester keek weer zijn richting uit.

'Over wat u gedaan hebt in de periode voor uw vriendin het lijk vond,' zei Zeebos.

'Hoezo? Ik heb gezegd...'

'Dat u met Wouter Grootjans iets bent gaan drinken,' vulde Berg aan.

'Ja, dat is ook...'

'Maar dat klopt niet,' viel Zeebos hem in de rede.

'Dat klopt wel. Ik...'

'U hebt misschien iets met hem gedronken,' zei Berg. 'Maar veel later dan u tegen de Italiaanse politie hebt gezegd. Eerst bent u terug naar het hotel gegaan.'

'Dat is niet waar.'

'U bent terug naar het hotel gegaan,' herhaalde Zeebos met nadruk. 'En u hebt Lucie Meerten vermoord. Pas daarna bent u op zoek gegaan naar uw vriend.'

Demeester sperde zijn ogen wijd open nu hij begreep wat het doel van dit bezoek was. Zijn blik schoot van links naar rechts, als een dier dat zich in het nauw gedreven voelde. Berg noch Zeebos zei iets. De stilte deed de beschuldiging nog zwaarder doorwegen.

'Hoe... hoe komt u daarop?' stotterde Demeester ten slotte. 'Waarom zou ik Lucie iets aandoen?'

'Omdat u verliefd was op haar,' antwoordde Berg. 'Al een hele tijd.'

'Ik!? Maar dat is niet...'

'En omdat ze u bleef afwijzen,' zei Zeebos.

'Terwijl u toch dacht dat de weg vrij was nu ze het had uitgemaakt met haar vriend,' voegde Berg eraan toe.

'Wie beweert zoiets?'

'Wouter Grootjans.'

'Maar dat kan niet. Waarom zou hij...'

'Waar was u op de avond van 29 mei?' vroeg Zeebos. 'Toen Trui Goedseels werd vermoord.'

Demeester keek alsof hij er nu helemaal niets meer van begreep, maar nog voor hij kans kreeg iets te zeggen, vroeg Berg:

‘En op vrijdag 7 juni? Tussen tien uur en middernacht. Dat is het ogenblik waarop Sofie Vleminckx is vermoord.’

‘Waarom vraagt u dat aan mij?’ vroeg Demeester met schrille stem. ‘Wat heb ik daarmee te maken?’

‘We hebben ontdekt dat de vier moorden door dezelfde dader gepleegd zijn,’ antwoordde Berg.

‘De man die Lucie heeft vermoord, heeft dus ook de overige vrouwen op zijn geweten,’ verduidelijkte Zeebos.

‘En die man bent u,’ zei Berg.

‘Maar dat is helemaal niet waar. Ik heb...’

‘Waar was u gisteravond?’ vroeg Zeebos. ‘Omstreeks elf uur?’

‘In bed. Ik ben vroeg gaan slapen omdat...’

‘Was u alleen?’

‘Euh... nee. Ik woon samen met mijn vriendin.’

‘Hebt u gewacht tot ze sliep? Bent u toen het huis uitgeslopen?’

‘Maar waar hebt u het over?’

In plaats van te antwoorden ging Berg genadeloos voort:

‘We weten wat u de voorbije nacht hebt gedaan, meneer Demeester.’

‘In de Goudbloemsstraat,’ vulde Zeebos aan.

Op dat ogenblik stond Berg op en ging bij het raam staan, schuin achter de jongeman, zodat die over zijn schouder moest kijken toen Berg vroeg:

‘Waarom hebt u het huis in brand gestoken?’

‘Welk huis? Ik weet niet waar u het over hebt.’

‘Ontkennen heeft geen zin,’ zei Zeebos. ‘We hebben een getuige.’

Demeester draaide zich opnieuw een halve slag. Voor hij kon reageren, zei Berg achter zijn rug:

‘De beschrijving past perfect bij u.’

'Dat kan niet. Ik ben al een eeuwigheid niet meer in de Goudbloemsstraat geweest en zeker de afgelopen nacht niet.'

'We hebben de getuige uw foto getoond,' loog Zeebos. 'Hij heeft u herkend.'

'Dat... dat moet een vergissing zijn.'

Berg legde een hand op het bureau en de andere op de rugleuning van Demeesters stoel. Terwijl hij zich naar voren boog, fluisterde hij in diens oor:

'Ik hoop dat u zich een goede advocaat kunt permitteren, meneer Demeester. Die zult u hard nodig hebben.'

De paniek stond nu breeduit over het gezicht van de jongeman geschreven. Hij wilde opstaan, maar Berg duwde hem op zijn schouder naar beneden.

'Het is in uw voordeel dat u meewerkt, meneer Demeester. Als u bekent, zal de rechter daar rekening mee houden.'

'Beginnen we in Firenze,' zei Zeebos. 'Hebt u Lucie vermoord omdat u bang was dat ze over de verkrachting zou vertellen?'

Demeester staarde hem perplex aan. Zijn gezicht was vuurrood geworden en zijn ademhaling ging veel sneller dan normaal.

'De verkrachting?'

Berg liep om het bureau heen en ging weer op zijn stoel zitten.

'Hebt u Lucie verkracht omdat ze geen seks met u wilde hebben?'

'Maar ik heb haar niet verkracht. Ik ben ook niet meer in het hotel geweest voor Wouter en ik...'

'Dat bent u wel!' snauwde Zeebos. Zijn ogen bliksemden. Samen met de zon die door het raam naar binnen viel en zijn kale schedel deed glanzen, gaf dat een bijzonder angstaanjagend effect. Hij vervolgde:

‘Uw vriend heeft verklaard dat er meer dan een uur zat tussen het ogenblik waarop hij van het terras is weggelopen en hij u opnieuw gezien heeft. Een volledig uur! Meer dan voldoende tijd om...’

‘Hij liegt!’ riep Demeester.

Berg zag de radeloosheid in de blik van de jongeman. Hij was volledig murw. Als hij een valse verklaring had afgelegd, moest dat nu eruit komen.

‘Waarom zou meneer Grootjans daarover liegen?’ vroeg hij met zoveel mogelijk ongeloof in zijn stem.

‘Omdat ik meer dan een uur naar hem heb lopen zoeken,’ antwoordde Demeester, zo snel dat hij bijna over zijn eigen woorden struikelde. ‘En toen ik hem eindelijk gevonden had, was hij in alle staten. Ik dacht dat hij nog altijd overstuur was omdat hij Lucie met die schrijver naar boven had zien gaan, maar toen we in het hotel aankwamen en hoorden wat er was gebeurd, heeft hij mij gevraagd om tegen de politie te vertellen dat we de hele tijd samen waren geweest.’

Dus toch, schoot het door Berg heen. Hij had goed geraden.

‘Waarom hebt u gedaan wat hij vroeg?’

‘Hij zei dat hij bang was dat ze hem zouden verdenken. Als ex-vriend van Lucie, begrijpt u. Hij had een alibi nodig.’

‘En kwam het niet in u op dat uw vriend weleens de moordenaar kon zijn?’

‘Maar nee. Toch Wouter niet. Ik ken hem al mijn hele leven.’

‘Wie moeten we nu geloven, meneer Demeester? U of uw vriend?’

‘Het is waar wat ik zeg.’

‘Dat bent u bereid onder ede te verklaren?’

‘Ja. Ik heb Lucie niet vermoord. En van die brand weet ik niets af. Die getuige van u moet zich vergissen.’

‘Misschien. In elk geval wil ik dat u uw verklaring op papier zet.’

Berg stond op en gaf Zeebos een teken erop toe te zien dat de jongeman deed wat hem gevraagd was. Hij liep de gang op en haalde zijn mobiel boven. Coens en Meulenaer hadden intussen genoeg tijd gehad om naar Zaventem te rijden.

'Zijn jullie klaar?'

'We staan in de vertrekhal te wachten, chef.'

'Pak hem op,' beval Berg.

13

Wouter Grootjans beweerde geen advocaat te hebben en er ook geen te kennen, wat gezien zijn leeftijd en blanco strafregister niet uitzonderlijk was. Er moest dus eerst een advocaat voor hem gezocht worden, waardoor er veel tijd verloren ging. Het uitstel werkte Berg danig op de zenuwen omdat Hove om acht uur naar een bijeenkomst moest die hij onmogelijk kon afzeggen. Dat betekende dat er vandaag maar drie kwartier meer overbleef om Grootjans op het rooster te leggen.

De onderzoeksrechter had daarom voorgesteld om het verhoor te focussen op de brandstichting omdat intussen gebleken was dat Grootjans' vingerafdrukken tussen degene zaten die Zeebos in de telefooncel had gevonden. De rest zou moeten wachten tot de volgende dag.

Het was iets voor zeven toen Berg en Hove de verhoorkamer betraden. Wouter Grootjans had dezelfde leeftijd als Ruben Demeester; zijn in der haast opgetrommelde advocaat was nauwelijks een paar jaar ouder. Hij heette Wim Savereys en mocht in principe tijdens het verhoor niet tussenbeide komen, alleen ingrijpen wanneer de rechten van zijn cliënt werden geschaad.

Hove stak meteen van wal en legde de twee mannen uit dat

het verhoor zou handelen over de brandstichting in de Goudbloemsstraat op donderdagavond 13 juni. Hij vroeg Grootjans of hij toegaf een fles met benzine door het raam van mevrouw Holbeen gegooid te hebben. Het antwoord lag voor de hand:

'Ik heb met die brand niets te maken.'

Berg nam de jongeman taxerend op. Hij had ongeveer hetzelfde postuur als Ruben Demeester, maar zijn blik was brutaler, assertiever.

'Kunt u ons dan vertellen waar u donderdagavond was? Tussen tien uur en middernacht.'

'Thuis.'

'Alleen?'

'Jammer genoeg wel,' antwoordde Grootjans. 'Als ik hoor van welke onzin ik hier beschuldigd word.'

Hove ging niet op de provocatie in.

'U hebt dus geen alibi, meneer Grootjans.'

'Dat heb ik ook niet nodig. Ik heb niets gedaan.'

'Dan moet u ons eens uitleggen hoe het komt dat we uw vingerafdrukken gevonden hebben in de telefooncel die gebruikt is om de brand te melden.'

Berg zag dat Grootjans een ogenblik nodig had om zich te herpakken. Waarschijnlijk had hij aangenomen dat het niet nodig was om voorzorgsmaatregelen te nemen in een publieke telefooncel. Hij probeerde tijd te winnen:

'Over welke telefooncel hebt u het?'

'Over die aan het station.'

'Ach zo...' Grootjans deed een poging tot een zelfverzekerd lachje. 'Die gebruik ik af en toe als mijn gsm plat is.'

'Terwijl u aan de andere kant van de stad woont? Kom nou, meneer Grootjans. Het heeft geen zin fabeltjes te vertellen. Uw bericht is opgenomen. Het is onmiskenbaar uw stem, dat zal elke expert bevestigen.'

Grootjans schrok opnieuw. Hij keek naar zijn advocaat, maar toen van die kant geen hulp kwam, zei hij:

'Ik... ik heb gebeld omdat ik de brand toevallig had opgemerkt. Ik wilde alleen maar helpen.'

Die uitleg had Berg verwacht. Hij nam voor het eerst het woord:

'We hebben het nagetrokken, meneer Grootjans. Zelfs als u met de auto was, kost het bijna een kwartier om van de Goudbloemsstraat helemaal naar het station te rijden. Waarom zo lang wachten als een huis in brand staat en mensen in levensgevaar kunnen verkeren? Bovendien werkte uw telefoon perfect. Een uur na de brand hebt u hem nog gebruikt.'

Grootjans zei niets meer en staarde naar het tafelblad.

'Gelukkig zijn er dankzij uw telefoontje geen slachtoffers gevallen,' zei Berg op opzettelijk zalvende toon.

Dat laatste was niet waar, maar dat kon Grootjans niet weten. De onderzoeksrechter nam het weer over:

'Het feit dat u de hulpdiensten hebt gewaarschuwd, pleit in uw voordeel, meneer Grootjans. Maar dan moet u de feiten wel toegeven, anders wordt met die verzachtende omstandigheid geen rekening gehouden.'

De jongeman keek opnieuw naar zijn advocaat. Hij kon geen kant meer op en dat wist hij.

Saverys was blijkbaar tot dezelfde conclusie gekomen: een dubbele identificatie maakte ontkennen niet langer mogelijk. Hij knikte lichtjes naar zijn cliënt.

De schouders van Grootjans zakten naar beneden nu zijn raadsman adviseerde wat hij zelf al voor onvermijdelijk had gehouden.

'Goed dan... het is waar: ik heb een fles benzine door het raam gegooid. Maar ik wilde niet dat iemand gewond raakte. Daarom heb ik gebeld.'

'Waarom hebt u de brand gesticht?'

Grootjans' houding werd onmiddellijk weer defensief.

'Omdat ik het die smeerlap... die rotzak betaald wilde zetten!'

'Over wie hebt u het, meneer Grootjans?'

'Over Lebowski natuurlijk! Of dacht u dat ik niet weet wat dat schrijvertje in Firenze gedaan heeft? Hij is met mijn vriendin naar bed geweest.'

'Hoe kunt u daar zeker van zijn?' vroeg Berg.

Grootjans wuifde nukkig de vraag weg.

'En zelfs al heeft hij geen seks met haar gehad, dan is het zijn schuld dat Lucie vermoord is. Zonder hem was ze niet in haar kamer geweest.'

Berg wilde verder vragen, maar kreeg de kans niet.

'Ik begrijp iets niet,' zei Hove. 'Waarom hebt u het huis in de Goudbloemsstraat in brand gestoken? Lebowski woont in de Riddersstraat.'

'Dat is zijn huis niet, dat heeft een vriend van me verteld. Hij huurt het alleen maar. Het huis in de Goudbloemsstraat is zijn eigendom. Bij opzettelijke brandstichting komt de verzekering niet tussen. Ik ken die rijke stinkerds. Je moet ze raken waar het pijn doet: in hun portemonnee.'

Hove veranderde van onderwerp.

'De dreigmails die meneer Lebowski ontvangen heeft, komen dus ook van u?'

'Dreigmails?'

'De mails waarin u dreigt om meneer Lebowski te laten voelen hoe het is om een vrouw te verliezen.'

'Daar weet ik niets van.'

'Is dat niet de echte reden waarom u het huis in de Goudbloemsstraat in brand hebt gestoken?' vroeg Hove. 'Omdat u wist dat Lebowski's ex-vrouw daar woont.'

'Nee, dat is niet juist.'

De onderzoeksrechter trok een sceptisch gezicht.

'Iets anders. Hebt u ook een heiligenbeeld door het raam gegooid?'

'Een wat?'

'Hou u niet van de domme!' snauwde Hove. 'U hebt mij perfect verstaan.'

'Ik weet niets van een heiligenbeeld.'

De onderzoeksrechter zuchtte geïrriteerd. Berg zag hem op zijn horloge kijken. Het was kwart voor acht. Hun tijd zat erop. Hove scharrelde zijn papieren bij elkaar en stond op.

'Het verhoor wordt morgen voortgezet.'

Hij knikte kort naar Grootjans' advocaat en liep de verhoorkamer uit. In de gang zei hij:

'Dat is al dat. De eerste bekentenis is binnen. Morgen leggen we hem zodanig het vuur aan de schenen dat hij de rest ook toegeeft.'

'Ik weet het niet,' twijfelde Berg. 'Ik had de indruk dat hij uit de lucht viel toen u over het heiligenbeeld begon.'

'Had u dan iets anders verwacht? Natuurlijk doet hij alsof hij daar niets van weet. Dat zou hem meteen met de moorden in verband brengen.'

Hove keek opnieuw op zijn horloge.

'Ik moet ervandoor. We zien elkaar morgen.'

Berg ging de aangrenzende kamer in waar Zeebos en zijn mannen het gesprek op de monitor hadden gevolgd. Op dat ogenblik rinkelde zijn mobiel. Het was de directeur. Hij vroeg hoe het verhoor was verlopen. Berg gaf een samenvatting.

'Dan kunnen we de bewaking van mevrouw Holbeen en haar dochter dus stopzetten,' concludeerde Denissen.

'Dat is misschien voorbarig,' zei Berg. 'We zijn nog altijd niet honderd procent zeker dat Grootjans achter de moorden zit.'

'Zorg dan dat u zo snel mogelijk zekerheid krijgt, hoofdinspecteur. Die bewaking kost een fortuin aan manuren.'

Klik. Einde gesprek. Berg stak zijn mobiel op zak. Hij wilde het verhoor met zijn team bespreken, maar hij zag dat iedereen doodmoe was. Nou ja, morgen was er nog een dag. 's Ochtends stond de huiszoeking van Grootjans' flat op het programma, maar het tweede verhoor was pas voor drie uur in de namiddag gepland.

Hij stuurde zijn mannen naar huis en vroeg Meulenaer om nog even te blijven. Zodra ze alleen waren, haalde Berg de plastic zak uit de la van zijn bureau.

'Jouw vriendin is toch een grote fan van Lebowski, is het niet?'

'Ja, chef.'

'Hier, dit is voor haar.'

Hij reikte Meulenaer het cadeautje aan. Zijn collega keek in de zak en haalde er een boek uit. Het was de roman van Lebowski die Berg van Zeebos had geleend.

Meulenaer keek hem niet-begrijpend aan.

'Er staat een persoonlijke opdracht in,' legde Berg uit. 'Ik dacht: dat zal je vriendin wel leuk vinden.'

Meulenaer wist duidelijk niet hoe hij het had.

'Dat is... euh...'

'Ik had nog iets goed te maken,' zei Berg. 'Veel geluk ermee.'

'Bedankt, chef. Tot morgen.'

Zodra hij alleen was, maakte Berg een aantekening in zijn hoofd dat hij een nieuw exemplaar van de roman moest kopen voor Zeebos. Hij sloot het kantoor af en nam de lift naar beneden. Onderweg bedacht hij dat zijn koelkast leeg was en het te laat was geworden om inkopen te doen. Dan ging hij maar op restaurant. Hij zag er toch tegenop om vandaag nog te koken.

In de inkomhal liep hij Zeebos tegen het lijf.

‘Zin om iets te gaan eten, Jan?’

‘Ik ben moe, Thomas.’

‘Het hoeft niet lang te duren. We kunnen een terrasje doen. Ik trakteer.’

‘Nou goed dan, ik bel Lisa.’

Een halfuur later zaten ze op het Mathieu de Layensplein voor restaurant Ciao Italia. Het was een mooie, zachte avond en de meeste tafeltjes op het terras waren bezet. Ze begonnen met een aperitief. Berg liet zich onderuit zakken, strekte zijn benen en staarde door het gebladerte van de bomen naar de verlichte gevel van de Sint-Pieterskerk. Hij was ook moe, doodmoe. De voorbije dagen waren uitputtend geweest.

Zeebos hief zijn glas.

‘Gezondheid. En laten we hopen dat de zaak morgen wordt afgerond.’

Berg nam een slok van zijn martini. Hij vroeg zich af of hij zou zeggen wat er op zijn lever lag, al had hij net daarom Zeebos meegevraagd. Soms was het verhelderend om hardop je mening uit te spreken tegen een ander.

‘Ik geloof niet dat Grootjans onze man is.’

Zeebos stak een sigaret op. Hij kende zijn vriend goed genoeg om te weten dat er meer ging komen.

‘Ik bedoel, ik ben er bijna zeker van dat hij Lucie Meerten heeft vermoord, maar niet de drie andere vrouwen.’

‘Je hebt altijd gezegd dat het in de vier gevallen om dezelfde dader gaat.’

‘Ik weet het. Ik heb me vergist.’

‘Waarom denk je dat?’

‘Omdat Grootjans compleet uit de lucht viel toen Hove naar het heiligenbeeld vroeg. Dat was geen theater, daar ben ik zeker van. En hetzelfde geldt voor de dreigmails. Hij had geen flauw idee waar het over ging.’

'Hove is ervan overtuigd dat hij de moordenaar is.'

'Het is wel vaker gebeurd dat Hove en ik van mening verschillen.' Berg nipte opnieuw van zijn glas. 'En dan is er nog iets. De uitleg die Grootjans gaf waarom hij het huis in de Goudbloemsstraat in brand heeft gestoken en niet dat in de Riddersstraat, klonk volkomen ongeloofwaardig.'

'Niet als het zijn bedoeling was om te doen wat in de mails staat: Lebowski laten voelen hoe het is om een vrouw te verliezen.'

Berg schudde zijn hoofd.

'Ten eerste heeft hij volgens mij die mails niet gestuurd en ten tweede: waarom de hulpdiensten bellen als hij Lebowski's ex wilde vermoorden? Dat staat haaks op elkaar.'

'Wie heeft de andere vrouwen dan vermoord. Toch Ruben Demeester?'

Berg kreeg geen kans te antwoorden. De kelner kwam met hun bestelling.

'Smakelijk,' zei Zeebos.

'Ik denk eerder dat...'

Zeebos hief zijn mes op.

'Thomas, willen we gewoon even eten? Dit ziet er heel lekker uit.'

'Sorry. Je hebt gelijk.'

Berg nam zijn bestek. Hij had een ossobuco besteld. Het was van de vorige avond geleden dat hij nog iets gegeten had en hij merkte nu pas hoeveel honger hij had. Soms ging hij zo in een zaak op dat hij de neiging had zichzelf te verwaarlozen. Onvoldoende eten, te weinig slapen, te veel koffie en alcohol... Hij moest oppassen dat hij geen roofbouw op zijn gezondheid pleegde.

Toen ze klaar waren, kwam de kelner vragen of ze een digestief van het huis wilden. Berg keek naar Zeebos.

'Oké, maar daarna ga ik ervandoor. Ik loop nog uren slaap achter.'

'Je bent niet de enige.'

'Wat mag ik brengen?' vroeg de kelner. 'Een amaretto, een limoncello, een agricanto...'

'Een amaretto,' koos Zeebos.

Berg nam gewoonlijk een limoncello. Wat een agricanto was, wist hij niet. Hij vroeg het aan de kelner.

'Een likeur op basis van kersen,' antwoordde de man. 'Heel lekker.'

Voor Berg er erg in had, tastte zijn tong naar de kies die hij op de kersenpit had stukgebeten. Het gebeurde automatisch, buiten zijn wil om. Alsof hij intussen zo geconditioneerd was als de hond van Pavlov.

'Geef mij maar een agricanto,' zei hij.

14

Een paar uur later was hij nog altijd klaarwakker. De digitale cijfers op de wekkerradio stonden op 01.48. Hij besefte dat hem nog maar vijf uur slaap restten. Als hij tenminste het malen in zijn kop een halt kon toeroepen en daar zag het voorlopig niet naar uit. Er was iets wat aan zijn hersenen bleef knagen. Iets wat door zijn hoofd was geflitst toen hij met Zeebos op het terras zat, maar dat bijna gelijktijdig weer was verdwenen en hem nu uit zijn slaap hield met een hardnekkigheid waar geen kruid tegen gewassen leek. Eerst dacht hij dat het iets te maken had met wat er tijdens het verhoor was gezegd. Hij had de indruk dat Grootjans iets achterhield, iets in verband met de brandstichting, maar na een paar uur piekeren was hij ervan overtuigd dat het niet daarom ging.

Hij gromde een verwensing. Uitgeput was hij en toch lag hij naar het plafond te staren alsof hij een half dozijn peppillen had geslikt. Kon hij maar met een simpele druk op een knop zijn hersenen uitschakelen, zodat hij wat kon slapen of tenminste tot rust komen. Gewoon een tijdje alles vergeten. Van de wereld zijn.

Maar hij wist dat hem dat niet was gegund. Zo zat zijn brein nu eenmaal niet in elkaar. Hij gooide met een zucht het dekbed van zich af, trok zijn kamerjas aan en ging naar de woonkamer. Op de salontafel stond de fles cognac van de vorige avond. Hij schonk zich een glas in. Als antidotum, hield hij zich voor.

Zijn oog viel op de map met interviews die Wenderickx van het internet had gehaald. Hij was er nog niet toe gekomen die te lezen. Misschien had dat ook geen zin meer nu ze wisten dat Lebowski niet achter de moorden zat. Aan de andere kant: waar moest hij zich op dit ongoddelijke uur mee bezighouden?

Hij boog zich naar voren en begon in de map te bladeren. Met wat geluk vond hij een interview dat zo slaapverwekkend was dat hij snel opnieuw naar bed kon.

Eén van de titels trok zijn aandacht: IN ELKE MENS ZIT EEN POTENTIËLE MOORDENAAR. Berg legde de map op zijn schoot en begon het interview te lezen. Het bleek om een uitspraak van Lebowski te gaan die de journalist uit zijn antwoord had gelicht toen hij reageerde op de vraag waarom er in zijn romans vaak mensen een moord pleegden van wie niemand had gedacht dat ze daartoe in staat waren. Lebowski legde uit dat volgens hem iedereen ertoe gedreven kon worden een ander te doden als hij in een situatie werd gebracht die levensbedreigend was voor hemzelf of één van zijn geliefden. Zelfs mensen die nooit blijk hadden gegeven van agressie, konden op zo'n moment in een handomdraai tot extreem geweld overgaan.

Berg had in zijn carrière genoeg meegemaakt om te weten dat dat inderdaad het geval was. Hij nam een slok van de cognac en las voort. Op het einde van de bladzijde bleef zijn blik haperen bij een andere uitspraak van Lebowski. De interviewer vroeg hoe hij aan een roman begon. Maakte hij eerst een schema? Een scenario? Had hij in gedachten al de hele intrige uitgewerkt wanneer hij zich aan het schrijven zette? Lebowski's reactie klonk eerder enigmatisch:

'Waar begint een verhaal? Dat moment valt niet samen met de eerste regel van een roman. Alles is altijd al eerder begonnen, want geen enkel verhaal ontstaat uit het niets. Misschien verwijst de eerste regel wel naar iets wat buiten de wereld van het verhaal is voorgevallen, maar toch meebepalend is geweest voor het ontstaan ervan...'

Het antwoord ging nog enkele regels verder, maar Berg stopte met lezen, liet het artikel zakken en staarde voor zich uit. Lebowski's woorden deden hem denken aan wat hij de eerste keer in de verhoorkamer had gezegd toen hij uitlegde hoe hij op het idee van zijn laatste roman was gekomen: het heiligenbeeld dat Lucie Meerten in Firenze had gekocht. Dat was volgens hem de trigger geweest die in zijn hoofd de plot op gang had gebracht: een verhaal over een seriemoordenaar die telkens zo'n beeld op de plaats delict achterliet. Lebowski had het zijn leidmotief genoemd en...

Bergs gedachten stokten. Ineens wist hij weer wat hem daarstraks op het terras door het hoofd was gegaan op het ogenblik dat de kelner de agricanto had aangeboden die hem opnieuw aan zijn stukgebeten kies had doen denken. Hoe dikwijls was hij sinds het begin van dit onderzoek niet geconfronteerd met iets wat met kersen te maken had? De afgelopen weken waren die dingen met de regelmaat van een klok opgedoken, bijna als een motief in een roman, want het woord 'motief' had twee betekenissen. Ofwel verwees het naar de beweegreden van een moordenaar, ofwel was het een steeds weerkerend element in een verhaal. In Lebowski's nieuwe roman had het heiligenbeeld die laatste functie, maar een motief werd door een schrijver altijd met een bepaalde bedoeling gebruikt en hoewel Berg geen expert was in misdaadliteratuur, had hij genoeg thrillers op tv gezien om te weten dat in zulke verhalen een motief vaak de bedoeling had om de kijker op het verkeerde been te zetten.

Berg liet zijn hoofd tegen de leuning van de fauteuil zakken en sloot zijn ogen. Lebowski had het voorgesteld alsof het heiligenbeeld in zijn roman alleen diende als signatuur van de seriemoordenaar, maar nu Berg erover nadacht, had het nog een bijkomend effect: het gaf de indruk dat al de moorden door dezelfde dader waren gepleegd. Tot die conclusie werd de lezer als het ware gedwongen, simpelweg omdat het heiligenbeeld op elke plaats delict opdook.

Berg vroeg zich af welke bedoeling dat kon hebben. Waarom wilde Lebowski de indruk wekken dat de eerste moord gepleegd was door degene die ook de andere slachtoffers op zijn geweten had? Was dat enkel en alleen omdat hij dit keer een seriemoordenaar ten tonele wilde voeren die daadwerkelijk voor al de moorden verantwoordelijk was of zat er nog iets anders achter?

Vanochtend had hij tegen Wenderickx gezegd dat ze ermee moesten ophouden de nieuwe roman van Lebowski te vergelijken met de realiteit, maar de schrijver had de twee eerste hoofdstukken van zijn verhaal aan de werkelijkheid ontleend en – zoals hij zelf had toegegeven – de plaatsen delict zo waarheidsgetrouw mogelijk weergegeven. In die optiek was het misschien toch terecht zich de vraag te stellen waarom hij de lezer tot de conclusie dreef dat de moordenaar in het eerste hoofdstuk dezelfde was als degene die later de andere vrouwen zou doden.

Berg legde de map terug op tafel. Hoe meer hij over de zaak nadacht, hoe vreemder het allemaal werd, want op de keper beschouwd had Lebowski's roman ook zijn gedachtegang beïnvloed, niet direct aangezien hij het verhaal niet zelf had gelezen, maar wel indirect, via een andere lezer: Femke Dries, de enige die de tekst in haar bezit had. Zij was door het manuscript ertoe gekomen om een anonieme mail naar de politie te sturen met de vraag of er op de laatste plaats delict een heiligenbeeld was aangetroffen. Vanaf dat ogenblik was ook hij in die richting beginnen te denken en had hij zijn mannen opdracht gegeven op zoek te gaan naar een gestolen of verkocht heiligenbeeld. En zelfs toen bleek dat er in de hotelkamer van Trui Goedseels geen beeld was aangetroffen, bleef hij ervan overtuigd dat de moorden door dezelfde dader waren gepleegd, hoewel de modus operandi telkens anders was en Lucie Meerten niet was verkracht.

Zo sterk was dus de suggestie van een motief, niet alleen in een verhaal, ook in de werkelijkheid, want zelfs nadat er in de Goudbloemsstraat voor de tweede keer geen spoor van een heiligenbeeld was gevonden, bleef iedereen erbij dat de brandstichter dezelfde was als de moordenaar.

Berg kreeg het ineens benauwd. Hij had het gevoel dat hij het onderzoek in een bepaalde richting had laten sturen, net zoals een lezer zijn gedachten onbewust door een misdaadschrijver liet beïnvloeden. Kon dat waar zijn? Had hij zich laten manipuleren? Maar in dat geval was het Lebowski die achter de schermen aan de touwtjes had getrokken zoals hij dat ook als schrijver in zijn romans deed. Waarom? Welk belang had hij daarbij? Hijzelf kon immers de moordenaar niet zijn aangezien hij in de cel zat toen het huis in de Goudbloemsstraat in brand werd...

Berg kapte abrupt zijn gedachten af. Nu maakte hij opnieuw dezelfde denkfout! Hij schakelde de brandstichter weer gelijk aan de viervoudige moordenaar, hoewel hij daarstraks op het terras tegen Zeebos had gezegd dat Grootjans volgens hem niet de andere vrouwen had vermoord. Maar als dat gevoel juist was... als hij eindelijk van de dwingende gedachte afstapte dat de heiligenbeelden betekenden dat het in de vier gevallen om dezelfde dader ging, dan vormde de brandstichting geen garantie dat Lebowski onschuldig was aan de drie overige moorden.

Berg merkte dat het zweet hem uitbrak. Was Lebowski dan toch de dader? Had hij van meet af aan hun gedachtegang gemanipuleerd? Het idee van de heiligenbeelden was het onderzoek in geslopen door Femke Dries. Hoe had Lebowski kunnen weten dat zij de mail zou sturen? Of had Hove gelijk toen hij zei dat de schrijver dat had kunnen voorzien nadat ze al drie hoofdstukken te lezen had gekregen waarin exact hetzelfde gebeurde als in werkelijkheid? Misschien, maar wat dan met de dreigmails? Ook dat spoor was hen door Lebowski op een presenteerblaadje aangeboden, maar aan de andere kant had Evert Vanderlinden toegegeven dat hij de mails gestuurd had, behalve die van 3 juni. En zo waren ze op Wouter Grootjans gekomen en hadden ze ontdekt dat hij het huis van Aagje Holbeen in brand had gestoken waardoor het voor eens en altijd duidelijk werd dat Lebowski niets met de moorden te maken had.

Berg schudde zijn hoofd. Vooral dat laatste kon onmogelijk georkestreerd zijn. Hoe had Lebowski op voorhand kunnen weten dat Grootjans uitgerekend op het moment dat hij in de cel zat, zou toeslaan en hem op die manier een ijzersterk alibi zou bezorgen? Bovendien was de schrijver volkomen in paniek geweest toen ze hem vertelden dat er uit de Allerheiligenkapel nog twee beelden gestolen waren die de naamheiligen voorstelden van zijn ex-vrouw en dochter. Er waren zelfs twee agenten nodig geweest om hem in bedwang te houden omdat Hove geweigerd had voor politiebescherming te zorgen.

Berg zette met een klap het lege glas op tafel. Hij had het mis. Zijn hersenen sloegen tilt van vermoeidheid en door het slaapgebrek had de alcohol een veel sterker effect dan normaal. Hij moest terug naar bed. Proberen de resterende uren wat te slapen. Morgen werd Grootjans opnieuw verhoord. Misschien ontdekten ze dan wat hij over de brandstichting achterhield.

15

De huiszoeking in de flat van Wouter Grootjans bleek achteraf puur tijdverlies. Er werd niets gevonden wat hem in verband bracht met de moorden: geen plannen of ontboezemingen op zijn laptop, geen romans van Lebowski of boeken over heiligen, geen van de twee nog niet teruggevonden beelden uit de kapel van Diest. En vooral: geen van de moordwapens die bij twee van de vier moorden waren gebruikt. Hove was ontgoocheld; Berg had niet anders verwacht.

Om stipt drie uur ging het tweede verhoor van start en in tegenstelling tot de vorige keer nam Berg van bij het begin het initiatief. Nog voor Hove de kans kreeg om zijn eerste vraag te stellen, zei hij:

'We hebben vanochtend uw foto aan de eigenaar van het internetcafé getoond, meneer Grootjans. U weet wel: de plaats vanwaar de dreigmails zijn verstuurd. De man twijfelde geen ogenblik: hij heeft u verschillende keren in zijn zaak gezien.'

Berg merkte dat het hoofd van de onderzoeksrechter onmiddellijk zijn richting uit draaide. Hij had Hove niets over de foto verteld.

'Dat kan niet,' zei Grootjans. 'Ik heb van mijn hele leven nog nooit een voet in een internetcafé gezet.'

'De man was formeel,' ging Berg voort. 'Hij wist ons zelfs te vertellen dat hij u de laatste keer op maandag 3 juni gezien heeft omdat u op die dag met zijn helpster hebt geflirt en hij daarover later met haar ruzie heeft gemaakt. Die twee hebben een verhouding, begrijpt u. We hebben het meisje opgezocht. Ook zij heeft u herkend.'

'Maar dat is onzin. Die mensen vergissen zich.'

'Eén getuige kan zich vergissen, meneer Grootjans. Twee niet.'

'Ik zeg u dat ik nog nooit...'

'Dat betekent dus,' brak Berg hem af, 'dat we zeker weten dat u op de dag van de laatste mail op de plaats was vanwaar het bericht werd verstuurd. Hoe denkt u dat dat zal overkomen bij een jury?'

Grootjans wierp een ongeruste blik naar zijn advocaat, maar die zweeg in alle talen. Berg begreep dat hij goed had gegokt. De man was te jong en te onervaren om zich tegen de afspraak in met het verhoor te bemoeien.

Hove had intussen nog geen woord gezegd. Waarschijnlijk zou hij straks zijn verontwaardiging luchten omdat Berg hem buitenspel had gezet, maar dat waren zorgen voor later.

'Bovendien weten we nu zeker dat het in alle gevallen om dezelfde dader gaat. U hebt dus niet alleen het huis in de Goudbloemsstraat in brand gestoken, u hebt ook de vier vrouwen vermoord.'

'Dat is niet waar. Ik...'

'En voor u hen vermoordde, hebt u hen verkracht. Weet u wat er in de gevangenis met verkrachters gebeurt?'

'Maar...'

'Beginnen we in Firenze. Waarom hebt u Lucie Meerten om het leven gebracht?'

'Dat heb ik niet gedaan. Ik heb een alibi.'

'Nee, dat hebt u niet,' zei Berg.

Hij sloeg zijn map open en schoof een vel papier over tafel.

'Uw vriend, Ruben Demeester, heeft zijn verklaring ingetrokken. Hij heeft ons zelfs verteld dat u hem gevraagd hebt om tegen de Italiaanse politie te liegen.'

Savereys boog zich over het blad. Grootjans vroeg:

'Is dat waar?'

De advocaat knikte. Berg duwde door:

'Ruben Demeester is bereid om zijn verklaring voor de rechtbank te herhalen. Daarmee wordt voor iedereen duidelijk dat u met opzet een vals alibi hebt geconstrueerd. Zoiets doet alleen iemand die schuldig is.'

Grootjans perste zijn lippen op elkaar. Hij leek nog een bezwaar te willen maken, maar Berg gaf hem geen kans.

'Mijn mannen hebben vanochtend uw flat doorzocht en de inhoud van uw kleerkast meegenomen voor nader onderzoek. Bij de moord op Lucie Meerten is een mes gebruikt. Een steek in de hals brengt onvermijdelijk heel wat bloed met zich mee. Eén klein, minuscuul spatje op een mouw of broekspijp is voldoende. En wees gerust: zelfs al hebt u de kleren gewassen, dat ene druppeltje vinden we. Dat garandeer ik u.'

Berg liet een pauze vallen om het effect van zijn dreigement te laten doorwegen. Hij had geen flauw idee of Zeebos iets op de kleren zou ontdekken, maar de suggestie alleen was genoeg.

'En na Firenze hebt u nog drie andere onschuldige vrouwen verkracht en om het leven gebracht. Dat zijn vier moorden, meneer Grootjans! Weet u wat dat betekent? U zet de rest van uw leven geen voet meer buiten de gevangenis.'

Berg keek toe welke impact zijn woorden hadden. Zich teweerstellen tegen de beschuldiging van een moord die je had gepleegd, was al moeilijk genoeg, maar als daar ook nog eens drie andere moorden bijkwamen waarmee je niets te maken had, dan werd de druk nagenoeg onhoudbaar.

Berg zag dat zijn tactiek haar effect niet miste: Grootjans zat zo stilaan door zijn weerstand heen. Als hij hem nu een uitweg bood, hoe klein ook, zou hij die met beide handen aangrijpen. Hij gaf plots een heel andere toon aan zijn stem:

'Wat er in Firenze is gebeurd, kan ik nog enigszins begrijpen. U was jaloers. Uw vriendin was voor uw ogen met een andere man naar haar kamer gegaan. Misschien wilde u haar niet vermoorden. Misschien was u alleen van plan om haar ter verantwoording te roepen en is de zaak uit de hand gelopen. In dat geval hebt u niet met voorbedachten rade gehandeld en kan de aanklacht afgezwakt worden tot doodslag. Maar die drie andere moorden waren wel gepland en die doen u de das om.'

Grootjans draaide nerveus op zijn stoel heen en weer.

'Wat bedoelt u met: afgezwakt worden?'

Berg besefte dat de vrucht bijna rijp was om geplukt te worden. Hij zei:

'Dat kan de onderzoeksrechter u beter uitleggen.'

Grootjans richtte onmiddellijk zijn aandacht op hem. Berg hoopte dat Hove begreep wat van hem werd verwacht.

'Op doodslag staan minder zware straffen dan op moord,' zei Hove. 'Als er geen sprake is van voorbedachten rade, zou u kunnen pleiten dat u in een moment van woede gehandeld hebt. Van verstandsverbijstering eventueel.'

'Temeer omdat het Italiaanse obductierapport niet eenduidig is,' deed Berg er nog een schepje bovenop. 'Het is niet honderd procent zeker dat Lucie Meerten is verkracht. Het probleem is dat de drie andere slachtoffers dat wel zijn. Bovendien blijkt uit het bewijsmateriaal dat de dader de moorden zorgvuldig heeft voorbereid. Van doodslag is in die gevallen geen sprake.'

Grootjans zei niets meer en staarde wezenloos voor zich uit. Berg ging genadeloos voort:

'Daar komt nog eens bij dat de laatste moord van een wreedheid getuigt die ik nooit eerder in mijn carrière heb gezien.'

Hij haalde enkele close-ups van Femke Dries' toegetakelde gezicht uit zijn map en schoof die de jongeman onder de neus.

'Stelt u zich voor welk effect deze foto's in een rechtbank hebben. Sommige leden van de jury hebben waarschijnlijk kinderen. Dochters van dezelfde leeftijd als het slachtoffer. En dan krijgen zij dit te zien. Wat denkt u dat er dan gebeurt, meneer Grootjans? U hebt geen schijn van een kans.'

De aanblik van het bloederige, tot pulp geslagen gezicht van het meisje miste zijn uitwerking niet. Grootjans sloeg lijkbleek uit en wendde zijn ogen af.

Het werd ijzig stil in de verhoorkamer. Uiteindelijk verbrak Savereys het zwijgen. Hij schraapte zijn keel en zei:

'Als u het goedvindt, heren, zou ik met mijn cliënt willen overleggen.'

'Doet u maar, meester.'

De advocaat gebaarde Grootjans op te staan en liep met hem naar de hoek van de kamer. Berg wist wat hij zou adviseren. Een beschuldiging van viervoudige moord vermijden door een onopzettelijke doodslag toe te geven, was in de gegeven omstandigheden veruit de beste keus.

Het gesprek dat op fluistertoon werd gevoerd, duurde niet lang. Zodra hij weer zat, zei Grootjans met neergeslagen blik:

'Het is gebeurd zoals u hebt gezegd.'

'U bent dus naar het hotel teruggekeerd toen u uw vrienden op het terras hebt achtergelaten?'

‘Ja. Ik kon niet geloven dat Lucie met die man naar bed zou gaan. Ze had hem nog maar pas ontmoet. En ze wist dat ik haar met hem de lift naar boven had zien nemen. Hoe kon ze dat doen? Vlak voor mijn neus dan nog. We hadden wel ruzie, maar zelfs dan doe je zoiets niet. Die gedachte bleef maar door mijn kop malen. Daarom ben ik van het terras weggelopen. Ik kon de onzekerheid niet langer verdragen. Ik moest absoluut te weten komen of Lucie al dan niet...’

Grootjans slikte iets weg.

‘Ik ben naar haar kamer gegaan en heb aangeklopt. Ze was alleen. Eerst was ik opgelucht. Ik dacht dat ik me had vergist. Ik wilde met haar praten, maar ik kreeg de kans niet. Ze zat op haar knieën op bed en het enige wat ze deed, was zeggen dat ik moest ophoepelen en haar met rust laten. Ik heb verschillende keren geprobeerd om rustig met haar te praten, maar ze bleef me maar onderbreken en toen ben ik... ben ik boos geworden. Ik ben naast haar op het bed gaan zitten en heb haar bij de schouders gegrepen, niet omdat ik haar kwaad wilde doen, maar omdat...’

Grootjans viel stil. Zijn blik keerde naar binnen alsof hij de scène in de hotelkamer opnieuw voor zich zag. Het duurde een hele tijd voor hij verder ging.

‘Lucie begon me uit te schelden. Ik... ik wist niet wat ik hoorde. Zo had ik haar nog nooit meegemaakt. Ze trok zich los en wilde opstaan. Ik hield haar tegen. Ze riep dat ik een zielige klootzak was. Dat ze niet begreep wat ze ooit in mij had gezien. Dat ik haar moest loslaten of dat ze anders... Ze leek wel hysterisch. Op dat ogenblik was ik er zeker van dat er iets tussen haar en Lebowski was gebeurd. Ik had zin om haar een klap te geven, maar dat heb ik niet gedaan. Hoe kwaad ik ook was, ik probeerde me te beheersen. Tot ze mij sloeg. Ineens. Pal in mijn gezicht. Alsof ik degene was die iets verkeerd had gedaan. Op dat ogenblik ben ik woedend geworden. En toen zag ik dat mes liggen. Vlakbij, op het nachttafeltje. Ik weet niet wat me bezielde, maar...'

Grootjans boog het hoofd. Hij zei niets meer.

'En toen hebt u haar met het mes in de hals gestoken,' vulde Hove aan.

De jongeman knikte alleen maar.

'Wilt u dat hardop bevestigen, meneer Grootjans,' drong Berg aan. Hij wilde de bekentenis luid en duidelijk op tape.

'Ja,' zei Grootjans gedwee. 'Ik heb haar met het mes gestoken. Het was niet mijn bedoeling, maar dat is er gebeurd.'

Zijn woorden namen eensklaps de opgehoopte spanning weg. Hove vroeg:

'En de andere slachtoffers?'

De jongeman keek op.

'Daar heb ik niets mee te maken. Ook niet met de mails. Die mensen van het internetcafé vergissen zich. Het moet om iemand anders gaan. Iemand van mijn leeftijd. Iemand die op mij lijkt.'

Berg voelde een enorme opluchting. De manier waarop hij Grootjans tot een bekentenis had gedwongen, was allesbehalve volgens het boekje gebeurd en waarschijnlijk zou de onderzoeksrechter hem straks verwijten dat hij de zaak niet op voorhand met hem had doorgepraat, maar het belangrijkste was dat zijn aanpak resultaat had gehad. De moord op Lucie Meerten was eindelijk opgelost. Maar hoe zat het met de drie andere? Sprak Grootjans de waarheid? Hij dacht van wel, maar hij moest zeker zijn.

'Ik heb moeite om u te geloven,' zei hij. 'Als u niets met de drie andere moorden te maken hebt, waarom hebt u dan het huis in de Goudbloemsstraat in brand gestoken? Gisteren hebt u verklaard dat u meneer Lebowski verantwoordelijk hield voor de dood van uw vriendin, maar aangezien u haar zelf hebt vermoord, kan dat niet de reden zijn waarom u brand gesticht hebt in het huis van zijn ex-vrouw.'

Er kwam niet meteen een antwoord.

'Meneer Grootjans?'

De jongeman ging verzitten.

'Ik veronderstel dat het geen belang meer heeft om dat nog langer te verzwijgen.'

'Wat bedoelt u?' vroeg Hove.

Grootjans trok zijn schouders naar achteren. Toen zei hij:

'Iemand heeft me gedwongen om het huis in brand te steken.'

Hove en Berg keken elkaar niet-begrijpend aan.

'Iemand heeft u gedwongen? Wie?'

'Dat weet ik niet,' antwoordde Grootjans.

16

Er waren van die momenten waarop Berg geen mens om zich heen kon verdragen, niet omdat zijn mannen hem op de zenuwen werkten of omdat de stress van het onderzoek hem te veel werd, maar omdat hij in zijn eentje het beste zijn gedachten kon ordenen. Dan liep hij in zichzelf gekeerd het politiegebouw uit, stak de straat over en maakte een wandeling over het stedelijk kerkhof. Zijn mannen wisten dat ze hun chef op zo'n ogenblik met rust moesten laten en zelfs Hove had geleerd om die vreemde gewoonte van hem te accepteren omdat hij in het verleden een paar van zijn beste invallen had gehad tijdens zijn zwerftochten over de begraafplaats.

Of dat dit keer ook het geval zou zijn, wist Berg niet. Wat

Grootjans tijdens het tweede verhoor had verteld, plaatste alles voor de zoveelste keer in een ander perspectief en hoewel hij stilaan dacht te weten hoe de zaak in elkaar stak, had hij geen idee of zijn vermoeden juist was.

Aan Hove had hij daarom gevraagd om het onderzoek 24 uur stil te leggen, met het excuus dat hij wilde nadenken over de volgende stap. De onderzoeksrechter had het voorstel eerst van de hand gewezen. Hij was nog altijd misnoegd over het feit dat Berg hem niet in vertrouwen had genomen over de manier waarop hij van plan was geweest Grootjans aan te pakken, maar aan de andere kant moest hij toegeven dat zowel de brandstichting als de moord in Firenze waren opgelost.

Bovendien was uit Hoves reactie gebleken dat hij niet tot dezelfde conclusie was gekomen als Berg. Grootjans had opgebiecht dat hij door iemand gedwongen was om de brand te stichten. Wie dat was, wist hij niet, maar voor zover hij het begrepen had, ging het om een hotelgast die hem omstreeks de tijd van de moord uit de kamer van Lucie Meerten had zien komen en hem daarmee had gechanteerd. Hijzelf had tijdens het verhoor gesuggereerd dat het iemand van zijn leeftijd moest zijn die op hem leek, aangezien de eigenaar en de dienster van het internetcafé zich hadden vergist toen ze zijn foto te zien kregen. Daaruit had Hove geconcludeerd dat het ofwel om Ruben Demeester ging, ofwel om iemand anders uit het reisgezelschap, en hij had meteen Grootjans' telefoongegevens laten opvragen. Toen bleek dat er voor de chantage een niet traceerbaar toestel was gebruikt, had Hove het over een andere boeg gegooid en opdracht gegeven om de foto's te verzamelen van al de deelnemers aan de rondreis in de hoop dat er zich tussen hen iemand bevond die een fysieke gelijkenis vertoonde met de verdachte.

Op dat punt had Berg zich genoodzaakt gezien op te biechten wat hij had gedaan. Hij had tegen Hove gezegd dat zijn aanpak geen resultaat kon hebben omdat hij van een foute veronderstelling uitging. Noch de eigenaar van het internetcafé noch diens helpster hadden Grootjans op de foto herkend. Dat was bluf geweest om de man zover te krijgen dat hij de moord op Lucie Meerten toegaf. Het had bijgevolg geen zin om op zoek te gaan naar iemand die op hem leek.

Het gevolg van Bergs bekentenis liet zich raden. Hove was ontploft. Hij had het over juridisch hoogst betwijfelbare methodes en over onorthodoxe tactieken waar hij als onderzoeksrechter niet mee geassocieerd wilde worden en waarop Berg zo stilaan een patent leek te hebben. Maar hij was niet van plan om dit soort praktijken nog langer te dulden. Als ooit aan het licht kwam wat Berg had gedaan, kon dit verregaande consequenties hebben. Savereys zou kunnen aanvoeren dat...

Berg had de onderzoeksrechter laten uitrazen. Hij wist heel goed dat hij over de schreef was gegaan, maar het was in zijn ogen de enige manier geweest om de zaak te forceren en hij had gelijk gehad: wat Grootjans hun verteld had, lag in de lijn van wat hij die ochtend had bedacht toen hij voor het eerst in lange tijd opnieuw een wandeling over het kerkhof had gemaakt in afwachting dat zijn mannen klaar waren met de huiszoeking van Grootjans' flat.

Zodra Hove even zweeg om naar adem te happen, bekende Berg deemoedig schuld, maar voegde er tegelijkertijd aan toe dat zijn manoeuvre een onverhoopt neveneffect had gehad: hij dacht eindelijk te weten wie de dader van de drie overige moorden was. Om dat te kunnen bewijzen, had hij 24 uur nodig.

Berg wandelde voor de tweede keer die dag tussen de zerken naar het grafmonument dat hij vanochtend toevallig had zien staan en dat hij opnieuw wilde gaan bekijken om zich ervan te vergewissen dat hij tot dezelfde conclusie zou komen als een paar uur eerder. De zon scheen, er was geen zuchtje wind. Onderweg dacht hij terug aan Hoves reactie. De onderzoeksrechter was compleet verrast geweest door zijn onthulling en had natuurlijk gevraagd wie volgens hem de dader dan wel was, maar Berg was bij zijn standpunt gebleven. Eén dag had hij nodig om een paar dingen te controleren en als die bevestigden wat hij vermoedde, zou hij wellicht zijn stelling kunnen bewijzen. Hove had tenslotte toegestemd, met tegenzin weliswaar en op voorwaarde dat Berg niet opnieuw zijn boekje te buiten ging.

Het grafmonument in kwestie was uitgevoerd in beton dat onder invloed van de tijd en de weersomstandigheden donkergrijs was uitgeslagen en verschillende ouderdomsbarsten vertoonde. Een staande man, gekleed in een lang gewaad met kap, steunde met zijn rechterelleboog op een rechthoekige pilaar van ongeveer een meter hoog terwijl hij met gebogen hoofd zijn gezicht achter zijn hand verborg alsof hij gebroken was van verdriet. Zijn andere arm lag eveneens op de kolom en in zijn linkerhand, die losjes over de rand hing, droeg hij een masker.

De tombe was Berg nooit eerder opgevallen en vanochtend was hij verrast blijven staan omdat de vreemde voorstelling hem onmiddellijk aangreep. Vooral het masker trok zijn aandacht, niet alleen omdat het een sardonische, bijna angstaanjagende grijns had, ook omdat hij niet goed begreep wat de bedoeling ervan was. Tot hij las wat er in verweerde letters in de kolom stond gebeiteld: AAN FRITZ VAN PRAET en daaronder in oude spelling: TOONEELDESKUNDIGE.

Op dat ogenblik begreep Berg het zonderlinge attribuut: het ging om een toneelmasker dat refereerde aan het beroep van de man die er begraven lag en die volgens de rest van de inscriptie geleefd had van 1876 tot 1925. Berg had nooit van de toneelschrijver gehoord en afgaande op de verwaarloosde staat van het monument was hij helemaal in de vergetelheid geraakt, maar dat was niet wat hem vanochtend bij de keel had gegrepen toen hij de eerste keer met de tombe werd geconfronteerd.

Omdat het gelaat van de man helemaal aan het oog werd onttrokken door de kap en de rechterhand, leek het bijna alsof het masker het gezicht van de overledene voorstelde, wat vanzelfsprekend niet zo was, maar wel die indruk wekte. Waarschijnlijk daarom had de voorstelling zich in Bergs hoofd geassocieerd met wat hij de vorige avond had bedacht. Een masker werd al bij de Oude Grieken en de Romeinen op het podium van een theater gebruikt. Het verborg het ware gelaat van de toneelspeler en toonde het publiek het gezicht van het personage dat hij speelde. Op die manier was een masker een soort tweede gezicht dat een compleet andere, zelfs tegenovergestelde uitdrukking kon hebben dan het gezicht dat eronder verscholen zat.

Het had even geduurd, maar na een tijd was het Berg duidelijk geworden waarom het grafmonument hem aan de vorige avond deed denken toen hij de kersenlikeur in verband had gebracht met een motief in een verhaal. Op de keper beschouwd was een dubbelgezicht de afgelopen weken ook verschillende keren in zijn leven opgedoken: eerst in de vorm van het Janusmedaillon van Lebowski, daarna bij het beeld met de twee gezichten op het binnenplein van het Villerscollege en nu weer hier: op het grafmonument van de toneelschrijver.

Zoiets kon natuurlijk toeval zijn, maar de vaststelling had opnieuw een vermoeden in hem wakker geschud dat al wekenlang ergens in een achterkamertje van zijn brein lag te sluimeren en dat hij onder invloed van de gebeurtenissen en de bevindingen van het onderzoek steevast had genegeerd. Tot hij vanochtend terugdacht aan wat hij een paar weken eerder tegen Zeebos had gezegd toen hij voor de eerste keer het Janusmedaillon had gezien om de hals van Lebowski: 'Misschien heeft hij ook twee gezichten.'

Op dat ogenblik was het niet meer dan een gratuite opmerking geweest waarmee Zeebos zelfs had gelachen, maar nu hij voor de tweede keer tegenover de graftombe stond, overviel hem hetzelfde vermoeden als daarstraks, temeer omdat de associatie die hij eerder had gemaakt tussen de toneelauteur van weleer en de schrijver van vandaag, bevestigd werd door wat Grootjans had opgebiecht. Had Lebowski hem uit de kamer van Lucie Meerten zien komen en hem daarmee gechanteerd? In dat geval had de schrijver wel degelijk twee gezichten.

Berg veranderde van steunbeen en staarde nadenkend naar het grafmonument. Of zat hij er opnieuw naast? Trok hij uit het beeld een conclusie die niets met de werkelijkheid te maken had? Hij had zich in de loop van dit onderzoek al zo vaak vergist dat hij zijn eigen instinct niet meer vertrouwde. Waarom zou Lebowski zijn eigen huis in brand laten steken en daarmee het leven van zijn ex-vrouw in gevaar brengen? Voor zover ze hadden kunnen nagaan, bestond er geen onmin tussen hen. Integendeel, volgens Wenderickx betaalde de schrijver zijn exvrouw een hogere alimentatie dan wettelijk verplicht en liet hij haar gratis wonen in het huis in de Goudbloemsstraat.

Berg draaide zich om en wandelde terug naar de uitgang. Hij wist niet meer wat hij moest denken. Was hij naar Hove toe te voortvarend geweest? Te zelfverzekerd? Vierentwintig uur, had hij gezegd. Dan zou hij in staat zijn te bewijzen wie de dader was. Hij begon er ernstig aan te twijfelen of hij die belofte wel kon houden.

Het studentenhuis aan de Tervuursevest was opgetrokken in rode baksteen. Het zag er gloednieuw uit en was immens groot. Vier verdiepingen. Meer dan honderd studio's. Drie ingangen. Twee brandtrappen aan de zijkanten. Een ondergrondse fietsenstalling met een hellend vlak.

Voor het gebouw stond een combi van de lokale politie. Hij wandelde doodgemoedereerd de wagen voorbij en liep naar de zijkant van het complex. De agenten letten niet op hem. Hadden alleen oog voor de hoofdingang. Eén van hen, zag hij in het passeren, geeuwde met wijd open mond. Het was nog geen acht uur. Na de nachtelijke surveillancedienst zaten ze waarschijnlijk ongeduldig op aflossing te wachten.

Buiten het gezichtsveld van de politiemannen vatte hij post bij de linker zijingang en wachtte. Zodra een student het gebouw verliet, hield hij de deur tegen. Glipte naar binnen en liep de gang af in de richting van de inkomhal. Op de brievenbussen stonden namen en studionummers. Door het glas zag hij de combi staan. Hij deed alsof hij zijn brievenbus op post controleerde. Binnen de minuut wist hij waar hij moest zijn.

Hij nam de trap naar de tweede verdieping. Opende de deur op een kier. De gang was leeg. Hij liep tot bij nummer 217. Legde zijn oor tegen de deur en luisterde. Binnen klonk muziek. Ze was dus al wakker. Geen probleem, al had hij het liever anders gehad.

Hij deed zijn rugzak af. Als de deur gesloten was, zou hij gewoon aankloppen. Maar eerst... Hij haalde een plat stukje metaal uit zijn zak en wrikte het voorzichtig tussen de tong en de slotkast. Het lukte.

De muziek overstemde de zachte klik van het slot. Hij gleed naar binnen. Deed de deur stilletjes achter zich dicht. De studio had de vorm van een rechthoek. Het meisje was in pyjama en zat met de rug naar hem toe aan het bureau voor het raam. Examentijd. Anders had ze waarschijnlijk nog geslapen. Het bed stond rechts van haar tegen de muur. Onopgemaakt.

Zonder zijn blik van haar af te wenden, haalde hij het hakmes uit de rugzak en stak het achter zijn broeksriem op zijn rug. In een paar stappen was hij bij haar. Voor ze wist wat er gebeurde, klemde hij zijn ene hand op haar mond en rukte met de andere zo hard aan haar haar dat ze van de stoel viel. In een flits zag hij dat ze blootsvoets was.

Hij sleurde haar half overeind tot ze met haar bovenlichaam op het bed lag. Zijn handpalm smoorde het geluid uit haar mond. Ze schudde in paniek haar hoofd heen en weer. Hij plantte zijn knie op haar ruggengraat. Duwde met heel zijn gewicht. Ze kreunde van de pijn. Hij oefende nog meer druk uit op de wervelkolom. Haar ademhaling kwam snuivend uit haar neus. Hij voelde tranen op zijn hand. De pijn moest nauwelijks te harden zijn. Hij wachtte tot ze roerloos bleef liggen. Prima. Zo wilde hij het.

Hij trok het kussen op het bed dichterbij, greep haar bij de nek en duwde haar gezicht erin. Zodra hij zijn been ophief, probeerde ze overeind te komen. Hij ramde zijn knie opnieuw in haar onderrug. Uit het kussen weerklonk een verstikte kreet. Hij siste in haar oor dat ze moest blijven liggen. Ze snikte, probeerde iets te zeggen. Hij negeerde het gemurmel in het linnen.

Met een ruk trok hij haar pyjamabroek naar beneden. Ze droeg geen slipje. Het zicht van haar naakte billen wond hem op. Opnieuw probeerde ze zich van het bed af te duwen. Hij beukte met zijn vuist in haar rechterlende. Pal op haar nier. Ze kermde van de pijn. Gaf haar verzet op.

Hij wrikte met zijn knieën haar benen uit elkaar. Zijn vingers vonden haar geslacht. Hij drong bij haar naar binnen. Bereidde de weg voor. Ze maakte jammerende geluiden in het kussen. Hij trok er zich niets van aan en ritste zijn gulp open. Ze was nauw. Het kostte moeite om in haar te komen. Hij nam zijn tijd. Het was fantastisch, de beste keer ooit. Toen hij dreigde klaar te komen, trok hij zich terug.

Hij boog zich tot bij haar oor en fluisterde dat het voorbij was. Als ze bleef liggen en niet omkeek, zou hij verdwijnen en haar niets doen. Had ze dat begrepen?

Er volgde een nauwelijks voelbare beweging van haar hoofd. Hij trok langzaam zijn hand van haar nek weg, klaar om haar opnieuw in het kussen te duwen als ze toch haar hoofd ophief. Ze bleef in dezelfde houding liggen. Hij schoof haar haar opzij tot haar nek vrij was en tastte naar het hakmes op zijn rug. Toen sloeg hij toe, zo hard hij kon.

In de badkamer maakte hij een washandje nat en waste zorgvuldig haar geslacht. Trok vervolgens handschoenen aan en haalde het heiligenbeeld uit de rugzak. Waar? Veel keuze was er niet in de kleine studio. Hij opteerde voor het bureau. Naast het opengeklapte cursusboek. Deed toen een stap achteruit en bekeek het tafereel. Er ontbrak nog iets. Hij draaide het beeld met het gezicht naar het bed. Ja, dat was beter.

Het hakmes zat onder het bloed. Hij wikkelde het in een handdoek en borg het op in zijn rugzak. Waste daarna in de badkamer de bloedspatten van zijn hand. Hij keek de studio rond. Was hij iets vergeten? Alleen zijn vingerafdrukken op de klink van de deur. Voor de rest had hij niets aangeraakt.

Hij nam dezelfde weg terug. Verliet het gebouw via de zijdeur en liep voorbij de politiecombi in de richting van de ringweg. De agenten hielden hun blik gefixeerd op de hoofdingang en sloegen geen acht op hem.

Hij grijnsde. Het geluk was aan de durvers.

HOOFDSTUK 6

College De Valk

Leuven

I

Met een getroebleerde frons liet Berg de tekst zakken en keek naar Lebowski die de hele tijd als een gekooid dier in de verhoorkamer heen en weer had gelopen. Hoewel hij de vraag eerder had gesteld, zei hij:

'En dit zat vanochtend in uw mailbox?'

Lebowski onderbrak zijn gedraaf, kwam naar de tafel en steunde met beide handen op het blad. Zijn haar zat in de war, zijn ogen waren opengesperd van paniek. Hij negeerde Bergs vraag en riep:

'Wat gaat u doen, hoofdinspecteur!? Mijn dochter loopt gevaar.' Hij wees met trillende vinger naar de tekst. 'U hebt het gelezen. Die gek wil haar verkrachten en vermoorden. U moet zo snel mogelijk...'

'Een momentje, meneer Lebowski. U hebt daarstraks uw dochter gebeld, zei u?'

'Ja, maar ik kon haar niet bereiken. Haar mobiel staat af.'

'En daarna bent u naar de Tervuursevest gegaan. De conciërge heeft u toegang verleend tot de studio van uw dochter.'

'Dat heb ik al verteld!'

'En alles was in orde?'

'Katrien was er niet. Er hing een examenrooster tegen de muur. Ze legt strafrecht af op dit ogenblik.'

'In college De Valk?'

'Ja... ja... ja...' Lebowski molenwiekte van ongeduld. 'Ik ben gaan kijken. Ze zit in het auditorium. Nog tot één uur.'

Berg wierp een blik op de elektrische klok tegen de muur. Het was kwart voor elf. Hij had Coens voor de zekerheid naar de onderzoeksrechter laten bellen. Lang kon die niet meer op zich laten wachten. Hij tikte met zijn vinger op het bundeltje bladzijden.

'Dit is dus niet gebeurd?'

'Nog niet, nee! Maar...'

'Bij het vorige hoofdstuk was de moord gepleegd toen wij de tekst te lezen kregen. Bij alle andere slachtoffers was dat trouwens ook het...'

'Wat doet dat ertoe!?' riep Lebowski met opgeheven armen. 'Dan is hij van methode veranderd.'

'De moordenaar, bedoelt u? Waarom zou hij dat doen?'

'Weet ik veel! Om mij te sarren. Om mij doodsangsten aan te jagen. Ik heb u vanaf het begin gezegd dat hij het op mij voorzien heeft. En denk aan wat in de mails staat: hij wil me laten voelen hoe het is om een vrouw te verliezen. Wie had ooit gedacht dat hij daarmee mijn dochter bedoelde.'

Berg overwoog de mogelijkheid.

'Wie zegt dat dit over uw dochter gaat? Er wordt geen naam genoemd.'

'Waarom zou hij dat hoofdstuk anders naar mij sturen? Bovendien klopt alles tot in detail. De beschrijving van het gebouw, de inrichting van de studio, zelfs het nummer op de deur. Die smeerlap heeft zijn huiswerk goed gemaakt. Hij moet haar dagenlang geobserveerd hebben en...'

'Wie, meneer Lebowski? U hebt het altijd maar over 'hij'. Tot nu toe...'

Op dat ogenblik ging de deur van de verhoorkamer open en kwam de onderzoeksrechter binnen, zoals altijd onberispelijk gekleed in pak en das.

Lebowski griste onmiddellijk de bladzijden van het tafelblad en drukte die in Hoves hand.

'Lees dit!' riep hij. 'Mijn dochter is in gevaar.'

Hove legde zijn aktetas op de tafel en wierp Berg een nietbegrijpende blik toe. Die zei:

'Meneer Lebowski heeft dit vanochtend per mail ontvangen. Hij denkt dat de moordenaar het dit keer op zijn dochter heeft voorzien.'

De onderzoeksrechter schoof een stoel achteruit, haalde zijn bril uit het borstzakje van zijn jas en begon te lezen.

Lebowski hervatte intussen zijn heen en weer gedraaf en keek om de paar seconden naar de klok tegen de muur. Toen Hove klaar was, legde hij zijn leesbril op tafel en richtte zich tot Berg:

'Denkt u dat dit door dezelfde persoon is geschreven?'

Nog voor Berg kon antwoorden, snauwde Lebowski:

'Natuurlijk is het door dezelfde persoon geschreven! Door wie anders?'

Hove wierp hem een verstoorde blik toe.

'Ga alstublieft zitten, meneer Lebowski. U maakt mij nerveus met dat heen en weer geloop. Zo kunnen we niet praten.'

De schrijver kwam dichterbij, maar bleef staan.

'Er is geen tijd om te praten! Er moet iets gebeuren. Nu. Meteen.'

'Uw dochter zit nog twee uur in het auditorium,' probeerde Berg hem gerust te stellen. 'Tot zolang kan haar niets overkomen.'

'En als zij haar examen vroeger afgeeft? Wat dan?'

'Dan is er nog altijd het bewakingsteam dat voor het college heeft postgevat. Zodra uw dochter het auditorium verlaat, laten ze haar geen moment uit het oog.'

Lebowski snoof minachtend, greep de bladzijden vast en wapperde ermee voor Bergs gezicht. Zijn ogen schoten vuur.

'U hebt kunnen lezen wat die bewaking voorstelt. Niets!'

Berg probeerde zijn kalmte te bewaren.

'Dat, meneer Lebowski, is fictie. Ik kan u verzekeren dat...'

'Ach, kom me toch niet met die onzin!' Lebowski smeet het bundeltje op tafel. 'Als u mij niet onmiddellijk vertelt welke maatregelen u gaat nemen om mijn dochter te beschermen, ben ik hier weg. Dan zorg ik er zelf voor dat haar niets overkomt. Ze zet geen voet meer in die studio en komt bij mij wonen.'

Hove en Berg wisselden een blik. Toen zei de onderzoeksrechter:

'U hoeft zich geen zorgen te maken over uw dochter. We weten intussen wie de moorden gepleegd heeft.'

Lebowski zweeg. Verbluft. Alsof hij er totaal niets meer van begreep. Hij liet zich op een stoel zakken. Hove vervolgde:

'Het gaat om een zekere Wouter Grootjans. Hij was de vriend van Lucie Meerten. Zijn alibi bleek vals te zijn. Hij heeft bekend dat hij in Firenze het meisje in haar kamer met een messteek heeft gedood. En de brand in het huis van uw exvrouw heeft hij eveneens toegegeven. Sinds gisteren zit hij in de cel. Hij wordt straks opnieuw verhoord. Hoofdinspecteur Berg heeft intussen nieuwe bewijzen gevonden die aantonen dat hij de dader is. Ik ben er zeker van dat hij de andere moorden ook zal...'

Lebowski liet hem niet uitpraten.

'Als hij in de cel zit, wie heeft dit hoofdstuk dan naar mij gestuurd?'

Hove haalde zijn schouders op. Hij nam de bladzijden van tafel en hield ze tussen twee vingers omhoog.

'Volgens mij is dit niet meer dan een smakeloze grap.'

'Een grap?' stiet Lebowski uit. 'Van wie?'

'Dat weet ik niet, maar daar komen we nog wel achter. Het feit dat Grootjans zijn vriendin heeft gedood en dat hij het huis in de Goudbloemsstraat in brand heeft gestoken, wijst erop dat hij ook de andere vrouwen heeft vermoord. Tot gisteren konden we dat niet bewijzen, maar dankzij hoofdinspecteur Berg kunnen we dat nu wel. U ziet: er bestaat geen enkel gevaar voor uw dochter.'

De schrijver keek Berg recht in het gezicht.

'Bent u zeker? Wat hebt u gevonden dat...'

'Het spijt me, meneer Lebowski. Dat kan ik niet met u bespreken. Maar u weet nu dat Grootjans al één moord en de brandstichting heeft toegegeven. Dat moet voor u voldoende zijn. Wees gerust: wij vergissen ons niet.'

Lebowski liet zijn hoofd tussen zijn schouders zakken en keek alsof hij in tweestrijd verkeerde. Hoewel hij er voortdurend op gewezen had dat de tijd drong, duurde het even voor hij zei:

'Die brandstichting bewijst niet dat Grootjans de moordenaar is.'

Berg en Hove keken elkaar verbaasd aan.

'Hoezo niet?' vroeg de onderzoeksrechter.

Lebowski wreef met beide handen over zijn gezicht. Opnieuw gingen er ettelijke seconden verloren voor hij antwoordde.

'Omdat ik Grootjans gedwongen heb de brand te stichten.'

'U?' Hove ging eensklaps kaarsrecht zitten. 'Waarom?'

Lebowski's gezicht stond strak, gekweld. Hij raspte zijn keel.

'Omdat u mij ervan verdacht de moordenaar te zijn. Ik moest iets doen om de verdenking van mij af te wenden.'

'U hebt het huis in brand laten steken op het gevaar dat mevrouw Holbeen in het vuur zou omkomen?' vroeg Hove ongelovig.

'Maar nee, natuurlijk niet. Ik wist dat mijn ex niet thuis zou zijn. Ze gaat elk jaar op de vooravond van Katriens verjaardag met haar op restaurant. Ik heb de dag voordien nog gebeld. Om zeker te zijn.'

'Dat telefoontje van meneer Grootjans was dus niet uw idee?'

'Nee, dat heeft die idioot uit eigen beweging gedaan. Totaal overbodig. Mijn ex liep geen ogenblik gevaar.'

'Ik begrijp iets niet,' kwam Berg tussenbeide. 'Hoe kon u meneer Grootjans dwingen om de brand te stichten?'

Lebowski keek nerveus omhoog naar de klok.

'Kunnen we het daar straks over hebben? Ik wil zeker zijn dat Katrien...'

'Uw dochter is voorlopig veilig,' verzekerde Berg hem opnieuw. 'Eerst wil ik een antwoord op mijn vraag. Heeft uw chantage iets te maken met wat er in Firenze is voorgevallen?'

Lebowski aarzelde nog steeds, alsof hij zich met de grootste moeite zover kon krijgen te antwoorden.

'Ja.'

'Hoe?'

'Het is gebeurd toen ik met de prosecco terugkwam van de hotelbar. Net voor ik uit de lift stapte, zag ik door het raampje van de deur hoe iemand uit Lucies kamer kwam. Het was één van haar vrienden die ik in de hotelbar had zien zitten toen ik met haar naar boven ging. Ik heb gewacht tot hij weg was en ben toen gaan kijken. Lucie lag op het bed. Haar kussen was doordrenkt met bloed. Het was afschuwelijk. Een kwartier eerder had ze nog geleefd en nu lag ze daar. Dood. Ik wist niet wat te doen. Ik heb haar pols gevoeld, maar...'

'En het mes?' vroeg Hove.

'Dat heb ik niet gezien. Ik vermoed dat Grootjans het meegenomen heeft.'

'Waarom hebt u de Italiaanse politie dat niet verteld?'

'Omdat het dan zijn woord was tegen het mijne. Lucies vrienden zouden getuigen dat ze mij met haar naar boven hadden zien gaan. Dat risico liep ik liever niet. Bovendien...' Lebowski zuchtte. 'Ik heb tegen de politie gelogen: ik was wel degelijk in Lucies kamer geweest en ik wist niet meer wat ik allemaal had aangeraakt. De deurklink natuurlijk. En de deur van de minibar. Maar voor de rest? Nu, als de politie mij was blijven verdenken, had ik wel verteld wat ik gezien had. Gelukkig was dat niet nodig omdat...'

'... Trui Goedseels u een vals alibi heeft bezorgd,' vulde Hove aan.

Lebowski gaf geen commentaar.

Berg maakte in gedachten de bedenking dat hij het bij het rechte eind had gehad. Na Grootjans' verhaal over de chantage, had hij enkele dingen bij elkaar opgeteld en was later op de dag met mevrouw Holbeen gaan praten om te verifiëren of zijn conclusie juist was. De vrouw had hem verteld dat haar ex-man haar twee dagen voor de verjaardag van hun dochter had gebeld met de vraag of ze zoals gewoonlijk van plan was met Katrien op restaurant te gaan.

Haar verklaring had Bergs vermoeden alleen maar bevestigd: Grootjans was niet door een onbekende hotelgast gechanteerd, maar door Lebowski. Die wilde dat het huis van zijn ex-vrouw in brand werd gestoken op het ogenblik dat hij in de cel zat. Daarom had hij zich de avond voorheen met opzet laten arresteren en had hij zich nauwelijks verdedigd toen Hove hem van de viervoudige moord beschuldigde. Hij had Tine Demesmaecker als getuige opgegeven omdat hij wist dat de politie zijn vingerafdrukken op het stuur van haar auto zou vinden en waarschijnlijk had hij er ook op gerekend dat uit het bloedonderzoek van de studente zou blijken dat hij haar had verdoofd. Die analyse was niet doorgegaan, maar Hove had hem niettemin in hechtenis genomen omdat hij vond dat het andere bewijsmateriaal voldoende was, zeker toen ze ook nog eens ontdekten dat de twee overige beelden uit de kapel van Diest de naamheiligen voorstelden van Lebowski's ex-vrouw en dochter. Op die manier had de schrijver zijn slag thuisgehaald. Hij had hoog spel gespeeld door zich opzettelijk verdacht te maken, maar hij had geweten dat de brand hem vrij zou pleiten.

Op dat ogenblik stond Lebowski op.

'Ik heb u verteld wat er gebeurd is. Kunnen we nu eindelijk gaan?'

De onderzoeksrechter liet zijn inschikkelijke houding varen. Berg had hem vaker zo'n plotse metamorfose zien ondergaan. Het gebeurde altijd op het moment waarop een verdachte meende dat hij eisen kon stellen.

'U gaat nergens naartoe,' zei Hove op die glasscherpe toon van hem. 'Ik neem u onder arrest voor het aanzetten tot brandstichting en het achterhouden van bewijsmateriaal in een moordonderzoek.'

'Wat!?'

'Ik stel voor dat u uw advocaat belt, meneer Lebowski.'

'Maar dat kunt u niet menen! Katrien loopt gevaar. Ik heb net klaar en duidelijk aangetoond dat de brand niet bewijst dat Grootjans de moordenaar is.'

'Daar denken wij anders over,' zei Hove. 'Nogmaals: bel uw advocaat.'

Lebowski bleef enkele tellen stokstijf staan, zijn lichaam in een van ongeloof verstarde positie. De volgende seconde verloor hij alle controle. Hij beukte zo hard met zijn vuist op tafel dat het hout onder het geweld kraakte.

'Ik heb godverdomme geen advocaat nodig! Ik eis dat u onmiddellijk iets onderneemt om mijn dochter te beschermen.'

Berg zag dat zijn gezicht vuurrood was geworden. Aan het kettinkje om zijn hals schommelde het Janusmedaillon heftig heen en weer. Zo woedend had Berg hem nog nooit gezien, zelfs de vorige keer niet toen hij onterecht werd gearresteerd. Hier stond een radeloze man voor hen die ervan overtuigd was dat zijn dochter elk moment het ergste kon overkomen en ergens begreep hij het wel. De in het hoofdstuk beschreven scène was gruwelijk. Elke vader zou zo reageren, zeker iemand als Lebowski die zijn dochter verafgoodde.

Toen geen van beide mannen aanstalten maakten iets te doen, liep Lebowski zonder verder woord om de tafel heen, stormde naar de deur en rukte die open. Hij botste op Coens en Meulenaer die hem in de gang de weg versperden.

'Laat me door!'

Bergs mannen verroerden geen vin. Heel even dreigde de zaak uit de hand te lopen. Hove riep hem tot de orde.

'Ga zitten, meneer Lebowski.'

De schrijver draaide zich om.

'En mijn dochter dan!? Ze kan elk ogenblik...'

'Uw dochter loopt op dit moment geen gevaar.'

Lebowski probeerde zijn woede onder controle te krijgen. Hij stak zijn handen op met de palmen naar voren en temperde zijn stem in een poging zo redelijk en overredend mogelijk te klinken.

'Kent u college De Valk? Het heeft verschillende in- en uitgangen. Uw mannen kunnen onmogelijk weten via welke weg

Katrien het gebouw verlaat. Stuur er tenminste een paar extra combi's naartoe.'

'De moordenaar zit in de cel, meneer Lebowski,' probeerde Berg hem te overtuigen. 'Belt u alstublieft uw advocaat.'

Lebowski verloor opnieuw zijn zelfbeheersing.

'Ik bel niemand! Ik wil hier weg!'

Hove leek er genoeg van te hebben. Hij stond op, nam zijn aktetas van tafel en zei:

'Dan zorgen wij voor een advocaat. U laat ons geen andere keus.'

Hij voegde de daad bij het woord en liep naar de deur. Coens en Meulenaer lieten hem passeren. Berg volgde de onderzoeksrechter op de voet. Toen ze in de gang stonden, hoorden ze Lebowski achter hun rug roepen:

'Dit is toch niet te geloven! Dit is...'

De rest ging verloren toen Coens de deur dichtdeed. Berg zag hoe Hove enkele woorden wisselde met een man van begin veertig. Hij had net als de onderzoeksrechter een aktetas in de hand, droeg een donkerblauw pak en was vermoedelijk de advocaat die Hove uit voorzorg mee naar het politiebureau had gebracht.

De man luisterde met een ernstig, geconcentreerd gezicht naar de onderzoeksrechter en ging toen de verhoorkamer in.

Berg en Hove begaven zich op hun beurt naar de aangrenzende ruimte waar Zeebos en Wenderickx op de monitor volgden hoe Lebowski op de komst van de advocaat reageerde. Hij gunde de man geen blik en begon weer te ijsberen.

'We geven hun een kwartier,' besliste Hove.

'Ze hebben recht op een halfuur.'

'Nee, dan wordt het te laat. Lebowski heeft gelijk. Het kan zijn dat zijn dochter vroeger afgeeft. Dat risico kunnen we niet nemen.'

Op de monitor was te zien hoe de advocaat een vruchteloze poging ondernam tot een gesprek met de schrijver.

Hove kauwde op zijn onderlip.

'Ik hoop dat u weet wat u doet, hoofdinspecteur.'

Berg zei niets.

'Die scène was afschuwelijk.'

'Ja,' zei Berg enkel.

Hove zuchtte. Hij maakte een allesbehalve geruste indruk.

2

Toen ze een kwartier later opnieuw de verhoorkamer binnengingen, bleef Lebowski abrupt staan.

'Hebt u extra mensen naar het college gestuurd?'

De toon van zijn stem was dwingend, bevelend.

'Nee,' antwoordde Berg kortweg. Hij zette de opnameapparatuur aan en ging naast Hove zitten.

Lebowski was hem naar de tafel gevolgd. Zijn voorhoofd was bedekt met zweetdruppels hoewel het helemaal niet warm was in de kamer.

'Waarom niet!?'

'Omdat alle combi's ingezet zijn.'

'Maar... Maar... En mijn dochter dan?'

'Ga zitten, meneer Lebowski,' zei Hove. 'Uw dochter loopt geen gevaar. Hoe dikwijls moet ik dat nog zeggen?'

De schrijver staarde hem verbijsterd aan. Toen wees hij naar de tekst die nog altijd op tafel lag.

'Maar u hebt toch gelezen wat daar staat!'

Hove negeerde de opmerking. In plaats daarvan zei hij:

'Ik wil uw bekentenis op tape. Ofwel herhalen wij het gesprek van daarstraks, ofwel legt u zelf een verklaring af.'

De blik van de schrijver werd onweerstaanbaar naar de klok getrokken. Berg wist dat het iets over twaalf was.

Lebowski wendde zich voor het eerst tot zijn advocaat.

'Kan hij mij daartoe dwingen?'

'Nee,' antwoordde de man.

'Kan hij mij hier houden?'

'U hebt bekend dat u de brand in de woning van uw ex-vrouw...'

'Ik trek mijn verklaring terug!' brak Lebowski hem af. 'Dat recht heb ik. Zoveel weet ik zeker.'

De advocaat knikte.

'In dat geval kan de onderzoeksrechter u vierentwintig uur...'

De schrijver draaide zich om, beende nerveus naar de muur, kwam terug naar de tafel en keek weer naar de klok die meedogenloos verder tikte. Berg had bijna met hem te doen. De man moest zo stilaan op zijn van de zenuwen.

Lebowski leek een besluit genomen te hebben. Hij temperde zijn stem en richtte zich tot de onderzoeksrechter:

'Ik ben bereid mijn bekentenis te herhalen, maar alleen als u eerst zorgt dat mijn dochter veilig is.'

'U hebt geen eisen te stellen, meneer,' zei Hove onverbiddelijk. 'En voor de zoveelste keer: uw dochter loopt geen gevaar. De moordenaar zit beneden in de cel.'

Lebowski plofte neer op de stoel. Hij steunde met zijn ellebogen op het tafelblad en verborg zijn gezicht in zijn handen. Berg hoorde hem mompelen:

'Dat klopt niet. Dat klopt helemaal niet.'

De onderzoeksrechter schoof in een ongeduldig gebaar zijn stoel achteruit. Het geluid deed Lebowski onmiddellijk opkijken.

'Misschien wilt u meer tijd om met uw advocaat te overleggen,' zei Hove en hij maakte aanstalten op te staan.

'Nee, wacht!'

De onderzoeksrechter brak zijn beweging af en liet zich weer op de stoel zakken.

'U moet Evert Vanderlinden arresteren,' zei Lebowski.

'Meneer Vanderlinden?' herhaalde Hove. 'Waarom?'

'Hij is de moordenaar.'

Berg boog zich naar voren.

'Waarom denkt u dat, meneer Lebowski?'

De schrijver wees naar het bundeltje op tafel.

'Hij heeft dit hoofdstuk geschreven. En het vorige ook.'

'Waar haalt u dat vandaan?' vroeg Hove op een toon waarvan het ongeloof afdroop.

'Hij heeft de dreigmails ook gestuurd.'

'Maar u hebt verklaard dat u niet wist van wie die mails afkomstig waren,' zei Berg.

'Ik... ik heb gelogen. Nee, niet echt gelogen... Ik had alleen een sterk vermoeden dat hij de afzender was. Daarom heb ik u over mijn relatie met zijn vrouw verteld. Vanderlinden stalkte mij. Al maanden. Hij verscheen voortdurend op lezingen en signeersessies en...'

'Dat hebt u ons verteld,' viel Berg hem in de rede. 'Maar u hebt nooit het verband gelegd tussen hem en Martine Ophalvens.'

'Toch wel. Ik...'

'Nee, meneer Lebowski. Eén van mijn medewerkers heeft dat ontdekt toen hij met mevrouw Ophalvens contact opnam. Het was voor ons een complete verrassing dat zij de ex was van Evert Vanderlinden.'

'Dan ben ik dat vergeten te vermelden. Ik... ik was in de war, begrijpt u. Ik werd ervan beschuldigd vier vrouwen te hebben vermoord. Waarschijnlijk is het me op dat moment ontgaan.'

Berg vroeg niet verder. Hij was de vorige avond tot de conclusie gekomen dat er iets niet klopte, iets waaraan hij eerder niet had gedacht. Vanderlinden had gezegd dat hij Lebowski wilde sarren, dat hij hem voortdurend wilde confronteren met het gezicht van de man die door zijn schuld zijn vrouw was kwijtgeraakt. Maar hoe kon hij dat doen als Lebowski hem niet herkende als de echtgenoot van Martine Ophalvens? In dat geval zou hij niet meer geweest zijn dan een anoniem gezicht in het publiek.

Lebowski veegde met zijn mouw het zweet van zijn voorhoofd. Op smekende toon zei hij:

'U moét Vanderlinden arresteren, meneer de onderzoeksrechter. Ik zeg u dat hij de moordenaar is.'

Hove twijfelde. Hij keek naar Berg.

'Wat denkt u, hoofdinspecteur?'

Berg schokschouderde.

'Het kan geen kwaad om Vanderlinden erbij te halen. Misschien voelt meneer Lebowski zich dan wat geruster.'

'Goed, laat hem ophalen.'

Berg stond op en verliet de verhoorkamer. Toen hij terugkwam zei hij:

'Ik heb één van mijn mannen ook naar het internetcafé gestuurd met een foto van Vanderlinden. Als hij daar geregeld geweest is, moet de eigenaar hem herkennen.'

Lebowski wierp hem een dankbare blik toe. Toen keek hij opnieuw naar de klok. Het was intussen bijna twintig over twaalf.

'En mijn dochter? Kunt u nu...'

'Een moment nog, meneer Lebowski,' brak Berg hem af. 'We zullen op uw verzoek meneer Vanderlinden met uw beschuldiging confronteren, maar eigenlijk geloof ik niet dat hij de moordenaar is. Waarom zou hij zijn eigen vriendin vermoorden?'

'Om mij de moord in de schoenen te schuiven. Dat heb ik al uitgelegd.'

'Maar als ik uw theorie goed begrepen heb, dan had hij dat al twee keer eerder geprobeerd. Volgens u heeft hij toch ook Trui Goedseels in Amsterdam vermoord? En Sofie Vleminckx?'

'Ja.'

'Waarom dan nog zijn eigen vriendin vermoorden? Dat was compleet overbodig.'

Voor Lebowski kon antwoorden, ging de deur open en kwam Zeebos binnen. Hij boog zich naar Berg en fluisterde hem iets in het oor.

'Wat is er aan de hand?' vroeg Lebowski benauwd.

Berg zag ook de onderzoeksrechter naar hem kijken.

'We krijgen meneer Vanderlinden niet te pakken,' antwoordde hij. 'Blijkbaar staat zijn mobiel af.'

'Is hij niet op zijn werk?' vroeg Hove.

'Ik heb naar het Villerscollege gebeld,' legde Zeebos uit. 'Daar hebben ze hem al een paar dagen niet meer gezien.'

Lebowski veerde op, zo heftig dat zijn stoel tegen de vloer kletterde.

'Ziet u wel!'

'Rustig, meneer Lebowski,' zei Hove gebiedend. Hij wendde zich tot Zeebos. 'En bij hem thuis?'

'Daar zijn Coens en Meulenaer geweest. Ze hebben verschillende keren aangebeld. Niets. Een buurvrouw wist te vertellen dat het al een paar dagen muisstil is in Vanderlindens appartement.'

'Ik heb het toch gezegd!' riep Lebowski. Zijn stem sloeg over. Het anders zo rustige, knappe gezicht was vertrokken van angst. Hij draafde naar de tafel met de opnameapparatuur en terug.

'Meester, maant u uw cliënt tot kalmte aan,' bitste Hove.

'Meneer Lebowski, alstublieft.' De advocaat sprak zo overtuigend mogelijk. 'Niemand heeft er baat bij dat u zich opwindt.'

Lebowski zette zijn stoel recht en zeeg erop neer. Berg nam opnieuw het woord.

'Laten we geen overhaaste conclusies trekken,' zei hij zo rustig mogelijk en hij richtte zich weer tot de schrijver: 'U hebt daarnet niet op mijn vraag geantwoord. Waarom zou meneer Vanderlinden zijn eigen vriendin vermoorden?'

'Omdat hij een gevaarlijke gek is,' zei Lebowski met schorre stem. 'Omdat hij zich wil wreken op mij.'

'Dat geloof ik niet. Ik heb verschillende keren met hem gepraat. Volgens mij was hij over de scheiding heen. Hij had trouwens een nieuwe relatie. Hij was gelukkig, dat heeft hij me zelf verteld. En dan zou hij zijn vriendin om het leven brengen?'

Berg wachtte op reactie. Die kwam niet.

De deur van de verhoorkamer ging opnieuw open. Dit keer was het Wenderickx. Lebowski keek de nieuwkomer met bange ogen aan.

'Wat is er?' vroeg Berg.

'Ik kom van het internetcafé, chef. De eigenaar herkende meteen de foto. Vanderlinden is gisteravond in zijn zaak geweest.'

'Is hij zeker?'

'Heel zeker.'

'O, God...'

Lebowski hief zijn hoofd omhoog naar de klok. Het was intussen iets over halféén. Hij balde machteloos zijn handen tot vuisten.

Berg zag dat hij over zijn hele lichaam beefde. Hij zei:

'Ik ben ervan overtuigd dat er een perfect logische verklaring voor dit alles is. Meneer Vanderlinden had geen enkele reden om zijn vriendin te vermoorden, daar blijf ik bij. En zeker niet om haar te verkrachten.'

'Hij wil zich op mij wreken,' herhaalde Lebowski uitgeput.

'Toch niet door Femke Dries te doden. Op zo'n gruwelijke manier dan nog. Nee, meneer Lebowski, dat kan niet. Waarom zou hij dat doen?'

Er kwam geen antwoord.

'U hebt het een tijdje geleden zelf gezegd,' ging Berg voort. 'Niemand moordt zonder reden. Welnu, ik stel u dezelfde vraag. Welk motief kon meneer Vanderlinden hebben om zijn vriendin om het leven te brengen? Sterker nog: waarom zou hij per se uw dochter willen vermoorden?'

De vraag bleef dwingend in de lucht hangen. In de kamer kon je een speld horen vallen. Iedereen hield gespannen de adem in. Toen, nauwelijks hoorbaar, fluisterde Lebowski:

'Omdat ik hem zover gebracht heb.'

3

De opgehoopte spanning vloeide weg uit Bergs lichaam. Eindelijk! Het had bloed, zweet en tranen gekost om de man te breken. Maar het was nog niet gedaan. Hij moest zijn misdaden ook toegeven.

'Legt u dat eens uit, meneer Lebowski.'

De schrijver hief vermoeid zijn hoofd op. Hij zag er ineens tien jaar ouder uit.

'Eerst Katrien,' bracht hij met moeite uit.

Berg negeerde hem.

'Hebt u Femke Dries gedood? Bedoelde u dat toen u zei dat u meneer Vanderlinden zover gebracht hebt dat hij uw dochter wil vermoorden?'

'Eerst Katrien,' herhaalde Lebowski dof.

'Is dat het motief van meneer Vanderlinden? Omdat u hem opnieuw een vrouw hebt afgenomen? Dit keer door haar om het leven te brengen?'

'Eerst Katrien.'

Hove greep in. Iemand moest een compromis voorstellen. Als beide partijen op hun standpunt bleven, kwamen ze nergens.

'We laten uw dochter nú ophalen, meneer Lebowski. O-gen-blik-ke-lijk. Maar alleen als u een volledige bekentenis aflegt.'

De advocaat schoot zijn cliënt te hulp:

'Dat kunt u niet...'

Lebowski draaide zijn hoofd met een ruk naar hem toe.

'Hou uw mond!' siste hij.

Hij wendde zich opnieuw tot de twee mannen tegenover hem en ging met een knikje akkoord.

Berg haalde zijn mobiel tevoorschijn, belde het bewakingsteam bij college De Valk en beval om Katrien Lebowski uit het auditorium te halen en linea recta naar het politiebureau te brengen.

Lebowski had elk woord gevolgd. Berg legde zijn telefoon op tafel. Hij keek de schrijver strak aan.

'We luisteren, meneer Lebowski. Geeft u toe Femke Dries vermoord te hebben op dinsdagavond 11 juni?'

'Ja.'

Berg voelde een enorme opluchting. De eerste barrière was genomen. Nu de rest nog.

'U bent dus met de auto van Tine Demesmaecker naar Diest gereden en u hebt het vierde hoofdstuk via Femkes laptop naar uzelf gestuurd?'

Lebowski knikte slechts.

'Maar u had met opzet een fout tegen het vertelperspectief

in het verhaal verwerkt, nietwaar? Om dat als extra argument te gebruiken dat u niet de auteur van de tekst was. Net zoals u ook enkele exemplaren van *Salsa* in de flat hebt achtergelaten opdat wij zouden ontdekken dat meneer Vanderlinden iets van hagiografie afweet.'

'Dat is juist,' gaf Lebowski toe. Zijn stem klonk vaster en hij was een stuk rustiger geworden nu hij wist dat zijn dochter in veiligheid was.

'Eigenlijk hebt u van meet af aan alles in het werk gesteld om meneer Vanderlinden verdacht te maken, is het niet? Bent u op het idee gekomen door de dreigmails die hij u gestuurd had?'

Lebowski knikte. Bij wijze van verklaring zei hij:

'Ik heb u verteld dat een schrijver zijn inspiratie uit het werkelijkheid haalt. Of dacht u dat dat een verzinsel was?'

Berg ging niet op de vraag in.

'Hoe wist u dat meneer Vanderlinden de afzender was?'

'Omdat hij een tijdlang bij elke lezing op de eerste rij zat en me voortdurend aanstaarde met een van haat vertrokken gezicht. Hij had net zo goed zijn naam onder de mails kunnen zetten, zo duidelijk was het.'

'Maar de laatste mail, die van 3 juni, kwam niet van hem. Die hebt u naar uzelf gestuurd. Met daarin een duidelijke verwijzing naar de reden voor de moorden op vrouwen uit uw kennissenkring.'

'Ik moest hem een motief geven.'

'Gedacht als een echte misdaadauteur,' kon Berg niet nalaten te zeggen.

Lebowski liet de opmerking passeren.

'Maar eerst hebt u er alles aan gedaan om uzelf verdacht te maken. U wist dat de verdenking van bij het begin op u zou vallen. U was immers de enige die de verschillende slachtoffers persoonlijk kende. Dus wat hebt u gedaan? U hebt een mooi staaltje van omgekeerde psychologie toegepast: de verdenking op u zo zwaar laten doorwegen dat wij niet anders kónden dan beginnen te twijfelen. Wie zet er nu zijn eigen moorden op papier en laat die aan een medewerkster van de uitgeverij lezen? Maar natuurlijk besefte u dat we vroeg of laat dat manoeuvre zouden doorzien en opnieuw bij u zouden terechtkomen. Daarom hebt u dezelfde tactiek nog een keer toegepast. Door toe te geven dat u bij Femke Dries was geweest, leek het alsof onze eerste verdenking toch juist was. Ineens werd duidelijk dat u van het bestaan van de Allerheiligenkapel afwist en dat u de heiligenbeelden gestolen kon hebben. Natuurlijk vermoedde u dat wij de datum van de lezing in Hasselt zouden natrekken. Die was op 3 juni. De dag van de laatste mail én nauwelijks zesendertig uur voor er in de kapel werd ingebroken. Daardoor werd u nog meer verdacht dan voorheen en bleef ons geen andere keus over dan u te arresteren. Tot heel onze theorie onderuit werd gehaald door de brandstichting. Op dat ogenblik zat u immers in de cel. Wij hadden ons dus vergist. U was onschuldig. Iemand had alles zo georkestreerd dat wij wel moesten aannemen dat u de dader was. En wie anders kon dat zijn dan Vanderlinden? U had ervoor gezorgd dat alle sporen in zijn richting wezen.'

Berg zweeg. Hij had zo snel gesproken dat hij naar adem moest happen. Toen zei hij:

'Een bijzonder knap staaltje van manipulatie, dat moet ik toegeven.'

'Blijkbaar niet knap genoeg,' mompelde de schrijver.

Berg schudde zijn hoofd. Op cynische toon zei hij:

'Nu doet u zichzelf tekort, meneer Lebowski. U hebt uw reputatie van misdaadschrijver alle eer aangedaan. Van bij het begin hebt u ons precies dat doen denken wat u wilde. En keer op keer hebt u ons op het verkeerde been gezet. Maar natuurlijk hebt u daar ervaring mee. Per slot van rekening doet u in uw romans net hetzelfde. Jammer dat u uw talent op zo'n manier hebt misbruikt.'

'Iedereen vecht met de wapens die hij tot zijn beschikking heeft,' zei Lebowski alsof dat een excuus was.

Op dat ogenblik mengde Hove zich in het gesprek.

'Ik wil het over de twee andere moorden hebben. Waarom hebt u Trui Goedseels om het leven gebracht? Omdat zij u chanteerde?'

'Ja. Ik had al langer het gevoel dat ik in het belang van mijn carrière van uitgeverij moest veranderen, maar toen ik eindelijk de knoop had doorgehakt, werd Lucie in Firenze vermoord en had Trui mij in haar macht. Ik was dan wel onschuldig, als ze haar verklaring introk, zou de politie mij opnieuw op de korrel nemen en intussen was het te laat geworden om te vertellen wat ik over Grootjans wist, dat zou niemand meer geloven. Bovendien dreigde Trui het filmcontract niet te ondertekenen en dat kon ik niet laten gebeuren. Dat alles maakte dat ik geen uitweg meer had.'

Berg wachtte tot de rest kwam, maar dat gebeurde niet. Hij wist nochtans dat Lebowski nog een bijkomend motief had, daar was hij de vorige dag via zijn ex-vrouw achter gekomen.

'Hoofdinspecteur Berg,' zei Hove met een zijdelings knikje, 'heeft gisteren ontdekt dat u een week voor de uitreiking van de Gouden Strop al eens de Thalys naar Amsterdam hebt genomen. Was dat om de moord voor te bereiden?'

Alvorens te antwoorden boog Lebowski waarderend zijn hoofd in Bergs richting. Toen zei hij:

'Trui had me laten weten dat we bij Dikker & Thijs zouden logeren. Ik wilde nagaan hoeveel tijd het kostte om van het Felix Meritisgebouw naar het hotel te lopen.'

'En wat als u de prijs gewonnen had?'

'Dan had ik de zaak uitgesteld. Het moest niet per se in Amsterdam gebeuren. Maar het kwam beter uit zo. Qua alibi, bedoel ik. Bovendien was het veiliger om de moord in het buitenland te plegen.'

Opnieuw verwachtte Berg dat de schrijver meer toelichting zou geven over zijn motief en toen dat weer niet gebeurde, verkeerde hij in tweestrijd om er zelf over te beginnen. Het gerinkel van zijn mobiel maakte een eind aan zijn aarzeling. Het was Coens.

'Katrien Lebowski is er,' klonk het.

'Bedankt.'

Berg verbrak de verbinding en deelde de schrijver mee dat zijn dochter veilig in het gebouw was gearriveerd.

'Kan ik haar zien?'

'Straks misschien,' besliste Hove. 'We zijn nog niet klaar. U hebt ons verteld hoe u op het idee van de heiligenbeelden bent gekomen voor uw verhaal. Waarom hebt u geen beeld achtergelaten in de hotelkamer van mevrouw Goedseels? In het betreffende hoofdstuk gebeurt dat wel.'

Lebowski glimlachte flauwtjes.

'Dat is het verschil tussen fictie en werkelijkheid. Bij fictie moet alles tot in detail kloppen. In het echte leven niet.'

'U antwoordt niet op mijn vraag,' zei Hove nors.

'De verklaring is simpel. Ik had op dat ogenblik geen beeld van de H. Godelieve in mijn bezit en zelfs al was dat wel zo geweest, dan was er niet genoeg tijd om het eerst uit mijn kamer te halen en pas daarna naar die van Trui te gaan.'

De schrijver schokschouderde.

'Uw conclusie was juist: ik heb de Allerheiligenkapel pas ontdekt op 3 juni. Stomtoevallig. Omdat Femke zo lang wegbleef, heb ik een ommetje in de buurt gemaakt. De kapel was voor het publiek geopend. Ik geloofde mijn ogen niet toen ik al die heiligen zag. Mét naamkaartjes dan nog. Ik hoefde maar uit te kiezen wie ik wilde hebben. Het was pas op dat ogenblik dat ik beslist heb om bij de volgende moorden ook in het echt een beeld achter te laten. Dat maakte mij immers nog verdachter. Daarom heb ik u ook verteld dat ik bij Femke in de straat was geweest.'

Berg herinnerde zich wat hij tegen Wenderickx had gezegd: je moest altijd nagaan van wie de informatie kwam, niet alleen in een roman, ook in het echte leven. Maar er was nog iets wat hij wilde weten.

'Hoe hebt u de beelden kunnen stelen zonder auto? Bent u met het openbaar vervoer gegaan? Ik heb het nagekeken. Er rijden tot erg laat treinen tussen Leuven en Diest.'

'Inderdaad, hoofdinspecteur. Ik had een grote sportzak mee met daarin een koevoet en enkele handdoeken om de beelden in te pakken. Het was kinderlijk eenvoudig.'

'Meneer Lebowski,' kwam de advocaat op dat moment tussenbeide, 'misschien is het beter om al die details niet te...'

'Ach, wat!' snoerde Lebowski hem de mond. 'Alsof dat nog enig verschil maakt.' Hij keek naar Berg. 'Ik heb trouwens de indruk dat de hoofdinspecteur toch al alles uitgekiend heeft. Heb ik gelijk?'

Berg antwoordde niet. In plaats daarvan vroeg hij:

'Hebt u tijdens ons eerste gesprek daarom gezegd dat u af en toe nog met Trui Goedseels naar bed ging? Omdat zij dat als alibi had opgegeven in Firenze?'

'Ja. Door haar verklaring kon ik moeilijk anders dan daarover te liegen.'

Berg moest ineens aan het beeld op het kerkhof denken dat hem uiteindelijk op het juiste spoor had gezet.

'U bent een goed acteur, meneer Lebowski. Vooral toen u

de eerste keer gearresteerd werd en wij weigerden om voor politiebescherming te zorgen, was uw woedeaanval heel overtuigend.'

Berg wachtte op commentaar, maar die kwam niet. Hij wilde een opmerking maken over het medaillon, maar hield zich in. Lebowski droeg de beeltenis van Janus omdat hij op 31 december jarig was, maar de aard van de afbeelding onderstreepte nog iets anders. Een misdaadschrijver moest voortdurend naar verleden en toekomst kijken wanneer hij een intrige in elkaar stak en precies dat had Lebowski ook in het echt gedaan. Daarom had hij zo ontsteld gereageerd toen Berg hem vertelde dat Sofie Vleminckx in haar eigen bad was verdronken, om later te kunnen verklaren dat hij vermoedde dat iemand de moord uit zijn verhaal had gekopieerd.

Hove nam opnieuw het woord.

'Hebt u om dezelfde reden Sofie Vleminckx vermoord? Omdat zij u ook chanteerde?'

'Ja. Ik heb u verteld dat ze mij die avond thuis opgezocht heeft. Ze dreigde ermee het filmcontract niet te ondertekenen. Net zoals Trui had gedaan. Op dat ogenblik besefte ik dat ik geen andere keus meer had.'

Berg kwam tussenbeide.

'Dat is niet helemaal de waarheid, meneer Lebowski.'

'Wat bedoelt u?'

'U was van meet af aan van plan om haar te vermoorden. Haar én Femke Dries.'

De schrijver ontkende noch bevestigde. Hij vroeg alleen maar:

'Waarom denkt u dat?'

'Omdat het chronologisch niet klopt wat u beweert. Sofie Vleminckx is vermoord op vrijdag 7 juni. Drie dagen eerder, tijdens de nacht van dinsdag op woensdag, hebt u in de Allerheiligenkapel ingebroken. Waarom zou u de beelden van de H. Philomena en de H. Apollonia stelen als toen al niet vaststond dat u van plan was nog twee moorden te plegen?'

Lebowski keek hem lang en nadrukkelijk aan.

'U zou zelf misdaadverhalen moeten schrijven, hoofdinspecteur.'

'Ik zie al genoeg misdaden in werkelijkheid om er nog te verzinnen ook,' reageerde Berg stroef.

Hove nam opnieuw het initiatief.

'Waarom hebt u de vrouwen verkracht?'

'Omdat ik het beeld wilde ophangen van een volkomen verknipte dader. Een lustmoordenaar. Iemand die ervan genoot om zijn slachtoffers seksueel te vernederen voor hij hen doodde.'

'Maar dat gold voor uw verhaal!' protesteerde Hove en hij liet daarbij zijn hand met een klap op het tafelblad neerkomen. 'Daarvoor moest u hen verdomme toch niet in werkelijkheid verkrachten!'

Berg begreep de verontwaardiging van de onderzoeksrechter. Trui Goedseels was niet alleen de beste vriendin van zijn vrouw geweest, hij had haar zelf ook gekend. Bovendien sprak uit Lebowski's houding geen greintje gewetenswroeging. Hij had drie vrouwen op rij vermoord, maar daar had hij duidelijk niet de minste spijt over. Integendeel, het leek bijna alsof voor hem het belangrijkste was dat hij zijn ondervragers ervan kon overtuigen hoe knap hij alles in scène had gezet.

Hove wachtte op antwoord. Toen dat niet kwam, herhaalde hij zijn vraag:

'Waarom hebt u de drie vrouwen ook in het echt verkracht? Daar was geen enkele reden toe.'

Het enige wat Lebowski zei, was:

'Is dat zo?'

Hij liet in het midden wat hij daarmee bedoelde, maar Berg kende de achterliggende reden. Ook dat was een bijkomende veiligheidsmaatregel geweest die Lebowski had bedacht om zichzelf buiten verdenking te stellen.

Opnieuw overwoog hij om het onderwerp ter sprake te brengen, maar het urenlange verhoor had het uiterste van zijn krachten gevergd en hij voelde zich zo uitgeput dat hij besloot om ermee te wachten tot de volgende dag. Voor nu was het genoeg geweest. De afgelopen nacht had hij weer maar enkele uren zijn bed gezien en het toenemende gebrek aan slaap had hem tot op de rand van zijn weerstandvermogen gebracht.

Hij keek naar Hove. De onderzoeksrechter dacht blijkbaar hetzelfde. Hij klapte zijn map dicht, stond op en zei:

'Ik arresteer u op verdenking van de moord op Trui Goedseels, Sofie Vleminckx en Femke Dries, meneer Lebowski. Wij praten morgen verder.'

De schrijver stond ook op.

'Kan ik nu mijn dochter zien?'

Hove stopte onderweg naar de deur. Hij aarzelde.

'Dat was de afspraak, meneer de onderzoeksrechter,' drong de advocaat aan.

'Niet echt, meester. Maar goed: tien minuten. Meer niet.'

'Dank u,' zei Lebowski.

Hove en Berg verlieten de verhoorkamer. In de gang stond het voltallige team op hen te wachten. Zeebos sloeg Berg enthousiast op de schouder.

'Proficiat, Thomas. Je hebt hem klein gekregen.'

'We hebben hem samen klein gekregen,' zei Berg. 'Zonder jullie was het nooit gelukt.' Hij draaide zich naar Hove. 'En ook niet zonder u, meneer de onderzoeksrechter.'

Op dat ogenblik ging de deur van de verhoorkamer opnieuw open. Lebowski's advocaat kwam naar hen toe.

'Kan ik iets voor u doen, meester?' vroeg Hove.

'Ik sta erop tegen deze gang van zaken te protesteren,' antwoordde de man. 'Wat daarbinnen is gebeurd, kan niet door de beugel. U hebt de rechten van mijn cliënt met voeten getreden.'

'Wat bedoelt u?' vroeg Hove.

'U hebt de man geterroriseerd. U hebt hem doodsangsten doen uitstaan. Maar veel erger nog: u hebt het leven van zijn dochter nodeloos in gevaar gebracht door zo lang te wachten om in te grijpen.'

'Katrien Lebowski liep op geen enkel ogenblik gevaar,' zei Hove.

'Dat kon u niet met zekerheid weten.'

'Toch wel.'

'Nee, meneer de onderzoeksrechter! U weet niet eens waar Vanderlinden zich op dit ogenblik bevindt. Voor hetzelfde geld had Katrien Lebowski vroeger het auditorium verlaten. Als Vanderlinden haar in één van de gangen had staan opwachten, dan...'

'Meester,' onderbrak Berg de man.

De advocaat reageerde alsof hij door een bij werd gestoken en stak waarschuwend zijn wijsvinger onder Bergs neus.

'Ik praat met de onderzoeksrechter, hoofdinspecteur! Van u had ik zoiets verwacht. Ik ken uw reputatie, maar...'

'Komt u alstublieft even mee.'

Berg nam de man bij de arm. Hij stribbelde eerst tegen, maar volgde dan toch. Berg trok de deur van verhoorkamer 3 open.

'Kijkt u eens.'

Aan een soortgelijke tafel zat een man van halfweg de dertig. Hij had een kleine pleister op zijn rechterwang.

'Dat is meneer Vanderlinden,' zei Berg. 'Zodra ik vanochtend het hoofdstuk onder ogen kreeg, heb ik hem meteen naar hier laten brengen.'

4

Berg verliet het politiebureau, stak de straat over en liep het kerkhof op. Het liefst van al was hij naar huis gegaan om voor minstens een half etmaal in bed te kruipen, maar hij had zijn mannen beloofd om het welslagen van het onderzoek te vieren met cava, een traditie die hij zelf in het leven had geroepen, maar waar hij nu tegen opzag omdat hij zo uitgeput was dat hij nog nauwelijks op zijn benen kon staan.

Aan de andere kant besefte hij heel goed dat hij de afgelopen weken het uiterste van zijn team had geëist en dat een traktatie het minste was in de gegeven omstandigheden. Zelfs Hove had hij uitgenodigd, iets wat doorgaans niet gebeurde, en tot zijn verbazing had de onderzoeksrechter beloofd om te komen. Hij moest wel nog even weg, had hij gezegd, maar binnen het uur zou hij terug zijn. Berg vermoedde dat hij persoonlijk zijn vrouw wilde gaan vertellen dat de moordenaar van haar vriendin gearresteerd was en zijn gerechte straf niet zou ontlopen.

In afwachting dat Coens en Meulenaer met de drank terugkwamen, was Berg eerst van plan geweest om een paar espresso's te gaan drinken in de Kaminsky aan de Tiensepoort, maar hij was bang dat de cafeïne hem later op de dag zou wakker houden en als er iets hoogdringend moest gebeuren, dan was het wel slapen. In plaats daarvan besloot hij een wandeling te maken over het kerkhof. Wat beweging zou de doffe vermoeidheid uit zijn kop jagen en daarnaast wilde hij wat tijd voor zichzelf. De voorbije weken hadden onmiskenbaar hun sporen nagelaten en de laatste vierentwintig uren waren zo spannend geweest als de ontknopingscène van een thriller. Maar dat, wist hij, had hij enkel en alleen aan zichzelf te danken.

Eigenlijk had hij nooit gedacht dat de onderzoeksrechter zijn medewerking zou verlenen aan de wijze waarop hij Lebowski tot een bekentenis wilde dwingen. Zijn advocaat had gelijk: door zo lang te wachten om Katrien uit het auditorium te halen, hadden ze de man doodsangsten doen uitstaan, maar het was de enige manier om de zaak opgelost te krijgen. Lebowski had een haast perfect scenario bedacht en zich aan alle kanten zo zorgvuldig ingedekt dat het onmogelijk was om te bewijzen dat hij de moorden had gepleegd. Berg had zich de vorige dag suf gepiekerd om een middel te bedenken waarmee hij de schrijver te slim af kon zijn, maar hij had niets gevonden. De intrige die Lebowski in elkaar had gestoken, was even waterdicht als de plots van zijn misdaadromans en uiteindelijk was Berg tot de conclusie gekomen dat hem nog maar één middel restte. Het was een noodgreep, niets meer of niets minder, maar hij zag geen andere manier om zijn doel te bereiken. Ze moesten Lebowski pakken op zijn enige zwakke punt. En dat was zijn dochter.

Hove had het plan in eerste instantie verontwaardigd van de hand gewezen. Als Berg er toch zeker van was dat Lebowski de moorden had gepleegd, dan moest dat volgens hem op een andere manier te bewijzen zijn. Misschien had Geeraerts iets over het hoofd gezien. Het kon toch niet dat Lebowski drie vrouwen had verkracht en dat er geen enkele keer DNA-materiaal op de lichamen van zijn slachtoffers was achtergebleven. In het manuscript stond dat hij de vrouwen telkens zorgvuldig gewassen had, maar zelfs dan was het nagenoeg onmogelijk om drie keer op rij elk spoor uit te wissen.

Diezelfde gedachte had Berg de voorbije weken ook beziggehouden, maar in tegenstelling tot Hove was hij ervan overtuigd dat Geeraerts geen fout had gemaakt. De politiearts was een ouwe brompot, maar hij verstond zijn vak als geen ander en als er iets te vinden was geweest, dan was hem dat zeker niet ontgaan. Bovendien had Berg bij zichzelf vastgesteld dat hij dezelfde fout maakte waartoe Lebowski hem al een paar keer eerder had verleid: hij liet zich beïnvloeden door het verhaal, hij stelde fictie gelijk aan werkelijkheid. Maar wat als ook het wassen van de slachtoffers een manoeuvre was om zijn gedachtegang te beïnvloeden? Het gegeven kwam – net als de heiligenbeelden – in elk hoofdstuk terug en Berg was er zich intussen van bewust hoe sterk de invloed van een motief kon zijn.

Maar zelfs dat besef bracht hem geen stap verder, tot hij de vorige dag met mevrouw Holbeen was gaan praten omdat hij vermoedde dat Lebowski zelf de brand had georkestreerd. Toen de vrouw uit zijn vragen kon opmaken wat hij dacht, had ze hem op haar beurt het vuur aan de schenen gelegd en zo lang op een antwoord aandrongen tot hij had toegegeven dat hij de schrijver ervan verdacht achter de brandstichting te zitten.

De vrouw was daarover zo woedend geweest dat ze veel meer over Lebowski had verteld dan Berg ooit had durven hopen. Volgens haar was haar ex-man zonder twijfel tot zoiets in staat. Hij had altijd al een donkere kant gehad, verzekerde ze hem, maar die had hij in zijn romans van zich af kunnen schrijven en zo onder controle houden. Tot hij vier jaar geleden dat verschrikkelijke auto-ongeluk kreeg. Vanaf dat ogenblik was hij helemaal veranderd en de oorzaak daarvan kreeg Berg ook te horen. Lebowski had een blijvend letsel overgehouden aan het ongeval. De zenuwbanen in zijn liesstreek waren onherstelbaar beschadigd en het gevolg daarvan was dat hij impotent was geworden.

Op dat ogenblik had Berg begrepen dat de verkrachtingen niet in werkelijkheid waren gebeurd, alleen in het verhaal. Hij wist niet of de gruwelijke scènes ingegeven waren door frustratie of dat Lebowski ze in de hoofdstukken had verwerkt als een bijkomende veiligheidsmaatregel. Als de politie zijn handicap ooit ontdekte, dan waren de verkrachtingen een extra bewijs dat hij de dader niet kon zijn.

Na het gesprek met mevrouw Holbeen had Berg Geeraerts gebeld en die had hem verzekerd dat de verwondingen aan de geslachtsorganen van de slachtoffers ook op een andere manier toegebracht konden zijn: met een vreemd voorwerp bijvoorbeeld, of zelfs gewoon met de hand. In elk geval was nu duidelijk waarom er nooit DNA-sporen waren teruggevonden.

De ontdekking van Lebowski's impotentie had ertoe geleid dat Berg ook op een andere manier was gaan denken over de chantage van Trui Goedseels. Volgens mevrouw Holbeen waren er maar twee mensen op de hoogte van wat haar ex-man was overkomen: zij natuurlijk én zijn uitgeefster die al een paar jaar zijn minnares was. Zodra Lebowski uit het ziekenhuis was ontslagen, had hij onmiddellijk de relatie met de twee vrouwen verbroken, alsof hij niet dag in dag uit geconfronteerd wilde worden met het feit dat zij op de hoogte waren van zijn handicap. In plaats daarvan was hij de ene verhouding na de andere begonnen met mooie, jonge vrouwen, waarschijnlijk als een soort van overcompensatie voor zijn probleem. Lang duurden die relaties begrijpelijkerwijs nooit, maar Lebowski had op die manier een imago opgebouwd van casanova-schrijver, wat – bewust of onbewust – een poging was geweest om met zijn onvermogen in het reine te komen. Ook in dat opzicht had hij een masker opgezet en de wereld een ander gezicht van zichzelf getoond.

Berg vroeg zich af of dat eveneens de reden was waarom er

enkel nog vrouwen in Lebowski's laatste romans werden vermoord. Was de schrijver door zijn ongeval zo gefrustreerd dat hij zijn minderwaardigheidsgevoel op die manier had afgereageerd? Strafte hij in zijn boeken het andere geslacht uit onmacht omdat vrouwen hem in het echte leven telkens opnieuw met zijn impotentie confronteerden? En kon het zijn dat Trui Goedseels de informatie waarover ze beschikte als ultiem chantagemiddel had gebruikt om hem te verhinderen van uitgeverij te veranderen?

Als dat het geval was geweest, dan was het voor Lebowski ongetwijfeld een bijkomend motief om haar te doden. Impotentie was voor elke man een nachtmerrie en om alles nog een stuk erger te maken, werd hij met zijn handicap ook nog eens gechanteerd.

Berg had er lang over getwijfeld of hij Hove over zijn ontdekking zou vertellen, maar uiteindelijk had hij het niet gedaan. Zijn aarzeling werd niet ingegeven door schroom, of omdat hij Lebowski wilde ontzien. Hij had enkel en alleen gezwegen omdat hij zijn theorie niet kon bewijzen of zelfs maar kon inschatten in welke mate de gevolgen van het ongeval voor de schrijver een rol hadden gespeeld bij wat hij van plan was te doen.

Bovendien had Berg in de loop van het onderzoek geleerd hoe belangrijk het kon zijn om bepaalde gegevens achter te houden. Het was een tactiek die elke misdaadschrijver gebruikte om zijn lezers te misleiden en op dezelfde manier had Lebowski tijdens hun gesprekken meer dan eens zijn informatie zodanig gedoseerd dat Berg niet doorhad wat er speelde of zelfs de verkeerde conclusie trok. Zo had de schrijver hem op het spoor van Evert Vanderlinden gezet zonder te onthullen dat hij de ex-man was van Martine Ophalvens. Daar waren ze zelf achter gekomen, waardoor de ontdekking veel belangrijker leek dan wanneer Lebowski het hun had verteld.

Door middel van dat soort trucs had de schrijver hen keer op keer gemanipuleerd en ondanks zichzelf kon Berg niet voorkomen dat hij een zeker ontzag voelde voor de man. Nooit eerder in zijn carrière was hij geconfronteerd met iemand die hem zo meesterlijk had bespeeld en het had niet veel gescheeld of hij had in de schrijver zijn meerdere moeten erkennen.

Maar goed, uiteindelijk was hij erin geslaagd om door Lebowski's talrijke afleidingsmanoeuvres heen te kijken en bleef de vraag hoe hij zijn theorie moest bewijzen. De schrijver met zijn dochter onder druk zetten, was een gewaagde onderneming die niet eens succes garandeerde en het had Berg dan ook uren gekost om Hove overstag te doen gaan, maar uiteindelijk was de onderzoeksrechter voor zijn argumenten gezwicht. Enerzijds omdat Berg hem ervan overtuigd had dat er geen alternatief was, anderzijds omdat hij hem verzekerd had dat Lebowski in het andere geval vrijuit zou gaan en dat, wist Berg, was voor Hove onverteerbaar omdat hij dat nooit uitgelegd zou krijgen aan zijn vrouw. Eigenlijk had hij op de onderzoeksrechter dezelfde tactiek toegepast als op Lebowski: hij had hem op zijn zwakke punt gepakt.

Berg merkte dat hij ongewild naar het grafmonument van de overleden toneelschrijver was gelopen en onderbrak zijn wandeling toen hij tegenover de betonnen figuur met het masker stond. Het verborgen gelaat en de gebogen houding waren ongetwijfeld bedoeld als uiting van verdriet, maar plots viel de gedachte hem te binnen dat de voorstelling ook op een andere manier kon worden opgevat. Lebowski was absoluut een man met twee gezichten, zoveel was intussen duidelijk, maar de sardonische grijns op het masker en het afgewende gelaat konden – toegepast op de schrijver – eveneens geïnterpreteerd worden alsof hij zijn andere, kwaadaardige gezicht niet had wíllen zien of er zich tenminste voor had geschaamd. Misschien was Lebowski zich zijn leven lang bewust geweest van die gevaarlijke, donkere kant in hem en had hij er zich altijd tegen verzet, maar uiteindelijk had hij onder dwang van de omstandigheden vrij spel gegeven aan dat andere deel van zijn persoonlijkheid.

Berg vroeg zich af of die interpretatie juist was en of dat een verklaring bood voor het feit dat alle slachtoffers met afgewend gezicht waren aangetroffen. Misschien moest hij tijdens het volgende verhoor de schrijver met die theorie confronteren, al deed het weinig ter zake of hij het al dan niet bij het rechte eind had. Waar het op neerkwam, was dat Lebowski niet aan de verleiding had kunnen weerstaan om zijn talent te misbruiken. De moord op Lucie Meerten had hem op het idee van een nieuwe misdaadroman gebracht, maar dat verhaal had hij voor een ander dan een literair doel bedacht en het geniale van zijn plan was dat hij een verhaaltechnisch element had gebruikt om in het echt de verdenking van hem af te wentelen. Dankzij Trui Goedseels' verklaring in Firenze had hij immers een bewijs dat de eerste moord niet door hem gepleegd was. Door haar om het leven te brengen was zijn alibi verzekerd en tegelijkertijd zorgde het motief van de heiligenbeelden in het manuscript ervoor dat de politie ervan overtuigd was dat de moordenaar van Firenze ook de andere vrouwen had gedood.

Op die manier kón hij onmogelijk de dader zijn en de hele opzet stak zo knap in elkaar dat hij ervan overtuigd was dat hij het verhaal in werkelijkheid kon omzetten zonder dat iemand ooit zou kunnen bewijzen dat hij de moordenaar was. Dat laatste was een misrekening geweest, maar het trieste resultaat van zijn overmoed was dat het drie onschuldige vrouwen het leven had gekost.

Berg draaide de graftombe zijn rug toe. Het bleef hem verbazen hoe gevoelloos en berekenend Lebowski te werk was gegaan. De reden waarom hij Trui Goedseels had vermoord, kon hij nog enigszins begrijpen, zeker wanneer zij hem ook met zijn impotentie had gechanteerd. En hetzelfde gold voor Sofie Vleminckx. Ook zij had hem afgeperst, niet alleen met het onthullen van Truis valse alibi, ze had er eveneens mee gedreigd om het felbegeerde filmcontract niet te ondertekenen. Maar Femke Dries was een heel ander geval. Haar had Lebowski alleen vermoord om zichzelf buiten verdenking te plaatsen en opnieuw was Berg aangedaan door de onverschilligheid van de schrijver, niet enkel om een vrouw brutaal om het leven te brengen die hem geen strobreed in de weg had gelegd, ook om de schuld van de drie moorden in Vanderlindens schoenen te schuiven. De man had hem gestalkt en uitgedaagd en dat was hem zuur opgebroken. Zijn dreigmails hadden Lebowski op het idee gebracht om hem als zondebok uit te kiezen en daarmee had hij zijn tegenstander niet alleen bestraft, hij had hem ook op alle mogelijke vlakken overtroefd en vernederd.

Berg vroeg zich af of Lebowski van bij het begin van plan was geweest om drie vrouwen te vermoorden. De diefstal van de heiligenbeelden leek daarop te wijzen en de dood van Femke Dries had tot doel gehad Vanderlinden voor alles te laten opdraaien en zichzelf als verdachte uit te sluiten, maar Lebowski kon ook pas na de moord op Trui Goedseels besloten hebben om de twee andere vrouwen te doden en het verhaal op papier te zetten dat hem buiten verdenking moest stellen. Misschien had het schrijven van de verschillende hoofdstukken tot gevolg gehad dat voor Lebowski de grens tussen fictie en werkelijkheid gaandeweg was vervaagd en had hij zich almaar verder had laten meeslepen door zijn eigen fantasie, tot hij uiteindelijk meer personage was geworden dan schrijver.

Berg begreep niet goed waarom, maar zijn voorkeur ging uit naar die laatste interpretatie, ook al was het best mogelijk dat hij het mis had. Was dat omdat hij zich niet kon of wilde neerleggen bij de gedachte dat iemand zo meedogenloos en berekenend kon zijn? Of had het eerder te maken met zijn overtuiging dat elk talent een godsgeschenk was en dat het van een onvoorstelbare ondankbaarheid getuigde om die gave voor zulke doeleinden te misbruiken?

'Iedereen vecht met de wapens die hij tot zijn beschikking heeft,' had de schrijver tijdens het verhoor gezegd en pas nu realiseerde Berg zich dat die opmerking een dubbele lading dekte, want Lebowski had die andere troef van hem – zijn uiterlijk – eveneens benut om zijn doel te bereiken. Als schrijver was hij er zich immers heel goed van bewust hoe een aantrekkelijk hoofdpersonage de lezer op voorhand voor zich innam, alleen maar omdat het moeilijk voorstelbaar was dat een knap gezicht een monsterlijke tronie verborg en onwillekeurig moest Berg weer denken aan wat zijn leraar Nederlands vroeger had gezegd: 'Beoordeel nooit een boek op zijn cover.' Als metafoor gold dat natuurlijk voor alle mensen, maar in dit geval was het toepasselijker dan ooit.

5

Het feestje vond plaats in het kantoor op de tweede verdieping. Toen Berg van zijn wandeling terugkwam, stonden Zeebos, Glenn en zijn team ongeduldig op hem te wachten. De onderzoeksrechter was er nog niet, maar Meulenaer liet de eerste kurk al knallen en er werd uitbundig getoost op het welslagen van het onderzoek.

Berg probeerde in de stemming te komen en deed zijn best om even enthousiast te zijn als zijn mannen, maar helemaal lukte dat niet. Nog even doorbijten, hield hij zich voor, en dan naar huis, zijn bed in, urenlang slapen en proberen om een punt te zetten achter dit hoofdstuk.

Terwijl Meulenaer het rijtje afging om de glazen nog eens bij te vullen, bleef hij langer dan nodig bij Berg staan. Die zag meteen dat zijn collega iets op zijn lever had en even later kwam er ook uit wat dat was. Hij klonk een beetje gegeneerd.

'Dat cadeautje, chef... Je weet wel: dat gesigneerde boek van Lebowski. Zou je het erg vinden als ik dat niet aan mijn vriendin geef? Nu blijkt dat Lebowski een moordenaar is, denk ik niet dat...'

'Je doet met dat boek wat je wilt,' stelde Berg hem gerust. 'Het was bedoeld als verzoeningsgeschenk, maar je hebt gelijk: in de gegeven omstandigheden is het wellicht geen goed idee. Neem de rest van de week vrij en ga met je vriendin opnieuw naar zee. Ik regel het wel met de directeur.'

'Bedankt, chef.'

Meulenaer keek opgelucht. Net toen hij de tweede fles opende, verscheen Hove in het deurgat. De onderzoeksrechter had zijn eeuwige aktetas bij zich, bijna alsof hij met het ding was vergroeid, en voor het eerst in weken zag hij er een beetje ontspannen uit.

Meulenaer bood hem een glas aan. Iemand riep: 'Speech! Speech!'

Hove glimlachte en stak zijn hand op. Het werd stil.

'Ik wil iedereen bedanken voor al de inspanningen van de afgelopen weken,' zei hij. 'Het heeft er lang naar uitgezien dat we deze zaak nooit opgelost kregen, maar het is ons toch gelukt dankzij de inzet van iedereen in dit kantoor en van hoofdinspecteur Berg in het bijzonder.'

Hove hief zijn glas in Bergs richting. Die geloofde zijn oren niet. Het was de eerste keer dat de onderzoeksrechter hem zoveel lof toezwaaide.

'Proficiat, hoofdinspecteur!'

De felicitatie werd op handgeklap onthaald. Maar Hove was nog niet klaar. Hij verzocht opnieuw om stilte.

'Ik heb daarom een cadeautje meegebracht.'

Hij zette zijn glas op een bureau, klapte zijn aktetas open en haalde er een pakje uit. Aan de vorm te zien was het een fles. Hij kwam ermee naar Berg.

'Dit is van mijn vrouw en mij, hoofdinspecteur. Ze is u bijzonder dankbaar voor wat u hebt gedaan.'

Berg hield onhandig de ingepakte fles in de hand. Hij keek de kring rond. Vooral Zeebos' blik viel op. Hij glunderde alsof hem net een ereteken was opgespeld.

Iemand riep: 'Opendoen!'

Berg wenste dat hij ergens anders was.

'Dit was echt niet nodig,' mompelde hij.

'Het is maar een kleinigheidje,' zei Hove. 'Mijn vrouw stond erop u te bedanken en dit leek ons wel geschikt.'

'Je reputatie gaat je vooraf, Thomas!' plaagde Zeebos.

Berg grimaste in zijn richting en verwijderde het papier. Tot zijn verbazing kwam er een fles agricanto tevoorschijn.

Iedereen begon opnieuw te klappen.

'Zeebos heeft me verteld welke rol de likeur heeft gespeeld,' legde Hove uit.

Berg kreeg een krop in zijn keel. Niet zozeer vanwege het geschenk, maar wel omdat de agricanto hem eraan herinnerde hoe slopend het onderzoek was geweest en hoe vaak hij had gedacht dat het hem nooit zou lukken om de zaak op te lossen.

Op de achtergrond knalde opnieuw een kurk. De glazen werden nog eens bijgevuld. Terwijl iedereen begon te praten, nam Hove hem terzijde.

'Hebt u Evert Vanderlinden laten gaan?'

'Ja. Wenderickx heeft hem daarstraks naar huis gebracht.'

'Goed.'

Hove aarzelde.

'U hebt toch tegen niemand iets gezegd?'

'Alleen tegen Zeebos,' antwoordde Berg. 'Ik moest wel. Hij had het door.'

De onderzoeksrechter keek over zijn schouder. Zeebos stond geanimeerd met Coens te praten, alsof hij zich niet bewust was van wat er in de andere hoek van het kantoor aan de gang was. Toen hij Berg geconfronteerd had met zijn vermoeden en te horen kreeg hoe de vork in de steel zat, had hij verontrust gevraagd of dit wel de juiste aanpak was. Berg had toegegeven dat hij daar zelf ook mee worstelde. Hoe ver kon je gaan om een veelvoudige moordenaar te pakken te krijgen? Het doel mocht de middelen niet heiligen, maar als er geen andere uitweg bleef, wat moest je dan? Soms kon je niet anders dan kwaad met kwaad bestrijden.

Het was een vliesdunne rechtvaardiging, dat besefte Berg maar al te goed, en ergens speelde in zijn achterhoofd ook het vermoeden dat hij om een nog andere reden zijn bezwaren had opzijgezet: omdat hij per se Lebowski te slim af wilde zijn. In hoeverre dat had meegespeeld, liet hij liever onbeantwoord, al zou zijn geweten hem waarschijnlijk nog lang met die vraag confronteren.

De onderzoeksrechter wendde zich weer tot hem.

'Bent u zeker dat Zeebos zijn mond houdt?'

'Daar verwed ik mijn carrière op.'

'Die bent u in het andere geval ook kwijt,' zuchtte Hove. 'En ik de mijne.'

'Wees gerust: dit blijft tussen ons. Officieel komen we nooit te weten wie dat laatste hoofdstuk geschreven heeft.'

'Een smakeloze grap van een onbekende.'

'Zoiets.'

Hove nam een slok van zijn glas.

'Weet u: op een gegeven ogenblik tijdens het verhoor dacht ik dat Lebowski ons doorhad.'

'Wanneer was dat?'

'Toen hij zei dat u zelf misdaadverhalen moest schrijven.'

Berg knikte. Hij herinnerde zich het moment.

'Hij had nog gelijk ook,' ging Hove voort. 'U hebt talent. Ik kreeg kippenvel toen ik dat hoofdstuk las. Het leek wel echt.'

'Dat is nu net de essentie van fictie,' antwoordde Berg. 'Dat het echt lijkt.'

NAWOORD

Hoewel het lezen van dit boek enige verwarring kan veroorzaken over de grens tussen fictie en realiteit, mag de lezer gerust zijn: bovenstaand verhaal is volledig verzonnen en de auteur is geenszins van plan om te doen wat de schrijver in deze roman doet: de fictie in realiteit omzetten.

Het beeld op de cover staat – zoals in het verhaal vermeld – op het stedelijk kerkhof van Leuven en is een deel van het grafmonument van Fritz Van Praet. Het werd opgetrokken met behulp van fondsen die vrienden en bewonderaars na zijn dood hebben ingezameld om zijn nagedachtenis in ere te houden, maar nog geen eeuw later is de toestand van de tombe zo zorgwekkend dat een grondige restauratie dringend nodig is opdat het monument de 100ste verjaardag haalt van het overlijden van de schrijver.

Het bronzen beeld PRUDENTIA dat Berg op het binnenplein van het Villerscollege ziet staan, is van de hand van kunstenaar Willy Meysmans. De drie andere beelden hebben als titel: JUSTITIA, HONOR en VIRTUS.

Salsa is een bestaande nieuwsbrief voor de vrienden van het Leuvens Stadsarchief, maar het personage van de nieuwbakken hoofdredacteur en het besproken artikel over de Kapel van Sint-Jan de Krijter zijn fictief. De kapel zelf bestaat wel en bevindt zich bij de Sint-Kwintenskerk in de Naamsestraat. De oorspronkelijke bedoeling van het bedehuis is al jaren geleden verloren gegaan.

Ook de Allerheiligenkapel in Diest is een bestaand gebouw waarvan zowel de locatie als de beschrijving met de werkelijkheid overeenstemmen. De kapel ligt op het einde van de Allerheiligenberg en is op sommige dagen toegankelijk voor het publiek.

Zoals altijd zijn er enkele mensen aan wie ik dank ben verschuldigd omdat ze het mogelijk of alleszins gemakkelijker hebben gemaakt om deze roman te schrijven: Leo de Haes, Kathy Vincke, Joost van den Oord, Uschi Claes, Esther Van Reeth en Dominique Vanpée.

Ook dank aan mijn gebruikelijke team van proeflezers. Door hun inbreng voelt het zand van mijn verbeelding aan als een betrouwbaar fundament.

EVENEENS VERKRIJGBAAR

De zaak Torfs

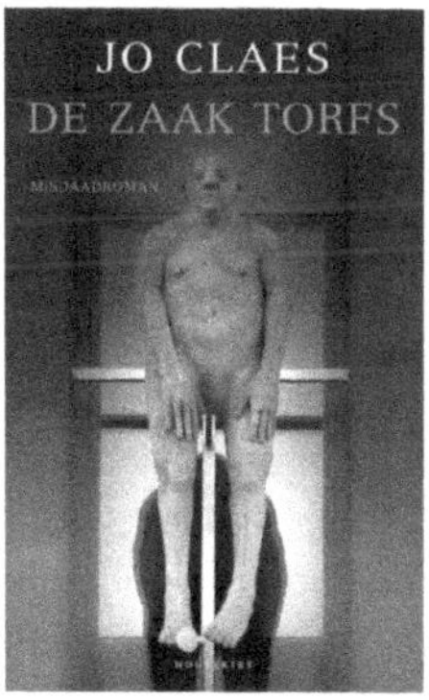

ISBN 978 90 8924 013 2

De Leuvense kunstexpert Pieter Torfs wordt benaderd door een bloedmooie vrouw, Christina Jonckheere. Zij wil Torfs inhuren om een expertise uit te voeren op een onbekend werk van de laatmiddeleeuwse schilder Martin Schongauer.

Torfs, die een passionele maar bizarre verhouding heeft met zijn assistente, vermoedt dat er iets niet pluis is met het schilderij. Toch aanvaardt hij de opdracht als blijkt dat Christina Jonckheere in meer geïnteresseerd is dan in een louter zakelijke relatie.

Twee weken later bengelt hij aan een koord in zijn huis. Thomas Berg, hoofdinspecteur bij de politie in Leuven, bijt zich vast in het onderzoek.

De blinde vlek

Simen Paulus, laatstejaarsstudent archeologie in Leuven, heeft de reputatie van een donjuan. Zijn succes bij de vrouwen is vele mannen een doorn in het oog, maar het is pas wanneer hij op stage vertrekt naar het Turkse Sagalassos dat zijn leven op een ingrijpende manier verandert.

Op de site van de antieke stad worden tweeendertig gouden munten gevonden die na een week spoorloos verdwijnen. Paulus is de belangrijkste verdachte. Hij vlucht Turkije uit en neemt een vakantiebaantje aan in het Provinciehuis van Leuven.

Enkele dagen later ontdekt een fietser een levenloos lichaam onder het balkon van de tiende verdieping.

ISBN 978 90 8924 038 5

Dood in december

ISBN 978 90 8924 076 7

Op een ochtend in december spoelt het naakte lijk van een jonge vrouw aan op de oever van de Dijle. Zodra Thomas Berg, hoofdinspecteur bij de politie van Leuven, ter plaatse komt, stelt hij tot zijn schrik vast dat hij het slachtoffer de avond voordien heeft ontmoet op de receptie van een tentoonstelling.

Samen met zijn team probeert Berg te achterhalen wie de brutale moord op zijn geweten heeft en wat de betekenis is van het vreemde voorwerp dat in het lichaam van het slachtoffer wordt aangetroffen. Gaat het om een seksuele moord? Of heeft de dood van de jonge vrouw iets te maken met een mysterieuze, 15de-eeuwse incunabel die al wekenlang de gemoederen in Leuven verhit?

Het oog van de naald

Max Cerulus, leraar aan het Heilig-Hartinstituut in Heverlee, wordt aangeklaagd wegens intimidatie van een leerling. De ouders van het meisje eisen een tuchtmaatregel, de directie tracht de gemoederen te bedaren, de leerkrachten reageren verdeeld. Kort daarna wordt een vrouwelijke collega dood aangetroffen in de kelders van de school.

Thomas Berg moet zich een weg banen door een kluwen van professionele conflicten en seksuele intriges. Wanneer een week later een tweede slachtoffer valt, wordt de zaak nog gecompliceerder. Terwijl Berg de handen vol heeft met het ontrafelen van de dubbele moord, wordt hij zelf het mikpunt van een stalker die zijn prille relatie met Manon bedreigt.

ISBN 978 90 8924 155 9

Tot de dood ons scheidt ...

ISBN 978 90 8924 211 2

In Leuven vinden op korte tijd enkele voorvallen plaats die voor de nodige onrust zorgen: de burgemeester laat een archeologische site op het Fochplein met bulldozers opruimen, een vrouw wordt door een onbekende op het zebrapad doodgereden, een oude dame sterft in mysterieuze omstandigheden en op een zondagochtend vindt men het lijk van een professor in een bouwput.

Tijdens zijn onderzoek stuit Thomas Berg op almaar meer raadsels en wordt er opnieuw iemand vermoord. Bovendien raakt hij betrokken in een onverkwikkelijke erfeniskwestie en de diefstal van een proefschrift dat handelt over de dood van Joris Dehaene, een jonge dichter die in 1943 door de Gestapo werd geëxecuteerd.

Getekend vonnis

ISBN 978 90 8924 235 8

In een Leuvens café wordt op een ochtend een studente dood aangetroffen. Het meisje is halfnaakt. Haar schaamhaar is volledig afgeschoren. Door haar tong steekt een tekenpotlood en vlakbij ligt een blad uit een stripalbum waarop een verkrachtingsscène is afgebeeld. De moordenaar heeft zelf hoofdinspecteur Thomas Berg de plaats delict gemaild.

Een paar dagen later krijgt Berg een soortgelijke mail. Opnieuw vindt de politie een jonge vrouw die in bijna identieke omstandigheden werd verkracht, verminkt en vermoord. En weer vindt de politie een pagina uit een stripverhaal. Vanaf dat ogenblik verkeert de studentenstad in de greep van de angst. Berg vreest dat in Leuven een volkomen verknipte sadist rondwaart, vooral als er nog meer slachtoffers vallen...

WINNAAR VAN DE KNACK HERCULE POIROT-PUBLIEKSPRIJS 2014

De mythe van Methusalem

ISBN 978 90 8924 273 0

In een Leuvens lab voor stamcelonderzoek wordt een fenomenale ontdekking gedaan waarmee veroudering drastisch kan worden afgeremd. Terwijl de hele wetenschappelijke wereld met verstomming is geslagen, pleegt het hoofd van het lab zelfmoord tijdens zijn vakantie op Kreta.

Andreas Kurver, freelancejournalist, heeft zo zijn bedenkingen bij de spectaculaire ontdekking en besluit de zaak te onderzoeken. Tegelijkertijd wordt hoofdinspecteur Thomas Berg benaderd door de verloofde van de overleden professor die ervan overtuigd is dat haar vriend werd vermoord.

Berg heeft intussen de mooie Haynee Deferm leren kennen die als assistente in het lab werkt. Hij ondervindt heel wat tegenkanting tijdens het onderzoek, maar als ook in Leuven iemand in verdachte omstandigheden zelfmoord pleegt, wordt voor iedereen duidelijk dat er veel meer aan de hand is dan op het eerste gezicht lijkt. Wat Berg ontdekt, tart elke verbeelding...